賭石 目錄

賭石 目錄

下部◎因果報應◎

楔子

時間：二十三點五十分
地點：西南某大學古生物研究中心主任私宅

這張臉實在太令人討厭了，肥，佈滿褶皺，像一隻快要洩氣的氣球。兩隻精亮的眼睛鑲嵌在腫泡的眼袋裏，老鼠一樣，一眨不眨盯著額頭上冰涼的蘇製馬卡洛夫九毫米手槍槍管。

「說，我全說，一分錢不要！」主任努力擠出笑容，想極力討好握槍的人。

「我說過不給錢了嗎？」對方低聲反問。

「沒有沒有，但我不要錢了，一分錢都不要，說話算話。真的不要！」

「你奶奶的，這世界有甘心不要錢的人嗎？」

「有，我就是。我是真……真的不要！以前我提出的價碼全部作廢，不算數，我……我……免費提供服務，我……我告訴你……」由於恐懼，他的嘴唇打著哆嗦撮在一起，像個屁眼，「酸……」

「然後呢？」

「哦，不是酸，用酸和鹼……按比例，還不對，是氫氟酸溶液，浸過土壤……培育，然後埋起來。」

「聽不懂。」

「我給你寫出來。」主任說著，從抽屜裏拿出紙和筆，飛快地劃了幾筆。

那人接過一看，紙條上寫著一串歪歪斜斜的數字和字母：$CaF_2+H_2SO_4=2HF+CaSO_4$。

「媽的，還是不懂。」那人不耐煩地說。

「其實你要是學過化學，你自己都能琢磨出來……」

「我學個屁化學！」

「我就是比喻一下，我只是想告訴你，這沒什麼技術難度。」

「你的意思是，我找你是多餘的？」

「不不，不是那個意思。你……能不能把槍拿開？萬一走火……」

「少廢話！我知道力度。皮殼呢？」

主任咽了一口唾沫，拼命讓自己冷靜下來：「這個很重要。一定要用老坑種的翡翠皮殼，利用買家的習慣思維。那種皮殼一般是褐紅褐黑色，尤其是石皮細潤可愛的冰料，出翠率高，很多人都從這種石頭上發了大財，所以它更具有迷惑性。」

「埋多長時間？」

「起碼半年，最好半年以上，越久越好。」

「嗯，我現在要知道的是顏色，這是關鍵部分。顏色怎麼辦？」

「用鐳射注入，這個最先進……」他嘟嘟囔囔說了半個小時，終於把這個秘密講完了。

握槍的人把食指伸直，然後重新扣在扳機上。

「別開槍！求求你！我什麼都說了，沒有任何保留。我不要錢，我真的免費……」

握槍人的手指鬆開了，他慢慢向門口退去，檯燈柔和的燈光被燈罩擋著，很難看清他的長相。退到門口，他停了下來，說：「是你自己說不要錢的。」然後就在門口消失了。

肥胖的研究中心主任頹然倒在沙發上，大口喘著粗氣。他抓起桌上的茶杯，狠狠喝了一口。一分鐘過後，他的肚子開始絞痛，像剛才那根冰涼的槍管在裏面攪動。

他想張口說點什麼，好像要把剛才闖入家裏的握槍人召喚回來。不行！疼痛已經開始向每根神經擴散。從人體生理神經學角度分析，神經脈衝沿神經纖維的傳送速度爲每秒一百二十米，主任的身高只有一點五八米，所以只需要大約零點零一三秒，他全身的兩百零六塊骨頭就被疼痛咬噬了，同時，他的手指尖、腳趾尖有了一種麻酥酥類似針刺的感覺。

是毒！

他張開手，向桌上的電話抓去。雖然距離電話只有零點五米，但他試了幾次，仍然無法搆著。二十秒後，他轟然倒在地下，雙目變得像兩顆霜淇淋球，「噗哧」一聲凸了出來。他肥胖的肚皮使勁向上挺著，兩條短腿繃得很直，腳趾僵硬，膝蓋顫抖，像性高潮一樣快樂地抽搐著……

上部・三月生辰石

第一章　大象對坦克

前方是中緬邊境。

巨石被泛著油光的藤條臨時捆綁在一個結實的木架子上，沒有軲轆，森林裏也沒路，到處都是歪斜的樹枝、稠密的灌木，以及突兀的怪岩。大象喘著粗氣，在仄狹的樹林中行進，速度非常緩慢，每十分鐘只能把巨石向前拖進兩米。

這已經是牠最快的速度了。

范曉軍，一個身材清瘦、臉色蒼白的小夥子，剃著光頭，一雙單眼皮眼睛傲慢地瞇縫著，彷彿整個世界都不屑收到眼裏。他的右手大拇指永遠固執地向上翹著，好像隨時表揚人，那是有一次他跟派出所所長發生肢體衝突後的結果。

這種長相很容易引起內向型女人的好感，她們思維單調而極端，不善於主動表達，很容易上當，不知道爲什麼，她們通常對這種瞇縫著眼睛的男人一往情深。不過，此時范曉軍可沒有心情讓女人欣賞，他心急火燎，想儘快把這塊用一百五十萬人民幣購買的巨石拖到邊境。他知道離中國越近，危險越遠。他不耐煩地揮舞雙手，用不太標準的緬語命令著：「阿綿禮！阿綿禮！」（快點！快點！）

緬語聽起來既不短促也不威嚴，像從鼻子後面發出來的，聽起來如同耳邊飛過一隻緬甸蚊子。當然，能聽懂范曉軍命令的不是那頭疲憊不堪的大象，而是十個穿著「布梭」（紗籠筒裙）的當地男子。他們赤裸著上身，光著腳丫子，頭髮蓬亂，渾身散發著臭味，眼睛卻在黑夜裏炯炯有神。聽到范曉軍的命令後，他們也沒動窩，仍然拖拖拉拉地跟在大象後面，他們知道，在原始森林，目前這個速度非常正常。

出於對眼前這位老闆的尊敬，有幾個人上前象徵性地拍了拍大象的臀部，然後牽著耳朵，摸著鼻子，低聲向大象說著什麼，像熱戀中的愛人在含情脈脈地傾訴。大象顯然聽不進去，仍然不緊不慢，四隻粗壯的象腿更加沈重。

「阿綿禮！阿綿禮！」范曉軍仍在喊著。

石頭太重了，大約有六百公斤，但是大象拖這種重量的石頭應該不太費勁，就像人手裏拿著一根火柴，如果牠高興的話，完全可以撒著歡地奔跑。但事實卻並非如此，因爲森林裏根本沒有一條像樣的路，即使有路他們也不能走，他們必須隱蔽自己。

范曉軍惱怒地用漢語對身邊一個緬甸人說：「哥覺溫，我怎麼感覺我們不是在陸地上，而是在太空漫步，所有動作都慢好幾倍。照這個速度，下輩子也過不了密支那。」

密支那坐落在伊洛瓦底江邊，是緬甸最北的河港和鐵路線終點。第二次世界大戰中，國民黨部隊和北戰區司令部的麥瑞爾突擊隊，對本多政材中將的日本第三十三軍進行了長久的圍困和激烈的戰鬥，史稱密支那大捷，被譽爲「亞洲的諾曼地登陸」。范曉軍就想再「諾曼地」一次，然後再到甘拜地，就可以越過邊境，從黑泥塘密林回到中國。

那裏安全，有人接應。

懂漢語的哥覺溫是個身材短粗的小夥子，皮膚黝黑光潔，鼻孔寬大。聽到范曉軍抱怨，他像個詩人一樣搖頭晃尾地吟唱道：「連綿的甘高山脈似乎永遠沒有盡頭，沒盡頭。古老的甘高山脈沒有速度，大象等於蝸牛，只能聽天由命……」

哥覺溫說話的時候露出很白的牙齒，臉部其他部位在牙齒的襯托下完全可以忽略。范曉軍剛認識哥覺溫的時候，特別羨慕他的牙齒，沒有被蟲蛀過，更沒有尼古丁的侵襲。但哥覺溫告訴他，這是因爲他從不刷牙的緣故。聽到這話後，范曉軍一看到那口白牙就覺得反胃。

范曉軍朝地下啐了一口，氣急敗壞地說：「哥覺溫，朋友歸朋友，生意歸生意，你把話聽清楚了，我不管什麼大象與蝸牛賽跑，醜話說在前頭，這個月底再過不了密支那，你們的酬金起碼減一半。我不能養一群磨洋工的傢伙！」

「你說的是真的？」

「我說話算話！」

哥覺溫轉身嘟嘟囔囔對其他人翻譯了范曉軍的話，他們的臉色頓時凝重起來，右手不由自主向背後摸去，他們每個人的腰後都插著一把令人膽寒的長柄緬刀。緬刀即傳說中的血刀，刀身軟，可曲藏於外衣之下。如刀身破革，便吸血無數，能隱隱生出紅光。

森林中的空氣似乎一下子凝固了，讓人透不過氣。突然，頭頂上傳來幾聲尖利的鳥叫，像金絲絨撕裂的聲音，特別刺耳。深夜鳥叫可不是什麼吉利的事，它會讓人想到墓地、汙血、枯骨。

其實現場不止這十個人，前方幾十米的地方還有十個。他們正汗流浹背揮舞鋤鎬挖坑，準備把拖到這裏的巨石掩埋起來，然後就地休息，第二天夜晚再前進一百米，再挖坑，再埋。三個月以來，他們一直用這種晝伏夜出的「掘進」方式拖著巨石前進，爲的是躲避緬甸方面的緝查，以及一些不明武裝勢力的攔截。

哥覺溫朝前方怪聲怪氣喊了一嗓子，挖坑的十個人立刻朝這邊走了過來，他們一隻手拎著鋤鎬，一隻手伸向後腰。范曉軍知道，他們中有幾個緬拳高手。在東南亞國家，除了泰國，緬甸算是第二個武風盛行的國家。緬拳，緬語稱爲「斌道」，是一種實戰性極強、威力巨大的徒手搏擊術。他們的脛骨非常堅硬，完全是一根根鐵棒，可以輕易踢斷你的脖子。當初范曉軍之所以雇用他們，不光是爲了挖坑，更多的是讓他們兼顧保鏢，保護范曉軍的人身安全，因爲路途漫漫，森林裏不可預知的事情太多了。

這是一把雙刃劍，可以兇狠地刺向敵人，也可以反戈一擊，戳進自己的喉嚨。

范曉軍的後腰也有緬刀。那是一把藍光閃閃，刻有鍛紋的餵毒緬刀。此外，他一直不離身的背包裏藏有一把塡滿子彈的一九八〇年式七點六二毫米衝鋒手槍。這是一種既可單發又可連發的全自動武器，性能不亞於七點六三毫米毛瑟，手持射擊時有效射程五十米，抵肩射擊時有效射程達一百米。該槍發射五一式七點六二毫米手槍彈，可選配十發、二十發兩種彈匣，戰鬥射速每分鐘六十發。

如果范曉軍願意，他可以在一分鐘之內讓這二十個人命喪黃泉，像踩死二十隻全身披有黃色立毛的緬甸細猛蟻那麼簡單。但他不會這麼做，他不會駕馭大象，他知道，把那塊巨石弄回中國，比這二十個緬甸人的性命更重要。范曉軍更知道，此時他稍有軟弱，就會被那二十個人亂刀砍死，這個世界沒有人看得起懦弱的男人，他必須比他們更硬，哪怕內心的恐懼大得難以掩飾。

范曉軍梗著脖子說：「怎麼著？哥覺溫，練練？你們先開始，我動一下是龜孫子。」

范曉軍的話語中帶著濃厚的北京腔。

黑暗中，那二十個當地人肅立不動，只有頭頂的樹枝在瑟瑟風中吱嘎吱嘎響著。他們心裏也明白，范曉軍身上沒帶多少現錢，拿傭金是到中國邊境以後的事，一場火拼等於砍斷自己的財路。再說，也沒那個必要。

但，誰都不想服軟。

哥覺溫鼻子裏哼哼兩聲，說：「范哥，是不是賭我們不敢？告訴你，只要是在這條線上跑的人，膽子都不是苦膽，一擠就破，全是實心鋼膽，你一句話就能給我們嚇怕了？別說你這塊石頭，運海洛因也是這個速度，我們還想用飛機運呢，可能嗎？說得輕巧，少一半？少一分錢你試試，到時候看看誰的刀更快，誰塗的毒更毒。」

哥覺溫知道范曉軍後腰上有一把鋒利的緬刀，但他不知道范曉軍背包裏的衝鋒手槍。站在哥覺溫身後的叫哥索吞，負責前方挖坑，他晃動羸弱的身子，試圖緩和一下氣氛。他吸著氣，咯咯乾笑著，用生澀的怪聲怪氣的雲南話說：「范老闆，你的幽默感哪點兒克（去）了？」

在這劍拔弩張的時刻，哥索吞的努力顯得多餘。

果然，哥覺溫不滿地瞪了他一眼，呵斥道：「你個慫毬日眼的！雀神怪鳥（陰陽怪氣），滾！」後面又咕嚕了一句緬甸語，大概是罵人的髒話。

哥覺溫和哥索吞不是親戚，站在范曉軍面前這二十個緬甸成年男人，名字前都有個「哥」字。緬甸人從名字上無法判斷一個人的家族或家庭歸屬，他們只在每個人的名字前面，附加一個表示性別、輩分或社會地位的「字首」。如是男人，比如哥覺溫，未成年時叫「貌覺溫」，成年後叫「哥覺溫」，等他年長時或者獲得了一定的社會地位以後，人們便尊稱他為「吳覺溫」了。當然，他也可以自謙，稱自己為「貌覺溫」，哪怕他上了七十歲。

森林中剛剛被哥索吞緩和一點的氣氛，又一下子被哥覺溫搞得緊張起來。

范曉軍問：「比膽子是吧？」

「沒膽子就不要幹這行當。」

范曉軍冷笑一聲，問：「那好！既然我們大家夥兒三個月餐風露宿，到頭都是來這兒比膽子大來了，我想問問你哥覺溫，你想怎麼比？我隨時奉陪！」

哥覺溫毫不示弱，尖聲說道：「誰變（隨便）你要怎個比！」

范曉軍學著哥覺溫的語調，說：「誰變我要怎個比？」然後突然把聲音提高一倍，「我要的是前進速度，懂了沒有？」

哥覺溫冷冷地說：「沒速度。大象只能這樣，不可能一天走兩百米。」

「沒有速度，誰也別想拿錢！」范曉軍的口氣比剛才更硬。

哥覺溫揶揄道：「等我們到了密支那，你就駕駛一輛大卡車，直接從史迪威公路走，全速朝雲南開，那個速度快，還光明正大，省得在森林裏捉迷藏。」

哥覺溫不聲不響便捏住了范曉軍的罩門，他知道范曉軍辦不到，范曉軍只能選擇原始森林，而且必須躲躲藏藏，像狗尿尿，尿了就得趕快埋。范曉軍也清楚這個，他只是想用言語刺激一下他們，激發他們的積極性。但顯然，這種刺激是徒勞的，哥覺溫根本不吃這一套。

的確也是，誰也不想在森林裏耗費時間，哥覺溫他們更不願意。吃不好睡不好不說，還有無數的毒蛇螞蝗甚至大型野獸，弄不好性命都保不住。

銀盤一樣的月亮厭倦了這場毫無意義的爭吵，躲進了雲層，站立在森林中的人仍然僵持著，誰也不想鬆動一寸。二十個當地人的手一直握在刀把上，手心隱隱滲出黏糊糊的冷汗。

遠方傳來一陣隆隆的雷聲，又要下雨。緬北原始森林沒完沒了的暴雨，將使森林變得異常潮濕而泥濘。看來，前方的坑今晚白挖了，磅礴的大雨將夾帶著泥沙以及腐臭的殘葉，迅速把那個坑填滿。范曉軍不想再跟哥覺溫爭吵下去，再說，三個月以來他們相處得不錯，可謂同甘苦共患難。雷聲彷彿是個稍息口令，剛才一觸即發的緊張氣氛像繃斷的褲帶一樣鬆了下來，一切都恢復到十分鐘以前的狀態，好像剛才的爭吵根本沒發生。

范曉軍朝哥覺溫擺了擺手，示意別吵了，然後彎腰開始檢查綁腿上的繩子。繩子有點鬆，他解開後又重新束緊。他知道雨水的滋潤馬上會把沈睡的螞蝗喚醒，烏龍河畔數以萬計的螞蝗就會蠕動一尺多長的身軀，從石縫、從樹根、從泥土裏鑽出來，迅速準確地找到血源，大肆饕餮，吃飽喝足後，牠們便縮成一個肉團，從人的腿肚子上跌落下去，愜意地在地下打滾。范曉軍小腿上塗有防螞蝗的藥水，但緬甸螞蝗似乎對這種廣西藥廠生產的藥水有免疫力，藥水的味道等於路標，憑著靈敏的嗅覺，牠們從來不會迷路。

哥覺溫他們沒有防螞蝗藥，他們對螞蝗一點不在意，范曉軍經常看見他們饒有興趣地從腿肚子上往外扯正在吸血的螞蝗，或者用煙頭折磨牠們，或者拿出準備好的鹽巴撒在螞蝗身上，興致勃勃地觀看螞蝗在幾秒鐘內變成一灘血水。

哥覺溫來到范曉軍的身邊坐了下來，他問：「范哥，這次發財了，準備到哪兒周遊一圈啊？」

范曉軍一邊檢查綁腿一邊說：「周遊什麼呀！中國我哪兒沒去過？」

「誰說周遊中國了，要去就去歐洲，然後非洲，最後南美洲。」

「呵呵，這個我倒沒想過。」

「應該想，你一定要有提前消費觀念，錢到手之前就得琢磨好自己準備怎麼花它，不可能掙了錢存在銀行裏吧？」

「哈哈，什麼亂七八糟的，還提前消費，你能斷定這塊石頭不賠？」

「范哥的眼力，嘖！誰能比？」哥覺溫開始肉麻地拍馬屁。

「我的眼力？」范曉軍側頭看著哥覺溫，「你以前認識我？」

哥覺溫連忙說：「不認識不認識，我猜測你眼力肯定沒錯，要不你肯捨得花那麼大本錢買這塊石頭？」

范曉軍笑了，他搖搖頭說：「唉！看來你對賭石一點不瞭解啊！石頭不是百分之百的金子，也不是純粹賭博，賭博的輸贏機率是一半對一半，而石頭的勝率有時候比百分之五還少。」

「這你都敢下本錢……」

「看中了就下，沒看中，我一分錢都不會掏。」范曉軍輕描淡寫地說道。

「什麼叫氣魄？這就是氣魄！」哥覺溫又開始不著邊際地拍范曉軍馬屁。

「什麼氣魄啊！你還是想想怎麼安全迅速地幫我把石頭運到中國，否則別說歐洲、非洲、南美洲，連緬甸我都沒法出去。」

哥覺溫嘿嘿笑著，「對了，我一直想問范哥一個問題。」

「什麼問題？」

「范哥結婚了嗎？」

「怎麼？」

「我的意思是，等這趟生意完了，你乾脆回來娶個緬甸女孩當老婆吧！」

「緬甸女孩？你妹妹啊？」

「不是不是，你在緬甸買一塊地，政府就會獎給你一個緬甸女孩。」

「真的假的？」

「真的！」

「好！這個事我得記住，你幫我留意一下這方面的資訊，有好女孩就給我留著。哈哈哈……」

兩個人笑著，像無話不談的老朋友，誰也不會想到幾分鐘之前他們差點兵戎相見。他們開心笑著，爲一個臆想中的緬甸女孩。

然而，他們的笑聲戛然而止，剛剛鬆弛下來的神經馬上又繃緊了，因爲他們發現雷聲有點不對勁。之前在他們說笑的過程中，雷聲就一直響著，沈悶而持久，轟隆隆的，一刻也沒間斷。現在，不但雷聲越來越大，越來越近，而且，大地也跟著開始顫抖。他們突然意識到，這不是雷聲，而是某種物體在慢慢向他們逼近。

范曉軍和哥覺溫面面相覷，不知道將要發生什麼事情。范曉軍的背脊骨像被一根鵝毛輕輕拂過一樣，全身的汗毛陡地豎了起來，他迅速拔出腰間那把緬刀，耳朵支棱著，極力辨別逼近他們的到底是個什麼東西。

會不會是拖石頭的大象引來了另外一頭大象？不！是一群大象！范曉軍的冷汗刷的下來了。

他低聲問哥覺溫：「拖石頭的大象我記得是頭母象吧？」

哥覺溫戰戰兢兢地點點頭。

范曉軍心想：糟了！一定是一群公象聞到母象分泌的味道了。他不知道現在是不是大象的發情期，他記得大象好像兩三年才交配一次，如果今天晚上這兩項條件都符合，那他們馬上會被搶奪母象的公象踏成肉醬。不對！大象是所有動物裏最講究溫文爾雅的，牠們一點不莽撞，牠們甚至很靦腆很羞澀。范曉軍記得在大學裏背誦過一首D·H·勞倫斯的詩歌，名字就叫《大象總不急於交歡》。那時候，他像所有稚嫩的年輕人一樣，喜歡詩歌多於小說，所以勞倫斯的小說《查泰萊夫人的情人》只能讓他徒增手淫次數，而詩歌才能讓他變得敏銳而富有激情。

他至今仍記得那首詩：

大象，古老的巨獸
總不急於交歡
牠找到女人，牠們看不出絲毫匆忙
牠們等待感應

在羞怯、巨大的內心
慢慢、慢慢激起
當牠們沿河床遊逛
飲水，吃食

或隨象群，驚慌地
衝過灌木叢林
或在巨大的寂靜中睡眠
一起醒來，默默無言

大象火熱、巨大的內心
就這樣慢慢長滿渴望
這些巨獸最後秘密交歡
將激情之火隱藏

牠們是最古老，也是最聰明的野獸
因此牠們最終懂得
如何等待最孤獨的盛宴
等待豐盛的美餐
牠們不亂抓，不撕扯
大量的血液
月汐般湧動，接近，再接近
直至彼此覆沒

由此可見，大象在對待性問題上講究款款深情，脈脈凝語，而不是圍追堵截。

范曉軍腦子還在迴旋大象耕雲播雨的美麗畫面，哥索谷卻一把抓住他的胳膊，啞巴一樣比劃起來。他根本不敢發出聲音，而是急促地指著側後方，好像看到了什麼龐然大物。

事實證明，後面的事一點也不浪漫。范曉軍背脊一陣發麻，他的膀胱開始收縮，有種馬上要小便失禁的感覺，下腹部一陣酸痛。他猛地轉過身來，一下子驚呆了！

什麼！他簡直不敢相信自己的眼睛，五十米外有一輛黑糊糊的坦克正隆隆向他們開了過來。

范曉軍頭皮一麻，大吼一聲：「臥倒！」跟著猛地向下一揮手，二十個當地人嘩啦一聲全臥在了地下，動作非常敏捷。儘管他們大多數人不知道范曉軍說的什麼，但世界上的手勢基本是相通的，范曉軍用力向下壓，誰都能懂，不可能理解成讓他們來一段有二千年歷史的緬甸舞。

這是一輛破舊的五九式中型坦克，可乘坐四人，自重三十六噸，最高時速每小時五十公里。它肆無忌憚地在森林中行進著，粗壯的樹枝如同柔軟的苦艾，紛紛在它面前倒下。樹枝斷裂的聲音，以及坦克履帶碰撞岩石的聲音交錯在一起，刺人耳膜。

范曉軍緊緊趴在地下，感到整個森林都在抖動。范曉軍搞不清對方是幹什麼的，但可以肯定，他們絕對不是偶爾路過的，凌晨時分，誰也不會開著坦克在森林散步。范曉軍估計對方也是在向中國邊境偷運什麼東西，跟范曉軍目前的工作性質一樣，只不過他們用坦克拖，而不是步履緩慢的大象。還有一種可能，對方是一幫不明武裝分子在森林例行「巡邏」。

所謂不明武裝分子，是指當地一些無賴組成的散軍，沒有組織，幾杆槍湊在一起就敢興風作浪。這些人的生存方式是荷槍實彈進山「巡邏」，目的就是搶劫私人偷運的玉石。這些人十分兇悍，搶財殺人絕不留活口。當他們遇到小股運石馬隊的時候，就會毫不猶豫地下手劫物。遇到稍大型的武裝運輸，他們就像狼一樣悄悄尾隨，一邊找人入夥，一邊伺機進攻。多年前曾經發生過一個慘案：一批二十多人的私人馬幫運一塊近五百公斤重的玉石出山，散軍尾隨了一周才動手，最後二十多人全部被打死，屍體也不掩埋，都丟進烏龍河餵了魚蝦。

范曉軍心裏默默念道：快開快開！別朝這兒！繞著點！我們井水不犯河水。你用現代化工具，我用原始大象，我們爲了同一個目標，但千萬別走到一起來……

烏龍河畔原始森林沒有朋友，沒有合作，沒有彬彬有禮，沒有請客吃飯談笑風生，只有暴力與搶劫，甚至殺戮。顯然，范曉軍的衝鋒手槍不是一百毫米線膛炮的對手，他只能選擇臥倒。

坦克好像知道前方有人，在臨近范曉軍他們二十米的地方突然拐彎，向另一個方向開去。范曉軍鬆了一口氣。身邊的哥覺溫也是，他嘴角綻開，慢慢把兩隻手從鬆軟的泥土中拔了出來，那是剛才由於緊張不由自主插進去的。

一切都彷彿按照范曉軍的思路進行著，可是，意外還是發生了。

那頭本來已經跪在地下的母象突然站了起來，長長的鼻子劃著圓圈甩動著。哥索吞一看，立刻撲了上去，他竭力想抱住牠的鼻子，但是不行，大象鼻子就像一條發怒的蟒蛇，輕而易舉把哥索吞甩了出去。不但如此，牠還仰著脖子嗚叫起來。

大象的叫聲像喇叭的顫音，悠長而淒涼。一切都無法阻止了，「噠噠噠噠——」急促的槍聲驟然炸響，劃破夜空，打得范曉軍身邊的樹幹都搖晃起來，碗片大的樹皮被子彈掀開，劈頭蓋臉砸在范曉軍身上。這是坦克上配備的一二點七毫米機槍射出的。

更可怕的是，臥倒在地的緬甸人此時竟然爬起來準備向森林深處逃跑，包括哥覺溫和哥索吞。真是的，他們能跑過機槍子彈嗎？

范曉軍急了，他拼命大喊：「臥倒！臥倒！」

這次誰也沒聽他的命令，他們像兔子一樣跳著，但很快，他們的身體被子彈輕易洞穿了，軟綿綿地落在地上。

他們不知道五九式坦克配有紅外夜視儀，整個森林在夜視儀裏就像白天一樣清楚。

那頭母象也沒閒著，牠不想坐以待斃。牠狂怒地晃動身體，拖著身後那塊巨石，跳著向前跑去，像笨拙地跳著一種表現豐收的舞蹈。完了！不能讓坦克發現石頭！范曉軍不顧一切站了起來，衝過去撲在巨石上，幼稚地想增加一點重量讓大象停下來。

大象沒有停，牠以爲自己是一台刀槍不入的重型裝甲車，趾高氣揚地朝前跑著。

「噠噠噠噠——」槍聲震耳欲聾，子彈呼嘯著從范曉軍耳邊掠過，他感到大腿一熱，他知道他中彈了，接著轟隆一聲，大象拖著他——當然還有那塊價值不菲的石頭——一起掉進了一個巨大的陷阱……

范曉軍的身子被什麼東西壓住了，疼痛難忍，大量的沙土灌進他的脖子鼻子和嘴巴。昏迷之前，他的大腦沒有糊塗，他躺在黑糊糊的陷阱下面喘著粗氣，心裏想著：哥覺溫肯定死了，哥索呑也是，剩下那些人沒一個活命的。他們全死了都沒關係，但我不會死，我命大，我要死早死了，我現在還能想問題還能罵人呢！考驗我的時刻到了！我不能屈服，不能軟弱，不能像個女人一樣哭鼻子，我不能向他們投降，不能魂不守舍，堅強是一種保護自我的方式，即使面對死亡，也應該從容，不能太窩囊！記住，醒來後第一句話一定要用緬甸話說：民國喇叭！（你好！）注意鼻音，最好捏著鼻子說。無論什麼地方，文明禮貌最重要，至少不招人討厭……我操！

第二章　為什麼不殺我

范曉軍睡了很久，要不是被強烈的陽光曬醒，他還可以睡下去。他感覺臉上火辣辣的，被紫外線射得生疼。他想睜開眼睛，但是不行，眼皮很重，彷彿被太陽烤軟了，搭在他的眼球上。

又躺了幾分鐘，這次好點，眼皮可以睜開一條小縫。有幾個人頭出現在范曉軍的視線裏，背景仍是太陽，所以那幾個人頭像一幅黑色的剪影圖片。

范曉軍喜歡這個畫面，他自己的臥室牆壁上就掛有幾幅這樣的圖片。其中有一幅是范曉軍最欣賞的，那是一個女人的裸體輪廓，就像其他圖片中的人物、建築、山巒、樹木等只呈現其深暗的輪廓形狀一樣，它沒有細部影紋層次，只有一束誇張的長髮，像黑色的瀑布一樣傾瀉而下，極力壓迫著人的視覺投向圖片中心。此時，背景是什麼已無所謂了，藍天、水面、雲海、霞光都可以消失，女人的背後什麼也沒有，就是一塊白布。

看到范曉軍眼皮動了幾下，幾個「剪影」哇啦哇啦叫著散去，太陽又重新直射在臉上，他只能把眼皮再一次耷拉下去。

突然，像被一道閃電擊中一樣，他猛地驚醒了，整個大腦開始復甦：我這是在哪裡？那塊石頭呢？哥覺溫他們呢？大象呢？我是死了還是活著？如果死了，剛才見到的畫面會不會就是天堂裏的影子？那應該是有顏色的啊！可見我還活著。對了！是跟著大象一起掉下去的，那是一個大坑，一個陷阱，記得有大量的沙土灌進我的脖子鼻子和嘴巴，我無法呼吸。沙土還在嗎？他試著大力呼吸了一下。沙土不在了，鼻子嘴巴都很通暢，像感冒痊癒一樣通暢。剛才那幾個黑色的剪影一定就是救我出來的人，他們把我從陷阱裡拉出來，然後放在這裏曬太陽。他心想。

范曉軍不想再躺下去，他想站起來，可是一陣鑽心般的疼痛頓時擊中了他，他不禁低聲呻吟起來。腿！對！想起來了，是腿。好像被機槍子彈擊中了，但他知道，他還活著，就像他昏迷之前想的那樣，他命大，要死早死了。

一陣腳步聲由遠而近，周圍一下子陰了下來，太陽又一次被遮擋了。

他睜開眼，看見一群緬甸人擁著一個戴著白色禮帽的男子站在他面前。范曉軍舔了舔乾涸的嘴唇，大聲說：「民……國喇……叭！」心想，媽的我夠有禮貌的了，如果對方不領情，要殺要砍隨便。

那人笑了，聲音柔軟地回答：「你好！我懂漢語。」

他的眼睛很大很深，鼻梁筆直，個子不高，但肢體粗壯，皮膚粗糙。年齡比范曉軍大，差不多四十多歲，穿戴方面除了白色的禮帽，其他地方也都是白色，白襯衣白褲子白皮鞋，跟周圍幾個穿著「布梭」的緬甸人不一樣。

范曉軍全身的肌肉鬆弛下來，那人給了他一點安全感。

他眯縫眼睛，問：「你是中國人？」

「不，是緬甸華人。」

「華人？」范曉軍多少有點懷疑。

在緬甸，太多人說自己是純種的華人後裔，只要你說你來自中國，他們馬上能跟你攀上親戚，儘管從長相上看，他們更接近於柬埔寨或者巴基斯坦人。更讓人驚異的是，他們的中國地理知識非常豐富，北到黑龍江，南到海南島，東到連雲港，西到吐魯番，大江南北都是他們的家。你說你來自遼寧，他就說他老家是藥王廟的；你說你是西安人，他就說他是三橋的；你說你是北京的，他就說他老婆是壓磨峪的。總之，他總在你周圍一個不太起眼的小地方，地名竟然如此準確。這個令人驚奇的本事，很多年前就被中國廣大旅遊地點購物店鋪的負責人發揚光大並熟練使用，以「家鄉人」名義，騙取你口袋裏的人民幣。

「是的，我是華人，我祖祖輩輩都是華人。」從長相上看，似乎是。「我姓遊，叫遊漢庥。」

「游？游泳的游？」

「不不，是遊行的遊。繁體和簡體不一樣，遊行的遊還有一個走之旁，畢竟要用腳嘛！」

范曉軍感覺對方沒有什麼敵意。

「漢是漢族的漢，庥是一個廣字，裏面一個休息的休。嘿嘿，這個字還念成休。庥，蔭也。庥庇，就是庇護的意思。」遊漢庥一臉誠意，還在嘮嘮叨叨解釋。

「我姓范，范曉軍。」

范曉軍剛說完，腿部又是一陣抽筋，疼痛又　次襲來了。他伸手摸了摸自己的大腿，上面裹著厚厚的繃帶。

遊漢庥說：「放心！子彈已經取出來了，你真是太幸運了！只是一點皮外傷，沒傷到骨頭，是不是我在庥庇你啊？哈哈哈……安心在這兒養一段就好了！」

遊漢庥這句話顯得有點過分親熱，讓范曉軍感覺其中摻有很多虛假的成分，不要奢望森林裏有什麼親人給你熬雞湯，如果這裏還有救死扶傷，那絕對有它特殊的意義。

范曉軍警覺起來，收住笑容，問：「是你們的坦克？」

「是。我以爲你們是埋伏在森林裏的軍人，所以……」

「哥覺溫他們呢？」

「你是問跟你在一起的那些人？」

「對！」

「埋了。」

「埋了？」

「是的，而且是深埋。」

「深埋？什麼意思？」

「爲防止其他什麼動物把他們拱出來，只能深埋。這是厚葬，不是每個人都能享受的。」

媽的！打死那麼多人他還自詡很仗義，看來這個遊漢麻不是什麼好鳥，絕對不是，好人能大半夜開坦克在森林裏逛蕩嗎？

范曉軍問：「那我的……」

「你的什麼？」

「我隨身帶著的……」

「是那頭大象和那塊大石頭吧？」

「對！」

「都在，完好無缺。」

范曉軍忽然想起什麼，一摸自己的衣兜，空的。

遊漢麻問：「手機吧？在。」

「還有……」

「武器？」

「是。」

「也在。」

范曉軍歪著腦袋問：「你爲什麼不殺我？」

遊漢庥的臉色陰沈下來，剛才的和藹可親立刻消失得無影無蹤。

他問范曉軍：「你很希望自己被殺嗎？」

「我懂森林規則。」

他湊近范曉軍，說：「朋友，我沒必要隱瞞你，我很坦白地說，我可以隨時殺了你，但不是現在。再說，殺人不是我的樂趣。看你的態度，我再決定下一步該怎麼辦。」

「看我態度？我給你寫個悔過書吧！」范曉軍有點不耐煩。

那人沒接他的話，說：「準備吃飯吧，這裏有很多很有特色的菜，既然來了，就千萬別錯過。」說完跟旁邊幾個人低聲嘀咕了幾句，轉身走了。

我還成貴賓了！范曉軍不解。

范曉軍發現自己一直是躺在擔架上的，因爲腿傷，他不可能下地行走，只能由那幾個當地人抬著。進入一片更加稠密的森林後，太陽被繁茂的樹葉徹底遮擋住，空氣顯得涼颼颼的。吃飯的地點看來不近，趁還沒到，范曉軍可以飛快思考一下：媽的！這個遊漢庥是什麼人？他到底要對自己怎樣？可以肯定，這兒是這小子的老窩，以前就聽說過，只要進入一些武裝勢力的據點，基本沒有生存的可能。那麼，遊漢庥爲什麼不馬上做了他，還取子彈，還看他態度，還要請他吃飯？他完全可以搶去石頭，加上一頭不錯的大象，根本不給他重新睜眼的機會。這個緬甸華人是否看在他是中國人的份上顯得要仁慈一些？是否這裏有一種不成文的規矩，殺人之前必須讓你吃一頓「斷頭飯」，就像監獄處斬死刑犯前夜一樣……

想到這裏，范曉軍被漸漸升起的恐懼包圍了。他無法不恐懼，面對死亡沒有誰不恐懼，再硬的漢子也不行。恐懼是人的本能，臨危不懼是英雄才能做到的，那要多高的境界啊！

他知道他不是英雄。

吃飯的地方是個有森林風味的小木屋，大約二十多坪，全部由直徑約兩百毫米的褐色圓木壘成。桌上有幾瓶產自雲南的「瀾滄江牌」啤酒，各式菜肴稀奇古怪，擺了一桌子。有一種菜，范曉軍在雲南傣族村落吃過，是一種叫樹毛衣的涼菜，實際上，它是生長在冬瓜樹幹上的苔衣，深褐色，織網似的，要幾年才能形成。范曉軍很愛吃這種菜，尤其和魚腥草拌在一起，特別爽口。但現在范曉軍沒這個胃口，別說樹毛衣，對其他幾種看上去很誘人的菜肴也沒有興趣。

遊漢麻坐在范曉軍對面，身邊還坐著一位年紀輕輕的女子，穿著一襲鮮豔的「特敏」（**長到踝骨的長裙**），上身是緊身短衫，顯得身材優美苗條，坐在那兒不動都能透出幾分婀娜。她的臉上塗抹著緬甸特有的一圈黃色防曬霜——緬甸人稱之爲「特納卡」的黃香楝粉。

緬甸到處都有這種野生黃香楝樹，市場上出售的鋸成一節節像柴火的木頭就是這個。緬甸人家裏都備有小石磨，專門用來磨這種樹皮，磨出來的粉狀物氣味芬芳，色澤鮮亮。黃香楝粉有清涼、化淤、消炎、止疼、止癢、醫治疔瘡、防止蚊蟲叮咬等作用。緬甸女孩把黃香楝粉抹在臉上，既可防止紫外線，又有清涼、美容的作用。

遊漢麻介紹說：「這是我老婆瑪珊達，是她給你取的子彈。」

緬甸女子名前都有「瑪」或者「杜」。

范曉軍立即向瑪珊達感激地點點頭。他感覺好像在哪裡見過這個女人，但一時又想不起來，在自己的腦海裏，似乎找不到一個緬甸女人的影子。他忽然意識到自己已經三個月沒見過女人了，看到散發著女性氣息的瑪珊達，體內隱隱躁動在所難免。也許此時的女人在他眼裏只是一個統一符號，這個符號足以強大到讓一切處於性饑渴狀態的男人迷失方向。躁動很快被他壓制下去了，他的自我控制能力一向優秀。再說，他不能在遊漢庥面前失態，還能不能活下去都是個問號，哪兒有時間顧及海綿體充血問題。

遊漢庥對瑪珊達說：「給客人倒酒，我要和他好好喝一杯。」

瑪珊達起身給范曉軍斟上一杯啤酒，然後退著坐回自己的座位。

范曉軍的眼睛從瑪珊達身上游離開來，但腦子裏卻一直不停飛速搜索著有關這個女人的資訊。可惜，還是沒有。他知道緬甸允許一夫多妻，不知道瑪珊達是遊漢庥第幾個老婆。瑪珊達確實挺漂亮的，雖然皮膚不是特別白皙，但眼睛深邃烏黑，看不到底，像蘊藏著許多內容一樣，讓人看不透。

遊漢庥端起酒杯，說：「來！爲我們的相識乾杯！」

范曉軍舉起酒杯，卻遲遲不喝。遊漢庥則一飲而盡，帶著滿嘴白沫子看著范曉軍，示意他乾了。

范曉軍把酒杯放在桌上，說：「我不想兜圈子，有什麼事你就直說，我這個人很乾脆，要殺要放你給我一個交代，我也好安心吃頓飯。」

遊漢庥仰頭哈哈大笑起來：「有那麼嚴重嗎？」

「我知道規矩，沒有一個人能從密林活著出去。」

瑪珊達給遊漢麻斟滿酒，他又一仰脖喝了下去，然後挾起一筷子大薄片（涼拌豬頭皮）放在嘴裏大聲嚼著，兩眼直盯著范曉軍。半晌，等嘴裏的肉嚼爛吞下去，這才大聲說：「哈哈，有緣。我喜歡你這個朋友，有夠爽快，有夠膽量。」

「我希望你也是這樣的人，我最討厭吞吞吐吐、半天放不出一個屁的男人，那不是緬甸森林人的風格。」范曉軍儘量往高處抬遊漢麻。

遊漢麻嘴角微微扯動了一下，往空中一揮手，說：「沒有你想的那麼殘忍，也沒有那麼複雜，更沒有什麼冠冕堂皇的理由。有一點我可以告訴你，因為我是華人，中國人的後代，我不能對同胞毫無理由下手，除非你得罪我。」

范曉軍說：「別拐彎抹角，直說！」

遊漢麻的眼睛射出一道冷冷的光：「你媽的！本來我想喝頓好酒，然後再談正事，你他媽敗了我的胃口。」說這話的時候，遊漢麻一臉沮喪，實際上，他又迅速往嘴裏塞進去一塊大肥肉。

遊漢麻突然爆出粗口，這也是范曉軍所要的效果，這才是緬甸森林裏的真性情，而不是溫文爾雅。

遊漢麻說：「媽的我告訴你，我爺爺是國民黨九十三軍師長，戰敗後退到緬甸，為了生存，他們跟緬甸政府打，跟印度援兵打，是一支打不爛拖不垮的部隊，也是一支沒有祖國的軍隊！戰爭結束後，我爺爺留在了緬甸。我父親早年跟隨我爺爺種植鴉片，後來運貨到雲南時被大陸抓獲，至今生死不明……」

「別說家史，說你！」

「我？我他媽就是遊漢麻，什麼屁本事也沒有。我現在想要問你的是，那塊石頭值多少錢？」

問完這話，遊漢庥顯得有點靦腆。

范曉軍明白了，遊漢庥不瞭解賭石，可能道聽塗說知道一些情況，大概也是「一刀窮，一刀富」之類的皮毛消息，他的主業可能跟毒品有關，不可能是木材業，因爲那是光明正大的生意。緬甸百分之九十多的木材銷往中國，生意做得非常大，如果遊漢庥是其中的大戶，何必躲在原始森林裏呢？范曉軍猜測，遊漢庥想脫胎換骨，說的好聽點，是他想改邪歸正加入賭石這行，說的難聽點，是想橫刀奪愛坐地分錢。

這怎麼可能？

范曉軍心裏有底了，一仰頭乾了酒：「哈哈，你不好好動動腦子想一下，如果不值錢，我會冒生命危險往中國拖嗎？」

「我知道。但是它到底值多少錢呢？幾百萬？上千萬？」

「也許一分錢都不值。」

范曉軍不能透露自己的底牌，因爲這筆生意不是他一個人的，他的背後還有人。一百五十萬，別說窮人，就是對富人來說也是一筆不小的數目。再說，這塊石頭最後能賣多少錢，跟他遊漢庥有什麼關係？

這裏有一個問題，作爲一個緬甸人，不可能對賭石這行一點都不瞭解，因爲賭石而飛黃騰達的人遍地都是。再說，翡翠作爲緬甸「國寶」，它的各種傳奇故事在緬甸幾乎家喻戶曉，緬甸人天生對石頭敏感。那爲什麼遊漢庥問的話顯得這麼幼稚呢？只有一種可能，遊漢庥不瞭解緬甸。

范曉軍摳了摳自己的光頭，穩定一下情緒，接著說：「誰都知道，這石頭只有在切開以後才能顯出它的價值，在此之前，值多少錢都不是錢。」

遊漢庥狐疑地盯著范曉軍：「你冒著一分錢不賺的風險來緬甸？」

「這是賭石，沒有風險怎麼叫賭？怎麼，想玩玩石頭？」

「是的，我想參加這個月二十號在雲南騰衝的賭石大會……」

范曉軍心頭一凜，他連騰衝賭石大會具體時間都知道，看來之前他做的功課不淺。

「……主要是標價問題，我就想知道這塊石頭應該標多少價？」遊漢庥接著說。

「什麼意思？」

「你不是讓我直說嗎？我現在直截了當告訴你，我想帶這塊石頭參加下個月在騰衝舉辦的賭石大會，明白了嗎？」

「你帶著？我呢？」

「你留下。」

「我留下幹什麼？」

「是啊，你留下幹什麼呢？」遊漢庥睜大眼睛打量著范曉軍，好像剛剛在街上認識一樣，「我可以饒你一命，你可以在這裏安度餘生，娶幾個緬甸老婆，否則你就徹底安息吧！我要把你埋在山崗上，將你的墳墓朝向北方。」

奶奶的！范曉軍全明白了，遊漢庥想從他嘴裏探聽價位，他害怕標低了吃虧，標高了嚇跑買家，他是吃不準才暫時留他一條活命的。不行！要設法穩住陰險貪婪的遊漢庥，那樣才有活命的可能。

「我有個提議。」范曉軍緊盯著遊漢庥，「不如我們合作。」

「怎麼合作？」

「你負責把石頭運到騰衝，你畢竟比我熟悉路。獲利後我們對半分，你不需要出一分本錢。今後大家就是這條道上的朋友，合作的機會還多，畢竟地下的石頭是挖不完的。」范曉軍拋出了一個肥大誘餌。

遊漢庥仰頭哈哈大笑，「我會相信你嗎？你以爲我是幼稚園的小孩？我從小被父親送到菲律賓，你以爲我在那兒上大學嗎？我到處鬼混啊我的朋友，我什麼沒見過？」

果然他不是土生土長的緬甸人。

范曉軍探出身子，「我在雲南玩賭石也不是一天兩天了，我的信譽和爲人你可以去打聽，我向來不做一錘子買賣，我需要長遠合作，那樣大家都能發大財。」

「發個棺材！」遊漢庥惡狠狠地說，「別灌我，我不吃那一套，你別怪我沒給你機會。大不了我先把這塊石頭埋在這兒，然後慢慢找懂行的人，賭石大會又不是全世界只開這麼一次，我也不是只活到今天。我這兒有時候是缺點生活用品，從外面運進來不方便，但不缺時間。幹你娘的！」

范曉軍和遊漢庥說話的時候，瑪珊達一直坐在那裏一聲不吭。

「我再最後問一句，這塊石頭可以開個什麼價？」遊漢庥直盯著范曉軍，咄咄逼人地問。

說了也是死，不說更是死，價說低了他不相信，說高了他也不相信。這是一個無法回答的問題，范曉軍一個人無法決定，他只能選擇沈默。他意識到，自己的麻煩終於來了，也許這次劫數已到，這把骨頭看來不能帶回中國了。

下午，瑪珊達給范曉軍換了 次藥。

范曉軍有些不解。奇怪！這個時候還來換藥？自己還有什麼剩餘價值？遊漢庥將採取什麼方式處死他？活埋？槍斃？絞刑？不知道，不知道！他腦子裏一片空白，任由瑪珊達解開他大腿上的繃帶。

「噝——」揭開繃帶時非常疼痛，范曉軍不禁吸了一口冷氣。瑪珊達知道把他弄疼了，馬上停了下來，她的手離開綁帶，關切地注視著他，好像在詢問是否可以繼續。她的睫毛很長，像兩扇黑色的簾子，上下翻飛，美麗極了。這麼漂亮的女人竟然是遊漢庥的老婆，真應了那句俗話：好女人都讓狗操了。

也許冥冥中有種心靈相通的暗示，這種暗示從飯桌上他就感覺到了，瑪珊達的眼睛一直放射著一種不明信號，他準確無誤地接收著，享受著，好像被這種信號輕輕愛撫一樣。他不知道這種信號代表什麼，也不知道是不是瑪珊達對遊漢庥以外的男人本能地發出誘惑，他只知道這女人絕對是峰迴路轉的關鍵，也許他可以在瑪珊達這裏尋求到一些幫助。

「妳懂中國話嗎？」范曉軍試探著問道。

瑪珊達沒理他，拿出新的紗布，準備給他換藥。

范曉軍又問：「妳是醫生？」

還是沒有回答。

「妳不是緬甸人！」范曉軍突然冒出這麼一句，「我們是不是在哪裡見過？」

瑪珊達愣了，呆在那裏，手裏舉著繃帶。五秒鐘後，她平靜地說：「趕快想辦法逃命吧！」

純正的中國話。

范曉軍硬撐起身體，問：「妳是中國人？我們真的見過吧？」

瑪珊達擺擺頭，「中國不中國，見過沒見過都不重要，趁他哥哥回來之前，你得想辦法逃命。」

「他哥哥？」

「是。他哥哥遊漢碧可沒他那麼多廢話。」

「可……深山老林裏怎麼逃命？」

「無法逃。你只能想辦法讓別人救你。」

范曉軍一聽，覺得這簡直是個不可能完成的任務。他搖搖頭說：「我連這個地方是哪兒都不知道，怎麼救？」

瑪珊達開始給他纏繃帶，低聲說：「那你只好等死。」

「妳說什麼？」

「我說你只有自己等死，誰也救不了你。」

聽到這句令人絕望的話，范曉軍像洩了氣的皮球，身體一下子癟了下去……

晚上，范曉軍被幾個緬甸人裝進一個碩大的網兜，然後吊起來，向一個大坑徐徐降去。降到一定深度時，下降停止了。坑上面的緬甸人嘻嘻哈哈地走了，笑聲漸漸遠去，森林重新陷入寂靜。看來，這裏就是他今晚睡覺的地方。

四周一片漆黑，他看不到坑壁離他有多遠，也不知道這個坑到底有多深。他知道遊漢麻害怕他逃走，才把他安排在這種別具一格的吊床上，懸在半空，叫天天不應，叫地地不靈。其實完全沒有必要，他也不想想，拖著一條傷腿自己能跑多遠？睡在哪兒都是次要的，關鍵的問題是能不能在瑪珊達身上打開一個缺口。

他是一個小時後想起來的。兩年前他見過瑪珊達，在落泉鎮他開的小酒吧裏。那時候她沒現在這麼黑，也不叫瑪珊達，她叫宋嬋，一個從成都來雲南旅遊的大學生。范曉軍還記得那是一個月亮高懸的夜晚，小酒吧裏只有他們兩個人，坐在同一張桌子上。桌上點了一盞蠟燭，映著宋嬋的臉，像熟透的果子。

范曉軍給宋嬋講他和妻子來落泉鎮創業的經歷，講他右手大拇指是如何殘廢的，講他妻子棄他而去給他帶來的毀滅性打擊，講他給一個朋友的酒吧灌輸空間概念。當時他眉飛色舞地說：

「大城市把人擠壓在一個小盒子裏，沒有空氣，沒有呼吸，人們像沙丁魚，五官已經變形，造成性格扭曲。所以酒吧的格局一定要空曠。把中間全部騰出來，讓一個穿紅衣的女人拉大提琴。客人們在哪兒呢？嚴格地說，沒有客人，即使有，也根本不讓他們進去，讓他們拿著酒杯站在門口向裏張望就行，培養他們對空間的嚮往，從而痛恨自己親手破壞的人文環境。」

范曉軍記得宋嬋聽到這裏就笑了，她抨擊他的想像力過於幼稚，還諷刺他的大腦進了很多髒水，與現實社會格格不入。後來他們乾脆大聲爭吵起來，直到銀色的月光從窗外射進來，把整個酒吧弄得像下了一場大雪。

在落泉鎮兩年中，范曉軍很少跟旅遊者一起喝酒，更別說爭執了，他當時全部精力都用來對付鎮幹部以及當地派出所。宋嬋是個例外，不但一起喝了，還吵。這讓范曉軍覺得很有意思，爭吵本來就是思想火花的碰撞，火花來源於他們大腦深處的頻率並行。范曉軍覺得自己喜歡上了宋嬋。但是，讓他沒想到的是，第二天宋嬋就離開了落泉鎮，臨走也沒見面，只在他酒吧門上貼了一張紙條，說她到櫻花谷去了。之後他再也沒見過宋嬋，也沒留她的手機號碼，無法聯繫，宋嬋像一隻斷線風箏，悄然飄走了。

那天，他悵然若失，心情低落，手足無措，一個人在酒吧裏來回轉悠，最後，他把胸中的怒火發在一個派出所幹警身上了。當那個年輕的鄉村幹警從他酒吧門口經過時，他衝了出來，怒氣沖沖問道：「爲了把我從鎮裏趕出去，你們是不是準備在我酒吧裏投放五十克海洛因？」

幹警瞪大眼睛，特別無辜，隨即便被眼前這個固執的瘋子激怒了。范曉軍看到那個幹警眼裏射出一道他從未見過的光。

晚上他睡在酒吧的地板上，還在思索那道駭人的光，他從不知道眼睛裏的光竟然有那麼大的力量，他分明感覺到它的強大，壓迫得他喘不過氣。他突然明白那道光的含義：殺氣。

「嘎啦啦——」一聲驚雷把范曉軍從遙遠的回憶中拽了回來。他媽的，又要下雨。更他媽的是，宋嬋怎麼會在這裏？她爲什麼跟遊漢庥在一起？這個問題肯定是個複雜的問題，暫時不去想它，簡單的問題是，宋嬋認出他來了，如果她能正想方設法營救他，就再好不過了。

還有一個問題他不得不去想，他聞到一股從未聞到過的味道。剛開始是淡淡的，現在越來越濃，特別腥臭。同時他還聽到一陣「嗞嗞」的聲音從坑底傳了上來。

坑底有什麼？

一道刺眼的閃電，只有短短的零點零一秒。范曉軍朝下張望，什麼也沒看清。

他等待再一次閃電，睜大眼睛時刻準備著。

二十秒過後，閃電來了。這次時間長，范曉軍恨不得自己是個盲人。坑底不深，離他這個大網兜大約有七八米，范曉軍看到坑底盤踞著幾條——或者十幾條——粗大的刺眼的緬甸蟒。

這是緬甸蟒蛇的一種白化突變種，全身金光燦燦，有的甚至接近白色，碗口粗，六七米長。牠們相互糾纏在一起，揚起脖子，吐著信子，慢慢蠕動著。牠們被大雨欲來的潮氣和閃電驚醒了，同時眼睛、還有頭部兩側那兩個靈敏的凹陷小坑，也捕捉到空中有個東西在散發溫度，覆蓋在小坑上面橡皮大小的隔膜激動了……

范曉軍抓住網兜使勁搖晃，聲嘶力竭地叫了起來。

第三章　一百五十萬不見了

李在坐在臨窗的位子，俯瞰著卯喊路來來往往的人流。雖然只是三月份，但瑞麗儼然已提前進入炎熱的夏季，街上的行人大都穿著短衣短褲，五顏六色，煞是好看。

他在等一個叫昝小盈的女人。

這是一個裝飾典雅的咖啡屋雅間，牆紙是深橄欖綠的，印有常青藤和百合的花紋，一塊圖案瑰麗的地毯鋪在茶几下面，雖然有點陳舊，但顏色鮮豔如初。李在記得幾年前他到新疆旅遊時看過類似圖案的地毯，聽那個滿臉大鬍子的維吾爾族大爺說，這種地毯是阿富汗生產的，聞名於世。昝小盈一直很喜歡地毯，所以李在當時就蹲在那裏跟那個新疆大爺討價還價，他想像著昝小盈看到這塊地毯時的欣喜程度，只是這種想像從來沒有變成現實，他沒有把地毯買下，因爲當時他沒有合適的理由把這塊地毯送給昝小盈。

這件咖啡屋的雅間非常寬敞，除了一張長方形的玻璃茶几外，還有一排看上去典雅素淨的布沙發，牆角還放著一台大螢幕彩色電視機，電視機背後有綠色蕨科植物，羊齒狀的葉條從後面翻捲過來，恰好在電視機周圍形成一圈生動的裝飾框。通往陽臺有一堵很別致的裝飾牆，中間鏤空成不規則的框架，上面擺著幾盆紫羅蘭，一片片深紫色中星星點點夾雜著絳紅，花盆的外面還套著紙繩編織的裝飾。牆上有一幅頗有點感傷而又充滿浪漫情調的油畫，用楓木鏡框鑲嵌著，畫上是一個穿白裙的女人伸手撈取溪中漂浮的黃色花瓣兒，一個脅下生翼的天使尾隨其後，目光虔誠而曖昧。

昝小盈還沒來。

事情很重要，必須當面告訴她。

他離開窗戶，坐在了沙發上，點上香煙，陷入了沈思。此時此刻，他覺得唯一可以傾訴鬱悶的就是手中那支白色的煙捲了。陽光透過植物的枝葉和勾花窗簾射進屋裏，斑斑點點落在他身上，使他眼中的神情顯得更加焦灼，像燃燒的火光……

二十分鐘過後，昝小盈終於到了。

看的出來她是個非常幹練的女人，短短的頭髮，一雙神采飛揚的丹鳳眼，不施粉黛，一身套裝，上白下黑，百分之九十五輕微絲光全棉加百分之五萊卡，高檔綢緞襯裏，顯得端莊大氣，卻又不失嫵媚俏皮。她走起路來昂首挺胸，步伐很快。上個星期三，她才滿三十二歲，而且看上去比實際年齡小很多，對一個女人來說，這正是最嫵媚的年紀，但她渾身上下卻散發著這個年齡不該有的矜持和內斂。如果不是埔麗猛卯鎮政府辦公室副主任這個職務，她完全可以張揚自己的個性，甚至去演電影，當一個眾人矚目的電影明星。她的性格本來是張揚的，無奈一個死氣沈沈的職務彷彿一層厚厚的絨布，遮住了她的光彩。

「什麼事非要見面才說？」坐下後，昝小盈迫不及待地問，「我正準備開會，上級長官都要來參加，我不可能不在現場，什麼理由也說不過去。十分鐘夠了吧？我得馬上趕回去。」

李在皺了一下眉，他實在不喜歡昝小盈這種咄咄逼人的口吻。他低聲說：「這次可能出事了。」

「出事？你是說范曉軍出事？」

「是的。一直沒有消息。三個月不短了，音信全無，按理說，他早該已經繞過猴橋口岸，速度快的話，貨都到騰衝了。」

「你給黑泥塘那邊的人打電話沒有？」

「一天何止一個電話。接應他的唐教父一邊洗溫泉一邊翹首期盼，盼星星盼月亮，全身都洗成紅蘿蔔了，皮都洗掉他媽好幾層，還是一點消息都沒有。」

「別說粗話，文明一點好不好？」昝小盈慍怒地盯著李在。

「粗話？粗話代表極度焦灼與憤怒，妳在象牙塔裏沒接觸過這套理論吧？」

「是的，你在監獄裏學的高深社會理論，我在大學怎麼能接觸到？」

昝小盈話裏明顯有諷刺的意味，李在嘴裏不以為然地「哧」了一聲。

昝小盈說：「你一大早上把我叫來，就是為了告訴我這個？」

「是的。我們投資一百五十萬買的這塊石頭有可能顆粒無收。這是其一，還有，范曉軍他……」

昝小盈打斷他：「賠他錢。當時不是說好賠償金五十萬嗎？這麼大驚小怪有點誇張了吧？」

「一百五十萬元在妳眼裏是不值得大驚小怪……」

「我沒說一百五十萬等於一百五十元，但我不會像熱鍋上螞蟻一樣，還焦灼與憤怒，我現在倒是為你焦灼與憤怒。第一次大手筆，用一百五十萬投石問路，如果打了水漂，損失何等慘重！」昝小盈揶揄道。

李在一下子提高了嗓門：「我的每一分錢都是用膽識與智慧慢慢累積的，而不是像某些人那樣，利用職權巧取豪奪，一夜暴富。」

昝小盈一愣，表情很不自在，她坐在那裏扭動了一下屁股，說：「老同學，別說那麼難聽好不好？我們合作不止這一次了，你的脾氣、你的個性我都瞭解，拌嘴有用嗎？能不能再等等消息？如果范曉軍這次真的出事，我們只有認栽，誰規定每一筆生意必須成功？大不了東山再起，你沒錢，我有，錢永遠不是問題。」

李在一擺手，說：「妳根本沒理解我的意思，妳腦子裏只有認栽、賠錢，考慮的永遠是經濟損失，我內心的煎熬妳從來不問，我不想損失他這個朋友妳知道嗎？那可是一條活生生的人命啊！這豈是幾個錢可以擺平的？」

昝小盈把一隻手放在李在的手背上，像安撫一個受傷的小孩一樣，笑吟吟地說：「別感情用事！我說的是實話，不用錢擺平難道用慰問信？再說，現在我們之間，不就只剩下純粹的金錢關係嗎？當時就是這麼約定的，其他我沒時間考慮那麼多，我也不知道其他還有什麼。」

話說到這個地步，再爭吵下去也沒用，兩個人想的根本不是一回事。李在擔心的是范曉軍的性命，而昝小盈則對此不以爲然。

這時，昝小盈的手機突然響了，她拿起來看了看號碼，隨手摁掉了。

李在問：「催妳開會吧？」

「是。」

「那妳走吧！」

「你呢？」

李在坐在那裏沒動，輕輕擺了擺手。

昝小盈說：「再等幾天，說不定很快就有消息，你別這麼沈不住氣，這不是你的風格。」

昝小盈走的時候，李在一直目送著她婀娜的背影。她的身材由於結婚而顯得豐腴，比中學時代好看多了，成熟而富有韻味。那道欲望的溝壑被劃分成兩半，就像他們的金錢分配一樣準確。只不過昝小盈不屬於他，以前不是，現在也不是。

李在和昝小盈的「碰頭會」，一直固定在位於卯喊路口的這間咖啡屋，而且每次幾乎都固定在這個房間。

李在和昝小盈是在騰衝中學讀書時相戀的。

那時的昝小盈像個驕傲的公主，高高的個子，長長的脖子，神采飛揚的丹鳳眼，柔和的下巴，一副盛氣凌人的樣子。可能是從小練芭蕾的原因，她的腳總是向外撇著，走起路來像鞋底安了彈簧似的，所以同學們私下裏給她起了個外號：彈簧美女。但美女的驕傲一般是和空虛相伴的，追求她的人越多，被她拒絕的人也就越多，男孩子的狂熱可以滋養她的高傲，同時也催生她的失望。

李在沒有像其他男孩子那樣給昝小盈寫紙條，他對那些幼稚的小把戲不屑一顧，那只能增加昝小盈的反感，因爲她收到這樣無聊的紙條太多了。他沒有躲在牆角覬覦昝小盈，他從來不躲閃她，既不正視也不斜視。他們見面的時候很多，昝小盈的家離李在的家不遠，他經常遇到昝小盈和她那個打扮入時的母親挺著相似的胸脯在他面前驕傲地走過，那碎石般的高跟鞋聲肆意研磨著李在緊繃著的神經，他從不正視她們一眼，就當她們是透明人一樣，哪怕有時他已經接近崩潰的邊緣了，很想深情地看一看昝小盈，可是他從來沒有這樣做。

他在另一方面悄悄努力著。

昝小盈是班上的文藝股長，能歌善舞，學校裏逢年過節，開展、什麼文藝活動都是昝小盈籌劃的。爲此，李在悄悄在家苦練了兩年口琴。高三畢業的時候，機會終於來了，李在報名參加了畢業典禮演出。這讓昝小盈頗爲吃驚，在她眼裏，李在壓根兒跟文藝無緣，再說學校裏有一個小型樂隊，裏面不乏樂器高手，昝小盈從來沒把他們放在眼裏。但李在相信，每個人都有每個人的音樂，因爲每個人的感情不同，那麼他傾注在每一個音符裏的內容就不同，只有讀懂了他的音樂，才可能讀懂他的心聲，否則就是機械的模仿。

李在在畢業典禮上吹奏的歌曲是他自己創作的，質樸簡單，平鋪直敘。他的吹奏技巧一直沒什麼長進，經常吹錯琴孔，顯得他笨嘴笨舌。他的演奏形式也跟別人不一樣，他吹一下口琴，然後唱一句歌詞，然後再吹，再唱，直到那個非常難聽的曲子結束。但台下的同學們沒一個人笑他，都在屏氣凝神地欣賞他的原創，包括昝小盈。

這年夏天的一個夜晚，他在回家路上碰到昝小盈，這次他沒有躲避，而是站在那裏直視著她。

這一瞬間，空氣彷彿都凝固了，連夜空中飛行的蚊蟲都定格在路燈周圍。

「我喜歡你吹奏的歌曲。」昝小盈說。

「嗯……」

「是你自己創作的嗎？」

「嗯……」

「你能爲我再吹一遍嗎？」

「好……」李在說。

李在不知道當時怎麼那麼自信，他站在那裏開始給昝小盈吹口琴。那天，李在發揮得更不好，錯誤百出，換氣的時候還有間斷，但這一點也不影響昝小盈對他的欣賞。昝小盈當時也有點奇怪，自己爲什麼偏偏喜歡眼前這個有點木訥的男孩子吹口琴呢？

「這首歌是爲妳寫的。」李在鼓足勇氣把心裏話掏出來了。

昝小盈聽這種肉麻的話聽多了，她沒有感動，而是平靜地望著李在。是的，這句話沒有撥動她的心弦，連一點漣漪都沒有掀起來。

「我可以保護妳！」李在突然不著邊際地說了這麼一句。

昝小盈轉身走了。

李在有點懊喪，後悔自己不該這麼衝動，但當時他並不知道，正是這句話決定了他的愛情。

後來昝小盈才把這個秘密說給李在，當時他要是說什麼「我愛妳」、「我喜歡妳」之類的客套話，昝小盈也就沒什麼感覺了，因爲這類甜言蜜語已經讓她麻木不仁。而李在當時卻別出心裁地說「我可以保護妳」，當時的昝小盈感動得有點手足無措，她之所以選擇走開，是因爲害怕自己投進李在的懷抱。她說她清晰地記得，當時她的腿都軟了……

李在那個時候還比較單純，他不知道命運隨時可以改變一個人的一生。果然，後來兩人走了不同的人生之路，昝小盈考上了雲南大學，而李在則在大考落榜後，家裏突發變故，擔任騰衝縣領導職務的父母到昆明開會出了車禍，雙雙罹難，他頓時失去了方向。大考的失意以及父母的離去，讓他遭到雙重打擊，很快，他因爲江湖義氣出手傷人進了監獄，一待就是六年。

社會地位的懸殊，光彩與陰暗的對比，讓他們在中學時代積累的一點情愫灰飛煙滅了。把他們重新拉到一起的是生意，他們現在是合夥人，只有一個目標是他們共同擁有的——賭石。

瑞麗的天氣說變就變，剛才還驕陽似火，現在卻突然下起了太陽雨。細細的雨絲打在玻璃窗上，很快形成一道道彎彎曲曲的水流。窗外還放著一盆哥倫比亞火鶴花，猩紅色的佛焰苞和橙紅色的肉穗被雨水淋得丰姿楚楚，連腐葉土以及苔蘚也瞬間變得濕漉漉的。李在感覺火鶴花那根長長的肉穗有一點色情的味道，這讓李在的思緒不得不一直停留在昝小盈剛才離去的背影上，久久驅散不開。

從獄中出來五年了，這五年，李在有了天翻地覆的變化，他從一個路邊擺攤賣服裝的生意人做起，一點一點打拼，漸漸成爲一個令人刮目的賭石新秀。雖然李在積累的財富在瑞麗根本不算什麼，跟那些富豪相比只是九牛一毛，但跟一般老百姓比起來，畢竟還算成就。成就的背後是沒有快樂的疲倦，而解除疲倦的唯一方式，是情感補充。他曾想找個女人填補自己感情上的空白，結果無數個女人停靠在他身邊，沒有一個結果，他就像一個中途島，而那些女人則是過往的貨船，吸收完給養便匆匆離去了。在她們眼裏，李在仍舊是窮人。情感沒補充，反倒越挖越空。李在心灰意懶，再也不會想起那些女人，他不想像唐教父那樣無所顧忌地沈溺於情色，他始終念念不忘的還是中學時代的戀人昝小盈。

剛出獄的時候，他第一個想見的就是昝小盈。此時，昝小盈已經嫁給了一個喪偶的老頭，前猛卯鎮國土資源管理所副所長，現瑞麗市騰飛木業有限公司董事長鄭堋天。李在死心了。他知道，昝小盈和他不在一條軌道上，不同的階層把人與人輕而易舉隔開了。

李在沒想到幾年後，昝小盈會主動找到他，並提出跟他合夥做玉石生意，這讓他有點受寵若驚。同時，他也敏銳地覺察到，昝小盈對金錢的追求超過他的想像，也許副所長貪的那點錢她根本不敢名正言順花出來，她想在深不見底的賭石業試試水溫，這不免有點洗錢的嫌疑。如果是這個目的，李在實在不想充當昝小盈的幫兇，他仇恨一切貪官污吏，他們打著光明正大的旗號，坐在老百姓頭上作威作福，他們榨取人民脂膏，然後供給他們的兒女在國外花天酒地……

後來，李在覺得這種想法有點不實際，也不是他慣有的風格，他不像大多數男人那樣關心政治，他認爲政治就是政客編造一個理由做他們想做的事。很多年後，他在一本書裏看到這樣描寫：「他想把手伸到莎朗衣服裏面，莎朗不肯，她說他有這樣的想法很不好，雖然她的語氣聽起來有點興奮。於是，他告訴莎朗，他長大以後要當醫生，她就讓他摸了，這就是政治。」

那個時候的李在沒想這麼多，他只想賭石，至於誰搞什麼政治，與他無關。於是，他的感性立即多於理性，這是他的天性，在過去的情感面前，他歡天喜地地妥協了。不是他消除了對既得利益者的警惕與仇恨，而是他善良的人格因素讓他的心柔軟起來。

李在從咖啡屋出來，外面的雨已經停了，路面重新灼熱起來。不知道黑泥塘那邊天氣怎樣？唐教父他們也真夠辛苦的，一直堅守著陣地，可此時此刻，范曉軍到底在哪兒呢？

唐教父和李在是標準的難兄難弟。他中等個兒，蓄著平頭，眉毛和鬍鬚都很濃重，眼睛向外凸著，目光貪婪。他的鼻子碩大而肥厚，鼻尖上還有非常明顯的凹坑。他的最大特點是牙齒上鑲有一條亮晶晶的金屬線。

「教父」之名是有來歷的。

那時候，李在和他都還在獄中。怎樣打發這段度日如年的無聊時光，是每個犯人都要面對的同一個難題。一般犯人採取用酒精和色情故事麻醉自己，而他卻把全部精力獻給了馬里奧・普佐的《教父》。那本小說他差不多精讀了五十遍，他可以把裏面的人物、情節倒背如流，再說，那是他身邊唯一的一本文學書籍。

每天晚上十點以後的「熄燈懇談會」是他表演的時刻，他會繪聲繪色給獄友講上一段。一般他都以這句作爲開頭：

「就在這次婚禮宴會上，有幾個臀部寬大，嘴也寬大的年輕的娘兒們，都滿懷信心地冷靜地打量桑兒・考利昂。但是在這個特殊的日子，她們只不過白費心機而已。桑兒・考利昂不顧自己的老婆和三個小孩在場，已經在對他妹妹的伴娘璐西・曼琪妮打主意了。這個年輕姑娘也完全心領神會，坐在花園裏的餐桌旁，穿的是粉紅色的長禮服，油光油光的黑髮上戴著花冠。早在上個星期彩排的時候，她就向桑兒調情，在祭壇上捏他的手。」

然後每講完一段他就說，你看看人家美國，或者說你看看人家義大利西西里。久而久之，獄友們都叫他教父，而忽略了他的真名唐浩明。

唐教父比李在先出來，渾渾噩噩不知道幹了一些什麼勾當，反正沒發財，李在出獄後，兩個人也沒什麼聯繫，後來他看李在在賭石界逐漸崛起，決定跟著李在闖蕩。李在自然不會拒絕他，畢竟兩人曾是獄友，李在把一般外圍工作都交給他。

唐教父雖然不優秀，但還算稱職，只不過他不是那種很有經濟頭腦的人，他還在沈溺《教父》，有點走火入魔，連二郎腿也是美式作風——腳踝放在膝蓋上，而不是中國式的雙腿並攏。李在對他的印象是：大事別指望他，小事可以指使他。唐教父也不計較個人得失，任勞任怨在李在手下混口飯吃。

此時，李在已經坐上自己的那輛本田雅各，準備前往玉城玉石毛料市場。

一個緬甸人正在等他，他也許能打聽到范曉軍的下落。

車在人民路上飛馳著，街道中央的綠化帶靜臥在清晨的安謐之中，一排造型抽象的雕像聳立在園圃周圍，今天凌晨瀰漫的薄霧此時早已散盡，一簇簇樹葉在靜止的空氣裏紋絲不動，淡淡地反射著柔和的綠光。

十分鐘後，李在駕車進入三二〇國道，然後經過聯檢服務中心，駛上了姐告大橋。過橋後，車子向右拐的一瞬間，他就把昝小盈徹底甩在了大橋後面，他現在腦子裏只有生死不明的范曉軍，那是他的哥們兒。

玉城位於姐告城區四號與五號路交叉處，是亞洲最大的玉石毛料交易市場，國內很多賭石大家都是從這裏揚起致富風帆的，李在也是其中之一。

所謂賭石，是指玉石毛料在開採出來時，有一層風化皮包裹著，誰也無法知道石頭內部的好壞，須切割開才能看見。切割前，賭石人只有根據皮殼的特徵和在局部上開的「門子」，憑自己的經驗來推斷內部翡翠的優劣。這就使得在原料交易中，對原料品質的鑒別成爲一件頗爲困難的事。

這樣的交易頗似賭博，所以稱爲賭石。既然是賭，那就誰也沒有必勝的把握，就是經驗老到的行家，也難免有看走眼的時候，頗具風險性。然而，賭的刺激、賭的神秘和一賭爲快的樂趣，驅使衆多的人去從事賭石業。因此，有人一夜暴富，從街頭的混混轉眼變成百萬富翁，有人頃刻間傾家蕩產，由百萬富翁變成窮光蛋。這種事屢見不鮮，古往今來，不知在這個行業發生了多少驚心動魄的傳奇故事。說白了，賭石就是賭財力，賭智慧，賭膽量。

玉城市場內大部分攤位的攤主都是緬甸人，有老有小，有男有女，有家庭式經營的，也有專門吃這行飯的職業石客。當然，出現在這裏的玉石毛料都是開了天窗的，買家可以看見剖面的基本情況，這叫半賭，但即使這樣，誰也不能說十拿九穩，因爲你看到的也許只是這塊石頭最好的一面，再切深一點是什麼，誰也不知道。也許價值連城，也許裏面什麼都不是。

李在來到玉城門口時，一個五十歲左右，身材矮壯的緬甸人挺著肚子，裹著一條鮮豔的「布梭」迎面走了出來。他是這個市場的老大，手下聚集了三十個緬甸人，十個巴基斯坦人，以及幾十個爲他賣命的雲南、四川人。他光著上身，右臂紋著一條翻騰的蛟龍，左臂則戴著一個臂鐲，粗粗的，像個袖標。他一大早接到李在的電話，說有急事找他。

他一看見李在，就笑嘻嘻地用純熟的漢語說：「哈哈，別怪我沒告訴你，我有一塊好料，前幾天剛從目亂幹找來的，水好底好，有白霧。」

「是紅翡玉？」

「不，帶紫、紅和淡翠。」

「一定有裂紋。」

「沒有。」

「產於目亂幹的很少沒裂紋，這個你騙不了我。」

緬甸人咧開一嘴交錯的黑牙說：「嘿嘿，你不相信可以進去看看嘛！」

目亂幹是緬甸翡翠礦區的　個著名坑口。各個礦山不同坑口所產的翡翠各具特色，質量好壞不同，因而識別採玉坑口對推斷玉質的好壞有很大幫助。玉石業有一句名言，即「不識場口，不玩賭石」，不懂玉料的產地和特徵，你就沒資格做賭石生意。說到賭石的類別，一般分為賭霧、賭種、賭裂、賭底、賭色。緬甸人剛才說的有白霧，即指玉石毛料外皮與底章之間一層厚薄不等的膜狀體。霧要薄，還要透，那才是上等佳品。

李在隨那個緬甸人進了市場。

市場早上六點才是交易高峰，現在基本已經接近尾聲，所以市場內人不是太多，但攤位還沒撤，每一個攤位都擺放著玉石毛料，大小不一。大的猶如一座小山，小的只有手掌那麼大，琳琅滿目。李在　邊走一邊拍著緬甸人肩膀說：「老吳啊，我找你可不是來看什麼裂紋的，我另外有事。」

被稱為老吳的緬甸人眉毛一挑，問：「很嚴重？」

李在點點頭。

老吳領他到了自己的攤位後面一間小屋，摸出一支緬甸生產的方頭雪茄遞給李在，李在搖搖頭。老吳只抽緬甸產的香煙，他有自己的規矩，再有錢也不抽中國所謂的高檔煙，他說沒幾個真貨，他都可以製造出來。的確，他過去就熱火朝天做過假煙。造假的更害怕假，他就是抽一塊五毛錢一包的緬甸「GOLDEN ELEPHENT」也不碰中國煙。他尤其鍾愛方頭雪茄Cheroots，說它沒有加任何化學品，很純，可以慢慢抽上幾個小時，簡直是一種享受。

此時，他把煙叼在嘴上，問：「在哥，是不是有兄弟在緬甸那邊出事了？」

老吳歲數再大，也稱呼別人為哥，這也是他的規矩。

李在說：「不瞞你，找你就是為了這件事。」

老吳一聽，張嘴笑了：「哈哈，秘密派人到緬甸尋寶，也不通知朋友一聲。」

李在頗有點尷尬地說：「你知道……」

「理解理解，我只是開個玩笑。說說，到底怎麼回事？看我能不能幫上你。」

李在說：「幾個月前，我從一個來瑞麗做木材生意的緬甸人嘴裏偶然得知，耶巴米一帶的農戶藏有好貨……」

「耶巴米？我家鄉就在耶巴米。」

「這麼巧？」

「呵呵。是啊！可我從來沒聽說誰家藏有貨呀！即使有，也早賣了，誰也不收藏那玩意兒。那裏太窮了，要是他們都能像我一樣勇敢地走出大山闖蕩世界，早脫貧致富了。」

「也許他們家院子裏一塊普通的石頭就是一塊珍寶，只是他們不知道而已。」

「哈哈，哈哈，」老吳一身肥肉都在顫抖，「在哥肯定聽說過我們緬甸到處流傳的一個故事：有個窮人騎著一匹瘦馬，走到一座大山前，喝了河水後想尿尿，於是他就對著一塊石頭尿。尿著尿著，誰也沒有料到，那塊石頭竟然出綠了，他撿起來一看，一塊好大好大的翡翠啊！後來他賣了這塊翡翠，發了大財。」

「是的，我聽過這個故事。」

「但是我告訴你，不是誰的尿都能沖出綠來，那只是夢想發財的人編出來的美麗傳說，鼓勵自己用的。哈哈……」老吳一直在大笑。

「但是我相信它是真的。」

「所以你派人到緬甸耶巴米尋寶去了？」

「對。你也知道，緬甸十大名坑出貨越來越少，那種上噸重的毛料幾乎沒有，加上我對小鼻子小眼的興趣逐年減少，我想，要幹就幹票大的，孤注一擲，不然永遠在原地徘徊。」

「就是就是，你也應該翻起來了。折騰了幾年，你周圍的氣場已經形成，老在幾百萬這個門檻上打轉，你也不會滿足啊！應該挑選[illegible]下千萬，甚至更高！有句話說得好，膽大才是錢，沒膽就在家捅火鉗。哈哈哈……」

緬甸原石產地有十大名坑，後江、帕崗、灰卡、麻蒙、打木砍、抹崗、自壁、龍坑、馬薩、目亂幹。李在不去名坑，反而另闢蹊徑在民間尋寶，老吳覺得不可思議，他搖著頭，說：「不過，孤注一擲的精神是好的，但這次你純粹是撞大運！哪兒有那麼好撞的？」

李在說：「我朋友在那兒轉悠了幾個月，你別說，還他媽真撞上了。有時候就是，人的運氣來了就像踩了熱乎乎的狗屎，甩都甩不掉。」

老吳知道耶巴米與孟拱西北部的烏龍河不遠，在這個長約兩百五十公里，寬約十五公里，面積三千餘平方公里的地區，是原生翡翠礦床最集中的地方。

原生翡翠礦產於前寒武紀地層中呈由北向東延伸的蛇紋石化橄欖岩體內，彼此相距很近的脈狀、透鏡狀、岩株狀翡翠礦體組成長而厚的同一礦帶。從十八世紀開始到現在，該採的都採了，誰還給你留著？要知道世界上有多少貪婪的眼睛盯著這個地區啊，想在那裏發現好料，機會微乎其微，但也不是絕對，一旦發現也不算什麼驚天大新聞。

老吳問：「多少錢？」

李在伸出五個指頭，翻了三次。

老吳張大嘴巴，「一百五十萬？」接著露出交錯的黑牙嘎嘎笑了：「不錯啊！家鄉人發大財了。」

「可是，三個月過去了，去的人音信全無，手機一直沒有訊號，根本打不通。」

老吳又點了一根煙，問：「他人可靠嗎？」

「絕對可靠。」

「什麼名字？」

「范曉軍。」

「好！那兒是我的根據地，別說人，每棵樹都認識我。三天之後我給你回信！」

李在拍了一下老吳的肩膀，什麼也沒說，轉身走出了市場。他知道對方一言九鼎，無需更多交代。他們平時很少來往，只是大家都知道對方的底子有多厚。老吳講究聲勢浩大，高舉高打，肆無忌憚。而李在則幾乎單槍匹馬，劍走偏鋒，他信奉人不在多，有狠角兒就行。范曉軍就是個狠角兒，一個不可多得的狠角兒，一個認死理的狠角兒。他非常欣賞他。

李在開車回來經過姐告大橋時，腦海裏又不由自主浮現出昝小盈的身影，她始終是他心中惦記的主角，揮都揮不去。是啊，畢竟有那段不濃不淡的情放在那兒，不惦記肯定是假的。雖然昝小盈身上的銅臭氣越來越重，但李在理解，貪婪本來就是人的本性，尤其女人，比男人更勝一籌。自己不就是不滿足現狀，才鋌而走險派范曉軍去緬甸尋寶的嗎？只不過他把欲望掩埋起來，而昝小盈更喜歡顯露，毫無遮攔。性格使然，沒有對錯。不管怎樣，他知道自己心裏仍然愛著昝小盈，他無法忘記她，他之所以把自己的主戰場安排在瑞麗而不是騰衝，表面是因爲這裏離緬甸近，又有亞洲最大的玉石毛料市場，其實潛意識裏，他還是想靠近眢小盈，離她近點，似乎可以減輕痛苦。只是他把對她的思念壓在心底的最深處，偶爾拿出來回憶回憶罷了。

風從瑞麗江吹上大橋，灌進車裏，掀動著他的頭髮。此時，大橋上的車不多，他一踩油門，把車速提高到一百公里。他緊握住方向盤，身子向後一靠，想，姐告大橋就像一條分界線，把他分成了兩截：一截血雨腥風，一截柔情似水。

第四章　請你協助調查

當天晚上。瑞麗。

一間狹小的三溫暖浴室，兩個男人赤裸著身體已經坐在那裏一個小時了。蒸汽瀰漫著，整個浴室像下了一場濃霧，他們互相看不到對方的臉。

其中一個男人五十歲左右，身材矮壯，他抹了抹臉上的水珠，然後解開凸出的肚皮上的白色浴巾，又重新圍上。臂鐲有點緊，濕潤的蒸汽中，他的左臂有點血脈不通。

他對另一個男人說：「石頭出事了，被人劫去了。」

「誰幹的？」

「遊漢麻那個狗雜種。」

「這個雜種是誰？」

「一個純種的雜種！」五十歲的男人說完摸了摸大腿外側，那裏有一道寬約一釐米，長約二十釐米的傷疤。傷疤在蒸汽的熏蒸下顯出駭人的紅色。

「跟他幹過？」

「跟他哥哥幹過不知道多少次。」

「石頭肯定是被他劫去的？」

「肯定。」

又過了十分鐘，那個男人冷冷地說：「想辦法讓他放手！」

「我知道。」

「實在不行再跟他幹一次。」

「不行。」

「爲什麼？」

「森林裏他哥倆兒是老大。」

浴室陷入沈默。蒸汽沒有聲音，兩個男人也沒聲音，浴室像一座靜謐的古墓。

「砰砰！」有人敲門，一個女人在外面問：「請問兩位先生，要小姐服務嗎？正宗越南小妹，還有俄羅斯的……」

兩個男人沒有回答，身子動都沒動。

女人又問了一次，然後嘴裏不乾不淨、嘟嘟囔囔走了。

浴室裏的溫度越來越高，兩個男人全身每個毛孔都被蒸開了，皮膚柔軟得像嬰兒一樣，這滋味比玩小姐舒服百倍。

又過了二十分鐘，五十歲的男人站了起來，暈暈乎乎朝門口走去，他還沒從舒適的狀態中醒來。

他在拉開門之前說：「我有辦法！」

用冷水淋浴後，他的大腦已經徹底清醒，渾身起滿了雞皮疙瘩，他來到儲藏櫃，打開鎖一看，裏面多了一個黑色的皮包。

他嘴角咧了咧，想笑，但忍住了……

老吳的電話是夜裏一點打來的，他語調平緩地向李在通報了調查結果。

老吳說：「你朋友被一個叫遊漢庥的緬甸華人抓去了，凶多吉少，你儘快想辦法營救吧！」另外，老吳還提供了遊漢庥的電話號碼，以及遊漢庥父親遊騰開有可能關押在雲南省內某監獄的這個重大線索。

老吳說，他只能幫到這個地步，他跟遊漢庥從不來往，跟他們不是一個路子。尤其他哥哥遊漢碧，幾年前跟老吳結了樑子，不共戴天。

李在理解老吳，探聽到這個結果已經很不錯了，剩下的只能靠自己。

獲知范曉軍還活著，李在感到無比欣慰，這是一個好消息，接下來，他必須把這個好消息變成好事。不可能到緬甸營救，這個方案他根本不去考慮。他有辦法，而且是切實可行的好辦法，他要儘快找到遊漢庥的父親，這是讓范曉軍死裏逃生的唯一途徑。

六年監獄生活沒白白度過，他結交了很多朋友，涉及各個領域。對於有些朋友來說，尋找一個犯人是件輕而易舉的事情。他拿出電話簿，翻了一會兒，看到了他要找的名字，打了過去。

此時是凌晨兩點，那個朋友從外面喝酒回來剛剛上床，聽完李在詳細說明情況後，醉意朦朧地說：「哦，好！明天上班後幫你查，應該沒問題。遊騰開是吧？找他什麼事？想去看看他？要不要我先給你帶個話？」

「不不！」李在連忙拒絕，他不想讓朋友知道太多。

「那好，最遲明天中午給你電話。」對方也沒追問。

是的，李在也相信沒問題。朋友就是管這個的，全省犯人的基本資料他都可以查到，現在是電腦時代，不用像過去那樣查閱牛皮紙檔案袋。只有一個例外，老吳的情報若是有誤，遊騰開根本沒關押在雲南，那怨不得朋友。

如果是那樣的話，范曉軍就慘了。李在知道緬甸森林裏的故事，情節殘忍無比，沒有溫良恭儉讓。他再也睡不著了，起床點了一根煙，然後來到陽臺，看著二十五層樓下面火龍一樣的街道發呆。他準備熬到天亮，直到對方的電話打來。

兩年前，他的賭石生意正如火如荼，蒸蒸日上，他看中的石頭沒有不漲的。那些石頭彷彿埋在地下就是爲他準備的，只要他挖出來就能日進斗金，很少看走眼的。雖然他在瑞麗富翁排行榜根本排不上號，但他仍然受到很多人的敬重。他們看中的不是他的財富，而是他別具一格的眼力與魄力，而這兩點恰恰代表賭石人無與倫比的個人魅力。跟著他賭，哪怕只能喝一些殘湯，也比漫無目的強，這就像賭場下「跟風注」一樣，追隨紅家的手氣，贏多輸少。由此，真有許多買家貼著他發了財，甚至比他掙的還多。李在就像賭石界一面旗幟，獵獵風中，後面跟著浩浩蕩蕩的賭石大軍。

李在春風得意，但他自己卻非常清醒，他從沒認爲自己有過春風。他知道自己還沒有做大，奮鬥五年也僅僅是個起步，他的賭石生意必須有某種力量來輔助，才能在瑞麗一躍而起，傲視群雄。幾年的賭石生涯帶給他的，除了一點點不足掛齒的財富，還有一身的疲憊，外表的剛強掩飾不住他的力不從心，他急需一個跟他性格相像的人——堅忍不拔，固執偏頗，鑽牛角尖，一往直前，勇敢而不退縮。

這樣的人太少了，唐教父更不能指望，他的性格太軟，成不了大事，雖然他是有點固執偏頗，而賭石更需要的是行動，而不是抱著文學書籍朗誦。他應該認準一塊石頭，然後就一閉眼栽進去，勇往直前，誰也攔不住，這個人必須具有天生的對玉石的感覺，這種感覺後天無法學會，應該是在他第一眼看見玉石的時候就無師自通了。李在需要的是這種人。他始終相信人與石是有緣的，而緣分向來少見，即使人與人也是如此。所以，他渴望一個能投身賭石並敢於爲之付出生命的人。這種人，一半神經質，另一半聰明絕頂。

偶然一個機會，他聽到了有關范曉軍的故事。

范曉軍是和他新婚不久的妻子一起從北京輾轉來到騰衝邊遠山區落泉鎮的，他們被這裏的旅遊資源和豐厚的文化底蘊吸引住了，他們不想再回到喧鬧的都市，打算在這個寧靜的小鎮租下一間房子開個小型酒吧。此時，誰也不知道范曉軍冥頑不化的性格有多嚇人，連他自己也不知道，更別說他妻子了。

他潛伏很久的強硬性格是被鎮裏的幹部激發出來的。

酒吧開張了，但范曉軍不知道，落泉鎮的旅遊資源已經被昆明某大集團公司和鎮政府壟斷，他們不容許外來的人在落泉鎮分一杯羹，哪怕這個羹是多麼的微不足道。范曉軍更不知道，之前曾有幾個來自江西、廣東、浙江的商人企圖在鎮上立足，都被鎮政府秋風掃落葉一般攆走了。他們不允許開這個口子，一旦開了，全中國財大氣粗的人多了，都想在這兒開店，他們只能吃空氣。

攆走一個外來人是需要理由的，不可能明目張膽地拒絕別人在鎮上做生意。理由很好找，尤其落泉鎮，瀕臨國界。

一天下午，也就是酒吧開張後的一個星期，范曉軍和他妻子正在酒吧門口卸貨，一個臉黑得像鍋底的人走了過來。他說：「跟我走一趟！」

范曉軍問：「走哪兒？」

「派出所。」

范曉軍一愣，問：「怎麼了？」

「有些事需要你協助調查一下。」

協助警察調查是一個合法公民應盡的責任，范曉軍無法拒絕。他洗了手，換了一件衣服，跟妻子打了個招呼，跟著那人走了。

走進派出所後，他感覺氣氛不對，所長辦公室裏除了所長，還有幾個沒穿警服的漢子，個個臉青面黑，膀大腰圓，眼睛裏射出令人膽寒的目光。果然，協助調查的開頭部分就讓范曉軍非常不舒服。

所長大約四十歲光景，脖子肥得差不多要從領口溢出來。他表情嚴肅地拿起筆，問范曉軍：「姓名？」

「范曉軍。」

「哪個范？是大小的小，還是拂曉的曉？軍隊的軍，還是君子的君？」

范曉軍心裏好笑，問那麼詳細幹什麼，直接說事不就行了。後面的問話更讓范曉軍覺得這個所長不是讓他來協助調查，而是想開他個國際大玩笑。

所長探出身子，脖子上的肥肉開始顫悠：「性別？」

范曉軍愣住了，難道我像女的？

范曉軍說：「所長，你有什麼事就直說，何必繞來繞去的？」

所長堅持問：「性別？」

范曉軍心頭的火氣上來了，他買的一大堆啤酒還在店門口放著，妻子體弱，一個人根本搬不完。而他不顧店裏生意，反而被叫到派出所問他的性別。范曉軍氣鼓鼓地說：「我是不是把褲子脫下來你才能確認？」

全辦公室的人都沒被他這句氣話逗笑。

所長挺直身子，讓自己的肚皮舒展了一些。他嘴角輕蔑地撇了撇，說：「果然不是個好東西，我的判斷沒錯。說說，你來落泉鎮幹什麼來了？」

「幹什麼？」范曉軍反問，「還能幹什麼？開個酒吧做生意啊！」

所長笑了，說：「小孩才相信你的鬼話！」

「那你說我來這兒幹什麼來了？」范曉軍的嗓門大了起來。

所長厲聲說：「我們強烈懷疑你有不軌動機。」

「比如？」

「比如偷越國境，比如跟境外惡勢力勾結，比如……比如就多了。」

范曉軍的腦袋有點暈：「你們是不是有職業病啊？誰都能瞎懷疑？」

所長說：「笑話！我們怎麼沒懷疑別人？我們如果沒有證據，敢把你叫來嗎？」

范曉軍以前從沒跟警察打過交道，他不知道這是「官方審訊」的套語，還以爲自己真有什麼證據被對方抓到了，心裏怦怦直跳。這是最正常不過的反應，它讓你不自覺中把自己放到警察的對立面，身子尤其心理先矮了一大截。這恰恰是那句套話的威懾力，半個世紀以來百試不爽。

范曉軍腦子濛濛的，半天沒說出話來。接著，所長後面的套語又讓他的腦子暈眩了好幾分鐘。

所長說：「我們什麼都知道，就看你老不老實交代了。問題有大小，但取決於你的態度，態度好，政府會寬大處理的。如果你一意孤行、負隅頑抗，只能罪加一等。我們的一貫政策是，坦白從寬……」

這種只有在電影上才能看到的情景讓范曉軍全身一激靈，他徹底清醒了，深埋在他骨子裏的北方人的火爆性格讓他不可能軟弱。他「啐」地朝地下吐了一口，指著所長說：

「我他媽這輩子一清二白，到你這兒反成犯罪分子了。隨便你怎麼查，你要是查出點什麼，我跟你姓。你要是查不出來，你是我孫子。你大爺的！」

范曉軍一陣破口大罵，罵完就昂首挺胸，走出了派出所。

范曉軍倒是罵痛快了，留下一屋子人則面面相覷，隨即他們便被憤怒包圍，個個咬牙切齒，發誓要好好整頓一下這個不知道天高地厚的北京雜種。他們看慣了逆來順受，誰也不敢違抗他們，就像他們過去攆走其他外地人一樣，理由還是這麼簡單荒謬，但沒人願意惹這個麻煩，惹不起躲得起，乾脆捲鋪蓋走人。這次，他們明顯感覺遇到了一個難纏的對手，而且他們的威嚴也受到了嚴重的挑戰，他們不可能善罷甘休。

果然，從第二天開始，他們沒事就以「正當理由」爲由，請范曉軍到派出所報到，從不間斷，到時間就來。范曉軍不勝其煩，終於忍不住跟他們發生了嚴重的肢體衝突。

他的大拇指就是在那次衝突中被撇斷的。小鎮沒有可以治療骨折的醫生，碰巧有一個行走醫生路過落泉鎮，結果沒接好，他的大拇指從此就一直這麼翹著。

此時范曉軍已經從鎮民嘴裏得知，派出所的真正意思不是調查他什麼罪行，那是幌子，他們想攆他走。

范曉軍的妻子嚇壞了。她說：「走吧走吧，這裏不是我們待的地方。」

范曉軍堅決地搖著頭，說：「共產黨的幹部沒有這麼壞，不可能這麼沒有水準。我是中國人，只要在中國境內，我可以待在任何我想待的地方，誰也攆不走。」

「強龍壓不過地頭蛇。還有，這麼繼續下去，誰還有心思做生意啊？」

范曉軍目光呆滯，說：「看來，我身上的擔子不輕，我要改造他們，把他們從愚昧中解放出來，讓他們變成爲人民服務的優秀公僕，而不是扮演土豪劣紳地主惡霸，簡直自毀形象，我爲他們感到羞愧……」

這次妻子被范曉軍的話嚇哭了。她突然感到范曉軍變得非常陌生，變成了一個她從沒見過的男人。她心疼地抱住范曉軍，說：「教育他們不是你的事，有地方首長……」

「那我就到地方首長那裏告他們……」

「地方首長也會護著當地人的……」

「那我就到更上級的地方告，我就不相信他們幾個傻蛋能一手遮天……」

「別再惹事了好嗎？」妻子苦苦求他。

范曉軍最後歇斯底里地大喊：「我惹他們還是他們惹我？告訴妳，我要努力把他們每個人改造成最佳黨員！」

改造過程是漫長的，期間范曉軍到縣裏找領導控訴，到縣公安局大院大吵大鬧，甚至爬到公安局樓頂威脅要跳樓自殺。范曉軍成了當地家喻戶曉的名人，連幾歲的小孩都知道他們這個縣來了一個北京瘋子。妻子受不了他，悄然離去了，不久，一紙離婚協議書寄了過來，范曉軍簽了字，隨後就大病了一場。

落泉鎮的鎮民突然在一個早上發現范曉軍變了，變得全鎮人幾乎認不出他來。他戴著一頂帽檐捲起來的美國西部草帽，條紋粗布襯衣紮在寬寬的棕色牛皮帶裏，下身是一條緊繃繃的到處是鉚釘的牛仔褲，一條方格圍巾圍在脖子上，嘴裏叼著一個拳頭大小的煙斗。全鎮人幾乎扶老攜幼全參觀他來了，把酒吧門口圍得水泄不通。

范曉軍一點不在乎，他站在酒吧門口一手扶著煙斗，一手扠著腰，耀武揚威。他要的就是這個效果。這下別說落泉鎮派出所的警察，就連縣領導們也都退避三舍，能敷衍就敷衍，能推脫就推脫，誰都不敢搭理他。

他開始變得蠻不講理，誰理他他跟誰吵。

派出所所長知道自己惹了大禍，他寧願在鎮門口蹲在地下下象棋，也不願再來「提審」范曉軍。就是回家，也繞好遠一截路。

他折騰了整整一年。鬥爭的結果是，徹徹底底沒人敢找他碴了，一個人也沒有，就算他開十個酒吧也沒人管。更可恨的是，他壓根兒看不到撇斷他拇指的派出所所長，即使他整天堵在派出所門口也看不見。這不是好事，他就希望誰再來找碴兒，誰再來撇他的拇指。失去鬥爭目標的他，猶如一個突然失明的盲人，磕磕絆絆，肆意奔突。他變得越來越狂躁，整天在酒吧裏磨刀，一邊磨，一邊惡狠狠哼著：

邊疆的泉水清又清
邊疆的歌兒暖人心暖人心
清清泉水流不盡
聲聲讚歌唱親人
唱親人邊防軍
軍民魚水情意深情意深
…………

這個故事傳進李在的耳朵裏後，他對范曉軍這個人頓時產生了濃厚的興趣。別人當笑話聽，他不，他除了心裏沈重，還感覺這個范曉軍也許就是他多年想要尋找的夥伴。

他欣賞范曉軍怪異而固執的性格，說難聽點，賭石界需要這種瘋子。

一天下午，范曉軍酒吧門口來了一個人，他席地而坐，開始吹簫。這是一支不太常見的黑漆九節簫，一米多長，透過吹簫人靈巧的手指直抵唇邊。簫聲由遠而近，綿綿而渾厚，穿透力特別強。簫的音韻是低調的，有些壓抑、喑啞，像一個流浪詩人在獨語細吟，顯得孤寂與清癯。范曉軍從聽到簫聲的第一刻起身子就軟了，像抽去了筋骨一樣。他靠著椅子，俯窗眺望，滿面潮紅。這是一種怎樣的音樂啊！竟然讓他如此不知所措。

簫聲一直持續了半個小時。范曉軍踉踉蹌蹌走了出去，來到吹簫人面前，蹲下，問：「你想告訴我什麼？」

吹簫人把簫放下，望著范曉軍，沈吟了一會兒說：

「我給你講個故事。浙江有一個古鎮，比落泉鎮還要古老，當地有個財團看中這塊地方，想買斷鎮上祠堂的經營權，然後開發出來，搞成旅遊勝地。他們準備造假，花錢找一些考古學家、歷史學家在報紙上撰稿吹牛，說孔子、孟子、老子都曾在鎮上住過，下榻的屋子保留至今，完好無缺，並留有許多手跡，非常珍貴，藉以欺騙大量遊客前往瞻仰。祠堂的主人們不願幹這種欺世盜名的買賣，他們說，祖先留下來的產業不是用來騙錢的。他們義正辭嚴拒絕了那個財團的『一番好意』。其中祠堂的長老更是在當地報紙勇敢揭發那個財團的醜陋行徑，搞得那個財團頭目灰頭土臉的。正當人們以爲這件事偃旗息鼓的時候，長老卻被人謀害了。他被一個路過的沒有牌照的摩托車撞下山崖，粉身碎骨而死。」

「你想說什麼？」范曉軍問。

「我想說的是，跟一個利益集團鬥爭，你的能量有多大？爲了錢財，他們可以肆無忌憚謀害一個老人。他們要捏死你，比捏死一隻螞蟻還容易。你是誰？你只是一個蚍蜉！」

「別嚇唬我！我現在勝利了。」

「哼！」那人不屑地說，「那山崖或者這個鎮子的水塘就是你的歸宿。」

范曉軍火了：「光天化日，朗朗乾坤，我就不信這個邪！」

那人笑了：「看來我還得繼續吹簫。」

「吹簫對我有用嗎？」

「有。」

「什麼用？」

「讓你知道人生還有許多柔軟的東西，那正是你欠缺的。」

此後的幾天，吹簫人都按時來到酒吧門口，然後一直吹，吹到落日的餘暉把窄窄的街道染成紅色。在這幾天裏，范曉軍明顯感覺自己的心理有了某種說不清的微妙變化。先是煩躁，坐立不安，心裏像豁開一個口子，期盼著讓某些東西排泄出來。

他也不知道到底有什麼東西需要排泄，只知道是心裏一種不自覺的需求，他就讓心敞著，等待著那一刻。最後還是沒有排泄，而是在自己心裏消化了，他趨於平緩，然後穩定，最後像磐石一樣凝固，固定在心底某個角落，再也不能離開。他丟掉磨得晶亮的刀子，甩掉牛仔帽，砸碎了煙斗，如果允許，他甚至想拋下身上攜帶的所有物品——外衣、內衣、內褲、鞋、襪子。他像嬰兒渴盼乳汁一樣，渴望那柔軟若水又如泣如訴的簫聲，那音樂完全有哺育他重新生長的作用。他真的像嬰兒一樣饑渴，簫聲來晚了都不行，他會到門口翹首企盼，或者心底哀鳴。

他徹底被那支黑漆九節簫俘虜了。

吹簫人就是李在，最後，他把范曉軍從那個小鎮帶走了。小鎮平靜了下來，很多人也因此鬆了一口氣。沈溺於鎮門口象棋人戰的派出所所長不再下棋，他回到辦公室，重新開始部署任務——阻擋一切妄圖來落泉鎮做生意的外地人，這是主要目標，因為他們——包括當地政府的某些人——的隱形收入，跟來落泉鎮旅遊消費的人數掛勾。

自此，小鎮少了一個瘋子，江湖上多了一個玩命的賭石人。

第五章　一切辦妥

草頭灘煤礦是國家煤炭能源基地之一。

這是一個四面環山的山間壩子，礦區占地面積十七平方公里。礦區水源豐富，有兩百個被河水沖積形成的河灘，上面長滿了青草，故稱草頭灘。同時，這裏的地下也蘊藏著十五億噸褐煤。

草頭灘的風景非常秀美，山坡上到處是扶桑花、聖誕花、鳶尾花、無花果。

實際上，這裏是一座監獄。

第五中隊是個嚴管隊，專門關押刑期十年以上以及其他大隊違反監規的犯人。

下午四點，天氣有點陰沉，一列準備上班的犯人在獄警小陶的帶領下，從監區大門走了出來。犯人一路嬉鬧，惹得小陶幾次訓斥他們。下井前要領取井下裝備，頭頂上的礦燈，厚重的工作服、工作帽、礦燈、雨靴等，還要被組長搜身，小陶則在一邊監督，一切可以製造麻煩的東西都不准帶到井下，比如打火機，比如削尖的牙刷，更別說自己製作的小刀了。

發放下井裝備的是一個近六十歲的老犯，身材不高，臉部水腫，那是長期營養不足的結果。頭皮上貼著一層不長的灰髮，像染髮後脫色，接近癩子。臉上的皺紋也是黑的，一道一道的，像被歲月挖掘的溝壑，像十四世紀中國小說裏的木刻插圖。他已經在這裏待了十二年，頭十年在井下，在瓦斯和煤塵中改造思想，兩年前由於年齡原因把他從井下解放出來。

這十二年中他立過三次功。一次是礦井發生瓦斯爆炸，他不顧個人安危，積極搶救井下的同伴。第二次是及時向政府幹部報告了一起策劃周密的集體越獄。還有一次更不容易，他的文化考試獲得全中隊第五名。這對於一個上了歲數的人來說，相當有成就感。當然，第二次立功最實惠，爲此，地區法院給他減了一年刑。

還有兩年零二十三天他就可以出獄了，十二年來，他每天都騰出一點時間扳著指頭計算距離自由的天數，從未間斷過。

今天天氣不好，草頭灘很少有這樣陰鬱的天氣。烏雲遮日不怕，怕的是這種看不清什麼顏色的天空，氣壓很低，讓人喘不過氣。他隱隱約約感覺這種鬼天氣要發生點什麼事。

發放下井工作服時，他發現一張新面孔，這張臉略顯蒼白，跟周圍黑黝黝的犯人格格不入，顯然他是剛剛入隊的。

「新來的？」他問對方。

新犯點點頭。

「判了幾年？」

「八年。」聲音略顯靦腆。

「還有幾年？」

「三年。」

哦？不是新犯，只是剛剛調來的。

「以前在哪兒？」

「機械廠。」

怪不得！沒在井下上班的人皮膚就是白。在機械廠上班的是一些有機械加工技術的犯人，負責修理井下設備，車工、鉚工、銑床工、電工，什麼工種都有。那裏的條件比五中隊好上不知多少倍，是全體犯人嚮往的天堂。因此，機械廠的犯人平時都趾高氣揚的，從不把井下作業的犯人看在眼裏，就像外面所謂文明世界同樣看不起井下工人一樣。該他們傲，人才到哪兒都是寶。只有一種情況，他們的囂張氣焰才能受到嚴重打擊：嚴重違反監規紀律。那樣他們就會被幹部毫不留情「下放」到五中隊來，讓他們嘗嘗暗無天日的滋味。那個時候他們才知道什麼叫仇恨。

一般的情況是，下放到井下的第一天，必須要他們體會一下「地道戰」，也就是說在坑道裏挨一頓暴打，沒有理由，也找不出誰打的，全是黑拳。如果他跪地求饒，殘廢倒可以避免，只是今後的日子更難過，誰都看不起軟蛋。如果奮起反抗，除非你身懷絕技，否則就有可能丟了小命。當然也有全身而退的，一是牢頭獄霸專門打了招呼，二是獄警反覆強調井下安全，明眼人心知肚明，此人背景深，誰也不敢輕舉妄動。

眼前這個新人是什麼類型的呢？

他問：「叫什麼？」

「羅舟。」

他把礦燈等遞給羅舟，提醒說：「小心！」十二年來，他看到無數傷殘甚至屍體從井下運出來，他不想看到眼前這個白皙的小夥子變成他們其中的一位。

羅舟換工作服時，他看到了一塊一塊隆起的肌肉，這是個危險的信號，他寧願看到脆弱的肋骨，因爲羸弱是可以活命的，頂多挨頓揍。而發達的肌肉反而會激發一場慘烈的「群食會」。在井下，沒有人認識肌肉，只知道吃肉。

他開始爲這個小夥子擔心。

犯人們下井後，小陶沒有立即離開，他攏了攏蓬亂的頭髮，走進了工作室。

小陶是個二十出頭的年輕人，略顯消瘦。他沒有戴警帽，只穿著一身筆挺的警服。礦物局規定，一般情況獄警不准戴警帽，害怕越獄犯人襲擊獄警後喬裝打扮，尤其那頂警帽，可以遮擋犯人標誌——光頭。

老犯問小陶：「那個人為什麼過來的？」

小陶說：「我也不清楚。我問了機械廠那邊，沒人說。肯定是違反監規了吧，平白無故怎麼可能送到這兒？」

「是啊，肯定是違反監規。」

「不過，裝麻袋（調監）沒有必要非有什麼原因，正常調動。」

「是不是跟附近的女村民有什麼瓜葛？」他嘿嘿笑了起來。

小陶嚴肅地說：「別亂打聽！」

小陶坐了大約五分鐘就走了，他要等下井的犯人上來後再過來，那是大約十個小時以後的事。

他呆坐在椅子上，心裏總覺得這件事有些蹊蹺，又找不出具體原因。其實十二年來，他見過的蹊蹺事情太多了，他的好奇心早在入獄頭一年就徹底滿足了。唯獨今天不同。他隱隱感覺所謂「正常調動」一點不正常。

不一會兒，另一列要下井的犯人來了，他開始忙著發放下井裝備，一邊登記，一邊清點人頭，但他心裏始終惦記著羅舟。

關押在獄中的犯人如同黑夜中行走的盲人，他的觸角比正常人靈敏百倍，尤其在伸手不見五指的時候。大牆內，犯人們的眼睛被牆壁擋住，視覺自然就萎縮了，而其他感知器官必然會加倍發達起來，用以適應千變萬化的周邊環境。人的適應力是無法用數字語言來測量的，它強到你根本無法想像的地步。

十個小時後，他知道了他的預感一點沒錯。

羅舟洗了澡，肩膀上搭著衣服，光著沒有任何傷痕的上身走了過來。沐浴後的他，皮膚更加白皙，甚至有點嬌嫩。那不是鹼性巨大的肥皂洗掉的，而是他在井下壓根兒沒在第一線幹活。

羅舟是什麼來頭？第一天下井不但沒人敢動他一根汗毛，連活都沒讓他幹。十二年來，他第一次見到這種事。

羅舟趴在窗口，回頭見後面沒人，悄聲問：「請問這位老哥們兒，我可以每天在這兒看見你嗎？」

「我在這兒上班。」

「那就好。」他吹了一聲口哨，準備離開。

「有什麼事嗎？」老犯高聲問道，他急於想給自己的預感找到答案。

羅舟的口氣一下強硬起來，「叫什麼叫？我就是核實一下。」

媽的！調查戶口嗎？

老犯憤憤不平。

羅舟走後，他像被人抽了筋似的，雙腿無力，頹然坐在了椅子上。他強烈地預感到這小子就是衝他來的。可是十二年來，他在獄中的人緣相當不錯，沒得罪過誰，別人也沒給他穿過小鞋。即使那次檢舉揭發越獄，也沒什麼大不了的，監獄裏這種事多了，如果報復，那每個犯人的腦袋早就搬家了，誰屁股上沒有屎？

他悶悶不樂，怎麼也想不出個所以然來。

十分鐘後，他的情緒稍微穩定了一些，思維也比剛才清晰。不能坐以待斃，得幹點什麼。他走到放工作服的櫃子側面，用力搬開櫃子一角，然後從後面抽出一根一米長的鋼鐵。鋼鐵溜細烏黑，鐵頭鋒利如刃，靜靜地散發著懾人魂魄的寒氣。它可以輕易穿透一個人的胸膛，即使羅舟那樣厚厚的胸肌也無法阻擋。

李在焦急等待的電話是那天上午九點四十分左右打過來的。

「遊騰開關押在草頭灘煤礦五中隊。」對方說。

「確定嗎？」李在急切地問。

「就這一個名字，沒第二個。」

「那就沒錯了！」

「他還是……」

「怎麼？」

「檔案裏塡寫的是緬甸籍。」

「哦，知道了。謝謝啊！」李在放下電話，眉梢立即飛揚起來，喜形於色。他知道范曉軍有救了。

真巧！恰恰在草頭灘煤礦。那是一個他熟得不能再熟的地方，他的六年青春就是在那個鬼地方白白耗過的。當然，現在他不這麼認爲，他覺得那地方到處花香飄揚，美不勝收，它是范曉軍的福地，也是他的福地。

火八兩還關押在那兒，機械廠基建中隊，負責建設廠房民宅什麼的。李在過去是那兒的犯人頭兒，他走後由火八兩繼任。

毋庸置疑，監獄管理由政府幹部具體執行，其實不止這個，暗地還有一個管理機構，那就是由服刑罪犯構成，內部職稱是「積委會」的部門（積極改造委員會）。這種現象不是現在發明的，實際上，千百年來一直存在著，以犯制犯，往往更能收到奇效。

火八兩比李在大很多，今年四十五歲，坐牢的時間也長，判了二十年，坐了十五年，因打殘犯人又被加刑三年，現在仍然有八年餘刑。火八兩原名火炬，因酒量大，每頓必喝八兩而得名，他拳頭大，心黑手辣，以暴力爲人生快感根源。過去他是抗拒改造的棘手人物，喝酒鬧事，打架鬥毆，拉幫結夥……總之，除了搞同性戀，什麼事他都想嘗試一下。

有一段時間，他還跟李在勢不兩立，兩個人幹過一次架，牽連了基建隊一百多名犯人參與這場鬥毆。後來兩人不打不相識，竟然成了肝膽相照的朋友。李在走後，他突然改邪歸正，積極響應政府號召，熱火朝天地投入到生產第一線去了，跟幾年前相比判若兩人。

對於他這種表現，止面的說法是，經過勞動改造，他洗刷了罪惡，脫胎換骨，已經成爲一個對社會有用的人。側面的說法是，他老了，脾氣變小了，再也沒力氣跟年輕人火拼了。而反面的說法來自於對他知根知底的犯人，這也是最接近事實的說法，他臥薪嘗膽，準備減刑。

對於火八兩翻天覆地的變化，幾個中隊領導看在眼裏、喜在心頭，鑒於他過去在犯人中間的「威望」，他被任命爲基建隊「積委會」主任。果然，違反監規的事大幅度下降，政府幹部以爲火八兩管理有方，他們不知道，害怕火八兩的犯人比害怕政府的還多。

去草頭灘肯定來不及了，只能想辦法透過幹警找到他。

李在撥通了一個電話：「喂，是謝指導員嗎？好久不見了啊！」

「啊！是李在呀！哈哈哈，上次到瑞麗都是前年的事了，可不是很長時間沒見了嘛！現在生意越做越大了吧？」

「還湊合吧！現在各行各業都不是很景氣……」李在忍著笑，「我一直想跟國際接軌……」

「算了吧！你賭個石頭跟國際接個什麼軌？」

「哈哈，也是。上次來瑞麗沒玩痛快吧？」李在繼續廢話，這種鋪墊是必需的。

「痛快痛快——就是有一樣不痛快。」

「哪樣？」

「你喝酒不痛快，我們說好了一醉方休，你半醉就休了……」

「指導員，你也不是不知道，我酒量有限，就是捨命陪君子我也得有能力陪呀！我要是火八兩就好了，起碼陪你喝一斤八兩。」

終於向正題轉入。

「火八兩那個狗日的是能喝，昨天晚上他狗日的又喝醉了，讓我一頓臭罵……我說了多少次了，要以身作則，不要帶頭違反監規……」

「他喝酒必鬧事，狗改不了吃屎。對了，指導員啊，你現在哪裡？」

「在工地。」

「正好。我正想找火八兩，他人在嗎？想向他打聽一件事。」

「這……」這是違反紀律的事，謝指導有點猶豫，「他帶著他們小組在樓頂灌水泥呢，不好找，離著遠……」

「指導員，沒別的事，你放心，不會給你帶來麻煩的。我就是想打聽一下機磚廠的事，我想做點這方面的生意。」

「哦，這樣啊……」謝指導員還在猶豫。

「現在賭石生意越來越難，我必須在其他領域求發展，不然到時候連酒都沒得喝了。」

還是酒，這是敲門磚，專門敲謝指導員的門。當年，李在就是帶著這塊磚頭一路敲，然後坐到「積委會」主任那個職務的。

「火八兩，火八兩……」謝指導員開始乾吼。

酒真管用。從指導員叫火八兩到他接電話的時間判斷，李在估計他最多離指導員二十米。

「是主任吧？」李在調笑道。

「操，主他媽任！倒了八輩子血楣的主任。光管事，不減刑。」

「你別著急啊，水到渠成的事，你才當多久，我當年當了多久，好日子在後頭呢！」

火八兩乾笑著，問：「嘿嘿，前任主任，有什麼事？」

李在穩定一下情緒說：「你只管聽，別說話。」

火八兩連嗯都沒嗯一聲，聽筒裏只有沙沙的細微噪音。

李在簡略講了事情的來龍去脈後，火八兩說：「沒問題，放心，我兄弟今晚就會嚴重違反監規，爭取被送往嚴管隊。再說，實在不行，那邊也有我的兄弟，叫那邊的人動手。」

「別動手……」

「我懂。我只是讓你知道，煤礦裏的安全事故隨時會發生。」

當天夜裏九點左右，李在接到火八兩的電話，是用另一個人的手機打來的。火八兩只有簡單的四個字：「一切辦妥。」

李在長長地舒了一口氣。他眼圈有點熱，爲過去交往過的朋友感動，監獄裏建立的友誼總感覺比在外面以金錢爲目的的「友誼」重。那裏藏汙納垢，各色殺人越貨的人關在一起，爲了生存，他們伸出鼻子迅速找到自己的圈子，然後挽起手臂，迅速聚攏。沒有金錢做依託，沒有假惺惺的面具，就那麼赤裸裸地表達愛憎。當然，沒有永遠的敵人，也沒有永遠的朋友。所謂的友誼，也有很重的利益成分攙雜其中，這個利益就是堡壘，是爲了抗擊其他堡壘所建立起來的銅牆。愛憎在大牆裏表現得如此分明，是朋友就是朋友，是敵人就置對方於死命。李在喜歡那種酣暢淋漓的感覺。火八兩永遠不會問他幫了你應該得到多少好處，是朋友，就不問結果。

李在知道怎麼做。他一直在爲火八兩的假釋悄悄活動著。

遠方傳來一陣沈悶的雷聲，跟著風就刮了起來，吹得路邊的樹枝搖搖擺擺的。瑞麗要下暴雨了。他走到臥室外面的陽臺上，向遠處一排簡易平房望去，一排燈泡串在一起，把車房打扮成節日的模樣，一條彎彎的小河繞著它們潺潺流向遠方，河面蒸騰著氤氳，牆壁似乎在簌簌顫抖。平房的左側，朝河的上游方向伸出一截木橋，大概是供婦女們打水或洗衣服用的，房前是一小塊翻得亂糟糟的泥地，上面還有一簇簇紫紅色或白色的小花。

一個矮矮胖胖的女人從平房裏走出，來到木橋上，一條黑色的大狗顛顛地跟在她身後。她彎腰把水桶放進河裏，那條狗筆直地坐在那裏，默默地注視著那個女人。

生活在那裏的人們沒有衛浴設備，沒有陽臺，沒有現代化設施，但他們一樣幸福，他們抽著煙喝著酒，無憂無慮地大聲喧嘩，或者沒完沒了地罵娘，等罵累了又聚在一起打麻將。生活內容也許就是這樣勾畫的，也許它就是一根簡單的直線，在這個物欲橫流的社會，直線變得很細很短，迫使你要麼截斷它、要麼無視它，要麼把它輕輕再次捋直，就這麼簡單。李在羨慕那種環境，他小時候就是那樣度過的，但是他已經無法回到過去，他必須投入戰鬥，把這根直線弄彎，然後反彈回來擊向對手，那種力量足以讓對方喪命。

李在深吸了一口氣，回到臥室，從床頭櫃拿出一張紙條，上面記著老吳給他的電話號碼，遊漢庥的。國際區號是〇〇九五，緬甸電話，沒錯。

他手指堅定地按向撥號鍵。

撥通了。

嘟嘟——嘟嘟——

聽筒裏喀嗒一聲，對方按了接聽鍵。聽筒裏嘩嘩的，伴有轟鳴的雷聲。訊號不是很好。

對方咳了一聲，問：「請問，你找誰？」

李在問：「請問你是遊漢麻嗎？」

「是啊。你哪位？」

「李在。」

「李——在……」對方拉著長聲，好像要把這個名字當英語單詞背下來。

「別回憶了，你不認識我。」

「哦，找我什麼事？」

「你是不是一直在尋找你的父親？」

「是啊，你見過他？」

「我沒見過，我只是知道他。」

「他還活著？在哪裡？」

對方的口氣顯得異常急迫，這正是李在需要的。

「聽著，你父親遊騰開關押在草頭灘煤礦，他表現很好，被減刑一年，還有兩年零二十三天就出獄了。」

「真的?!你怎麼知道？你是誰？」

他笑了，冷冷地說：「問那麼多沒用。我只是想告訴你，我朋友跟他關在一起，朝夕相處，他們關係不錯。」

遊漢麻接到李在電話之前，森林裏一直迴蕩著范曉軍的慘叫聲，足足有半個小時。雨越下越大，加上電閃雷鳴，范曉軍的叫聲逐漸減弱，直到徹底被大雨覆蓋。

遊漢麻笑了。之前他玩過活埋，不好玩，就像埋一頭死豬，現在他想嘗試一下蟒蛇活吞。這招是哥哥遊漢碧告訴他的，說非常刺激。現在他不準備玩了，他得趕快去把范曉軍拉上來，他知道如果范曉軍被蟒蛇吞掉，他父親第二天就會命喪礦井。

父親是他和他哥哥遊漢碧心中最牽掛的。自從父親去了雲南，就徹底失蹤了，生死不明。十多年過去了，一點音信都沒有。他感覺他的父親沒死，他一定堅強地活在人間。可是這麼長時間過去，他漸漸對自己的感覺產生了前所未有的懷疑。誰知道，今天晚上竟然從中國大陸那邊傳來這麼好的消息。這是天意，讓他無意中捕獲了范曉軍，尤其那塊石頭，他相信後者是那個叫李在的人最牽掛的東西，它代表著父親今後的幸福。

他討厭李在的口氣，冷冷的，像緬甸森林裏吹過的潮濕的風。「我朋友跟他關在一起，朝夕相處，他們關係不錯。」哼！威脅！赤裸裸的威脅。以為誰傻聽不出來似的。

還給他！那個死豬不怕開水燙的范曉軍，那個看上去很誘惑其實不值錢的破石頭，我一個都瞧不上眼。

說還就還，現在就幹這事。不容遲疑。

遊漢麻帶著幾個人深一腳淺一腳來到坑邊，幾個人拿手電筒往坑下一照，頓時傻眼了：范曉軍沒在裏面。

遊漢麻急了，大聲喝問道：「媽的誰晚上值班？」邊說邊從腰上抽槍。

幾個緬甸人嚇得打著哆嗦向後退去。有個人發現了地上空空的網兜，他戰戰兢兢撿起來，遞給遊漢麻。

遊漢麻簡直不相信自己的眼睛，他惡狠狠地罵道：「他奶奶的大陸雜種，他難道有縮骨術？他難道長了一雙翅膀？」

他好像突然意識到了什麼，舉著槍衝天上「砰」地摳了一響，大聲命令道：「集合！封鎖各個路口，其他人全他媽去追！朝邊境追！」

遊漢麻暴跳如雷的時候，范曉軍正拖著一條傷腿，扛著瑪珊達在森林裏狂奔。

之前半個小時，在那個令人恐怖的坑裏，一條緬甸蟒蛇已經昂著腦袋逼近距離范曉軍兩公尺的地方，並且還在繼續蠕動身軀向他靠近。范曉軍驚恐地看到那條碗口粗的蟒蛇吐出長長的信子，發出嘶嘶的叫聲。他感覺他的脖子馬上要被蟒蛇纏住了，跟著就是窒息而亡，最後被蟒蛇活生生吞掉。

范曉軍絕望了，嗓子眼裏發出瀕臨死亡的哀鳴，與蟒蛇的嘶嘶聲交織在一起。他的耳朵裏只能聽見這兩種聲音，震耳欲聾，把轟隆隆的雷聲都蓋住了。

瑪珊達拼盡全力把范曉軍拉上來時，范曉軍已經昏迷了。別說蟒蛇，任何軟體動物他都害怕，甚至害怕蝸牛。他縮成一團，像胎盤上的嬰兒，蜷著腿，雙臂抱在胸前，腦袋軟綿綿地耷拉著，神情安詳。瑪珊達使勁打了范曉軍臉兩下，他才從驚恐的昏迷中醒來。他霍地站起身，看見了眼前的天使。

瑪珊達渾身上下都濕透了，閃電把她塗染得像一個藍色精靈，全身一明一暗地閃爍。緊緊的「特敘」長裙包裹著渾圓的臀部，鮮豔的短衫被泥漿覆蓋著，豐滿的乳房倔強地懸掛在胸前。此時的瑪珊達不僅僅是天使，而是裸體的水中女神！

「宋嬋！」范曉軍叫她。

她一動不動，然後抬手指著一個方向，說：「你逃吧！」

范曉軍像突然衝出籠子的兔子，撒腿就跑，跑出十多米又轉了回來，然後拉著瑪珊達說：「跟我走！」

瑪珊達掙扎著，說：「不，我不能！」

「妳喜歡這裏？別傻了，跟我走吧！」

「你什麼都不要問，快走，不然就來不及了！」瑪珊達焦急地催促道。

范曉軍一把把瑪珊達拉在胸前，直視著她，問：「妳告訴我，妳是不是宋嬋？」

瑪珊達低頭不語。

這已經是答案。

范曉軍不再囉嗦，他彎腰抄起瑪珊達，扛在肩上，輕輕顛了顛，調整好她身體的位置，然後跌跌撞撞向森林深處跑去……

第六章 誰也逃不了

太陽出來了，一縷縷陽光從樹尖射下來，形成無數耀眼的光柱。一群不知名的鳥呼啦啦從頭頂飛過，劃落幾片樹葉，悠悠地從樹頂掉了下來。

瑪珊達躺在范曉軍懷裏，仍在甜甜睡著。一夜的逃亡讓他們筋疲力盡，他們只好在一個山崖底下暫時躲藏一下。

范曉軍也想睡，他更累。爲了那塊石頭，三個月以來，他一直在森林裏奔波，沒睡過一個好覺，沒吃過一頓好飯，他忍受的一切是常人無法想像的。其實對玉石的興趣，他是後來慢慢才有的，起初李在把他帶到這條道上時，他心裏非常排斥，他是爲了追隨黑漆九節簫攝人魂魄的聲音，才跟李在離開落泉鎮的，而不是一次次鋌而走險深入緬甸尋找石頭。

不過，隨著一次次他運回的石頭「漲水」，他逐漸對這種賭博形式產生了濃厚的興趣。興趣不單是賭石對他大腦皮層的刺激，而是高於賭博，類似於精神層面上的昇華。每當尋覓到一塊上佳的石頭時，他的耳邊就會響起黑漆九節簫連綿不斷的音樂聲，那聲音強烈刺激著他的耳膜，給他的神經末梢帶來從未有過的快感。從某種意義上說，他是爲了簫聲而搏命天涯的，而不是爲了一塊簡單的石頭。

瑪珊達鼻子裏嗯了一聲，應該馬上就醒了，這讓范曉軍有點慌張。他鄙視自己昨晚面對蟒蛇時的昏厥，尤其是瑪珊達把他從坑裏拉上來時，這一幕讓他有些無地自容。但這種恐懼是與生俱來的，與一個人的膽量無關。蟒蛇彷彿就是他范曉軍的天敵，他的昏厥不是因爲恐懼，而是大腦本能休克，就像老鼠見著貓一樣，渾身的骨節都鬆散了。他只能這樣安慰自己，替自己昨晚的膽怯解脫。現在遠離了蟒蛇，他的身體以及思維頓時堅硬起來，直至堅如磐石，什麼也不怕。

瑪珊達扭動了一下身子，終於醒了。

她睜開迷濛的眼睛朝四周探望，忽然發現自己正依偎在范曉軍懷裏，馬上矜持地坐直身子。

「這是什麼地方？」瑪珊達問。

「我還想問你呢！」

瑪珊達站了起來，手搭涼棚向遠處張望了一會兒，說：「不認識，我們大概迷路了。」

范曉軍的臉色變了：「妳的意思是說，我們離邊境越來越遠，說不定是朝著相反的方向逃跑的？」

「有這個可能。」

范曉軍撿起一塊拳頭大的石頭，朝遠處扔了過去。「媽的，老天爺不讓我回國啊！我準備紮根緬甸，向遊漢麻學習，當一個森林之王。」

瑪珊達笑了，問：「看你昨晚拼命奔跑的樣子，還紮根緬甸呢，你恨不得展翅飛翔。」

「唉，還飛翔，現在我們是插翅難飛。」

「我問你，爲什麼帶上我？你能肯定我願意跟你走嗎？」瑪珊達直視著范曉軍問。

「是的，我敢肯定。」

「爲什麼？」

「妳不想在遊漢麻那裏，看的出來妳根本不愛他。是不是這樣？」

「不愛他就要冒險救你？」瑪珊達反問。

「不是爲了我，而是爲妳自己。」

「爲我自己？」

「破壞也是一種快感，而且是一種與生俱來的快感。」

「你還是那麼能說，就像在落泉鎭那晚一樣。」

一聽瑪珊達說起落泉鎭，范曉軍忙問：「宋嬋，我一點都不明白，妳怎麼跟遊漢麻在一起呢？」

瑪珊達垂下頭，說：「其實宋嬋只是我中國戶口上的名字，我本來就叫瑪珊達，緬甸人。」

范曉軍皺著眉頭，顯然他沒聽懂。

瑪珊達苦笑著，咧了一下嘴角，說：「唉，我的故事不像你當初在落泉鎭聽到的那麼簡單。」

「講講好嗎？」

兩個人一起坐在一塊佈滿青苔的石頭上。

瑪珊達說：「我的家鄉在一個叫拿目的偏僻山村，父親去世早，母親就把我託付給我爺爺奶奶，遠嫁到泰國去了。我從小就是被爺爺奶奶撫養成人的，對了，你聽說過緬甸克揚族嗎？」

「克揚族？沒聽說過。」

「巴洞呢？」

「沒有。」

「看來你對緬甸還不是特別瞭解。我說出來你肯定知道。」瑪珊達伸出手指在脖子上比劃了一下。

「是不是脖子特別長的那個民族？」

「猜對了。」

「妳是克揚族的？」

「是。」

范曉軍歪頭觀察瑪珊達的脖子，「妳的脖子很正常啊！」

「那當然。緬甸政府早就不鼓勵克揚族婦女帶銅項圈了，我母親也沒帶，只有我奶奶才是長頸，脖子上套了二十五個銅圈。」

范曉軍縮了一下脖子，好像誰要往他脖子上套銅圈。

范曉軍斜著腦袋問：「巴洞是什麼意思呢？」

「克揚族人是克倫族人的一支，巴洞在克倫族語中就是『長頸』的意思。」

「哦，真是一個奇怪的風俗習慣！」

「在外人看來，這些銅項圈似乎非常累贅，讓人不舒服。但是，巴洞婦女卻認爲長頸就是一種美麗。人人不都喜歡長頸的天鵝嗎？戴上銅項圈就會讓她們變得像天鵝一樣高貴典雅。所以從五歲開始，她們就在脖子和四肢套上銅圈，十歲開始便每年在頸上多加一個，一直到二十五歲爲止。」

范曉軍又縮了一下脖子，儘量端起肩膀。

「其實這種風俗的由來是非常殘忍的。據說在很久很久以前，緬甸有一個在民間視察民情的國王，有一天走到現在緬甸克耶邦的首府壘固時，偶遇一位貌似天仙的克揚族女子，便一見傾心。然而，他不得不離開這裏，到其他地方視察，可是又怕這女子被其他人娶走，就命令手下給她打製了幾個重重的銅項圈，使勁纏繞在她脖子上，使她的脖子拉長，這樣，別的男人就不會再愛上她了。後來，在這個地區，慢慢就形成了一個風俗習慣：丈夫為了阻止別的人再愛上自己的妻子，就讓他們的妻子戴上這種銅項圈。再後來，久而久之，這些銅項圈就變成了克揚族女子的一種美好的飾物。」

「殘害婦女一直以來都是皇帝的樂趣，久而久之成了所有男人的樂趣。媽的，慘不忍睹！」

「這只是個傳說而已。還有一個傳說不是這樣的：長頸龍被克揚族人視為天地萬物之父，給婦女戴上銅項圈，就是為了使自己看起來像長頸龍。還有的人則說，克揚族女人這種怪異的裝扮是為了嚇跑在森林裏遊蕩覓食的饑餓的老虎，因為長頸女身上叮噹作響、閃閃發光的銅圈，會使饑餓的老虎不寒而慄，可防止她們受到老虎的襲擊。還有一種說法是，給克揚族婦女戴上了銅項圈，她們就有了明顯的標誌，就不會輕易被人販子拐賣。」

「別說脖子了！說說妳！」

瑪珊達停頓了一下，說：「說到拐賣，就已經說到我了。」

「啊？妳被拐賣？」

「是的。」

「到底怎麼回事？」

「我的學校成績特別好，但是迫於生活，十三歲那年我不得不輟學，隨著爺爺奶奶開始跟著一個表演團體上臺表演，我爺爺敲鑼打鼓，我和奶奶在前面跳。開始是給一些洋人表演，後來中國遊客越來越多。他們都是來看我奶奶的長脖子的，我們跳的什麼、唱的什麼已經不重要了。幾年過去，在我十九歲的時候，我長得越來越漂亮，加上我從小跟一個緬甸華人學漢語，我既是報幕員，又是獨唱演員，我可以把鄧麗君的歌模仿得惟妙惟肖。我是表演團的台柱。後來，爺爺奶奶得了一種奇怪的病，相繼去世，我想到泰國找我母親去，但表演團團長不答應，說必須讓我再表演五年，才能償還給我爺爺奶奶治病的錢。後來，他看我越來越沒心思在臺上表演，有時還在臺上耍性子得罪觀眾，失去了耐心，就把我賣給了一個緬甸華人。那個人就是遊漢麻的哥哥遊漢碧。」

范曉軍咬牙聽著，腮幫子鼓了起來。

瑪珊達歎了一口氣，漂亮的眼睫毛一眨一眨的。看的出來，她的內心沒有敘述這個故事時臉上表現得那麼平靜。

「遊漢碧根本不是人！」這幾個字，瑪珊達是咬牙切齒說出來的。

范曉軍看見瑪珊達欲言又止的樣子，他希望她別說下去，不是人的故事肯定不好聽，他也不想知道這麼仔細。瑪珊達果然沒再繼續遊漢碧這個話題，「那時候我還是處女，遊漢碧就把我轉賣給一個拐賣人口集團，價錢翻了五倍。人口販子把我從緬甸帶到中國，又把價錢翻了五倍賣給了河南新蔡縣的一個老光棍。我心想，中國總比緬甸好，那裏的人肯定也比遊漢碧好。我不嫌棄這樁人口買賣，相反我還特別高興，爲終於脫出他的魔掌而高興。哪想到，那個老光棍比遊漢碧還狠，還變態。我太天真了，以爲這個世界除了遊漢碧，其他都是好人。半年後，我全身傷痕累累從老光棍那裏逃了出來，半路上被一個好心的山西煤礦的司機帶走了。」

「後來呢？」范曉軍被瑪珊達的故事壓迫得幾乎喘不過氣來，他沒想到表面看上去漂亮清純的瑪珊達，人生道路竟然如此坎坷。

「司機的家鄉是山西一個小城，他很喜歡我，要求我嫁給他。我看他人挺憨厚的，長得也不錯，大概也是為了感恩吧，我毫不猶豫地答應了。他給我取了一個好聽的中國名字宋嬋，還在當地花錢透過關係，給我辦理了中國戶口。轉眼間，我從一個河南『黑人村』的緬甸新娘，變成了正式的中國公民，心裏別提多高興了。」

范曉軍長舒了一口氣，「妳終於還是碰到好人了。」

「是的。但是這個世界真的很不公平，不知道你聽說過這樣的話沒有，叫『壞人活千年……』」

「……好人命不長。」

「對。」

「難道後來……」

「是的，那個山西好人半年後死於車禍……你在落泉鎮遇到我的時候，我的心情正鬱悶到了極點，我心想，我的命怎麼這麼苦？我拿著他留給我的一筆錢到處旅遊，尤其雲南，這個跟緬甸緊鄰的地方，是我非常嚮往的美麗天堂……我想遊完雲南，我就離開這個世界……沒想到在那裏遇到了你。你知道那一晚對我多重要嗎？你讓我有了重新生活的勇氣，從你的談吐、你的眼睛裏，我看到了一個頑強的生命在跟命運抗爭。你的力量傳染給了我……這也是昨晚我救你的原因，而不是什麼破壞欲……」

范曉軍聽後有點動情，他輕輕攬過瑪珊達的肩頭，讓她柔弱的身子靠著他。他說：「我也不會忘了那個夜晚，妳知道妳走後的幾天裏，我有多麼失落，就像丟失了一件陪伴我多年的寶貝一樣難受。為什麼到了櫻花谷就一去不返了呢？在心裏，其實我一直在等妳……」

「櫻花谷，可怕的櫻花谷……」瑪珊達喃喃說著。

范曉軍吃驚地問：「在櫻花谷發生了什麼？」

「人們總說世界很寬，地球很大，可是在我的生命裏，它總是那麼狹窄。我本打算在櫻花谷散幾天心，梳理一下自己的思緒。你知道嗎？其實我一直在猶豫，不知道是回到落泉鎮找你，還是永不回頭。誰知道我真的不能回頭了，我在櫻花谷遇到了遊漢碧的弟弟遊漢庥……」

「什麼？在櫻花谷遇到遊漢庥？」

「是的。當時他帶著幾個手下也在雲南旅遊，碰巧看見了我。」

「妳趕快報警啊！」

「報警？那裏哪裡有什麼警察，報誰啊？」

「媽的！真是冤家路窄！」范曉軍忍不住罵了一句。

「遊漢庥說，因爲我從河南逃跑，中國那個人口販子生氣了，說我砸了他的飯碗，讓他失信於自己的買主，今後很難在當地開展業務，所以他要遊漢碧還錢。兩個人爲這事吵了起來，最後還動了刀，死了好幾個人，其中就包括他哥哥遊漢碧。遊漢庥讓我跟他回緬甸，在他哥哥墳前燒三炷香，告慰他哥哥的靈魂，這件事就算有一個了斷，以後他再也不找我的麻煩。如果我不答應，他可以馬上在櫻花谷殺了我。在那個人煙稀少的原始峽谷，殺死一個人太容易了。我嚇壞了，只能答應他。」

「對，答應他，到了外面街上，妳可以打電話，可以叫喊，我就不相信他如此膽大妄爲，一點都不害怕。」

瑪珊達說：「我當初也是這麼想的，因爲我已經是一個正式的中國公民，而不是他們隨意欺負的瑪珊達。可是，你和我都太幼稚，所以對於一切壞的結果都不會主動去防禦。我被掛在遊漢庥嘴角的微笑迷惑了，我想，我是一個弱女子，已經在中國受了那麼多的罪，人都有仁慈的一面，他不會把我怎麼樣。再說，我已經不是處女，即使他們想再把我賣了，也賣不出個好價錢。出於我們緬甸對死者的特別尊敬，我跟他們回去了。但是路上，他們給我吃了藥，一種控制精神方面的藥，摻在飲料裏讓我喝下去後，我就像一個夢遊病患者，脖子上拴著一根無形的繩子，隨著他們任意牽動。他們帶著我翻越中緬邊境，第二次來到這個鬼地方。後面的事就不說了，遊漢碧根本沒死，活蹦亂跳的，他不但更加變態地侮辱我，他弟弟遊漢麻也加了進來……」

說著，瑪珊達便伏在范曉軍肩頭抽泣起來。范曉軍一把抱住瑪珊達，眼眶裏有了一些淚光。

范曉軍貼著瑪珊達的耳邊說：「既然把妳帶出來了，我就不會讓妳再回去，我也不能回去，回去只有死路一條。」

正說著，瑪珊達突然挺直身子，耳朵支棱起來，說：「你聽！好像是汽車的聲音。」

范曉軍也聽見了，遠處隱隱傳來汽車馬達的轟鳴聲。

瑪珊達說：「有汽車就有公路，而公路附近只有一條——史迪威公路，有很多拉木材的汽車，直接通往中國。」

范曉軍知道史迪威公路，這條在第二次世界大戰中，爲了向中國輸送抗日物資而建立起來的運輸線舉世聞名。史迪威公路當時代表的是中華民族的一條生命線，既然是生命之路，它注定要用血肉之軀鋪墊。范曉軍這時沒有準備獻出自己的身軀，因此他沒有爲此發現而興奮，他知道汽車的馬達聲很遠，時而從山谷傳來，時而湮沒在崇山峻嶺。聲音的強弱不能代表遠近，眼睛也不能準確判斷，即使你能看見汽車，可要想走到公路，說不定需要耗費一天一夜的時間。而一天一夜代表什麼？代表遊漢麻可以優哉遊哉騰出時間追捕自己。

「遊漢麻豈能善罷甘休？」范曉軍說，「他現在肯定像瘋子一樣到處追捕我們。搭運木料的汽車有什麼用？現在的司機哪有那麼好心腸的？」

是的，現在他們身無分文，想要賄賂司機搭車回中國，簡直是天方夜譚。這些長年累月在這條線上跑的司機，什麼危險沒見過？他們已經變成沒有血肉的機器，任憑誰攔車，一律輾過，沒一句廢話，因為他們知道，在這條線上攔車的人幾乎沒一個好人，不是劫匪就是當地武裝分子。

森林中的溫度陡然升高了，太陽開始火辣辣地蒸烤著森林，跟著饑餓便開始襲擊他們，從昨晚到現在，一路奔波，他們的肚子早就空空如也。看來遊漢庥說得對，給你三天，你也別想跑出這片森林。野獸都不行，何況人。

他們進也不是，退也不行，想在這片遮天蔽日、瘴氣瘧疾無處不在的森林中生存一天，都是非常危險的事情，並且現在是雨季，如果遇到洪水氾濫，根本無處藏身。而在這片森林裏，除了少數狩獵的那嘎、克欽等原始部族外，大部分地區為無人區。

范曉軍的腿開始往外滲血。之前由於精神高度緊張，那條傷腿幾乎不存在了，范曉軍從來沒覺得自己的雙腿這麼有力過，可是現在，它被疼痛驚醒了，顫抖著，萎縮著。

無法再走一步。看來，逃無可逃，只能坐以待斃。

遠處的樹梢驚起一群白冠噪鶥，牠們呼朋引伴，呼啦啦向遠處飛去。

果然，有人來了。

絕對是遊漢庥他們。

范曉軍立即把瑪珊達擋在背後，兩個拳頭捏得緊緊的，隨時準備跟來者拼命。

先是幾杆長長的鳥槍從樹幹後面伸出來，跟著出來一個渾身是泥、滿臉黑糊糊的人。范曉軍認出是遊漢庥，他猜想自己的長相此時也跟對方差不多，森林中的青苔樹藤泥漿早就把人塗抹成一幅面目全非的抽象畫。他想起來了，開始並沒在意，瑪珊達也是這個模樣。

遊漢庥發現范曉軍身後還有個人，他歪著頭辨認半天，認出是瑪珊達，眼睛裏立即噴出了咄咄逼人的怒火，顯然之前他並不知道是瑪珊達放了范曉軍，更沒有料到這個女人會跟著范曉軍逃跑。他從腰裏摸出手槍，對準了范曉軍。

范曉軍閉上眼，準備用堅硬的胸膛迎接那顆子彈。只要身後的瑪珊達活著就行，她太苦了，她應該好好活下去，她應該離開遊漢庥。但是，恐怕這一切只能是個奢望，誰也逃離不了這片廣袤的原始森林，他不行，瑪珊達也不行。

瑪珊達緊緊抱住范曉軍的腰，她用豐滿的乳房使勁抵住他的後背，她想給他一點力量，一點溫暖，或者她想跟范曉軍融爲一體，然後同歸於盡。總之，她也做好了一切準備。

就等著遊漢庥開槍了。

范曉軍此時哪裡知道，遊漢庥怎麼可能開槍。在遊漢庥看來，范曉軍目前的地位可以跟他父親相提並論，其重要性超越任何人，包括瑪珊達。他知道，沒有范曉軍，他父親就別想活著出獄。

「范曉軍和石頭都安然無恙。」李在在電話裏興高采烈地說道。

「我說沒事吧？耐心等待就是勝利。你看到石頭了嗎？」

「還沒有。他們沒從黑泥塘進來，而是從盈江昔馬古道，石頭……」李在停頓了一下，「……和人，已經渡過檳榔江，現在痢痢山一帶隱蔽前進。快到了，我下午就去騰衝。」

關掉電話，昝小盈也壓抑不住內心的興奮，她側身看了看身邊的鄭堋天，他半睜著眼，張著嘴，呼吸勻稱，一動不動。不知道他是否還在爪哇國雲遊，或者早醒了，正若有所思地思考問題。

這是一個風和日麗的早晨，太陽一如既往地射在淡綠色的窗簾上，映得臥室裏滿眼春色，散發著生機勃勃的味道。這消息太振奮人心了，昝小盈的身體亢奮起來，越燒越旺。但是火焰只能靠自己熄滅，每次都這樣，別想指望身邊這個老頭是個滅火器。此時他仰在床上一動不動，奄奄一息，儘管他腦袋上的頭銜是瑞麗市騰飛木業有限公司董事長，他在事業上呼風喚雨，馳騁中緬木材業，在瑞麗，誰不知道搞木材的鄭堋天厲害，但昝小盈知道，他的身體也跟木材一樣，毫無知覺。

話說回來，就是能指望也別指望，從開始認識他，昝小盈就沒有指望，指望他，只能破壞她的情趣。

她側過身，背對著丈夫，悄悄從下面撩開睡衣下襬，纖細的手指順著小腹伸了下去……持續了五分鐘，還沒感覺，動作稍微一加快，動靜就大。身邊的丈夫嗓子裏嗯了一聲，好像在提醒她什麼。

昝小盈承認，學生時代帥氣的李在一直在她心裏，紮得很深，一點也沒有泯滅。不知怎麼回事，此時昝小盈的眼淚像斷了線的珠子撲簌簌地滾了出來，落在枕巾上。她從紙巾盒裏扯出一張，迅速擦了一下眼睛，但仍止不住淚水長流。她的心空空蕩蕩的，腦子暈暈乎乎，莫名的心跳使她戰慄不已。她不知道剛才在電話裏對李在說了什麼，好像是「耐心等待就是勝利」，怎麼能說出這種冷冰冰的話？她需要他的呵護，她一直獨自舔噬隱隱作痛的傷口，一個人靜靜地療傷，雖然療傷的過程讓她的心被蒙上了一層撥不開的雲翳。

李在根本不知道，他不會知道的，她至今也沒有從那段感情的霧靄中解脫出來。她經常站在陽臺，眺望瑞麗的夜景，遙望著每家的電燈逐個點亮，一幢樓又一幢樓，一個房屋又一個房屋。在閃閃爍爍搖曳的窗簾後面，人們或者賓朋滿座，分享著生活的樂趣；或者同床異夢，過著與愛隔絕的生活，就像她現在一樣。她幻想著能和李在在一起，就這樣靠在一起，默默凝望著這個城市。他們不拉窗簾，沒這個必要，沒有人注意他們，他們不會受到任何干擾。他們並肩相偎，她能感覺到他臂彎的體溫，無憂無慮，令她陶醉。尤其在俯瞰這個萬家燈火的忙碌世界時，她覺得離他的心很近很近，能讀懂他或者能揣摩他的心跳，是昝小盈最幸福的事情。他們在床上繾綣纏綿，無休無止，像兩隻互相用觸角探索的蝸牛。可是現在，她就像一株煢煢孑立的蒲公英，永遠被風放逐了。

不可否認，李在的電話再一次把她點燃了，她心中從未有過這樣強烈的衝動，一種無法遏止的要與李在接觸的渴望，她迫切需要李在來陪陪她，幫助她擯棄心理上的羈絆，疏緩一點長期積攢的鬱悶。

她起身去了洗手間……

當熱水淋在乳房上的時候，剛才中斷的感覺就潮水般湧來了。她眯縫著眼睛，看著塗層防霧鏡裏的自己，那富有彈性的身體本該迸發出應有的火花，可現在，她只能用自己的手一個一個去摁滅它，她想要李在，要他從後面用有力的雙臂抱住她，她微微翹起的臀部蠕動著，可以慢慢感覺他的欲望。

當時李在傻裏傻氣地說，我能保護妳！可能這句話他已經忘了，忘得一乾二淨。保護什麼？他為了所謂的哥們兒義氣進了大牢，一待就是好幾年，他根本不知道那幾年她是怎麼熬過來的。失望、眼淚、等待、傷害……什麼都齊了。她從來沒給他寫一封信，她恨他，恨他不爭氣，恨他在所謂的江湖義氣面前拋棄愛情。儘管如此，大學期間，她還是從沒對其他男人看上一眼，她的心仍舊被李在裝得滿騰騰的，誰也容不下。

後來發生的事讓她的心突然空了，空得什麼都沒有，她迫不及待地需要塡滿它，不然就會徹底崩潰。此時的李在，輕得如同搖擺的艾草，她毫不猶豫拔掉了他，準備敞開胸懷去迎接森林。森林裏的樹很茂密，但看來看去沒幾棵好樹，她又一次失望，對人生，對愛情，對一切可以揚起風帆的事都失去了耐心，她權衡利弊，咬牙跺腳選擇了鄭堋天這棵歪脖子老棗樹。

棗樹的特性是硬。在瑞麗這個邊境小城市，雖然猛卯鎮國土資源管理所副所長的官位不大，但管用，不但職權管用，錢也挺管用。昝小盈變得突然市儈起來，她就是看中這點才答應鄭堋天的，況且，這棵老棗樹不可能一輩子待在那個職位上，退了第一線還有第二線，他還能利用過去建立起來的關係發揮餘熱，爲昝小盈做貢獻。她押寶押對了，這棵老棗樹現在是瑞麗市騰飛木業有限公司董事長，比以前當所長的時候更能吃香喝辣，更能大把大把地掙鈔票。昝小盈暗暗佩服自己破釜沈舟式的選擇，她彷彿看見暗藍的天空，蕭瑟的田野，一棵乾瘦的老棗樹硬厥厥地矗在風中。這畫面正是她需要的，也是李在所不能提供的。

遺憾的是，老棗樹是硬，但鄭堋天不硬。昝小盈永遠記得他們第一次上床時的情景，他喘著粗氣，躺在旁邊運氣，鬆弛的肚囊皮跌宕起伏。昝小盈閉著眼靜靜等著，身子不由自主顫抖起來，看上去像個沒經歷什麼風雨的雛兒。

十分鐘後，鄭堋天歎了一口氣，說：「我陽痿。」

昝小盈哭了，先前對這樁婚姻還有所期盼的心情一落千丈，再也沒有升起來。她知道，她選擇了一座不錯的靠山，同時也選擇了令人難以啓齒的活寡生活……

水還在滋著她的身體，已經有兩次了，不能再來了。她想把這塊石頭賣出後，就正式提出跟李在去麗江旅遊。這是她早就計劃好的，只不過從沒跟李在說起而已。在那個容易產生愛情的城市，她想跟李在重新來一次，不要求有什麼結果，她只是想追憶一下曾經流失的青春……

想到這兒，大腦裏就又有了畫面，她禁不住又輕聲哼唧起來，淚水又出來了……

完事後，她睜開眼睛，用力眨去酸楚的淚水，她看見浴室牆壁上的花紋在交彙、散開，不斷組合成千變萬化的圖案，她覺得自己已變成一個無形的、脆薄的空殼，正被自己的指尖穿過身體，踩在心上。

她給自己斟了一杯紅酒，放了兩顆冰塊，擰開陽臺的小門，清涼、潔淨的空氣潮水般湧入，天際一縷低低的浮雲在晨光的映照下變得緋紅。約莫三分鐘後，她返身回到臥室，躺在床上，紅酒在她血管裏湧動，她的思緒變得斷斷續續，絲絲縷縷。她努力抓住它，不想把它驅散，她想讓它永遠蕩漾在大腦……

放在床頭櫃上的手機突然響了，昝小盈拿起一看，沒接，直接關機。鄭堋天還是一動不動，手機鈴聲像個小型收音機，卻吵不醒他。昝小盈想，他不但身體像木頭，耳朵也聾。

第七章　大買賣

「你怎麼曬這麼黑啊？」第一眼看見范曉軍，李在就高聲叫了起來。

「緬甸的太陽比雲南還毒！」范曉軍勉強笑了笑。

「唐教父他們呢？」

「我讓他們回去休息去了。你沒看見，他比我還黑，跟雷劈過似的。」

「這次兄弟們都辛苦了，賭完這塊石頭賺了大錢，我們就想辦法幹點別的。」

「在哥，你捨得離開賭石？」

「有什麼捨不得的。有人說，人生的路很漫長，其實不長，就幾步，那幾步走過了就決定了你整個人生。你我都走過了，可以改弦易轍了。」

「然後享受榮華富貴，遊遍祖國大好河山？」

「不，我要遊遍世界。」

「但是我覺得你不可能就此收手。」

「根據？」

「無根無據。人的天性如此。十年前，你認為能掙個十萬塊錢就是成功人士，那時候，十萬在你心中絕對是個大數目，轉眼你跨過十萬這個門檻，成了百萬富翁，但你並沒有停下來的意思，因為你還想成為萬人矚目的千萬富翁、億萬財主。十年前我雖然不認識你，但我知道，你還是你，一點沒變，你還是李在，變的是你的心。所以你現在說話一概不算，明天說不定就變，不是命催你，是人民幣在召喚。賭石人都知道，誰跟鈔票過不去誰是傻子。」

「哈哈哈——」李在大笑，「你人瞭解我了，可我怎麼就不能輕易瞭解你的內心世界呢？你是我認識的人當中最蔑視金錢的男人。」

范曉軍神情黯然地說：「你來落泉鎮找我的時候，就應該瞭解我了，即使你不瞭解，你的簫也會告訴你。我是跟著你的簫來的，不是跟著錢。」

「越說越玄了！我發現你情緒不對啊！有什麼事瞞著我？」

范曉軍掏出香煙，點上一支，遞給李在一支，點上，吸了一口，說：「在哥，你還說不瞭解我的內心世界。呵呵，你能看出我情緒不對，就已經窺視到我的內心了。」

「我操，傻子也能看出來啊！」

范曉軍猛抽了一口煙，然後撓了撓曬黑的光頭，說：「不說這些了，我們去看石頭。」

李在在騰衝翡翠珠寶城開有一間規模很大的店鋪。珠寶城跟某旅遊公司簽有合同，凡是到騰衝旅遊的大小團隊都會被巴士拉到這個珠寶城，供遊客選購翡翠飾品。如果交易成功，無論價錢多少，店鋪都會給旅遊團導遊一些回扣。即使這樣，珠寶城內的翡翠成品的標價還是比昆明低很多，所以來這裏選購翡翠的遊客趨之若鶩。

騰衝雖小，但文化底蘊深厚，翡翠文化源遠流長，與世界著名的優質翡翠礦床所在地緬甸山水相連，國境線長達一百四十八公里。早在宋元時期，騰衝就首開世界翡翠加工之先河，成爲西南第一通商口岸。上世紀五〇年代以前，騰衝就是緬甸玉石最大的集散地、交易中心和加工基地，也是全國唯一的緬玉進口通道，曾吸引上海、北京、揚州等地的大批能工巧匠、富商巨賈紛至遝來，贏得了翡翠城的美譽。

由於某種原因，緬甸玉石的進口管道曾被關閉。一九八一年，隨著邊境小額貿易恢復和騰密路修復通車，騰衝玉業得以重振。一九九六年，騰衝邊貿玉石進口達到自改革開放以來的頂峰，相當於當時全國進口量的百分之七十。十九世紀三〇年代，英國人美特福遊騰衝時，曾記敘了玉石加工的情景：「某長街爲玉石行所開，玉石晝夜琢磨不輟，余等深夜過之，猶聞蹈輪轉床聲達於百頁窗外。」可見當時琢磨玉石之繁忙。

這一點可以在《騰衝縣志》上得到印證：寶貨行者有十四家，解玉行有三十三家，玉肚眼匠二十七家，玉細花匠二十二家，玉片工匠三十一家，玉小貨匠三十七家。那時，騰衝縣城玉石工匠超過三千人，形成有幾條專業化的街道。此外，散居於城郊的綺羅、谷家寨、馬場等鄉，尙有三四十家，以車眼小匠爲多。現在，騰衝城到處大興土木，建築高樓大廈，凡是需要搬遷的人家必定先在自己家裏「大興土木」，就像挖地道一樣，往往就會挖出一些玉石和玉件。誰也拿不準自己的祖先是不是幹這個的。騰衝城在二戰期間曾經毀於戰火，死去的親人說不定在戰事緊張時，把玉器藏在了穿枋、地楞、榫眼。有句俗話說：騰衝有文盲，但沒有石盲。是的，在玉石面前，騰衝人的眼睛始終是雪亮的，他們不會放過任何一次尋找財寶的機會。

走進翡翠城，通過一個狹長的窄街，然後向右一拐，就到了李在的店鋪：汲石齋。店鋪裏有七八個高級玉石加工匠，全是騰衝、保山、瑞麗的琢玉高手，年齡在三十至六十歲不等。店鋪是開放式的，沒有門簾，站在店鋪門口，首先映入眼簾的是一排漂亮的玻璃櫃檯，裏面擺滿了手鐲、墨玉、腰牌、如意、平安扣、吊飾、擺飾、十二生肖、觀音等，各種顏色都有，琳琅滿目。

最顯眼的是放在玻璃櫃檯後面一座平臺上的貔貅，一尺見方，冰種翡翠雕琢而成，價值不菲。

貔貅，又稱辟邪，相傳是一種兇猛的瑞獸，與龍、鳳、龜、麒麟合稱爲古代五大瑞獸。貔貅分有雌性及雄性，雄性爲「貔」，雌性爲「貅」，此瑞獸龍頭、馬身、麟腳，形狀似獅子，毛色灰白，會飛。因牠有嘴無肛門，吞萬物而不瀉，所以象徵著招財聚寶，只進不出。現在很多人佩戴貔貅玉製品正因如此。李在店鋪裏這尊貔貅是開了光的，安放在店鋪中央，發揮財運亨通，驅趕邪魔，鎮業鎮齋之功效。

店鋪後面是個倉庫，大概有兩百平方米，專門堆放未加工的玉石毛料。那塊從緬甸運回來的巨石就放在倉庫中央，被一張深黃色的油布蓋著。

李在吸了一口氣，說：「掀開吧！」

儘管他在賭石界闖蕩多年，但當這塊黃褐色巨大的礫石展現在他眼前時，他還是禁不住悄悄驚呼了一下。比他想像中的大，差不多有一人多高，四五個人才能合圍。這個龐大的傢伙就像一隻臥在那裏的不知名的動物，沒有眼睛，沒有鼻子，沒有耳朵，但你能清楚地感覺到它在呼吸，在默默地注視著你，態度很不友好，隨時準備發怒，生怕你小瞧了它。

「你確定嗎？」李在轉頭疑惑地問范曉軍。

范曉軍嘴角咧了一下，說：「誰能確定？誰也不能！在沒有切開之前，它什麼也不是。」的確也是。李在知道這一點，之所以這麼問，證明他心裏一點底都沒有。一塊貌不驚人的石頭一刀切開，或許是價值連城的上等貨，或許是一錢不値的廢料，分秒之間，輸贏立現。這就是賭石的精髓，就像把鉅款扔向賭桌的賭徒，誰也不知道底牌是什麼。誘人的機遇，冒險的欲望，刺激著眾多賭石高手，誰也不想退縮。李在也不例外。這完全是一場沒有硝煙的戰爭，李在從看見這塊石頭的那一刻起，就清醒地意識到，戰鬥已經打響了。

「我就像孫悟空到西天取經一樣，」范曉軍撓著光頭說，「沒有七十二難，也有二十七難。」

李在拍拍范曉軍的肩膀，「上次已經經歷了十難，這次又遇到新花樣了？」李在口氣輕鬆，其實他知道，去一次緬甸不是那麼容易就可以脫身回來的，用驚心動魄來形容，一點也不爲過。

范曉軍說：「按照那個緬甸木材商的提示，我在耶巴米附近山區森林轉了整整一個月，像個遊僧，到處找人施捨，眼睛放得比燈還亮，像個竊賊。操他的，緬甸逮著竊賊是要切手指的。你說我這副模樣能不讓當地人懷疑嗎？尋寶的和偷東西的都一個表情，賊眉鼠眼。媽的，全是酷刑招呼，問都不問就給你上上了。」

「這次是……」

「吊刑。其實皮肉的痛苦我都可以忍受……」

「什麼吊刑？」李在打斷他。

「那幫土著把鐵絲穿進你皮裏，比如後背、肩膀、臉部，甚至眼皮，掛衣服一樣給你掛起來。」

「行爲藝術！」

「是啊，所以我一點不疼，挺享受。」

有偏執狂的人對疼痛的感覺非常遲鈍。李在問：「看來意志堅強的隊伍在擴大，一直擴到落泉鎮。你這麼堅強，讓我摸摸是用啥高級材料做的。」

「在哥，少調侃我！我受的罪還不夠啊？哈哈，你就別再取笑我了！」

其實李在心裏在滴血，爲朋友滴，用不合時宜的玩笑只是想掩蓋曾經的血腥。

「你知道段家玉的故事嗎？」范曉軍突然問。

「怎麼不知道，每一個賭石的人上的第一課就是這個。」

「我再給你復習一遍：民國年間，綺羅鄉段家巷有個玉商段盛才，從玉石場買回一塊三百多斤的玉石毛料，其外表是白元砂，許多行家看後都直搖頭，沒有人肯出價。他泄了氣，便把這塊石料隨意丟在院子門口，讓來客在那兒拴馬。時間長了，石料被馬蹄蹬掉一塊皮，顯出晶瑩的小綠點，引起了段盛才的注意，於是拿去解磨，竟然是水色出眾的上等翠玉，做成手鐲，仔細看去，就像在清澈透明的水中，綠色的小草在隨波輕輕飄動，從此段家玉名揚中外。」

「你想說的是……」

「我這次的經歷跟段盛才差不多。」

「啊？真的？怎麼回事？快點說說。」

「發現這塊石頭的時候，估計它已經在那兒放了一百年，不是拴馬，是人家拴大象的。我圍著人家院子轉了三天，自然引起了屋主的懷疑，他問我是幹什麼的，我靈機一動，摸了他家小孩的腦袋。」

「什麼意思？」

「在緬甸，摸人家小孩腦袋是被禁止的，摸了，你就得在當地當三個月和尚。」

「你還當了和尚？」

「是的。」

「在還沒有確定石頭的價值時，你就死心塌地在那兒當了三個月和尚？」

「我記得你說過，人和石是有緣的，從我第一眼看見這塊石頭起，我就認定我找到了，它就是我的，誰也別想拿走。」

李在點點頭，暗暗佩服范曉軍性格的執著和對玉石無與倫比的悟性。

「我對房主說，出家正是我這輩子的心願。本人絕對六根俱足，無生理缺陷，無精神病史及其他傳染病，身體特別健康，有一定文化基礎，且父母許可，家庭同意。本人堅信業果，珍惜暇滿之身，深知身命動搖猶如水中泡，不貪現世利樂，如此出家，殊勝無比。南無阿彌陀佛！唵嘛呢叭咪吽！」

「什麼亂七八糟的？一會兒阿彌陀佛，一會兒六字箴言。人家聽得懂嗎？」

「肯定聽不懂前邊的，但南無阿彌陀佛肯定能懂，再說我表情特別虔誠，恨不得馬上跑廟裏念經去。」

「你從哪兒知道的這些？」

「在哥，我從不打無準備之仗，到什麼地方去，一定要瞭解那裏的風土人情，功課做足才能出發，否則只能挨打。」

「然後你就上廟裏當和尚了？」

「對！我白天念經，晚上翻牆出來，然後圍著這塊石頭，把手電筒蒙著一塊紗布，一吋一吋地觀察。一個月後，我在拴繩子的一個很淺的凹痕裏，發現了我想要找的顏色。」

「當地人知道你要拖走石頭是什麼反應？」

「哈哈，好像他們的天都要塌了。房主說，這塊石頭是他祖宗留下來的，非賣品，給多少錢都不賣，態度強硬。後來我給出一個價錢，他們頓時全都沈默了，耶巴米地區很窮，我出五萬人民幣買這塊石頭，可想而知對他們意味著什麼，簡直是天價。房主家有七個小孩，都還很小，如果賣了這塊石頭，小孩子今後的學習醫療生活費用全都不愁了。」

「是啊，五萬人民幣相當於緬幣七百多萬呢！」

「他們全村差不多都是一個家族的，經過幾天幾夜的討論，他們把價錢抬高到十萬人民幣，也就是一千四百多萬緬幣。讓他們沒想到的是，我還是爽快地答應了。這下他們覺得還是虧了，於是房主請出了一個據說是當地當官的一個外甥，叫吳貌貌。這個傢伙相當貪婪，他一眼就看出來我不是一個做小買賣的，一來就把價錢抬高到一百五十萬人民幣，相當於兩億多緬幣，嚇人吧？而且態度強硬，一分不能少。操他奶奶的！看來各國當官的都沒有一個小胃。」

「呵呵，他要是小胃他怎麼吃啊！」

「吳貌貌威脅我說，你假裝出家，就是盯上了這塊石頭。有兩個選擇，要不你老老實實把這塊石頭拉走，要不我就沒收你的證件，然後報警抓你這個偷渡者，關你幾年，看你還跟我討價還價不。我一聽，不能磨蹭下去了，待在那個人生地不熟的地方，夜長夢多，說不定後面發生什麼呢！於是我這才給你打電話，讓你把錢匯到吳貌貌的戶頭上。媽的，這還不包括運費。好在他指定了二十個手下的人一路護送我，答應到中國邊境才付款。可惜……」

「他們人呢？」

「全被遊漢麻的機槍幹掉了。其實那個叫哥覺溫的小夥子，現在想來是個挺不錯的人，唉，當時我們還吵架，還差點抄傢伙幹起來。」

「唉，你能回來就好，比什麼都好，石頭不石頭都不重要，真的，石頭即使弄不回來，你能平安回來，起碼我心裏的石頭落了地。」

「你落了地，咎小盈呢？還有其他兄弟呢？誰都不重要，生意重要。」

「我不這麼認爲。」

「在哥，別解釋了，我知道你的難處。賭石不是一般的生意，它就是一場用生命做代價的賭博。把命放在賭桌上，最後那張底牌最重要，其他的都是扯淡！」

李在不想再繼續這個話題，他的內心世界有時候范曉軍是不懂的。他問范曉軍：「你感覺石頭內部會不會有裂痕？」

「問對了，這也是我最擔心的。」

「哦？」李在的眉頭揚了起來。

「雖然民間有『十玉九裂』這個說法，但也有『無綹不雕花』嘛！你應該知道，天然玉石都是有裂痕的，它可以吸收人體體液，其中的礦物質也可以滋養人的一生。戴玉戴久了，就會和玉的品德一樣，所以古時有『謙謙君子，溫潤如玉』，『君子無故，玉不離身』的說法。」

「我說的是運送過程中……」

「過程？」

「其實玉石中的絕大多數裂綹與自然界的構造應力有關，產出形式因應力狀態而異。這個我們不能左右。而我擔心的是玉石中非構造性裂綹，天然非構造性裂綹也就罷了，關鍵是人爲的非構造裂綹。玉石如果有較平展的大面，必然是個易開啓狀裂綹面，而外形渾圓的毛料是自然應力作用的結果，可能沒有裂綹面。幸虧我們這個是後者。」

「這個很難說。在森林裏的三個月，尤其最後陷入陷阱，再被遊漢庥用卡車拖到邊境密林，不可知的事情太多了。如果切開沒有人爲非構造裂綹，那就是我們燒了高香顯靈了，如果有，只能認栽。」

「好！認栽就認栽，就當我們失敗一次，誰能在賭桌上十拿九穩贏牌？我們給這塊石頭起個名字吧？討個好彩，希望它在賭石大會上大放異彩。」

「起名字？好啊，在哥，你起！」

「你起！是你把它從緬甸千辛萬苦運回來的，還是你起。」

「真讓我起？那好，就叫『三月生辰石』。」

「哦？我只知道鮮紅似火的紅寶石叫『七月生辰石』，象徵仁愛、忠貞。豔麗多彩的藍寶石叫『九月生辰石』，象徵穩健、莊雅。這塊石頭還沒切開呢，怎麼叫三月生辰石呢？」

「沒什麼特別意思，這個月是我的生日，祝我生日快樂吧！」

「真的？那今晚我在傣家花園給你舉辦個生日宴會，順便給你接風。」

「好啊，謝謝在哥。」

「弄反了弄反了，我應該好好謝謝你才是。對了，這塊毛料你考慮過標價問題沒有？我很想聽聽你的意見。」

一說起標價問題，范曉軍一下子就想到了遊漢麻，當時那個雜種就是想套出價格，才暫時留他一條活命的。想到遊漢麻，必然想到瑪珊達，那個美麗善良的緬甸女孩。范曉軍心裏一陣揪痛。當初遊漢麻放下槍，說把石頭和人全都送回中國的時候，范曉軍簡直不敢相信自己的耳朵，他甚至懷疑這是一個陰謀。石頭和他被弄上卡車的時候他才相信，這是李在營救他的結果。

他不知道李在如何掐準了遊漢麻的命門，他只知道他可以安全回去，但瑪珊達不能，她必須留下。任何想帶走瑪珊達的理由在遊漢麻那裏都不是理由，他不可能聽進去。本來也是，就當時狀況而言，瑪珊達是遊漢麻的女人，又不是他范曉軍的，他沒有帶走她的任何藉口。

他永遠也不會忘記瑪珊達眼中閃爍的那種絕望的神情，像火一樣烤灼著他的靈魂，她呆呆地望著他上了卡車，什麼也沒說。他也沒說，只是直盯著瑪珊達，車開動了，她的身影越來越小，那套鮮豔的「特敏」慢慢褪了顏色，逐漸變成一個黑點，然後從他的視線中消失了……

他心裏的瑪珊達像草，長滿了，沒有縫隙，他心裏沒有石頭。

李在碰了范曉軍一下，才把他從恍惚狀態中拉了回來。

「我想聽聽你的意見！」李在又說了一句。

是啊，標多少合適？他用一百五十萬人民幣買下的這塊石頭，應該翻多少倍價錢才合適呢？這可不是個小買賣。俗話說，黃金有價玉無價。這也從另一個側面說明玉石的珍貴與難測。范曉軍想起剛入行的時候看到的一個情景：一群巴基斯坦人被一個中國玉石老闆臨時雇用，老闆賭輸了，手頭的石頭等於廢料，他想把石頭分成好幾塊，然後碰碰運氣，能賣多少賣多少。他對幾個巴基斯坦仔說，每塊石頭賣五萬塊我就滿足了，至少少受一些損失，能賣多全是你們的。巴基斯坦仔們二話不說，拿出去就喊四十萬一塊，並且全都賣了出去。賭石界就是這樣，有人敢喊價，就有人敢吞下去。所以說，玉價在賭石人的嘴上，也在每個賭石人的心中。它的價值跟一個賭石人的膽子成正比。

「你先說一個數！」李在催促道。

「你先說！」

「你！」

「好，我說，五百萬！」

「五百三十萬！」

「五百八十萬！」

「六百萬！」

「六百五十萬！」

「七百萬！」

此時，他們彷彿不是在說玉，而是像一個居家男人和一個菜販子在菜市場討價還價，表情認真，態度誠懇。

他們的臉膛越來越紅，爲自己嘴裏喊出的價格興奮不已。最後，兩個人同時喊出了：八百八十萬！

他們把自己嚇了一跳，兩個人同時蹲在地下，點燃煙，沈默地吸著，什麼也不想說。他們知道，這只是一個底價，前來賭石的各地買家會再次把價格抬高的。至於最後抬高到多少，誰也不知道，他們只能暗暗祈禱店鋪裏那尊翡翠貔貅保佑這次買賣馬到成功。

兩個人抽完煙，對視了一會兒，想說點什麼，還是說不出。他們心裏比誰都清楚，這次買賣做得有點大。

第八章　賭石大會

三月二十日，賭石大會準時在騰衝舉行。地點不在翡翠寶石城，那個院子小，地方不夠，李在把地點選在臨近「國殤墓園」的來鳳山國家森林公園裏的一塊空地。

國殤墓園在騰衝縣城關西隅，緊挨疊水河瀑布，是滇西抗日作戰中最具代表性、保存最完好的烈士陵園，也是全國少有的國民黨抗日烈士墓園。墓園埋葬著在騰衝戰役中陣亡的中國遠征軍二十集團軍的八千六百七十一名官兵的英靈。把賭石大會選在附近，李在一開始還有些擔心是否褻瀆了這些爲國捐軀的先烈們。後來想了想，應該不會，先烈們如果知道他們用鮮血攻下的騰衝已經恢復玉石業的舊日繁榮，他們的在天之靈應該感到無比欣慰。

李在給北京、上海、無錫，還有香港臺灣的賭石界朋友發出了大會邀請函，二十日這天，他們如約而至，一個都沒缺席。

北京潘家園古玩市場「張氏玉緣堂」堂主張語，是位年過六旬的老者，瘦骨嶙峋，身高在一百八十公分左右，白髮蒼蒼，長髯及胸，神情飄逸。他一見到李在便大步流星走了過來，笑聲如嗡嗡作響的老銅鐘，他一把抓住李在的手，說：「哈哈哈，後生可畏，老朽不敢惹啊！」

李在正跟昝小盈說話，猛地被老人抓住雙手，心裏竟有點不好意思。他謙遜地向老人點了點頭，說：「過獎過獎！」

老人仍舊拉著他的手不放，歪著頭問：「聽說這次從緬甸運回來一塊好料？」

李在簡略地把運石經過敘述了一遍，老人頓時喜笑顏開，連連說：「來對了，來對了！一會兒讓老朽開開眼。」

老人早年喜歡收集官窯，那個年代他就敢花兩千塊錢買一件官窯，真正的雍正官窯洗子，現在別說兩千，你給二十萬他也不賣。後來他又做其他古玩生意，聲名顯赫，他的「張氏玉緣堂」以專售各個朝代的翡翠珍品聞名遐邇，在中國玉石界，一提起北京潘家園的「張氏玉緣堂」，沒有人不交口稱讚的。最近幾年，老人興趣大轉，投身賭石，出手非常闊綽，如果盯上一塊料，決不扭扭捏捏。跟李在打過幾次交道後，兩人相見恨晚，成了莫逆之交。

李在想招呼唐教父把老人安排去貴賓席喝茶，昝小盈說：「我來吧！」說著就攙扶著老人向貴賓席走去，走之前回頭向李在看了一眼，眼裏竟帶了幾分羞澀，讓李在心裏怦然一動。他想，最近一些日子，昝小盈身上的女人味特別重，幾乎感覺不到過去的銅臭氣，這讓李在心裏有了一份溫暖。雖然他們現在是生意合夥人關係，但他想，除了賭石，除了金錢，他們還應該有點別的。他忘不了中學時代那段感情，它始終是他心中的最痛，什麼也不能代替。

李在心裏正琢磨著昝小盈，突然有人喊他的名字，回頭一看，原來是來自臺灣「吉雅居」的何允豪。何允豪四十歲左右，身材不高，但非常健碩。眉毛粗黑，像掛在額頭下的兩把刷子，頭髮直立，隨時怒髮衝冠，一點不和藹可親，感覺很難打交道。其實與他的外表正好相反，他這個人非常耿直，說話無遮無攔，直奔主題，從不拐彎抹角。他身上的商業氣息比北京的張語濃厚，每次跟李在通電話，不管談論什麼話題，比如台海局勢，伊拉克戰爭，黎巴嫩游擊隊，結尾處必然說一句：一有石頭就第一時間通知我，通知我就等於通知錢。

現在也是。

他走到李在面前，立定站好，停頓最多兩秒，然後兩人異口同聲說：「一有石頭就第一時間通知我，通知我就等於通知錢。」

這好像是他們的接頭暗號，二人會心地笑了。李在說：「我能不通知你嗎？不通知你我還不被你罵死？」

何允豪說：「你可以不通知，不通知就等於沒錢賺，很簡單！」

「哈哈哈——」李在說，「看來，何老闆這次帶足了乾糧有備而來啊，不淘個真寶貝決不回寶島。」

「咳，不能這麼說。你那個大傢伙，我就是買下也運不回去啊！我只能就地消化。賺錢就行，不一定非要每天看著一塊大石頭，我又不是收藏家，我只收藏錢。」

「你真夠直的，我非常欣賞，欣賞得我恨不得把石頭砸了，然後印鈔票去！」

何允豪做了個怪臉：「我先到處轉轉，看看那邊那棵樹化玉去，矽化木中的極品，那玩意兒經濟價值日見攀升，可以帶回去放在公司門口，蠻氣派的。」

賭石大會不光有李在這種沒開「門子」（窗口）的玉石毛料，還有開了門子的以及其他玉石產品，嚴格地說，賭石大會應該被稱爲玉石交易會更合適。

開幕式一定要有個儀式，雖然這次賭石大會純粹是由賭石界自發舉辦的，政府官員不可能來捧場，但規格應該跟什麼大廈落成儀式差不多。再說，據李在瞭解，前來賭石的那些商賈散客裏，不乏替某些政府官員出面運作資金的人，就像昝小盈一樣，前臺是李在出頭露面，實際上，後臺還有密切關注事態進展的名符其實的投資人。

此時，天空剛剛飄過一陣細雨，空氣中散發著青草的味道。騰衝的天氣就是這樣，驕陽似火以後，跟著往往是一場沁人肺腑的小雨。更何況，賭石大會地點臨近疊水河瀑布，那煙波浩渺的水珠彷彿都是從瀑布那邊刮過來的，灑在人們臉上，往臉上摸一把，手心立刻就被滋潤了。

貴賓席從左到右，一溜兒坐著全國各地前來參加賭石的大戶代表，除了北京的張語、臺灣的何允豪，還有大名鼎鼎的來自上海的賭石女傑李昆妹，無錫的盧白雄，蘇州的劉富偉等，四川、重慶、東北三省的散客，總數約有六百人，可謂盛況空前。除了貴賓席上這些全國賭石界的知名人物，站在下面的散客中也是藏龍臥虎，李在就認識其中兩三人去年是在騰衝賺了大錢的。他們不用李在發請柬，只要賭石界一有風吹草動，立刻一傳十、十傳百地傳下去，不到半天就會路人皆知。

李在先燒了三炷高香，朝「國殤墓園」方向拜了三拜，然後念了一份簡短的開幕式發言稿，隨即放了五十掛鞭炮，會場氣氛一下子被挑動起來，大會就算正式開幕了。

賭石人沒有猶豫，幾分鐘過後就開始短兵相接。先是一個來自四川的散客掀起了一個小高潮，他掏出五萬元買下一塊二十公斤左右的毛料，當場切開驗貨。切割過程大概需要二十分鐘，眾多買家裏三層外三層把現場圍個水泄不通，都想看看今天第一筆生意是否旗開得勝。四川散客在石頭前面擺了一個簡單的供桌，又是燒香又是磕頭，祈禱他的五萬元投資瞬間增值。切割機沙沙響著，給人的感覺它不是在切石，而是在切割著每個賭石人的心。

切到一半的時候，他實在受不了來自切割機的刺激，背轉身，捂著臉蹲了下去。石頭切開了，結果一錢不值，是塊廢料。這對他的打擊相當大，他蹲在地下半天不肯起來，最後還是幾個人攙扶著他步履蹣跚地走出了會場，並且一步三回頭，一副依依不捨的樣子，讓觀者無不心碎。

有人認識那個四川散客，說他妻子患了腎衰竭，需要大筆的錢換腎，他從親戚朋友那裏借了五萬元前來騰衝賭石，想一旦賭漲，他妻子的命就可以救回來了，誰知道五萬元連泡兒都沒冒一個，便隨著切割機刀片飛濺的粉末隨風飄逝了。

李在聽後，不禁扼腕。賭桌上經常說「十賭九輸」，賭石何嘗不是如此，發財的總是少數，不然全國人民都來賭石，豈不全成富翁了？況且全國人民都來賭，賣給誰啊？要知道玉石的最大消費市場就是中國，只有中國人才把玉看得這麼重。在中華文明史上，玉文化佔據著十分重要的地位，「玉不琢，不成器；人不學，不知義」，中國人自古就將玉與做人緊密聯繫在一起。在中國的象形文字中，「玉」這個字，用一個國王握著一塊石頭來表達，也即王者之石的意思。在孔子《論語》中，玉被看作男子品德行為所取式的東西，叫做「君子溫潤如玉」。炎黃子孫鍾愛美玉，賦予玉五德：「仁、義、智、勇、潔」，將「君子比德於玉」，應高尚廉潔，要有「寧為玉碎，不為瓦全」的氣節，故「君子無故，玉不去身。」女子亦要比德於玉，要冰清玉潔，守身如玉。

從新石器時代晚期起，禮儀用玉一直占中國玉器的主流，玉禮器主要用於祭祀活動。古人將玉色和形與陰陽五行之說相配合，製出祭祀天地四方的禮器。通常所稱的玉禮器有六種：即玉璧、琮、圭、璋、璜、琥，有的古書稱之「六瑞」或「六器」；玉能養生的說法從古至今一如既往，「玉在山而草木潤，玉在河則河水清」，「人養玉，玉養人」，玉與人體緊密接觸，可氣脈相通，疏血潤肺。

李在想起中華民族源遠流長的玉文化，再想想他和范曉軍幾百萬幾百萬煞有介事的討價還價，不禁啞然失笑。有野心沒錯，沒有孤注一擲的氣魄就不可能投身賭石，但光有氣魄沒用，誰能保證范曉軍運回來的這塊石頭不是一塊廢料呢？雖然他的投資跟眼前這些大戶相比根本不值一提，但他知道，他與他們的投資方式不一樣，他是賭「賣」，人家是賭「買」，就像商家進了貨然後再推銷出去一樣，能看準市場先期投資進貨，本身就需要勇氣。勇氣帶來機遇，機遇帶來效益，而效益是最終目的，也許讓人受用一生。從這點上看，他李在才是一個不折不扣的莊家，他可以控制自己的賭桌，也控制著投注的賭客。

說起范曉軍，李在發現現場沒有他的影子，只看到唐教父在那兒忙前忙後的。找了一圈，問了幾個人，都說沒看見。按說在這麼重要的場合他應該在，這本身也跟他切身利益相關，他不可能不關心這塊石頭的命運。

李在拿出手機，撥通了范曉軍的電話。電話通了，他突然發現，不知道什麼時候，范曉軍的手機鈴聲換成了貝多芬的《命運》。李在不禁全身一震。在命運的叩門聲響過十遍之後，范曉軍才接通電話。

「你在哪兒？」李在問。

「我不想在現場。」

「爲什麼？」

「那種場合屬於你。」

「可是也屬於你呀！那塊石頭……」

「我一個人想靜一會兒。」

「你到底在哪兒？」

「疊水河瀑布下邊。」

「你一個人？」

「是，我說了我一個人想靜一會兒，我對賣石頭不感興趣，我覺得運石頭比較刺激。」

「你一個人跑那兒幹什麼去了？」李在有點冒火。

「我已經說了。」

「靜什麼靜？這邊這麼熱鬧，你乾脆回來鬧中取靜吧！剛才有個四川人賭垮了，現場買家的情緒有些不穩，剛才還躍躍欲試，現在全縮手縮腳了。」

范曉軍冷冷地說：「願賭服輸，就算押上他們的命也是他們咎由自取，怨不得別人，只怪他沒石緣。有錢就買我運回來的那塊石頭，保證他大賺，不漲可以砍我的頭，我相信自己的眼力。沒錢就看別人賭，看也是一種享受，畢竟賭石大會不是經常能召開的。」

李在氣死了。他還想說點什麼，突然現場一陣騷亂，幾百人一窩蜂朝會場角落湧去。李在只得關掉電話，連忙過去看個究竟。

他一邊說著借過借過，一邊撥開人群，到了最裏層一看，媽的，原來是汪老二，翡翠城常客，騰衝的一個著名街痞。

第九章　十五條蟲子

「哎！瞧一瞧，看一看，一塊上等的祖傳玉石大減價啦！吐血甩貨！歷史最低價！好到——」汪老二仰著脖子拉著長聲，像賣白菜一樣叫賣著。這個拉著悠悠長聲的「好到」，是本地人一種特殊表達方式，意思是到了極點，只是後面省略而已。比如一部電影非常好看，就說「好看到」，如果菜好吃，就說「好吃到」。

汪老二名叫汪金山，大約二十五六歲，身材不高，又瘦又黑，每逢騰衝「街子天」（趕集天）都能在翡翠城看到他的身影，非常活躍。此時他面前放著一塊其貌不揚的石頭，李在一看，認出來了。

能不認出來嗎？自己對這塊石頭太熟悉了，粗糙的石衣，白裏透黃，每個街子天都能見到，屬於一直賣不出去的老貨。這次汪老二積極報名參加賭石大會，李在心裏老大不願意，一是他量少，形成不了規模，每次亮相就守著他家祖傳的這塊臭石頭；二是李在擔心，這塊石頭給他的賭石大會帶來一些不利的影響，因爲整個騰衝賭石界對這塊石頭太熟悉了，如果賣給外地賭客，賭漲了還好說，如果賭賠了，就有點欺負外地賭客的意思。一塊騰衝人都心知肚明的廢料趁著賭石大會混水摸魚，這是誰都不願意看到的事情，騰衝賭石人個個光明磊落，而不是投機取巧，能矇一個算一個。

但最後，李在還是妥協了。汪老二畢竟是本地人，雖然早年聲譽不佳，但人家現在沒去打架鬥毆，賭錢嫖妓，而是積極參與賭石，好歹也是一個浪子回頭型的正面人物。如果拒絕他，騰衝人該說他李在獨霸專橫，一手遮天，騰衝的賭石大會又不是他一個人的大會，雖然這次賭石大會的的確確是他和昝小盈一手操辦起來的。

尤其昝小盈，上下跑關係，打通各個機關的任督二脈，才使這種半地下性質的賭石生意搬到地上，而且能夠堂而皇之放在來鳳山國家森林公園，這其中不知費了多少周折，塡了多少銀子。但李在不想讓騰衝人知道這些內幕，也沒必要鬧得婦孺皆知，他只想和和氣氣做自己的生意。所以說，拒絕汪老二不好，不拒絕也不好，最後李在跟汪老二商量，允許他低調參加，免去他的入場費，只要求他別喧賓奪主砸了場子就行。

此時的汪老二早就把李在的話丟到九霄雲外去了，他就想喧一下賓，奪一下主，他覺得廣告的最大特點就是吆喝，你噁心也好，懷疑也好，把眼球給叼過來就是最大的成功。電視上不都這樣嗎？

汪老二一手扠腰，一手捏著一根香煙，邊吸邊晃著小腿肚子問一個上海來的散客：「考考你，知道大理國嗎？」

上海人搖搖頭。

汪老二把煙蒂往地下一丟，用腳轉著圈使勁踩了踩，然後吐了一口唾沫，語無倫次地說：「各位觀眾，現在給大家一點歷史文化地理知識。大理國與我國歷史上的宋朝相鄰，這個國家可不是一般的小國，它一共在歷史上存在了整整三百一十六年。話說西元九三七年，通海節度使段思平趁大義寧政權危難之機，聯絡滇東『三十七部』武裝力量，首先攻破下關，接著攻佔大理，滅大義寧國，建立了大理國。它的疆域大概是現在的雲南省，貴州省，四川省西南部，緬甸北部地區，以及老撾越南的少數地區。西元一二五四年，擅長彎弓射大雕的忽必烈來了，他滅了大理，設大理元帥府。到了西元一二七六年，又設雲南行中書省，改大理爲路，下設府、州、縣，並將政治經濟文化中心由大理東遷至押赤城，也就是今天的昆明……」

看來汗老二準備的文字資料挺豐富的。

上海人皮膚白皙，戴著一副無邊眼鏡，文文靜靜的，長得很秀氣。他搖著頭，用短促的上海腔對口若懸河的汪老二說：「吹牛！太會吹牛了。我弗（不）曉得你給我說這段歷史長河是什麼意思。」

汪老二轉身瞪著上海人，說：「我的意思是，你現在站的位置，就是當初大理國的騰衝府。這說明什麼？說明一個問題，說明我們騰衝的歷史非常悠久，文明非常古老，古老到——」汪老二又仰著脖子拉長聲。

上海人不緊不慢地說：「悠久不悠久關我什麼事？我還是弗曉得你是什麼意思。」

汪老二嘴巴一閉，然後環顧四周，又開始無邊無際吹噓：「各位觀眾，臺灣同胞海外僑胞們，我榮幸地告訴大家，我汪老二的爺爺的爺爺的爺爺，總之，是我老祖宗，當時就在大理國段思平手下任職，屬於高幹。」

「任什麼職？」問話的是汪老二旁邊一個平頭小夥子，跟汪老二是一夥的，純粹是個「托兒」。

「這個問題問的好！」汪老二慢悠悠地說，「我爺爺的爺爺的爺爺，任的是——特級庖丁。」

「就是廚師嘛！」周圍一片哄笑，

「對啦！而且有大理國頒發的廚師合格證書。」汪老二越說越玄乎，還從口袋裏拿出一張皺巴巴的白紙在空中晃了晃。

上海人繼續搭腔：「廚師不廚師關我什麼事？」

汪老二說：「不關你的事？你不是來買石頭嗎？」

「是啊！」

「看！這塊石頭就是當時大理國國王賞賜給我祖上的禮物，因爲他的烹調技術太好了，深得國王與王妃喜愛，味道好到——」汪老二又仰脖子。

四周的賭家議論紛紛，都在使勁往前擠，想一窺玉石真面目。

汪老二乾脆把石頭舉了起來，像舉著一個黃色的炸藥包。

上海人一把搶過石頭，摘下眼鏡，從兜裏拿出一支手電筒，緊貼著石頭照了起來。一分鐘過後，他面露喜色，問汪老二：「開價多少？」

汪老二說：「兩萬。」

「兩萬？這麼貴？你不是說歷史最低價嗎？」

汪老二不屑地盯著上海人：「這位先生是第一次賭石吧？」

「我入行不久，怎麼啦？」

「怎麼拉？蹲著拉。」

「你這個人講話怎麼這麼不文明？」

「你去問問周圍的人去，賭石中的兩萬相當於多少？」

「相當於多少？」

「你問問啊！」

「我不是在問你嗎？」

「告訴你，相當於兩塊錢。」

「兩塊錢？你給我掙兩塊錢去！」上海人漲紅了臉。

現場又是一片哄笑。

汪老二說：「我說的是實話。人家動不動就是百八十萬的，兩萬算什麼？」

「生意有大有小，看貨論價，你怎麼不喊個一百萬？」上海人的嘴巴也不饒人。

汪老二瞪大眼睛，問：「你買不買？」

「不買。」

「不買你問個屁啊？」

「不買就不可以問問價嗎？」

「你吃飽了撐的。」

上海人轉身想走，汪老二一把拉住他，說：「不准走！」

上海人問：「怎麼了？」

汪老二說：「問了價就要買，你戲耍我啊？」

汪老二旁邊的幾個人也虎視眈眈圍了過來。李在實在看不下去了，他一把攔住汪老二，說：「兄弟，規矩點，行不行？」

汪老二一看是李在，竟然毫不示弱，他湊近李在問：「你肘子往外拐嗎？」

李在說：「聽著，汪老二，這裏沒有這個規矩！」

「規矩是人定的。」

「你這是強買強賣，給騰衝人丟臉！」李在很客氣地說。他不能不客氣，當著那麼多人的面，他不可能展露他的狠勁兒。

汪老二給臉不要臉，說：「在哥，你不會擋我們騰衝人的財路吧？」

「兩相情願，一個願打，一個願挨，我管不著。但是像你這樣……」

話音未落，旁邊一個人喊道：「一萬八賣不賣？」

李在回頭一看，又是汪老二的人，裝成賭客問價，實際上是個抬價人。李在火了，剛想發作，誰知那個上海人搶過來說：「我買，兩萬就兩萬，看在在哥的面子我買了。」

李在心頭的火氣不打一處來，他問那個上海人：「看我面子？我面子很值錢嗎？」

上海人說：「不就兩萬塊嗎？他都說了，賭石界的兩萬塊相當於兩塊錢。」

李在有點哭笑不得。

「……再說，我父親過去在騰衝這一帶當過知青，上海知青你們知道吧？他們對這裏的山山水水充滿了感情，騰衝就是我父親的第二故鄉。兩萬塊，就算我爲我父親第二家鄉的人民做一點點貢獻吧！」

事情發展到這一步，李在就不好再阻攔了，只能由那個上海人當場拍出齊匝匝的兩萬塊，買下了那塊臭石頭。

現場切石。橫腰一刀。切開後，剖面上是一個拇指大的黑洞，上海人臉色變了，說：「丟了吧！」

李在說：「再切！」

又斜著一刀。還是一個黑洞。上海人說：「別費勁了！」

李在盯著上海人說：「既然買了，你就別想輕言放棄，否則你就不配賭石，你應該到河灘篩石頭。」

上海人臉紅了，當著那麼多人被李在嗆了這麼一句，換誰誰的臉沒地方擱。也許被李在這句話激發了鬥志，上海人狠下心，命令道：「好！那就切！全切！」

切割機瘋狂地吼叫起來。

汪老二看到這種場景，害怕夜長夢多，揣著兩萬塊，擠出人群撤退了。這時，有個人從外圍擠了進來，說：「別切了，我買，出十萬！」

現場一片譁然。

上海人臉上立即露出喜色，但他一時半會兒又拿不定主意，拿眼盯著李在，希望李在給他一點建議。李在一看這個人，不是汪老二那邊的，看來他從這塊石頭上看出了什麼好苗頭。李在對上海人說：「要是我就不賣。」

「爲什麼？」

「看來你真是一個新手，真的，你的確不適合賭石，心理素質、基本知識都非常欠缺。太嫩了！」

「到底什麼意思嘛？」上海人急了。

出價那個人來自東北，一口的家鄉味：「幹啥呀！」他擋在李在面前，「都出十萬了，他要賣就賣，不賣拉倒，誰多話，誰一邊滾犢子去！」

此人出言不遜。李在穩著，臉上一點表情都沒有。他凜然地盯著那個東北人，說：「看來這位兄弟還不太懂我們騰衝賭石的規矩。」

「怎地啦？啥規矩啊？」

「討價還價是你倆，隨便你出多少錢，只要他賣。但旁邊人不能都是啞巴吧？有人說值錢，有人說不值錢，說了就能把這塊石頭說沒了？買東西要買的人家心服口服，別橫刀奪愛就行。大家都是賭石人，石頭一切，心知肚明。我最恨的是欺負新手，誰不是從新手走過來的？」

一番話說得東北人啞口無言。他悻悻地盯著上海人，問：「你看著辦，賣還是不賣，你立馬給個話，痛快點，行不？」

上海人聽李在這麼一說，感覺這塊石頭裏大概有什麼文章，不然那個東北人也不會馬上出價十萬。明明自己剛才才用兩萬買過來的，幾分鐘不到的工夫就翻了這麼多倍，換另外一個人也許早喜出望外了，可上海人聽出來了，李在的話裏有話，他在暗示自己這塊石頭正在增值。他低頭觀察那塊石頭，用手摸了摸，可是除了幾個黑洞，他實在看不出有什麼特別閃光的地方。

他咬著嘴唇，還在猶豫。

東北人不耐煩了，說：「你們南方人怎這麼磨嘰啊？」

在東北人咄咄逼人的壓迫下，上海人穩不住了，他問李在：「你就把我當成你們騰衝老鄉，一個騰衝朋友，我聽你的，你說賣不賣？」

李在說：「不賣！就算切完一分錢不值也不賣。你剛才說了，不就兩萬塊錢嗎？」

東北人氣得罵了一句「真他媽得瑟」走了。

上海人問李在：「在哥，我的確是新手，該指教的地方你就直說，我也好在學習中成長嘛！」

李在說：「聽著，出現這種黑洞，結果只有兩個。」

「哪兩個？」

「一個是廢料，一錢不值。」

「另一個呢？」

「無限升值。」

「升值？憑什麼？」

正在這時，電切割刀突然停下來，好像斷電一樣，有人大喊了一聲：「有蟲子！」

蟲子?!

李在說：「我要說的就是這個，蟲子。你要發財了，至於發多少財，取決於那塊石頭裏有幾條蟲子。」

「蟲子？」現場的賭客越圍越緊，眼睛再小也都睜得像牛卵子一樣。

上海人目瞪口呆，不知道該說什麼。李在一拍他的肩膀，然後轉身對切石工說：「順著黑洞繼續剖！」

幾分鐘之後，石頭上又剖出一條完整的蟲子。

李在說：「是蟲化石，一億多年前的蟲子化石。這下你明白了吧？」

上海人如夢初醒，他一個勁點頭，上了發條一樣不停，一邊點一邊說：

「聽說過，聽說過，一條蟲子十萬元，很值錢的。但我從來沒見過這種蟲子，也沒聽過具體描述這種蟲子是什麼樣子，沒想到今天讓我勞申江碰上了。」

「你叫勞申江？」

「對呀對呀！祖姓勞，勞動的勞。申就是上海，江就是黃浦江。在哥啊，早就聽說過你的大名，夠義氣，夠江湖，今天算是見識了。要不是你在哥，我……」

「不不，別這麼說，你沒有勇氣用兩萬元買下，哪來的後面的蟲子？」

這塊從汪老二手裏買下的石頭剖開後的結果是，十五條玉蟲子。按李在的說法，現在不是一加一等於二的問題了，一百九十萬都不止，再說，黃金有價玉無價，更何況一億多年歷史的玉化蟲。果然，有人當場開價兩百萬，這回勞申江學精了，堅決不賣。上海人本來就善於精打細算，那塊石頭還剩一小部分沒切，誰也不知道在沒有剖開的石頭裏，會不會還有這樣離奇珍貴的東西。

半個小時過後，蟲子這件事就迅速在騰衝傳開了，大概也傳到了汪老二的耳朵裏。那塊石頭本來就不是他祖宗從大理國國王那裏傳下來的，而是他們家後院廁所裏的一塊臭石頭。兩年前，汪老二蹲在那兒大便，突然發現這塊又臭又硬的石頭跟玉石毛料太像了，於是他突發奇想，把石頭挖了出來，編一段歷史故事，憑空塑造一個宮廷烹調大師的爺爺的爺爺的爺爺，準備矇一個外地人算一個。可是幾年下來，沒有一個人肯出錢買下這塊石頭，誰知在這次賭石大會上，他竟然旗開得勝，陳年舊貨終於脫手。當然，後面的場面他沒在現場，如果在，肯定他不是捶胸頓足，就是翻臉不認賬，再用兩萬塊把這個值錢的寶貝贖回來。可惜，他沒這個命。

這邊的蟲子鬧得沸反盈天，那邊李在的「三月生辰石」也沒閒著。李在回到貴賓席的時候，看到張語、何允豪，以及上海的李昆妹、無錫盧白雄、蘇州劉富偉都圍在「三月生辰石」前忙活著，似乎蟲子的事壓根兒沒發生，就算勞申江的石頭挖出一百條蟲子也跟他們無關。本來也無關，李在這塊石頭才是重頭戲。

不知道是誰帶來的所謂玉石鑒別技術人員，大概有五個，他們正拿著各種稀奇古怪的儀器對這塊石頭進行探測。雖然迄今爲止，沒有哪一種科學技術可以準確探測到玉石毛料內部情況，但萬事皆有規律，掌握了一定的規律，對檢驗這塊石頭的成色肯定大有幫助。比如探測密度或者硬度就是其中方法之一，因爲翡翠的密度和硬度較高，常見的大理石、石英岩、鈉長石玉等的密度都小於翡翠。此外，還可以探測毛料結構，翡翠爲纖維交織結構、塊狀構造，這就決定了翡翠的硬度高韌性大。

大理石和石英岩爲粒狀結構，韌性明顯小於翡翠。用放大鏡觀察石頭的表面也許可以看到結構上的差異。當然，更高級的技術人員會採用礦物成分法來探測，如果這塊石頭的表皮成分爲方解石、石英、高嶺石、伊利石、白雲石、重晶石、長石等，那立即可以放棄。他們用滴酸法檢測碳酸鹽質，如有氣泡反應，這塊石頭就一錢不值了。最笨也最直接的方法是敲擊法，如果有空洞感，或用針尖挑撥有少許剝落，你就等著大失所望吧！

其實說來說去，經驗感官直覺法最管用，范曉軍用的就是這個，憑感覺，或者讓石頭的感覺牽著走，八九不離十。當然說起來簡單，鑒別一塊玉石往往要運用自己全部的知識和經驗，保持最平和的心理狀態，進行長時間的審石和讀石，和頑石進行無言的交流。這個過程是對一位優秀的賭石家毅力和耐力的最好考驗。有些人由於定力不足匆忙下注，隨著一刀下去而悔恨終生，就像剛才那個四川漢子一樣。有些人則由於猶豫不決，與一塊優質玉石失之交臂而扼腕歎息，機遇不是給這種人的，它只留給一次次在精神折磨中成長起來的真正的高手。

技術人員在認真探測，而幾個大賭家則站在一旁冷眼看著，或者來回溜躂，看似閒庭信步，其實內心的焦灼時刻在折磨著他們。他們同時參加賭石大會，但他們彼此不是朋友，而是不共戴天的對手，誰都怕下手猶豫而與真正的好玉失之交臂，也怕心中的魔鬼促使他們貿然衝動。他們小心翼翼斟酌著，像賭徒下注前的審視，一半靠運氣，一半靠氣魄。

一個小時後，他們的氣魄都沒釋放出來，誰都想等著對方出手，然後再伺機行事，可誰都縮手縮腳，躑躅而行，行了一個小時也沒行到這塊石頭前面來。天黑的時候，李在的石頭原封不動搬回翡翠城倉庫。是的，賭注稍微大了點，畢竟是一塊標價八百八十萬元的東西，李在不可能像汪老二那樣吆喝。

晚上李在做東，爲前來騰衝參加賭石的貴賓散客們接風洗塵，地點在鳳山南路的騰越食府。李在認識那裏的大廚，所以準備的菜肴不但精美，而且絕對是正宗的雲南當地特色。雲南有句話：「綠色的都是菜，會動的都是肉」。得天獨厚的自然條件，造就了雲南絕無僅有的各種美食，宣威火腿，各種食用菌，鹵腐、乳扇、乳餅、白族雕梅、玫瑰大頭菜、油香椿、曲靖韭菜花、祥雲醬辣子、滇南草芽、騰衝餌絲、澄江藕粉、蒙自年糕、魔芋精粉、苦蕎麵條，馬龍蕎絲、傣族酸肉、酸筍、牛皮條、酸皮、迪慶琵琶豬肉等。這些賭客走南闖北多年，什麼好吃的沒吃過？所以特色最重要。李在特別囑咐大廚別忘了產於騰衝的兩道名菜：一個是土鍋子，一個是「大救駕」。

土鍋子的來歷是段故事。相傳元朝末年，朝中派一位大臣到騰衝守關。來到邊陲後，看到每天送到邊關給士兵的餐食都變冷了，於是這位大臣就想，怎麼才能讓守邊的士兵吃上熱乎乎的飯菜。他集思廣益，開發腦筋，叫當地工匠燒製了一種特有的土鍋子用來煮食。一試驗，行！既方便，又省事，從此遙遠的路程都能吃到熱乎乎的飯食了。這種土鍋子不同於現在普通的火鍋，它不用金屬製成，而是以騰衝當地的一種陶土烤製而成，更大的區別是土鍋子烹製獨特，用雞和鮮排骨熬成的骨湯，底菜豐富。因爲土鍋是陶土製作而成，能夠吸收鍋中原料的香味，且保持原汁原味。

騰衝名菜「大救駕」也是歷史故事。相傳南明永曆皇帝被吳三桂趕得「雞飛狗跳」，在逃往緬甸路經騰衝時，饑腸轆轆的落魄皇帝接過一盤騰衝人遞上的炒餌塊，從此炒餌塊因救駕有功，便得名「大救駕」。

仔細分辨，騰衝的菜肴與雲南其他地方略有不同，究其歷史原因，是因爲自明朝洪武年，爲鞏固邊防，從南京、山東、北京、四川、江西、廣東到騰衝戍邊的將士大都在騰衝安家。所以他們將各地特色的菜系融入騰衝原住民中，形成了騰衝獨特的飲食文化。

何允豪吃得興起，他興致勃勃地對李在說：「這是我第三次來騰衝，一年一次，每來一次，回臺灣都要回味半年。」

李在笑著問：「剩下半年呢？」

「前半年回味佳肴，後半年回味騰衝的酒。」

「哈哈哈——」李在聽後很開心，「你知道你現在喝的這種酒叫什麼名字？」

「就是不知道啊！好喝，還不醉人。」

「那你可要小心了。」

「怎麼？」

「豪者暢飲十碗不醉，過量者酒後三日不醒。」

何允豪張大嘴，「這麼厲害？」

「是啊，這種酒是清朝末年，騰衝疊水河旁的李肇堂酒坊釀製的『春甜黃酒』。喝著香醇，甜潤可口，酒精濃度不高，但千萬不能多喝。」

一旁的張語插話道：「除了這種黃酒，我知道還有一種酒不能多喝。」

何允豪問：「願聞其詳。」

「胭脂紅。詩曰：『薄酒輕飲天近暮，胭脂紅酒迷歸路』。」

「跟這個黃酒一樣嘛，不能多喝，喝了就回不了家。是不是這個意思？」

張語搖搖頭說：「不是多喝少喝的問題，是喝了以後忍不住吐露真言，自己都不能控制。所以我稱它爲『洩密酒』。哈哈哈……」老銅鐘又敲響了。

何允豪不相信，扭頭問李在：「是不是真的？」

李在不語，只點頭，他知道張語醉翁之意不在酒，而是另有其意。

何允豪嘴張得更大了：「這麼厲害？我還是不喝的好，黃酒也不喝了，什麼都不喝，只吃菜，不喝酒。」

張語笑了，「酒過三巡，菜過五味，什麼都淡了。我看，恐怕你是害怕說真話吧？」

何允豪臉上有些不悅，說：「賭石人彼此不說真話，當初只以握手比劃暗語討價還價，就是這個道理。」

老人點頭：「對！其實也沒必要說真話，一刀窮，一刀富，切開就是真話，之前全是假的。」

何允豪見老人一軟，馬上咄咄逼人，說：「沒錯，不知道您是否知道下一句：三更窮，四更富。真話假話有那麼重要嗎？」

剛才還紅酒一杯胭脂醉，現在二人有點舌槍唇劍的意思了。李在明白，其實兩人說的就是他這塊三月生辰石，二人可能懷疑在賭石大會上聽到的故事，他們不相信段家玉的傳奇會發生在范曉軍身上。

其實觥籌交錯之間，喝得面紅耳赤的李在早就把倉庫裏那塊石頭丟在腦後，他心裏有底，也相信范曉軍的眼力，雖然今天賭石大會看似風平浪靜，但李在喜歡，一開始就疾風驟雨不是好事，賭家們遲遲不開口，不動聲色，互相猜疑，反覆揣測，實際上孕育著一場更加猛烈的賭石風暴。

李在想岔開這個話題，他問張語和何允豪：「二位都不是第一次來騰衝了，我考考你們，知道騰衝這個名字的來歷嗎？」

老人說：「我聽說騰衝原意爲藤充，起源於這裏藤條充裕。」

「對，當年諸葛亮火燒藤甲軍就在這裏。藤甲兵用的藤甲，就是用騰衝的藤編織成的。」

何允豪不相信，連連搖頭。

李在說：「真的沒騙你。當年諸葛亮六擒孟獲，孟獲一直不服，聯絡烏戈國王抵禦蜀兵。《三國演義》中記載，烏戈國士兵『俱穿藤甲，其藤生於山澗之中，盤於石壁之上；國人採取，浸於油中，半年方取出曬之；曬乾復浸，凡十餘遍，卻才造成鎧甲；穿在身上，渡江不沈，經水不濕，刀箭皆不能入，因此號爲藤甲軍』。後來孔明施計火攻，於盤蛇谷燒死藤甲軍三萬，再擒孟獲。」

張語撫鬚頷首，說：「對對，我還記得書中描寫烏戈國國主兀突骨的形象：身長丈二，不食五穀，以生蛇惡獸爲飯，身有鱗甲，刀箭不能侵。騎象當先，頭戴日月狼鬚帽，身披金珠纓絡，兩肋下露出生鱗甲，眼目中微有光芒。」

「好記性！」李在不禁拍手。

何允豪還是搖頭，「我請教一下，那個烏戈國是騰衝嗎？去年我到成都武侯祠，看到他們以重金收藏的三國時期文物，其中就有這個藤甲。人家解釋的是，該藤甲來自諸葛亮當年南征所到的四川省涼山州昭覺縣，是一個彝族大家族的家傳之物。跟騰衝有什麼關係？」

李在說：「故事是人講述出來的，地點不重要，有點衝突也沒關係，重要的是這個故事是真的。」李在在暗喻自己那塊三月生辰石的來歷。

二人若有所思，不再追問下去，眼睛都盯著桌子上的菜肴，半天也不嘗試一口。

李在見自己不由自主把話題又拉到石頭上，急忙又岔開去。他舉起酒杯說：「來！閒故事少說，喝了這杯，我叫我朋友帶你們到熱海大滾鍋周圍的溫泉泡泡。一切由我安排。」

騰衝是火山活動帶，有火山就有溫泉。熱海是其中最著名的，有不少由於火山活動和地熱造成的景觀。比方蛤蟆嘴，黑白相間的岩石酷似一群蹲成一圈的蛤蟆，騰騰的熱氣從幾處石縫裏噴出，好像蛤蟆在那裏吞雲吐霧。那裏水蒸氣溫度極高，幾米遠處都能感到熱氣灼人。幾年前熱海產權易主，承包給私人企業經營，原先的免費浴室和當地農民經營的澡棚全部被拆除，被現代化的湯池所取代。

張語說：「我去過一次，流連忘返，我還想去嘗試一下露天泡澡，不知何老弟是否願意同行？」

何允豪說：「好哇！我也去過一次。頭上淋著雨，身上泡著澡，泡熱了，爬到一塊大石頭上涼快涼快。人間一大享受啊！」

李在說：「不知二位去過那裏的蘆薈池沒有？」

二人搖頭。

「一溜兒有八個湯池，都加有各種中藥，大概是養顏舒筋、幫助消化、清肝明目之類的。特別是這個蘆薈池，聽說能使皮膚光滑，哈哈，去試一試吧！」

「哈哈……我想起來了，還有什麼咖啡池、酒池，還真是酒呢！」張語興高采烈。

「是啊，一口大缸滴滴答答往池裏滴酒，濃香撲鼻。剛才我們還說胭脂泡酒人自醉，現在是酒池泡人，想不醉都不行。」

張語馬上接話說：「是啊，醉了就沒有戒心了，哈哈哈……」

離開張語和何允豪在酒桌上暗暗鬥嘴，李在起身準備到其他桌子輪番敬酒。這種場合他一個人肯定是應付不了的，所以昝小盈和范曉軍、唐教父他們也在。唐教父雖然有點文縐縐的，但卻是個海量，范曉軍卻酒量不行，此時已經有點偏偏倒倒，他臉上的笑靨一直保持在一個擴展程度，顯得僵硬而虛假，一看就是純應付場合，他的心根本不在這些賭客身上。李在想，等晚上酒席散了，找范曉軍談談，聽聽他到底有什麼心事。是不是自己哪裡做得不對，讓范曉軍受了委屈？還是他仍然沈溺於緬甸森林的恐怖之中沒有拔出來？一切都不得而知。

李在擔心范曉軍突然失去對玉石的興趣，在他心裏，也許覺得人與人鬥比人與石鬥好玩多了。李在想起范曉軍那隻殘廢的手指，心裏不禁一抽，那是范曉軍一輩子的傷痕啊！它可以一直痛，痛到他忘記世界上所有的甜，包括這塊冒著生命危險運回來的石頭。

昝小盈不愧是在官場上混的，喝起酒來一點不含糊。錢在她眼裏不當紙，但酒她絕對能當成水，酒精完全在她胃裏消失了，水也不是水，只剩水蒸氣，從她殷紅的唇裏嫋嫋噴出。女人本來就有三分酒量，何況還在官場中熏陶多年，一點不怕這種場合。她舉著酒杯穿梭在賭客中，兩頰醺紅，醉眼迷濛，尤其走路的姿勢——兩條長腿款款帶動豐腴的臀部，特別撩人。

昝小盈看到李在盯著她，笑吟吟走了過來，眼睛裏透出許多水盈盈的光來。她靠近李在，低聲說：「他們都把我當成你太太了。」

李在心裏一動，眼裏露出一絲喜悅，但隨即就淡了下去。他不無遺憾地說：「可惜，妳不是。」

昝小盈側頭莞爾一笑，說：「看起來像夫妻比真夫妻還好。」

李在不明白她什麼意思，「為什麼？」

「像夫妻說明還有點緣，只是無分在一起罷了。而真夫妻明明無緣，卻偏讓緣分牽著，誰也離不開誰，以折磨對方為樂。」

李在不以為然，「誰也沒逼妳，妳不是也乖乖嫁人了？」

「嫁不一定是愛，婚姻形式每個人都不一樣，有人愛，有人無奈，我是後者。」

昝小盈的家庭肯定出了點問題，不然她不會這麼說。李在聽後心裏不是滋味。在他的心中，昝小盈本來就是他的女人，而命運卻跟他們開了大玩笑，兩個相愛的人偏偏不能走到一起。

其實李在暗暗想過這個問題，他想找個機會大膽向昝小盈袒露自己的心聲，甚至想讓她離開那個老頭。他不知道昝小盈心裏是怎樣想的，也許她貪圖的不光是金錢，還有其他女人想要也要不到的地位。支配權力的快感肯定超過金錢，那麼愛情呢？可以超過愛情嗎？人人都說，愛情是女人的全部，但李在覺得，這條定律在昝小盈面前肯定失靈。不過，今晚微醺的昝小盈似乎有點不同，她的眼睛，她的濕唇，她走路的姿勢，她款款扭動的臀部，都在向李在放射一種曖昧的信號。

昝小盈說：「等這塊石頭賣出去，我們好好出去玩幾天。」

「我們倆？」

「是啊！」

「到哪兒？」

「麗江，一個滋生愛情的城市。」

李在有點暈眩，他感覺今晚昝小盈有目的地向他發起了進攻，這是往常不曾發生的事情。李在剛想回答，旁邊卻有人接腔：「浪漫啊，真的浪漫！麗江就是滋生浪漫的地方。」

李在回頭一看，原來是上海的李昆妹。李在跟她不太熟，打過幾次交道，除了知道她在騰衝下過狠手買過兩次石頭外，其他方面所知甚少。

李昆妹是個典型的上海女人。膚白嫵媚，氣質高雅，加上傲人的三圍，足以吸引所有男人的目光。有人說上海是雌的，這句話一說出來就能讓男人浮想聯翩。從很多作家筆下，你可以追尋到上海女人婀娜多姿的背影，比如張恨水，比如穆時英、劉吶鷗，又比如張愛玲。她們妖嬈冷豔，不一定激情澎湃，但她們能夠贏得最優秀的男人。

李在問李昆妹：「看來，妳對麗江很熟悉了？」

李昆妹不看李在，而是直盯著昝小盈，輕啓朱唇說：「當然去過，豈止去過，我還經歷了一場刻骨銘心的愛情。」

昝小盈感覺到李昆妹口吻裏的挑釁意味。女人就是這樣，不是假裝相見恨晚，就是直接針鋒相對，絲毫沒有迴旋的餘地，彷彿天下女人生來就互爲天敵。

李在不想摻和女人之間的敵意，他問李昆妹：「我想聽聽妳對今天賭石大會的看法，有什麼心得可以交流？」

李昆妹這才轉身對著李在嫵媚地一笑，說：「在哥，我沒有什麼心得體會可以交流，倒是產生了好多電流。男人太壞了，一個接一個頻頻向我放電，你說我是回應好呢還是拒絕他們呢？好爲難啊！」

上海女人的嗲，李在是領教過的，即使這樣，面對李昆妹的媚笑，他的牙床子還是酸倒了一排。而昝小盈豈止是一個酸字就打發了的，她差不多喝了一瓶子醋。她一跺腳，氣咻咻地走了。

李昆妹看昝小盈走遠了，轉身沈下臉對李在說：「這個女人既不是你的老婆，也不是你的女朋友，我提醒你，小心她，她的心計很重，臉上寫滿了欲望，不是性欲望，是對金錢。我是賭石的，相信我的眼力。你暫時被蒙蔽了，所以你沒有我看得清楚。至於你那塊三月生辰石，我不敢賭，只能選擇不跟。但你放心，有人跟，今晚就見分曉。」

說完不等李在回答，就扭著屁股，雲一樣飄去了。

宴會是晚上九點過後結束的，賭客們各自安排自己的活動，有驅車去熱海泡溫泉的，有準備到落泉鎮投宿的，幾分鐘工夫，騰越食府便人去樓空。

興許是因爲李昆妹的發嗲讓昝小盈心裏極端不舒服，她醉了，醉得一塌糊塗。開始她還能從騰越食府走出來，等李在把她送到官房大酒店時，她已經身軟如泥，整個身子都貼在李在的懷裏，像一條光滑的泥鰍。

這情景夠誘人的，但李在的心不在她身上，他腦子裏還在回味李昆妹的話。今晚就有人出價？什麼時候出？誰出？李在真想儘快知道，畢竟那塊石頭是今天的重頭戲，而不是不省人事的昝小盈。

這時，昝小盈的手機響了，鈴聲在靜靜的夜裏顯得格外刺耳。

昝小盈含含糊糊地說：「別接，催我開會的。」

顯然昝小盈醉得不輕，這麼晚了誰還開會？一個小小的猛卯鎮政府辦公室還日理萬機？鬼才相信。

鈴聲固執地一遍又一遍響著，好像昝小盈不接電話就決不罷休。也許是她老公找她，李在心想我應該迴避一下，免得她當著我的面接電話，雙方都難堪。他安置好昝小盈便退了出來，然後驅車回到前年在騰衝購置的一套小別墅。

他今晚喝得也不少，太陽穴一鼓一鼓的，好像一肚子啤酒要從那裏湧出來。他一邊進門一邊脫衣服，準備到浴室洗個冷水澡，讓自己清醒一下。誰知這個方法不管用，洗後頭脹得更難受，連後腦勺都一跳一跳地疼。吃了一片止痛藥後，他躺在沙發上，打開電視，準備一邊看足球比賽，一邊等出價人的電話，不一會兒他就堅持不住了，睡得比豬還香。

電話是下半夜響的。

不是給三月生辰石出價的人打來的，而是范曉軍，他說，勞申江出事了。

李在騰地一下從沙發上跳了起來……

第十章　籌碼失效

勞申江沒參加李在舉辦的宴會，他被幾個上海來騰衝旅遊的朋友拉走了。

今晚他喝了不少，桌子上擺的什麼菜，他一點也不記得，也不重要，他沒嘗一口，全喝酒去了。不是他想玩命喝，是周圍的人勸他喝。突然之間，好像周圍的一切——鄰桌的男人女人，甚至包括明晃晃的酒杯——都在熱情洋溢地向他招手，他從未享受過如此隆重的待遇，所有的人都友好地衝他微笑著，奉承著，誇獎著。他是今晚的中心，他醉了。

晚上十一點三十分，他回到文星樓附近那家四星級酒店。他踉踉蹌蹌來到大廳服務台，口齒含糊地對服務台小姐說：「我……我要取那塊石頭。」

出於對客人的負責，服務台小姐微笑著上身前傾，禮貌地對他說：「先生，貴重物品最好存放在我們這兒，免得遺失。」

「妳……你別管，我要那個……那個石頭。」

「先生，你是否先回房間休息……」

「不！我要……咦？」他抬頭看見酒店大廳裏的吊燈，「好多星星啊！」

服務小姐看他醉得不輕，連忙示意站在大廳裏的保安過來。保安上前攙扶著勞申江，說：「先生，我帶你上樓。」

勞申江一下子甩開保安的胳膊，滿嘴噴著酒氣，說：「誰攔我，我就冒火！冒很大的火。」

服務台小姐一看，沒辦法，只能按照客人的意願行事，「好吧先生，請出示您的房卡！」

石頭放在勞申江新購買的一個大號保險箱裏，別說裝石頭，就是裝一個人都足夠了。保安推著保險箱送勞申江上了電梯，並把他一直送到房間，臨走時還特別囑咐：「請把房門關好！早餐是明天早上七點至九點，請別忘了！」

勞申江頭髮蓬鬆，一把撕開襯衣衣釦，袒露出沒曬過太陽的胸脯。他把被剖解成許多碎塊的石頭從保險箱裏一個一個拿出來，又把裝在箱子內層的玉蟲挨個地擺放在床上，然後笑了：「哈哈，一條石頭蟲子十萬，比人可貴多了！沒想到啊沒想到，我勞申江也有發財的這一天。」

勞申江準備今天晚上抱著石頭睡覺。

這時，床頭櫃上的電話響了，勞申江拿起來一聽，是個很溫柔的女人聲音：「先生，需要服務嗎？」

勞申江不傻，知道對方什麼意思，他潔身自好，從沒在酒店要過這種服務，因爲他有潔癖，總覺得這種女人被成百上千個男人耕耘過，全身上下每個器官早就不乾淨了。不過，他也不想讓自己顯得過於生硬，他假裝很老練地說：「謝謝！我不需要，剛才已經放了。」

說完這句話他就把電話掛了，奇怪的是，他的身體跟著便莫名其妙亢奮起來，因爲他第一次對一個陌生女人說「放了」這種既粗俗又極端曖昧的話。之前他在兩個地方說過這話，一個是在大學宿舍忍不住手淫後的第二天，同學們都肆無忌憚拿這個話題開玩笑；一個是在家裏，當老婆咬著枕巾正起勁時，他往往來這麼一句，然後被一臉惱怒的老婆一挺肚子給掀下去。

洗澡的時候，看著自己堅硬的身體，他開始得意，反覆在浴鏡前觀察自己。男人就是這樣，一個簡單的生理反應都會被他賦予深意，一個每個健康男人大腦皮層都能分泌的欲望，被他無限擴大，好像天下就他一個男人可以這樣，於是便自戀起來。

勞申江乾脆不洗澡了，站在鏡子前開始享受這份安謐和溫暖。不過很快，他發現自己的身體看起來太過白皙，不太像一個男人，轉身一看，臀部竟然寬厚而豐腴，肌肉一點不緊縮有力，這讓他有點自卑，看不起自己，怪不得他老婆經常在床上挖苦他。想到這裏，勞申江不再在鏡子前觀賞自己，一縮身子跑到了蓮蓬頭下。

這時，電話又響了。

勞申江裹著浴巾出來一接，還是剛才那個女人。女人膽怯地說：「我……我一整天了，還沒接到一個生意……」

這回她徹底把勞申江俘虜了，他暴富後膨脹的心督促他要解放天下所有的勞苦大眾。他讓那個女人馬上上來，他要給予她最大的幫助。

勞申江回到浴室，匆忙擦乾自己的身體，然後穿上睡衣。此時，他覺得自己的形象無比高大，是的，他現在不是普通人，是有錢人。如果這個女人昨天這麼說，他肯定堅決回絕，甚至打心眼裏鄙視她，但現在不了，他覺得他應該為一個可憐的女子做點什麼。一天沒接生意，意味著她一天沒賺到一分錢，跟床上那十五條石頭蟲子相比，她太悲慘了，也許她家裏有困難，也許她父母患病需要一大筆錢，也許……勞申江把在報紙上看到的所有悲慘事件都安在這個女人身上。總的來說，勞申江還是比較善良的，他壓根兒沒想到這個女人是個誘餌。

很快，門鈴響了。從貓眼裏看，這個女人已不太年輕，可能有三十歲，很漂亮，穿著打扮也不像通常的妓女那樣誇張，這比較符合他的胃口，他喜歡成熟一點的女人。勞申江心裏舒服多了。之前他的計劃是這樣的：讓這個女人進來，不上床，只談人生，然後勸導她一下，她如果不聽勸也行，隨便她，最後給她點錢，就算她今天開了張。勞申江覺得自己的心往往在最關鍵時刻變得特別柔軟，柔軟得像鏡子裏那個寬厚豐腴的臀部，讓他剛剛勃起的堅硬化爲烏有。

操！不能看不起自己，男人的內心也許正需要有柔軟的地方展露給女人，裝那麼剛硬幹什麼？

又不是在前線打仗。

勞申江把門閂掛勾放下，開了門，漂亮女人沒站在門口。

勞申江說：「請進！」

沒有動靜。難道她還不好意思？

勞申江側過身，手臂從胸前劃過，躬著身子說：「Come in!!我的小鴿子！」

小鴿子沒出現，門側卻突然躥出來三個蒙著臉的男人，他們不用勞申江邀請，便如狼似虎地衝了進來。

到此刻爲止，勞申江都沒想到這是劫財，他以爲這三個男人是特意來收費的。勞申江想，這也太不相信人了，我勞申江是那種穿上褲子就不認賬的男人嗎？況且，我還不準備脫褲子，我也不想讓她脫，我就想正襟危坐跟她聊聊天，至於跑到房間來收費嗎，還蒙著臉？

勞申江文縐縐地對那三個男人說：「請你們出去！」

走在前面的一般不是頭兒，最後一個才是。果然，前面兩個人卡著勞申江的脖子，一直把他推到床邊，然後一側身，亮出最後那個。他摘下套在頭上的絲襪，臉色蒼白，一搖一擺走到勞申江面前，惡狠狠地說：「聽著，出一點聲就殺你！」

聲音冷酷而堅決。

勞申江瞪大眼睛，問：「殺我？你們太野蠻了，我又不認識你……」

勞申江話音未落，一隻粗大的胳膊立即攔腰抱起他，隨即他便被撂翻在地。

勞申江大叫起來：「哎呀！怎麼你們一點道理都不講，像發情的野獸……」

進來的人哪裡是人，根本就是野獸，勞申江還想紳士般跟他們講文明禮貌呢，五秒鐘過後他就老實了，一把鋒利的尖刀對著他的眼睛，距離只有零點五釐米。他不敢再說話，況且嘴巴被一根寬大的膠帶封住了，他只能眼睜睜看著另外兩個男人手腳俐落地把床上的石頭裝進帶來的提包裏。勞申江這時才明白，這些人不是來收什麼費的，他們是劫匪，而且是有預謀的劫匪，包括打電話的那個女人。

媽的！裝成一個可憐的妓女，還一天沒生意，引得我對她還產生了同情。這年頭當什麼也別當好人！好人早沒了，剩下的都是野獸！禽獸！鳥獸！獸性大發！勞申江暗暗罵著，心想，等一會兒他們走了，我馬上報警，這幫人太狂妄了！一個一個都該槍斃。不打心臟，直接打腦袋，爆頭……

這是勞申江留在這個世界最後的咒罵，一點力度都沒有，就像他這個人，從幼稚園開始，然後小學、中學、大學，直到今天，他屁都沒放過一個響的，就像一隻無聲的蟲子，隨便一個腳丫子都能結束他的生命。

五分鐘過後，那個頭頭湊近他的臉，低聲說：「我說話算話。我剛才說你出一點聲就殺你，現在我開始兌現！」

刀子捅進身體的時候一點都不疼，勞申江聽到皮膚裂開的聲音，從角質層開始，刀尖很順利地進入豐富的結構組織，血管汗腺都被剝開了，還包含感受器和皮脂腺，最後到達內層。勞申江懷疑自己的痛覺失靈了，還是尖刀根本沒有插入？這個時候應該到心臟了，對！他的刀尖是貼著胸膛插進來的，冰涼得像 道甜品。薄囊太鬆了，那個叫心瓣吧？應該厚點才是。有了它，心臟搏動時就不會和胸壁摩擦。

對了，有點疼了，而且越來越疼，勞申江感覺剛才不是不疼，而是疼痛被恐懼完全壓制住了。現在他真真切切感到了疼，鑽心的疼，霹靂一樣直衝他的大腦。他想大叫，狂叫，但是他根本叫不出來。

牢固的膠帶！

他看到那三個男人晃動起來，然後變形，長方、橢圓、平行四邊、不規則，像三個虛無縹緲的影子。隨後，他的面前出現一個狹長的隧道，一個穿著白色衣服的人飄了出來，微笑著向他招手。他的身體雖然不能動彈，周圍的聲音也越來越弱，但他的思維卻在此時異常敏銳，他看到許多他從沒看到的東西。不久，隧道那端出現凸起的高山，一座接著一座，高山過後是平緩的河流，然後是廣袤的平原，周圍草木搖曳，小鳥飛舞，還有天空奪目的太陽。前方出現一片城鎮村落，村口有穿著鮮豔衣服的耄耋老人、垂髫小兒，都衝他笑著。

這是什麼地方？真好……

李在和范曉軍駕車急速來到文星樓酒店，現場一片混亂，警察和醫生都來了。文星樓酒店雷經理認識李在，他一臉驚慌，打著哆嗦說：「太……太嚇人……全……是血！」

「人呢？」

「馬上抬……抬出來。」

「還有救沒有？」

「肯定沒救了，胸前……好大……一……一個口子，腦袋都砸癟了……」雷經理渾身打著寒戰。

李在心裏一沈，騰衝好久沒出過這麼大的殺人案子了，況且勞申江是來參加賭石大會的，這勢必給騰衝賭石業帶來非常不利的影響，賭石大會因此有可能被有關部門勒令禁止，這對他以及整個騰衝的賭石生意的打擊不可謂不大。此時，他的腦子還顧不上尚未賣出去的三月生辰石，他只想儘快想辦法減小這種不利影響，畢竟這件兇殺案跟他的事業息息相關。

此時是凌晨三點，從騰越河方向吹來了陣陣涼風，李在一點也不涼快，相反他渾身燥熱，腦門滲出了一排密密麻麻的汗珠。警方已經在酒店門前拉起了黃色警戒線，無關人員嚴禁入內。李在和范曉軍只能站在線外，眼睜睜看著醫務人員抬著擔架把勞申江送進救護車。從現場的情景觀察，醫生的步履細碎而緊張，臉上沒有那種司空見慣的坦然，這說明勞申江沒準還有救。

李在心裏暗暗祈禱，千萬別出人命，只是一個簡單的搶劫就可以了。當然，此時他也期盼警方在現場發現什麼蛛絲馬跡，然後迅速偵破此案，將罪犯繩之以法。不過他知道，透過刑偵學破案的可能性非常小，騰衝乃至全省都很少有什麼真正的偵探，他們純粹靠線民報案，或者撒網撬開一個接一個的嘴。線民報案的效果是非常明顯的，幾十年來不是靠這個偵破了很多案子嗎？希望這次也別例外，越快越好。

李在對范曉軍說：「走！找汪老二去！」

范曉軍說：「我想也是他狗操的幹的。」

「不過，如果真是他，這小子說不定已經亡命天涯，從此在騰衝消失。」

「碰碰運氣吧！」

二人找到汪老二家時，汪老二還在睡覺，這多少讓李在有點失望。

汪老二懵懵懂懂地晃著身子，問李在：「這麼晚什麼事啊，在哥？」

李在不動聲色問：「老二，還有沒有石頭？」

「你是說今天賣出去那個？」

「是。」

汪老二一下子醒了，「就那麼一塊！哎呀！這次我虧吃大了，你不知道？」

李在裝傻，問：「吃什麼虧？你開價兩萬，誰讓你不開一百萬？」

汪老二像不認識李在一樣，狐疑地盯著他，「我的爺爺，開兩萬都賣了好幾年，還開一百萬？」

「你不知道現在的市場定律？越貴越有人買，便宜貨誰看得上啊？」

范曉軍不耐煩了，說：「跟他囉嗦什麼？直接問他！」

汪老二問：「問我什麼？我不是剛回答了嗎？就那一塊，多的沒有，誰讓你眼力不行，要是你能看出蟲子，賺錢的就是你了，還能讓那個上海人撿便宜？」

范曉軍低聲問：「你媽的，那個上海人出事了你知道嗎？」

「出事？出什麼事？」

「他剛在文星樓被人殺了，石頭也被搶走了！」

「啊？！」這下汪老二徹底醒了，「沖殼子哦（吹牛）！」

「我們剛從文星樓回來。」

汪老二一聽，眉飛色舞：「哈哈，這個世界是多麼公正啊！該是你的就是你的，不是你的你也拿不走。人死了沒有？」

「死了。」

汪老二頓時幸災樂禍，笑著說：「鴨子頭上長包包——鵝了（惡了，厲害的意思）！」

范曉軍以前認識汪老二，熟悉他的說話方式，他學汪老二拉起了長聲：「惡到——」

汪老二不高興了，挑釁地問：「學騰衝人說話嗎？日冒火！你們外地人有餌絲吃嗎？回去搞你們的巴揑阿飲食（沒有章法的亂做的飲食）去，少到我們騰衝來耍！」

范曉軍一下子提高嗓門，「我來這兒就是想問一句，是不是你幹的？」

「誰幹的？」

「我說你呢！」

汪老二急了，「哦，原來你們深更半夜找我就是爲這個？」

「你以爲我們來找你喝酒啊？」

「媽的！我汪老二是個頂天立地的騰衝人，你李在和范曉軍又不是不瞭解我，一塊祖傳的玉石我存多少年了？能賣就賣，不能賣我第二年又賣，我是那種圖財害命的人嗎？」

的確也是。李在覺得自己有點冒失，汪老二就是一個街痞無賴，除了那塊石頭，他每天的工作就是打打麻將，贏點小錢，或者到東方路一些橫巷子找價格低廉的妓女。雖然聽起來有點齷齪，但起碼說明，汪老二本質不是犯罪型的，他只能幹一些小魚小蝦式的違法勾當。但人的面目是隨著環境變化而變化的，情急之下狗急跳牆的故事多得很，誰能保證自己永遠不一時糊塗，幹點驚天動地的事來？

懷疑來懷疑去的都沒用，汪老二再跳起來罵也沒用，外面驟然響起刺耳的警笛，警察來了。警察跟李在的思維一樣，換誰都會第一個懷疑汪老二，只是他們的動作比李在慢，那是他們沒有他瞭解內幕。

汪老二被銬上手銬帶走的時候，仍然跳著腳痛罵李在和范曉軍，但是警察在汪老二家裏搜查的結果對他很不利，他們在廚房找到那把疑似殺害勞申江的尖刀，尖刀上的血跡還未完全乾透，黏黏地貼在刀刃和刀柄上。

李在二人回到車裏，徐徐向前開去。

范曉軍一邊握著方向盤，一邊說：「警察比我們來得慢，但有人比我們早。」

李在點頭，說：「是的。」

「事情越來越明顯了。這是有計劃有步驟的圖財害命案，殺人者當時就在賭石現場，他們目睹了汪老二賣石頭和勞申江發現玉蟲的整個過程，所以，他們完全有時間和理由把這起案子轉嫁在汪老二頭上。」

「分析得倒是頭頭是道，只是……」

「只是什麼？」

「我總感覺這不是一起單純的圖財害命。」

「你的依據是？」

「如果目標就是單純搶玉石，那麼他應該搶了就跑，哪兒去抓他們？還煞費苦心轉嫁給汪老二幹什麼？再說，轉嫁得這麼低劣，誰殺了人把刀子放在廚房？」

「你的意思是，殺人者潛意識裏在保護自己？」

「我只能這麼猜測，現在誰也說不清楚。但我總感覺他們的真正目的不是搶那塊玉石，而是有點搗亂的意味。」

「搗亂什麼？」

「你想，發生這起案子所帶來的影響是什麼？是關閉賭石大會，關閉賭石大會的結果又是什麼？是我們的三月生辰石胎死腹中，根本賣不出去。這才是目的！」

范曉軍睜大了眼睛。幾秒鐘後，他倆似乎意識到了什麼，范曉軍一腳踩住剎車，兩人同時喊出一個人的名字：遊——漢——庥！

喊出這個名字的時候，范曉軍的身子明顯一震，同時，他的眼睛立即被怒火燒紅了。他咬著牙說：「他姥姥的，難道這個雜碎來騰衝了？」

「不一定他親自來。」

「他想給我們搗亂？」

「你知道他為什麼放你嗎？」

「不知道，我一直想問你呢！」

「因為他的父親。」

「他父親？」

「是的，他父親就是營救你的籌碼。」

「你知道他父親在哪兒？」

「知道。他父親在草頭灘，還有兩年多出獄，我的朋友跟他關押在一起，這就是籌碼，只要遊漢庥有一點風吹草動，他父親就可能死於一場安全事故。」

「兩年多？那這個籌碼還有效，可以反覆使用啊！」范曉軍驚喜地按了一下喇叭。

「按理說應該是這樣的。按照我們事先的默契，他放了你，我就告訴他父親準確的關押位置。」

范曉軍有些疑惑，「如果是這樣，他應該不會蠻幹啊！」

「是啊，仔細想想也是，他沒有破壞賭石大會的資本，難道他不顧他父親的安全了？」

范曉軍問：「你有他的電話號碼吧？」

「有。」

「馬上打，聽聽他怎麼說。」

李在立即拿出手機，翻到區域號碼爲〇〇九五的號碼撥了過去。

電話通了。

好一會兒，對方才接起電話，還未等李在開口，對面遊漢庥就高聲說了起來：「哈哈，我親愛的在哥，我父親還好嗎？他跟你朋友生活戰鬥在一起，朝夕相處，關係非常不錯吧？」

遊漢庥不屑與調侃的口吻讓李在感到不妙。

「遊漢庥，你人在哪兒？」

「我在哪兒？我在緬甸啊，我不在這兒怎麼接你電話？」

「我問，你的人在哪兒？」

「我的人？我的什麼人？」

「你手下那些人。」

「問他們幹什麼？他們都在睡覺，有的正在幹女人，我都能聽見嘎吱嘎吱的床鋪響，快散架了我的姑娘！啊，多麼美妙的聲音啊！」

李在忍住火，直截了當問：「他們在不在雲南？」

「雲南？他們在雲南幹什麼？雲南的姑娘比緬甸的好嗎？」

李在火了，「操你媽！你一口一個女人，我問你正事呢！」

遊漢庥毫不示弱：「我也操你媽！告訴你，他們不在雲南，我父親在雲南，他老人家現在正快活地哼唧呢！」說完就掛斷了電話。

遊漢庥對他父親的關切程度跟先前判若兩人，當時他聽到父親的下落時差點喊李在爹，而現在……他若無其事。

范曉軍說：「操他姥姥的，這小子沒有人性，現在連他父親都他媽不管了，搶錢比什麼都重要。」

「先別下結論。」

「不下結論幹什麼？我看就是他，沒錯！」

「當時他放你，說明他很在乎他的父親。」

「你沒接觸他，你不知道他的爲人，操！整個一個森林的土匪。當時他放我，是因爲他根本不知道石頭的價格，他還想套我話呢！」

「他不懂賭石？」

「完全外行。所以殺勞申江很可能是遊漢庥的人幹的，他們當時肯定就在賭石大會現場，誰的石頭有價值，他們就搶誰。」

「你的意思是，他們本來是來觀摩學習的，哪想到遇到勞申江的石頭出蟲子，所以他們想發筆橫財？」

「有這個可能，而且遊漢庥知道賭石大會的準確舉辦時間。」

「你聽他說的？」

「是，親耳聽見。他本來想把咱們那塊石頭截下來，然後拉到騰衝參加大會，只是他不知道具體價格，想從我嘴裏套出來，這才沒立即殺我。我也沒說，說了肯定他也不相信，但我一直堅持沒鬆口，鬆口就等於自己捅自己一刀。這一點我非常清楚。」

「呵呵，時間就是金錢，時間也是生命，你拖了時間，就等於拖了命，否則早讓那傢伙幹掉了。」

「可不是嘛！」

「但是，不管怎麼說，也不管他是什麼人，親情始終是親情，從放你回中國這件事就可以看出來，否則他父親也就不是籌碼了。」

「當時我看的出來，我比他父親還重要，拼命找我，然後放我。你聽他剛才那口氣，好像放了我，他倒不在乎他父親了。操他姥姥的，你說奇怪不奇怪。」

「是奇怪。但這種奇怪只能說明一個問題。」

「什麼問題？」

「他父親出事了！」

「出事？在監獄裏能出什麼事？」

「我只是有這個強烈的感覺罷了，具體出什麼事我也不知道。我想，只有他父親出事，他才會滿不在乎，才會跟我無所顧忌地調侃，因為我們的籌碼沒了，你說，他還害怕什麼？」

第十一章　二秀桂桂和淫羊藿

遊騰開的確出事了，而且是人事。

那天下午，草頭灘的風刮得很大，老天似乎把積攢一年的風都吹到這兒來了。剛才還陽光普照，瞬間整個天空就被烏黑的風遮蔽了。遊騰開把工具室門前被刮倒的幾個鐵桶搬了回來，剛想關門，忽然看見獄警小陶朝這個方向走來。這個時候他來幹什麼？遊騰開有點納悶。

小陶大概被風刮得走累了，他停下來，立在那兒，隔著五十多米，朝遊騰開喊道：「遊騰開！」

「到！」遊騰開立即從工具室走出來，下意識地來了一個立正。

「跟我回隊裏！」

什麼事？遊騰開心裏咚咚跳著，他預感有什麼跟往常不一樣的事要發生。

「快鎖門！」小陶催促道。

遊騰開還愣在那兒沒動。

小陶說：「馬上下雨了，你動作快點，你親戚探監來了！」

探監？遊騰開簡直不敢相信自己的耳朵。這是十二年來第一次有人來探監。

跟小陶回隊的路上，遊騰開的心像開水一樣翻滾起來，他不像一般犯人那樣激動，或者感動，他有點受驚。十二年，他孤獨地待在這個煤礦已經十二年了，沒人理他，他也不想理別人。他知道他兩個兒子十二年來一定發瘋一樣找他，但是他不敢對警察說這些，他從被逮捕的那天起，就一口咬定自己是一個孤寡老人，在緬甸沒有任何親戚。他擔心中國警察到緬甸抓捕他兩個兒子，儘管這種可能性非常小，但他仍然害怕這種事情發生。多一事不如少一事，況且說自己有兩個兒子在緬甸又有什麼作用？表明自己風光一世後繼有人，還是讓他們來中國探監培養一下親情？他媽的，探個鬼監！那不是自投羅網嗎？

他也沒敢交代他是九三軍遊師長的兒子。雖然過去那麼多年，但他仍然記得他父親向他講述國民黨屠殺共產黨人的情景。那時候他還小，聽得他毛骨悚然，渾身打擺子。那是一場令他無法迴避的噩夢，侵蝕了他整個少年時期。父親臨死時，特意把他拉到床前，說：「他們永遠不會原諒我們，記住！永遠不會！」

這是父親的遺囑，也是教誨，遊騰開不會忘記的。

現在，這一切似乎將要改變。他說他沒親戚，現在親戚卻突然出現了，這讓隊裏的政府幹部怎麼看他？真是他媽的多事，忍了這麼多年，忍到還有兩年就出去了，這時候你來探什麼監啊？遊騰開想，不管是遊漢碧還是遊漢庥，如果是他們發神經來探監，他一概不認，就當他沒這兩個傻兒子，沒有！儘管他從十六歲開始就陸續製造了他們。操他媽的，是沒發育成熟啊還是精子質量不好，製造出這麼兩個傻蛋，你以為中國警察是傻子嗎？來了你就別想回去！

遊騰開越想越氣，他把氣憤毫無遮攔地寫在臉上，好像隨時要殺掉他兩個兒子。

走進探監室，沒見到兒子，而是一個個子很高、小眼睛小鼻子的陌生男人衝他大喊了一聲：「舅舅！」

遊騰開一愣。舅舅！喊誰呢？喊我？我是誰的舅舅？操！我不是任何人的舅舅，從沒有人喊過我舅舅。是不是搞錯了？遊騰開站在門口，瞇著眼仔細觀察著對方。

不行，還是認不出來，一點印象都沒有。是不是……遊騰開心頭一亮，突然明白了，這是個假冒親戚，肯定是兒子派來的。操！兒子們還沒傻。

他假裝踉蹌幾步，一把抓住對方，深情地叫了一聲：「孩子！想死你舅舅了！」遊騰開的眼睛潮濕了，不是他會演戲，是真的潮濕了，因爲眼前這個假外甥瞬間勾起了他埋葬很久的對親情的呼喚。十二年來，他只能在黑夜睁著一雙失眠的眼睛想念自己的親人，默默念著兒子的名字，他不敢在任何犯人或者警察面前流露出對親情的思念。

眼淚一出來就止不住，嘩啦嘩啦地橫飛。

小陶一看這個情景，就對遊騰開說：「你們這麼多年才聯繫上，不容易啊！好好聊聊吧！」說完知趣地走到探監室門外抽煙去了。

草頭灘就是這樣，關押多年的犯人的人身自由還是比較寬鬆的，一是獄警們信得過他們，二是他們多少年的牢都坐了，馬上面臨出獄，誰還在這個節骨眼上出軌啊！遊騰開平時不住在監內，就一個人住在外面的工具室。草頭灘煤礦周圍一些村裏的人經常偷工具，不光偷扳手、鎬啊什麼的，其他的也偷，一雙漏水的雨靴，一雙破舊的手套，他們都不放過。而這些工具又不可能放在監內，害怕被犯人利用出點什麼事，所以必須有人守在工具室，住宿吃飯都在外面。嚴格地說，遊騰開屬於脫監狀態，這種差事一般由政府信任、年齡稍大、餘刑不長的犯人擔任。

政府信任就不說了，經過長年累月的觀察，誰有多大的膽子早就胸有成竹；年齡大是因爲一旦發生脫逃，體力是個很大問題，翻山越嶺這種事不是每個犯人都能勝任的；餘刑不長呢，是因爲他沒有逃跑的必要。這三個基本條件遊騰開都具備，尤其在他檢舉揭發獲得減刑以後，政府對他更是信任有加。

不過，這種脫監現象如果被上級領導知道，則是絕對嚴厲禁止的，但實際情況是，這種現象已經存在好幾十年，很少出事故。所以，上面即使知道，也只能睜一隻眼閉一隻眼，現實總歸是現實，現實的情況是國家財產經常不翼而飛，現實永遠超過教條。只是草頭灘一年一度的「三幹」（指導員、隊長、管教）會議一直都在強調加強獄外管理，誰也不敢大意。

相對其他犯人來說，遊騰開是自由的。按照監獄規定，探監必須有幹警監視，但小陶知道，這點對遊騰開沒用。你這裏監視了，人家完全可以到外面的工具室偷偷見面，誰能監視那裏？小陶也知道，每個中隊監外的工具室，實際上已是犯人們的另一個會面室，尤其妻子來探監的，生理問題都在那裏解決，哪怕只有匆匆的兩分鐘。

遊騰開對這個現象早已司空見慣，他同情那些青年男女，他無私地給他們提供方便，給他們放哨。每個中隊的工具室基本都一樣，他們都有一個共同的別稱：炮臺。唯一不同的是住在工具室裏的人，他們跟你關係的親疏程度，決定你能否享受一下你自己的女人。

小陶一出去，遊騰開就問：「誰讓你來的？」

「外甥」立即兇相畢露，跟剛才喊「舅舅」時判若兩人。他瞪著小眼對遊騰開說：「廢話少問，說正事！」

「什麼正事？」

「我問你，最近隊裏有沒有人故意接近你？」

遊騰開立刻想到了羅舟。他點點頭說：「有。」

「叫羅舟吧？」

「你怎麼知道？」

「我再說一遍我親愛的舅舅，廢話少問，說！是不是叫羅舟？」

「是。」

「媽的，果然！」

「什麼果然？」

「他是火八兩的人。」

「誰是火八兩？」

「說了你也不認識。總之，我來的目的是提醒你，離羅舟遠點，同時也防備他點。」

「他想幹什麼？」遊騰開汗毛都豎了起來。

「他是火八兩安排在你身邊的殺手。」

「殺手？」遊騰開有點冒火，「他殺個雞巴！我招惹誰了？火八兩？我是不是幹過他媽？」

「小聲點！」「外甥」一揮手，身子往前一湊，問：「你他媽是不是關傻了？」

「是不是我兒子讓你來的？」

「你兒子是誰我他媽哪知道？但跟你兒子絕對有關係，不然我找你幹什麼？我是受人之託特地來提醒你，離那個狗雜種羅舟遠點，否則你命怎麼丟的你都不知道，你他奶奶的還幹他媽呢！你多大歲數了，腦袋清醒點行不行？再坐兩年就出獄了，出獄前沒必要跟他較勁，惹不起就躲，知道吧？操！外面的人怎麼幫你都沒用，你自己好自爲之吧！我走了。」

親戚探監哪兒有不帶東西的，儘管剛才小陶一走他嘴巴就沒乾淨過，不過這個「外甥」還挺孝順，帶來不少食品，當然最實惠的是錢。

小陶問：「現金呢？」

「外甥」忙堆著笑說：「有，有！」說完從隨身攜帶的黑皮包裏拿出一遝錢，大約有兩千多元，遞給了小陶。監規規定，犯人不准攜帶現金，必須如數交給政府，由他們換成同等價值的草頭灘錢幣——監獄代金券，這也是防止脫逃的措施之一。

小陶一邊接錢一邊登記，說：「老遊啊！你這個外甥對你還真好。是你姐姐的還是妹妹的小孩？」

「他姑姑……就是他媽……我姐……是我妹……」

小陶放下鋼筆，抬起頭，問：「緊張什麼？看見錢就語無倫次了！你也太激動了吧？」

聽見小陶沒察覺出什麼，遊騰開鬆了一口大氣。他差點把自己套進去，什麼姐姐妹妹的，他人監的時候說在這個世界他沒親戚，連遠親都沒有，就他孤單單一個，今天突然冒出個外甥，稍微聰明點的人一看就是假的，至少也是來歷可疑，就算有當地派出所開的探親證明，他也能審問你個七葷八素的。幸虧小陶疏忽大意，沒注意聽他們的對話。後來遊騰開一想，小陶調進隊裏才兩年，而自己入監是十二年前的事，他知道個屁啊！他不可能翻閱每個犯人的檔案，即使翻閱了，誰又能記得那麼清楚？一個中隊五六百人呢！

想到這兒，遊騰開徹底放鬆了，他對「外甥」揮揮手，說：「回去代問你媽好，她身體還行吧？你告訴她，就說我一直想著她呢！我還有兩年就出來了，讓她一切準備就緒，我沒地方住就住你們家去。」

這番帶侮辱色彩的話，氣得那個「外甥」直翻白眼，當著小陶的面又不好捅開這層窗戶紙。走之前，他回身瞪著「舅舅」，惡狠狠且臉上帶著笑容說：「舅舅我記著呢！等你出獄那一天，我們好好喝台酒！」

遊騰開笑了，說：「就盼著那一天呢，你可得把身體養好點，別到時候英年早逝，只剩下我跟你媽喝，多沒意思啊！」

看著「外甥」走下山，身影越來越模糊，遊騰開這才從中隊往回走。此時，他的臉色陰沈得嚇人，像得了一場大病。他一邊走一邊想，操他奶奶的，羅舟還有背後那個火八兩，算什麼玩意兒啊！充其量是一個牢頭獄霸，有本事到外面世界稱大哥去，跑到監獄逞什麼英雄？看電影看多了吧？還安插在我身邊，殺手似的，什麼一有風吹草動就解決我，他們太不把我遊騰開當一回事了。十二年來，他一直沒敢展現自己的風采，本想平平淡淡在監獄裏度過算了，沒想到來這麼一個事，遊騰開埋藏十二年之久的殺性突然驚醒了。

他不知道兒子那邊出了什麼事，但他敏感地察覺到，一定是有人拿他當某種籌碼進行交易了。羅舟，火八兩……遊騰開一邊念著這兩個人的名字，一邊尋思怎麼給他們一點顏色看看。

第二天下午，隊裏進了一批新的雨靴，準備更換漏水的舊靴子，遊騰開前幾天登記過，工具室需要三十八雙。平時遊騰開去領新的下井設備和材料，都是隊裏派幾個犯人幫他搬到工具室，然後再由遊騰開把這些犯人送回隊裏。路本來就不遠，加上派出的犯人也基本是隊裏幹部比較信任的，所以這種工作一般獄警都不參與，也從來沒出過什麼事。這次貨少，派一個人就足夠了。遊騰開點了羅舟的名。

中隊指導員是個矮胖矮胖的中年人，挺威武的警服穿在他身上好像隨時會被撐破一樣。他的皮膚黝黑透亮，唇上留著一撮小鬍子，小型板刷似的。他聽遊騰開說要羅舟送貨，便問：「一個人夠了？」

「夠。靴子不多，我和他兩個人完全夠了。」

「要不再多派一個人去？」

「不用不用。盒子雖然多，但只是占地方，重倒是不重，我用繩子捆好應該沒什麼問題。」

指導員說：「他剛送來不久……」

遊騰開馬上接著說：「他在井下一直沒幹活。」

這句話的意思指導員馬上懂了。表面看是遊騰開向指導員告狀，其實不然，這句話內含的內容沒有這麼簡單。這句話的真正意思是，羅舟的來歷不簡單，如果沒有關係，是不可能發生這種事的。關係的含義更多，比如跟礦裏的某位領導有什麼瓜葛，比如是某個人的親戚等等，總之，他不是一般的犯人，而是一個有深厚背景的人。而明知道他有背景，儘管誰也不清楚誰在罩著他，如果自己不順水推舟，就有點太不夠意思了，嚴重點說，你得罪了誰都不知道。監獄就是一個複雜的大熔爐，像外面的世界一樣，任何領域，任何人群，都是由各種關係網來構成的，誰也不能避開。

指導員盯著遊騰開問：「真的？」

「真的。」

「一天都沒幹？」

「沒幹。」

「你看見了？」

「他來隊裏已經有些日子了，來的時候有多白，現在還是那麼白。」

指導員點上一根煙，徐徐吐出。又問：「你聽到點什麼？」

「沒有。」

「亂猜？」

「憑我十二年來的坐牢經驗。」

指導員笑了，說：「監獄的本質就是叫你脫胎換骨，很多人以爲脫胎換骨是獲得新生的意思，哈哈，其實你最清楚，是看見人的骨頭裏的意思，出去以後全是人精，沒一個傻子，除非他本來就是傻子。」

「傻子也能變成二精二精的。」

指導員說：「不過我提醒你，送完就早點回來，別耽誤太久，尤其，你知道的，別出問題。」

遊騰開當然知道指導員的意思，他指的出問題，是指在女人方面別出什麼大樓子。外工棚，也就是遊騰開所在的工具室，在每個犯人的心目中等於「天上人間」。這裏當然比在監內自由，在夏天的時候可以在池塘裏游泳，採摘一些水果，比如草莓、櫻桃、刺梨，冬天的時候可以圍在屋裏烤火，尤其重要的是，無論什麼季節，都能跟當地的農村女孩或者少婦搭訕。這個世界，無論什麼角落，只要有男女，都不缺愛情故事的發生，監獄也一樣。這些女人來自附近的山村，在她們眼裏，犯人跟正常人沒有多大區別，他們一樣是人，只是是犯了罪的犯人。是人就要吃東西，尤其在犯人伙食不好的情況下，這些女人的出現，有效增加了犯人胃裏的油水。她們隔三差五，揹著煮熟的家禽來監獄附近叫賣，消費對象主要是各個小組經濟狀況比較好的組長。漸漸地，他們之間就產生了所謂感情。

當然，這種感情是不平等的。犯人們要的僅僅是借她們淳樸而豐滿的身體洩欲，而她們則抱著對外面世界的渴望與新奇，不由自主地陷入情感的圈套而不能自拔，尤其看到有些對感情「忠誠」的犯人刑滿釋放後在當地安居樂業，或者把相好的女人帶出這個貧瘠的山溝，到外面的世界闖蕩，更使這些女人對監獄中的男犯情有獨鍾。當然，這些情況幾十年來一直存在著，不是什麼大秘密，中隊幹部也都知道，只是你別把人家肚子搞大，鬧得沸沸揚揚就行。

組長在監獄中所扮演的角色很特殊，除了帶領同組的犯人下井幹活，他們還肩負著看管犯人的責任。用犯人管理犯人，這是任何國家、任何朝代都屢試不爽的辦法。關鍵的關鍵是，他們還有權力分配活路，誰今天打炮，誰點炮，誰清理爆破後的現場，都是他們說了算。根據危險程度，他們可以整治跟自己作對的犯人，或者照顧給自己「上過貢」的犯人，因此他們的權力就是他們的身分，他們也就比一般犯人「富有」，因爲他們都有一整套斂財方法。

這個世界，金錢始終起決定性作用，尤其在監獄這個小圈子特別明顯。毫無疑問，那些女人對這種「富有」的組長更加趨之若鶩，雖然大多數情況，組長也只能是「看得到，吃不到，心頭如刀絞」，但找著機會拖進草叢速戰速決的故事還是時有發生。不過即使只能過過眼癮，最起碼他能享受那些女人帶來的「精美」食物，而且絕對免費。

跟這些組長相比，除了年齡稍大，遊騰開更具有別人無法比擬的優勢。一是他自由，一個人住在工具室，隨時可以跟那些女人耕雲播雨；二是他不靠誰來「上貢」，是政府給他「上貢」，他可以把用舊的設備，比如安全帽、礦燈、雨靴等等偷偷拿給那些女人，然後報案說被小偷光臨了。工具室丟東西，有一半的責任在於這些像遊騰開的犯人監守自盜，而不是什麼狗膽包天的小偷。

遊騰開有一個秘密情人，叫二秀桂桂，一個前年喪偶、今年已經四十歲的中年婦女。二秀桂桂不是少數民族，名字卻有點奇怪，這是因爲隊裏的犯人沒有誰能準確叫出她的名字，有人說她叫二秀，也有人說叫桂桂，到遊騰開這兒，他就綜合了一下，叫她二秀桂桂，一下子增添了許多嫵媚的色彩。

二秀桂桂徐娘半老，一雙大大的眼睛，烏黑的瞳孔直勾勾地盯著每一個青春勃發的身體，足以讓每一個極度性壓抑的犯人們想入非非。別說組長，每個犯人都想上二秀桂桂，誰也不嫌棄她的年齡，在這個「母豬可以當貂嬋」的環境中，任何一個雌性都可以讓每一個犯人發瘋，更何況二秀桂桂是個活生生的女人。她是每個犯人春夢的主角，也是獄中周末舉行手淫大賽時出現在每個參賽者腦子裏最多的女人。

二秀桂桂看上去淫蕩，實際上她並不淫亂，多少人放話給她，她誰也沒看上，偏偏看上了守工具室的老犯遊騰開。開始的時候，他們秘密的愛情生活是非常甜蜜的，天黑過後，她翻山越嶺悄悄來到遊騰開的小屋，用她那鬆軟的大乳房慰藉遊騰開胸前乾癟的肋骨，或者靜靜地聽遊騰開講述年輕時的愛情故事，聽得她長吁短歎，淚眼婆娑。可以這麼說，在草頭灘，二秀桂桂比隊裏的幹部還瞭解遊騰開。

後來，遊騰開有點煩了，具體地說，是害怕了。他不害怕這個女人纏著他要他娶她，只要一出獄，他可以拍拍屁股走人，六親不認，他害怕她的貪得無厭。錯就錯在他出於感激送給她一雙雨靴，六成新，後來他又出於感激，給了她十雙手套作爲愛的信物，再後來，二秀桂桂就不好這麼被打發了。

一天晚上，二秀桂桂突然說，每做一次必須給她一件東西，並說是爲了永遠的紀念。遊騰開明白了，這個女人是衝著他的工具室來的，而不是什麼男女之間的情感。仔細想想也正常，他遊騰開能吸引她的也只能是這些。在性上，遊騰開基本不能滿足她，反而經常把她折騰得吊在半截，他只能用其他工具延續時間。尤其最近，二秀桂桂更加變本加厲，說每進去一次就是一隻手套。此時，她在遊騰開心目中，已經不是開始那個柔情似水的女人，而是一個貪婪的工具，一個毫無生氣的肉洞。

剛入監時，他從老犯那裏學會了用挖空的香蕉娛樂，現在二秀桂桂就是那個黏糊糊的香蕉。後面幾次，遊騰開索性採取「一竿子到底」的戰略戰術，就一下，完事，然後丟給二秀桂桂一隻手套，說另一隻下一次給。二秀桂桂感覺受了侮辱，嗚嗚咽咽哭了起來，她威脅說要報告給中隊幹部，說遊騰開玩弄當地良家婦女，致使她懷孕若干次、打胎若干次云云。

遊騰開這幾天急於想擺脫二秀桂桂，恰恰羅舟撞了上來，媽的，這個安插在自己身邊的所謂殺手就是他的工具。他想同時除掉這兩個心腹大患，或者讓這兩個「工具」醜態百出，自己旁若無事一般，躲在一邊看笑話。到時候羅舟還安插個屁，他會被關進黑糊糊的只有半人高的小監禁閉，等著中院下來給他加上幾年刑。而二秀桂桂呢，她再也沒臉要手套了，她本不是那種放得很開的女人，她臉皮薄，只是野心大罷了。操！遊騰開想，都說人與人鬥，其樂無窮，看來是的，我遊騰開也會，而且是行家高手。

「操，叫我幫你抬這些臭靴子，什麼意思？」羅舟路上問。

遊騰開笑了，笑得特別無邪，「找你喝酒。」

羅舟不解，「喝什麼酒？」

「到時候你就知道了。」

「你他媽別是下我的耗子藥吧？」

「哪能。」

「操，我跟你又不熟悉，請我喝哪門子酒？」

遊騰開一邊走一邊笑吟吟地說：「兄弟，我看的出來。」

「看出來什麼？」

「我來隊裏多少年了？別看我老，這點眼神我還是有的。」

羅舟把肩上幾箱雨靴噗地扔在地下，說：「你媽的你看出什麼來了？」

「你來隊裏這麼些日子，根本就沒幹過活。你說這是什麼？」

「是什麼？」

「你沒有背膀靠著，誰靠著？」

羅舟一聽遊騰開說這個，顯然鬆了一口氣，他順著遊騰開推起磨來：「老賊畢竟是老賊，眼睛尖鼻子靈，反逃鬥爭一抓就靈。你說對了，靠山肯定有，不然到哪兒都吃虧。告訴你，我分到嚴管隊來都是暫時的，我他媽要不了多長時間就能回去。你信不信？」

「是啊是啊，」遊騰開點頭哈腰附和著，「所以我請你喝酒就是這個意思。」

「什麼意思？」

「你有機會在中隊幹部面前多美言我幾句，我還有兩年就出獄了，我想在工具室待到滿刑。可監獄不是養老院，我整天提心吊膽，害怕誰哪天吃多了背後給我穿隻小鞋，害人之心不可有，防人之心不可無啊！你也知道，整人這玩意兒人天生就會，不用誰教。要是誰看不慣我整我，在中隊領導面前詆毀我，把我弄回井下就慘了。我這麼大歲數，什麼活也幹不動了。」

羅舟把幾箱雨靴遞給遊騰開，指著遊騰開的鼻子埋怨道：「我以為是多大的事呢。你媽的，請我喝酒就喝酒，讓我揹這玩意兒幹什麼，我揹個動個屁？」

遊騰開接過羅舟手裏的紙箱子，給羅舟留了兩個，「你還是拿上兩個，別人看你空手不好，其他的我揹就是。嘿嘿，讓你拿東西是假，請你喝酒才是真。」

羅舟說：「別騙我，能在工具室住，肯定是隊裏的紅人，你擔心個什麼！」

「你又不是第一天來監獄，人與人之間的殊死搏鬥什麼時候停過？檢舉揭發一直在進行，腦袋裏這根弦不能鬆啊！再說，誰看我這個位置不眼紅？全瞪著牛卵子眼睛盯著呢！我等於監外執行啊！」

聽遊騰開這麼一說，羅舟只好將計就計，拍著胸脯說：「好吧，誰他媽給你穿小鞋你就告訴我，我收拾他。我別的本事沒有，打死人的本事也沒有，打殘總可以吧？還能不負責，你信不信？」

「我信我信！」遊騰開畢恭畢敬答應道，其實他心裏連著接了幾句「騙誰啊，無法無天了你！操！」

此時，天空染血，整個山谷紅彤彤的，一抹白雲也被染過，從遠處飄來，停在草頭灘上空一動不動。兩人揹著雨靴，一步一步從山底爬了上來，進工具室後，遊騰開便拿出早已準備好的菜肴和酒，對羅舟說：「沒什麼好菜，但是絕對是好酒。」

「什麼好酒？」

「泡的枸杞冰糖大棗，滋陰壯陽補腎。」

羅舟一聽，嘿嘿笑著說：「我以爲什麼好酒呢，你他媽別拿泡酒害我，我壯陽有個屁用，英雄還無用武之地呢，何況我一個普普通通的勞改犯。」

「年輕人懂什麼，壯陽就是壯體，身體好比什麼都好。尤其在監獄，一個好身體頂過幾年刑，所以在監獄得什麼也別得病。」

「話是這麼說，但具體情況是，喝了有火啊！」

「有火就找地方洩火。」

羅舟睜大眼睛問：「哪兒洩？我存了好幾年了，連女人是什麼味兒都忘了，操！說得輕巧。我聽隊上的人說，你們住外面的都有姘頭，是不是真的？比我們基建隊還自由，我們那兒除了吃的比你們好，娛樂方面只能左手累了換右手。」

不錯，羅舟自己把話題引到遊騰開的點子上來了。

透過三言兩語觀察，遊騰開基本可以判斷出羅舟是個什麼樣的人：簡單、粗魯、沒什麼腦子、性壓抑、警惕性差……這些都是他遊騰開可以充分利用的，他正希望羅舟是這樣的人，不然怎麼整治他這個狗娘養的。

遊騰開說：「這裏面的故事多了，可以說是豐富多彩，姹紫嫣紅，讓瓊瑤住幾天，非寫出驚天地泣鬼神的愛情小說來不可。」

「操，你他媽真想得出來。」

「我這是比喻一下，又不是真的。」看來這個羅舟文化不高，純粹一個粗人，「來，先喝酒，邊喝邊給你打打精神牙祭。」

菜實在簡單得不能再簡單：一盤涼拌黃瓜，一個炒嫩玉米，另外還有一盆煮花生。兩杯酒一下肚，羅舟的臉就開始泛紅了，這是好徵兆，證明羅舟酒量不是特別好，另外，泡酒也開始在羅舟的血管裏活躍起來了。遊騰開沒告訴羅舟酒裏的全部成分，除了枸杞冰糖大棗，還有一種最關鍵的東西遊騰開沒說。那是他從山裏採來的、古代春藥的主要成分：淫羊藿。從古至今，這種小檗科植物不知讓多少皇宮貴族騷人墨客癡迷，現在遊騰開準備讓羅舟試試它的威力。

遊騰開年輕時沒少玩女人，他知道怎麼擺弄這個年輕人，他一邊勸羅舟喝春酒，一邊講述他跟二秀桂桂的風流韻事，從開始怎麼認識，怎麼第一次入港，怎麼酣暢淋漓，到怎麼讓那個女人不停地叫床……內容虛假，但細節撩人，遊騰開把握住故事節奏，一點一點往外擠，擠到關鍵地方就故意停頓下來，讓羅舟消化一會兒，然後再接著轟炸。

羅舟年輕力壯，長年的性壓抑使他的大腦皮層對性格外敏感，任何有象徵性的物體，比如凹陷的溶岩、參天古木的樹洞、手臂的轉彎處、充氣中的籃球都能勾起他的性幻想，何況眼前這個活色生香的真實故事。他臉色潮紅，手足無措，兩隻眼睛被性欲燃燒成兩個紅色的燈籠，他的喉頭開始上下做活塞運動，他感到肺部的氣囊被堵塞了……

外面的山谷仍然紅彤彤的，如同遊騰開描述的二秀桂桂紅燦燦的臉蛋。他用最原始最粗魯的語言把二秀桂桂推到羅舟面前，一絲不掛，好像她隨時等著任何男人把她按翻在地。

羅舟咽著口水問：「誰都能上？」

「誰都能。」

「好上？」

「好上。」

「蕩婦？」

「蕩得不行。」

「比潘金蓮呢？」

「比潘金蓮還淫。」

「都誰上過？」

遊騰開說：「大肚臍、薛老三、屁娃、老疙瘩、瓦臉都上過。」

「媽的！」羅舟猛灌了一口酒，「他們跟我喝酒的時候都沒說過啊，怎麼？欺負我剛來啊？就瞞我一人？怎麼這麼好的事情不通知我呢？操，操，操！」

羅舟一連三個操，解氣似的。

遊騰開故意滿不在乎，說：「其實也沒啥，一個老女人有什麼幹頭？」

羅舟說：「老女人也是肉。」

「你又不是沒見過她，不是特別漂亮，就眼睛勾人。」

「管她醜不醜，只要下面有口。」

照羅舟這口氣，好像二秀桂桂如果現在站在他面前，他非得生吞活剝了她不可。遊騰開要的就是這個效果。

時間不允許羅舟在工具室停留太久，遊騰開送他回隊裏的路上突然對他說：「找個機會，我讓你嘗嘗新。」

羅舟的雙腿已經讓遊騰開的故事搞得像兩根柔軟的麵條，他有氣無力地問：「操！哪兒有機會啊？」

「機會是人創造的，只要你有耐心，它總會來找你，而不是你找它。」

「媽的，說得跟你是個哲學家似的。誰有耐心？我要是有耐心就來不了這地方，我就是想一夜暴富才被搞進來的。」

望著羅舟岔著雙腿艱難地走進中隊大門，遊騰開想：操你媽的，想玩我？今夜有你好看的，你他媽捲鋪蓋去吧！

第三天，工具室有一批舊的設備和材料需要處理，遊騰開清理了一下，共有兩百六十八雙破損的手套、三十五盞無法修理的礦燈、十雙沒有底子的雨靴，全部要賣給收破爛的。遊騰開向中隊指導員請示得到批准後，又點名要羅舟幫忙收拾，這次沒費什麼周折，指導員想都沒想就同意了。他知道羅舟坐了五年，刑期已經過半，還有三年餘刑，基本上可以信任。加上這個犯人進隊來一直比較聽話，一看就是那種不愛惹事的人，至於在基建隊違反了什麼監規倒不重要，只要今後改正就好，進這裏面的人有幾個老實的，一次都不違反監規才不正常呢。還有，既然他下井可以不幹活，享受的是組長待遇，不知道具體負責的小陶是不是知道他的底細，任他去吧，幹活不幹活怕什麼，整個礦井又不是少一個人幹活就停產了。

羅舟異常興奮，他感覺遊騰開今天叫他出來，一定有更精彩的內容，比如他說的那個「嘗新」。他太想嘗試一下了，喝了他狗日的泡酒後，他就沒睡過安穩覺，帳篷一直支著，按都按不下去。他從來沒有過這麼強的欲望，他懷疑如果不解決這個問題，那玩意兒說不定就會爆炸。

果不其然，遊騰開沒讓他失望。老遠他就看見工具室裏坐著一位女人，走近一看，正是這兩天羅舟春夢裏的主角二秀桂桂。

遊騰開事先帶話讓二秀桂桂上山來，說有事找她，不來別後悔。二秀桂桂心裏一陣狂喜，以爲今天也許能帶回更多的手套，她並不知道還有一個男人也要來，更不知道這個男人比一百雙手套更能讓她舒筋活血。

這天下午，草頭灘又被烏雲籠罩著，工具室裏光線不足，羅舟健碩的身子堵在門口，屋裏頓時黑了下來。即使這樣，二秀桂桂還是清晰地看到了羅舟眼裏的欲望，她知道，這欲望可以埋沒她好幾次，比手套好。

遊騰開問二秀桂桂：「什麼時候來的？」

「剛來。」二秀桂桂的眼睛始終不離羅舟，她發現了他褲襠中間那個碩大的翹物，只是她不知道那玩意兒已經爲她整整翹了三天，一直沒有疲軟，就那麼倔強地支棱著。她覺得有點誇張，實際上羅舟不誇張，本來就這樣，他也一點沒有在女人面前耀武揚威的意思，他自己也納悶，他不知道是淫羊藿在悄悄作祟。

「這是我們隊裏的羅舟。」遊騰開裝作漫不經心介紹道，「這個是二秀桂桂。」

不知怎麼回事，氣氛一下子尷尬起來，空氣也彷彿緊縮成一團迷霧，瀰漫了整個工具室。幾分鐘後，羅舟感到迷霧越來越濃，壓得他喘不過氣。他坐在那裏，眼睛一眨不眨掃描著二秀桂桂。他沒有從臉開始，那兒太老，皺紋多，看著會讓他想起死去多年的母親。他從二秀桂桂的脖子開始，輕輕地掃了下去，一寸一寸，灼熱而溫柔。此時，他的眼睛已經不是視覺的殺手，而是一隻無形的充滿雄性氣味的手，撫摸著她的脖子，鎖骨，肩頭，然後向下……

二秀桂桂明顯感覺到了，她挺著胸，微微閉上眼，一邊享受著對方野性的手掌一點一點撕開她，一邊有力地回應著。她發現對方皮膚很白，是草頭灘很少見到的白皙。在她眼裏，這裏的男人都是黑不溜秋的，沒一個看著乾淨的地方，所以她對這裏的男人一般沒興趣。遊騰開是個例外，因爲他掌管著內容豐富的工具室，皮膚的顏色已經不那麼重要，重要的是，她可以無休止地向他索取她所需要的東西，除非他老得連勃起的欲望都沒了。對面這個小夥子不同，他是那麼白，像一道刺目的陽光，一下子把她的衣服剝光了。她任憑他剝著，直到她也把對方剝得一絲不掛……

沒有語言交流，悄無聲息，語言純粹是多餘的藩籬，雙方的眼神說明了他們所想要的，任何大城市裏矯揉造作的談情說愛，在這裏都是一灘狗屎，男女之間不需要這些，他們只需要靈與肉的結合。

此時的遊騰開像個愛情故事的看客，他甚至爲他們赤裸裸的欲望感動，爲他們擊掌叫好。後來，他發現自己不應該是看客，他知道他要離開了。他站起身來，微笑著對兩個正在燃燒的人說：「時間還早，時間還早，還早……我去弄點吃的。」

說著就匆匆退了出去，他擔心要不快點退出，他肯定會後悔的。他會暴跳如雷把羅舟踢出去，然後用世上最惡毒的語言咒罵二秀桂柱，然後用最下流的手段蹂躪她……

遊騰開的退出是個信號。

一個命令羅舟衝鋒的信號。

羅舟喘著粗氣，像埋伏在戰壕已經三天三夜的鬥士，他等不及了，騰地一下躍了起來，帶著一條充滿欲望的長鞭，怒號著向二秀桂柱撲了過去……

遊騰開躲在門外笑了，他想：幹吧幹吧，兩個狗男女。把老子的床幹垮了才好。他躡手躡腳離開了工具室，疾步向中隊跑去。他要向指導員報告，羅舟強姦當地良家婦女。

走了二十多米，他停了下來。慢著，他感覺他這個計劃似乎不是太完美，當時他策劃的時候覺得挺好的，現在卻感覺路子歪了。跟當地婦女發生關係的犯人多了，也沒見誰的結果有多麼惡劣，要是對方不鬧，屁事沒有。我怎麼忘了這個了？我怎麼確定那個騷娘們能百分之百告羅舟嗎？媽的，那小子肯定比他強多了，這兩天淫羊藿又正在發揮它應有的作用，這一頓昏天黑地的，那個騷娘們絕對不捨得告，她會聲淚俱下，發誓說全是她的錯。結果會怎樣？結果是他遊騰開扮演了一回優秀的月下老人，熱情洋溢地爲這兩個狗男女費力撮合。不，不是月下老人，是他媽整個一個媒婆，而且還沒有一點好處可撈。操他奶奶的！

不行不行，是不是自己被關傻了，大方向肯定發生了錯誤。

他要梳理一下自己的思路。

他是誰？他捫心自問。他是緬甸森林裏的最狠的狠角。對啊！他手下曾經有兩百多個爲他賣命的兄弟，他擁有幾十條精良的步槍，他殺人不眨眼，他揹著二十幾條命債，幹掉一個人曾經是他最大的樂趣。現在他怎麼了？十二年來夾著尾巴隱藏起來了？他的血性哪裡去了？被監獄生活磨滅了嗎？沒有。他感覺那種力量始終存在著，只是沒有機會爆發罷了。因爲十二年來沒有人惹他，他的血性與殺性莫名其妙地消失了。

眼前這兩個人是誰？一個是安插在自己身邊的殺手，一個是貪得無厭的騷娘們。而我呢？我是婚姻介紹所的嗎？不，我不是，我能給你們快樂，也能讓你們毀滅。我要讓你們嘗嘗來自緬甸的歹毒。

關於犯罪動機，多少年來一直爭論不休。有人歸咎於社會因素，有人側重於人體病理，據說殺人者的頭蓋骨跟平常人不同，所以他的思維也就跟正常人迥然不同，他的行爲常常讓人不可理喻。換句話說，他的精神上存有無法察覺的「病灶」，一旦誰拿火鉗子捅他一下，他就會熊熊燃燒起來，誰也無法阻擋。現在的遊騰開就是這樣，誰也無法理解他的過激行爲，十二年都忍了，還有兩年出獄他卻不能忍，如果是簡單的仇恨一個男人或者痛恨一個女人，也不至於讓他犯下彌天大罪。但他確實這樣做了，雖然做完後他馬上被悔恨淹沒，就像平時那些殺人者捶胸頓足、後悔不迭一樣。他們彷彿被一根無形的繩子牽著，那根繩子給了他們力量與膽量，並防止他們臨陣落荒而逃。

打定主意，遊騰開悄悄走回工具室，緩緩推開了門。工具室裏那一幕讓遊騰開驚駭，羅舟那上下翻飛的白屁股給了他強烈的刺激，這種力量是他無法達到的，這使他突然自慚形穢，差不多要蹲了下去，再也不想站起來。而二秀桂桂一浪接一浪的呻吟，更促使他下定決心除掉這兩個狗男女，她以前從沒這麼叫過，連哼哼都沒有，他給羅舟描述的一切都只在他腦子裏存留過。

他拿出門後那把鋒利的鋼鑽，悄悄走了過去，然後對著羅舟的肛門猛地插了進去，一直插到胸膛……他緊握著鋼鑽，生怕它從羅舟的身體裏滑出來，他瞪著極度憤怒的眼睛問羅舟：「到了嗎？」

羅舟無法回答他，他在性高潮時感到了疼痛，撕心裂肺般的疼痛，他以爲這種疼痛是高潮的一部分，是多年來第一次做愛才有的現象，他想在疼痛中死去。他的確做到了。

二秀桂桂如果不羞辱遊騰開，她也不會喪命。羅舟寬厚的肩膀擋住了她的視線，她看不到鋼鑽，只看到遊騰開站在床邊，嘴角咧開，很詭異地笑著。她發現羅舟突然不動了，剛才那充滿男人磁性的低聲吼叫也戛然而止，她非常不滿，認爲是遊騰開不合時宜闖進來攪和了這場好戲，很多年她沒有這麼酣暢的做愛了，這種程度是遊騰開根本做不到的。她在想，我寧願不要手套，什麼也不要，就要這種撞擊。

她騰出一隻手，抹了抹臉上的汗水，然後對遊騰開說：「你行嗎？從來不行。」遊騰開漲紅著臉，抽出插進羅舟身體的鋼鐵，然後又順利插進二秀桂桂的身體。沒有阻擋，好像鋼鐵有種力量帶領他向前一樣，連骨頭都沒碰到，全是軟綿綿的脂肪。不，不是脂肪，人的身體有時候就像一塊容易揉碎的豆腐……

第十二章　怪胎出馬

透過文星樓酒店監控鏡頭顯示，一共有三個男人進入勞申江的房間，另有一個女人站在門口沒有進去。從上電梯開始，他們臉上就蒙上了絲襪，警方根本無法辨認這幾個人的身分。

知道這個情況後，范曉軍就消失了，連個招呼也沒跟李在打。李在感到很奇怪，他甚至一度懷疑范曉軍跟這個兇殺案有瓜葛，但是他很快自我否定了，並為自己無端懷疑朋友而感到羞愧。他知道范曉軍這個人從不把金錢放在眼裏，共事幾年來，該袒露的性格早袒露了，他要是對金錢有塡不滿的欲望溝壑，也不會等到今天。

晉小盈是第二天早上知道的這個消息。

酒醉後的她賴在床上，一直沒起來，顯得慵懶而性感，但這副姣容只維持了幾分鐘，接到李在的電話，她就驚惶失措起來。她心裏沒有勞申江，也沒有范曉軍，只有那塊石頭。

她緊張地問李在：「完了完了，我們那塊石頭怎麼辦？賭石大會肯定被勒令停止，買家也會一哄而散。」

這番話問得李在心煩意亂，現在買家還未出手，大規模的下注還在後面呢。對這些走南闖北的賭客們來說，一件兇殺案對他們幾乎沒有什麼影響，反而提醒他們更加注意個人安全。再說，沒有賭石大會不等於不能進行玉石交易，只是地點規模不集中而已。一個真正的賭徒是不會輕易離開賭桌的，除了他大獲全勝或者一敗塗地，他要的是結果，而不是無功而返。

接下來幾天，從騰衝人民醫院傳來一個好消息和一個壞消息。好消息是勞申江沒死，他的命太大了，尖刀從距離他心瓣二釐米的地方擦了過去，沒有傷及主動脈。壞消息是勞申江等於死了，他的頭部被鈍器砸掉三分之一，變成一個只有半邊腦袋的植物人。李在到醫院去看望了一下勞申江，一分鐘過後他就退出來了，在他眼裏，勞申江已經是個廢物，一個爲賭石而付出代價的廢物。

汪老二很快放出來了，警方認定有人誣陷他，兇手應該另有其人。據說汪老二磨刀霍霍，聚集了騰衝縣幾個所謂亡命徒，到處找李在，揚言要徹底收拾他。李在一點也不擔心，他壓根兒沒把汪老二放在眼裏。六年的監獄生活，什麼樣的人他沒見過？能到處揚言要幹什麼的人永遠不會幹什麼，如果他整天悶在家裏不說話，那李在可要提高警惕了。

更壞的消息還在後面。上海的李昆妹、無錫的盧白雄、蘇州的劉富偉在對李在說了無數客套話之後，相繼離開騰衝，他們破天荒第一次沒要結果，只潦潦草草體驗了一下過程。顯然，這個過程不夠刺激，過於繁亂，而且他們也對三月生辰石沒有把握，誰也不敢輕易下手。來參加賭石大會的其他散客更是群龍無首，在懶心無腸度過幾天磨皮擦癢的日子後，回家的回家，旅遊的旅遊，他們就像一堆隨意的沙子被風聚在一起，又被風吹得無影無蹤。何允豪的告別詞既老套又透出萬分的虛假，他在電話裏大聲對李在嚷道：

「一有石頭就第一時間通知我，通知我就等於通知錢。」

生意人永遠無真話，這是真理。

唯有北京的張語留了下來，整天泡在騰衝熱海溫泉按兵不動。

這次賭石大會顯然失敗了。

李在心情糟透了。范曉軍不辭而別，昝小盈也暫時回瑞麗上班去了，剩下他跟唐教父在騰衝孤軍作戰，備感勢單力薄。他不是不能孤獨，而是不明白那塊三月生辰石爲什麼無人問津。

晚上，他來到倉庫，叫保全打開門，然後搬來一把椅子坐在石頭前發呆。他相信范曉軍的眼力，也相信他的為人，他更相信自己的判斷。從他多年參與賭石的經驗看，這塊石頭蘊藏著無窮的升值空間，只是暫時還沒出現識石的行家。張語應該是，但這次他顯得有點小心謹慎，是什麼絆住他的腳了呢？不明白。

石頭悄無聲息，靜靜地臥在那裏。

李在緊緊盯著它，努力用自己的內心跟這塊石頭交流。

石頭是天下萬物之一，它們跟其他物種一樣，享受著太陽與地球的恩澤，它們也會成長，也會有悲傷與快樂。李在垂下頭，把臉深深埋藏在兩隻手掌中，四周頓時黑了下來，黑暗中，他彷彿看到了石頭的眼睛，不是一隻，是兩隻，三隻，是無數隻……它們全都慢慢睜開了。眼眸是綠色的，深邃而溫柔，像手，輕輕撫摸著他的肩，讓他渾身酥軟，四肢無力。他還看到石頭背後的山谷，看到河流與森林，以及嶙峋的山崖，湍急的清流，天上的月亮，樹梢上停留的倦鳥……

他想，如果這塊石頭就這麼靜靜待下去，就留給自己用，不賣了。一百五十萬就當給自己買了一個紀念物，紀念自己這幾年在賭石界所經歷的風風雨雨，傷痛與快樂。對，把它雕刻成兩頭動物，獅子與老虎，獅子伏在老虎的後背，四爪緊扣，昂著脖子，張著血盆大口耀武揚威地吶喊著，牠正用牠的性器官征服老虎……店鋪裏的玉石加工匠個個都是琢玉高手，但這樣大型的雕刻不知道他們行不行，恐怕只能到昆明聘請一個更高級的玉石雕刻家才能完成。

李在正在倉庫裏胡思亂想，張語打電話來了，說有時間到賓館去一下，他想跟李在談談。

李在向來尊重張語，這個氣宇非凡的老人從一開始就把他吸引住了。現代人總愛說什麼代溝問題，一遇到雙方沒有理解的語言就庸俗地將其歸咎於代溝。人和石都可以對話，何況人？

李在從不相信這個。年齡根本不是問題，人與人交流的是心，不能把心當成鬆緊帶隨意拉伸。

房間沒開空調，窗戶全部敞開了，一股一股的熱風從外面吹進去，房間裏顯得潮濕而悶熱。張語大概剛洗了澡，銀色的頭髮還有點濕漉漉的。他給李在泡了一杯菊花茶，在對面的沙發坐了下來，然後用手指不停地敲擊茶几，表明他內心的不安。

李在說：「直說吧！我們之間沒有客氣。」

張語這才轉過身來，開口說：「他們全看著我呢！」

「誰？」

「李昆妹，盧白雄，劉富偉，還有臺灣的那個何允豪，全盯著我！」

「爲什麼？」

「因爲我們是朋友，他們想看我出價，然後好趁火打劫。可我就是不出！」

李在點上煙，說：「哪有這樣的道理。朋友歸朋友，買賣歸買賣，賭石界沒有任何一條規矩規定朋友必須出手，朋友也可以選擇放棄啊！」

張語說：「去年我們到歐洲旅遊的時候，你也說過這樣的話。」

「對！是朋友就更應該謹慎出手。說句心裏話，我不希望你買這塊石頭。」

「哦？」張語揚起眉毛，「爲什麼？」

「作爲朋友，我喜歡你大賺，這種機會給別人就太可惜了。但朋友情誼往往有個屏障，捅破了會傷人的。賭輸了怎麼辦？人的心會負債的。」

「哈哈，你這個在賭石界摸爬滾打的人，這時倒兒女情長起來。我不覺得是個問題，賭贏賭輸是自己的事，跟朋友情誼無關，賭桌無父母，何況朋友，結果只能聽天由命，朋友永遠還是朋友。」

「話是這麼說，但人心都是肉長的，在大是大非面前，情感往往戰勝理性。我心裏為你捏著把汗呢，但又暗暗希望你漲風漲水。矛盾，真的矛盾！」

「我現在實話告訴你，我真看上了那塊石頭，只不過我也在等對方出手，才遲遲按兵不動。李昆妹看出了我的心思，還有那個何允豪也知道，他們藏在戰壕裏，縮著腦袋，觀察我的動靜。賭石就是這樣，誰先出手誰的底氣就薄。但他們沒有我定力好，一個一個全走了，畢竟是一個投資超過八百八十萬元的生意，誰也不會輕舉妄動，他們寧願放棄。」

「您叫我來的意思是？」

「不是給你開價，而是想告訴你，看上它並不一定表明我有一口吃下的決心，我們敞開天窗說亮話，我還在猶豫。」

李在說：「我理解。賭石界向來有兩種人，一個是一眼看上就想據為己有，他會依依不捨站在那兒，勸告自己必須下手，否則便寢食難安，輾轉反側。這種人稱為戀石人。還有一種，小心謹慎，不斷揣摩，看似漫不經心，實際上他暗藏殺機。這種人叫審石人。」

「哈哈，不愧為一個吃透了賭石的生意人啊！這也是我最欣賞你的一面，不但賭，還善於總結與思考。」

「戀石人容易爆發，但傾家蕩產的更多。審石人不會爆發，只能緩慢地進行資本累積，用成功沖淡挫折，但一發就不可收拾，誰也攔不住。我們倆屬於後者。」

「對對，李昆妹、盧白雄、劉富偉、何允豪跟我們都屬於一個類型。」

「物以類聚，人以群分嘛！不然我邀請他們幹什麼？」

張語向李在要了一根煙，點上後，緩緩吐出了一個煙圈。煙圈在空中婀娜上升，然後變形，扭曲，最後散開，變成一股細長的帶子，瞬間被窗外吹來的風驅散了。

張語說：「看見沒有？人就像這個煙圈，終歸要散去。」

「怎麼突然這麼傷感？」

「人老了，想的就多，不像年輕時那麼乾脆。我想那塊石頭，正如你說的，寢食難安，輾轉反側，但是我……」

李在打斷張語：「我記得以前有個人幫你辨別玉石，好像還賭贏了。不妨你把他請來看看。」

張語說：「我也想到他了，但越想越氣。他是幫過我，但是這小子身上惡習太多。」

「道上的？」

「不是，人家還是名牌大學的高材生。」

「哦。」

「只不過他身上聚集了現代大學生所有的缺點：自私、狹隘、偏執、幼稚、狂妄、愚蠢……」

「哈哈，你把現代大學生都看扁了。」

「我不是聳人聽聞，真的是這樣。畸形的教育，封閉的視野，別有用心的誤導，只能培養出不可理喻的怪胎，而他們卻是這個國家未來的棟樑。毛主席說，你們像早晨八九點鐘的太陽，希望就寄託在你們身上。寄託的了嗎？操！」

老人第一次在李在面前說粗話。

李在說：「看不出來你還挺憤世嫉俗。怪胎歸怪胎，未來還必須指望他們，自然規律表明，他們比你活得長。」

老人越說越激動，「這正是我們社會最悲哀最痛苦的事情，他們像螞蟻一樣密密麻麻從大學出來，然後奔赴各個崗位，像模像樣地運籌帷幄，指點未來。他們性格上的缺陷注定要把整個社會搞成像他們一樣的怪胎，現在已經有這個跡象了。未來的時間會證實我這個說法的。」

「像螞蟻一樣勤奮也好啊，總比我們從監獄出來好，我們才是負擔。」

「不不，你說錯了，你們好，你們在社會的最邊緣，在最陰暗的角落，沒人管你們的死活，你們自生自滅，手足無措，你們不能影響未來的軌道，而他們可以，這正是最可怕的地方。」

張語笑了，「好啦好啦，下課！我建議請他，希望還是要寄託在怪胎身上。」

老人堅決地說：「我不想打這個電話。」

李在理解老人對現代年輕人的敵意，其實他也年輕，但他對老人這番激進的話卻十分認同。不過，混濁的社會本來就泥沙俱下，而不是精英薈萃，沒有必要強求每個人都是棟樑，是小樹就行。李在在這個問題上比老人坦然，沒有那麼多憤怒，即使自己像蟲豸一樣從監獄滾出來，然後又被主流社會遺棄在路邊，他也沒有怨天尤人。他在監獄裏學會了適者生存這個道理，森林法則如此，哪兒都一樣，主流也好，不入流也好，都是在各個領域掙扎，而不是坐享其成。怪胎的說法有點偏頗，他們總比貪官污吏坦蕩吧！

李在最後說：「你把電話號碼告訴我，我來打！我也正想見識見識他的本事，也想知道這塊石頭的真實價值。不然，我也一直忐忑不安呢！」

李在說出了自己真實的心理感受。

李在的電話是第二天下午打來的。

三月的北京不像瑞麗，南國已經被熱浪包圍了，而這兒卻仍舊寒冷，八達嶺更是如此，一些沒有融化的積雪堆積在城牆下面，在陽光的照耀下顯得特別刺眼。陽光直射著八達嶺，卻不暖和，它斜著從鎖鑰城樓冷冷地灑下來，透過「玉林齋」的窗戶，最後落在一個青年男子的身上。

他歲數不大，微微有些禿頂，腦門兒發亮，被啤酒催漲的肚子藏在一件淺灰色的毛衣下面，被一根細細的皮帶兜著。此時他正仰靠在一張古舊的太師椅上打盹兒。三月份不是旅遊旺季，沒幾個人爬長城，店裏生意不好。

手機響了，單弦音，特別刺耳。

「誰的手機？接電話！」他不耐煩地衝店後面嚷了一句。

店裏請了兩個小妹，小婷和小靜，二十歲不到，整天嘰嘰喳喳的，像兩隻剛會飛的小麻雀。小婷前天從隔壁賣假鐲子的葵子手裏剛接過來一個二手的摩托羅拉，沒事就在那兒擺弄。

手機鈴聲沒停，一直響著。

他睜開眼，剛想發火，突然想起鈴聲好像是他的。他開始沒反應過來刺耳的鈴聲來自他自己的手機，那個諾基亞手機不常用，一直放在抽屜裏，每個星期他都按時給它充電，爲的是等一個人的電話。也就是說，那個手機只等待一個人，也只有一個人知道那個號碼。

他走到櫃檯後面，從抽屜裏拿出那個一直尖叫的手機，按下了接聽鍵。一個遙遠的聲音從聽筒裏傳來：「吳翰冬吧？」

「是。」

「我是李在，雲南騰衝。」

「久仰大名。」

「有時間能否來一趟雲南？」

「什麼時候？」

「儘快！」

「條件？」

「老規矩。」

「是張語叫我來嗎？」

「不，是我！」

說完就掛了，再沒一句多餘的廢話。

吳翰冬沒有立即放下手機，雕塑一樣僵在那裏，聽筒仍舊緊貼著耳朵，好像沒聽夠想再聽一遍一樣。漸漸地，他的嘴角溢出一絲不易察覺的微笑，隨即鼻翼也興奮地張開了。他噓出一口氣，收起手機，端起櫃檯上的茶杯狠狠喝了一口，然後對後面的小婷和小靜說：「看著店，我出去一趟。」

外面有點冷，刺骨的寒風吹得積雪四起，吳翰冬不禁捂著嘴，縮著脖子，向鎖鑰城門走去。遊客不多，寥寥無幾，有七八個歐洲人被一個中國小姑娘帶著，稀稀落落從鎖鑰城門走了出來。他們不怕冷，很少有人像吳翰冬這樣裹著臃腫的羽絨衣，吳翰冬看見其中竟然還有穿短袖的。

「媽的！毛多擋寒，皮厚擋風。」吳翰冬暗暗罵了一句，雙手捧在一起，哈了一口熱氣，然後穿過城樓，從右邊入口處登上了長城。

天空很藍，幾朵白雲掛在上面，像隨意塗抹的白色顏料。八達嶺長城蜿蜒於崇山峻嶺之間，依山而建，高低起伏，曲折綿延，如巨龍盤繞。此時，放眼望去，長城上的確沒幾個人，再說吳翰冬也沒心思引發懷古幽思，那種「出塞抱琵琶，騎駝還故鄉」的千古情懷跟他沒任何關係。按他自己的話說，逢年過節，基本都是外地人爬長城，人山人海，北京人誰沒事跑這兒來啊？整天住在這兒，早膩歪了，他不想在城牆上溜躂，他只是想到第十個烽火臺辦點事兒。

吳翰冬邊往上爬邊想：李在是個幌子，肯定是張語那個老雜種，要不李在怎麼知道我的電話？到底還是找我來了，我斷定這個老頭離不開我，沒錯。當初我提出跟他孫女張鄢戀愛的時候，你看他那副嘴臉，好像我是一個不務正業的痞子，他孫女是仙女，誰也碰不得。上北大有什麼了不起？上北大的多了，就他當成寶貝。他也不想想他怎麼賭贏的，要不是我給他點信心，他現在還抱著古玩喝茶呢！害怕賭砸了吧？那次砸了嗎？沒砸啊！沒我他連一分錢也別想掙，更別說最近幾年在京城聲名鵲起了。他老了，忘性大，他忘了在他背後支撐他的是我，不是他孫女。操他大爺的，裝成儒雅復古的紳士，在電視臺口若懸河，針砭江湖，賭石說好聽點是商人，說不好聽點就是一個賭徒，跟街邊打麻將那些家庭婦女沒什麼區別。別拿文化唬人，騙誰呢？文化全是幌子，錢才是真的。他不是當著北京全潘家園人民的面，號稱跟我決裂了嗎？怎麼又找我來了？在雲南遇到難題了吧？不捨得放手了吧？想一口吃下又畏手畏腳吧？哈哈，我等你多長時間了，就等你一人電話呢，福建、上海、浙江、雲南、四川找我鑒別玉石的人多著了，我都沒去，我不稀罕，對他們不感興趣。我就對你張語感興趣，不是你施捨給我錢，是因為我心裏仍然喜歡你可愛的孫女張鄢。

張鄢畢業快兩年了吧？也不知道這丫頭片子在什麼地方工作。打聽誰誰都不告訴他，好像張鄢在人間突然蒸發一樣。躲能躲哪兒去？還不是在北京，她捨得離開北京嗎？她一口一個北京真棒、我愛北京天安門，好像偌大一個中國就北京好。好什麼啊好，我們家就是道地的老北京，我就沒覺得北京有多棒。快人口爆炸了都，哪兒那麼多人啊？都哪兒的人啊？全聚在首都來了，連五環路都是黑壓壓一片，更別說親愛的天安門金水河畔了。

同學范曉軍夫婦就是這麼氣走的。他倆在北京城裏待夠了，特別厭倦越來越小的城市空間，只能選擇離開，越空曠越好。據說在北京一個郊縣農村租了一間土房，兩口子扮演大仙配，你挑水來我織布，你吃大西瓜我穿大棉褲，其樂融融，感情生活迅速升溫。哪想到沒過幾天，范曉軍聽說有人在背後秘密調查他們兩口子，說山後是一個軍事基地，懷疑他們兩口子表面紮根農村，其實是間諜。誰聽見誰笑。就范曉軍那兩下子還間諜呢，上中學的時候，冬天淨流大鼻涕，都凍硬了，還美其名曰人體冰雕。你看他那老婆，班上沒人搭理她，臉上全是蒼蠅屎，兩條腿長得跟蘿蔔纓子似的，還間諜？操！這下好了，把范曉軍給惹急了，跑雲南不回來了。北京好什麼好？當農民都不讓你好好當，沒空間讓你自由發揮。還是雲南好，彩雲之南，天空碧藍，去了就別回來。我爲什麼不在潘家園開店？我爲什麼選擇八達嶺？這兒高、寬、美，沒城裏那麼憋屈。

現在又想起我來了，還讓李在打電話，「我是李在，雲南騰衝」，操，我欠你啊？以前誰不知道我是你張語的幕後技術顧問，全雲南甚至全中國賭石家都知道，人家高薪聘請我我都不去，就忠心耿耿跟著你，可就你老糊塗到處說我不是。爲了你孫女，你跟我翻臉，你一腳踢開我，我難堪之極，你知道嗎？我丟臉丟大了我。

操！氣歸氣，孫女還真是不錯的孫女。張鄢，美麗的北京女孩，高䠷，性感，大方，樂觀，整天就知道嘻嘻哈哈，她知道我心裏怎麼想的嗎她？我要是戀愛高手，她早沒跑了，早就範了。我也不朗誦什麼浪漫詩，我也不給她送玫瑰花，我也不陪她看電影，我也不去捏著鼻子吃西餐，我也不去西山看什麼破紅葉，就跟人說的那樣，直接按翻在地。那是戀愛大師才具備的超自然能力，可我就是不具備，我臉薄，我總覺得那樣是流氓幹的。你張語不就這麼認爲嗎？

我還沒什麼動機呢，你就說我圖謀不軌。我一個年輕人看上一個女孩就圖謀不軌？我要是一個老頭看上一含苞欲放少女，我才是圖謀不軌呢。你孫女是洛麗塔、我是中年流氓亨伯特嗎？我一樹梨花壓海棠？我不是啊！我和你孫女年齡般配著呢，我也是一個名牌大學畢業的大學生，要多門當有多門當，要多戶對有多戶對，簡直是蔣介石他媽——鄭何氏（正合適）！

抽刀斷水水更流，歌詞裏就是這麼唱的。是，你張語抽刀斷我我更流，我倒是流，但張鄢不流。不，她流，她都不知道流到北京哪個旮旯犄角去了，說不定人家早已名花有主，就她那個又漂亮又風騷的勁兒，閒一天都是浪費。

必須去一趟雲南！誰跟張語的錢過不去誰是王八蛋，他的錢太好掙。張鄢在利益面前簡直輕如鴻毛，暫時不用考慮。

山上的風越來越大，吹得吳翰冬的衣領都立起來了。

距離第十個烽火臺越來越近，他抬頭突然發現烽火臺門口站著兩個人，兩個外國男人，一個年齡大約五十多歲，一臉絡腮鬍子，身高馬大，四肢發達；一個很年輕，估計二十多點，羸弱瘦小，臉上刮得乾乾淨淨的，顯得他的皮膚更加白皙。兩人指著烽火臺外面的景色，有說有笑，還互相攬著對方的腰，親密得可疑。吳翰冬最煩這個，兩個男人當什麼不好，偏當GAY，用性變態或者性倒錯形容他們都是輕的。當就當吧，還跑到我們祖國萬里長城來炫耀，真他媽噁心。

走近一看，誤會了，吳翰冬發現剛才眼神出了一點問題，那個年輕點的不是男人，而是一個染了黃頭髮的中國女孩，只是頭髮短得跟禿子沒什麼區別。操她大姨媽的！吳翰冬更看不慣這個，尤其從中國女孩的嘴角和眼神流露出來的那份驕傲，更讓吳翰冬受不了。這年頭被洋鬼子幹好像是個很時髦的事情，爹媽給妳錢讓妳學外語，就爲了岔開大腿跟外國老頭子互相交流床笫之歡？交流就交流吧，還交流出超越中國同胞的優越感來，好像跟個洋鬼子就高人一等，妳那玩意兒鑲金邊啊？

這倆狗男女杵在那兒不讓位，吳翰冬就辦不成事，正好擋著。吳翰冬想，你倆找個地方抒發感情去吧，別礙我事，我急著拿東西呢！但吳翰冬心裏越急，那兩人越來勁，還在那兒親起來了，嘖嘖嘖的，旁若無人。吳翰冬在烽火臺裏一會兒進去一會兒出來，那兩人就是不走，反而那女的還拿三角眼瞪他，嫌他礙手礙腳。

二十分鐘過去了，在吳翰冬目不轉睛的注視下，那兩人還杵在那兒吻，吻得津津有味，吻得那個仔細，連那女的嘴角邊上的大黑痣都不放過。吳翰冬忍不住了，走到他倆跟前對那個女的說：「你倆有完沒完？」

女的一臉愕然，隨即就被憤怒染紅了，她用英語裝糊塗，反問吳翰冬：「騷累（Sorry）？」

吳翰冬沒說話，站在那裏沈默地盯著他們。

女的情緒激動地對外國老頭說吳翰冬這個傻子大概是精神病患者，他毫無道理讓他們離開，大概是嫉妒把他腦子給燒糊塗了。外國老頭聽後也是一臉憤怒，他嘰哩哇啦對著吳翰冬連比帶劃，又是撓頭又聳肩膀，像要一口把吳翰冬吃了。

從外國老頭的口音判斷，他人概來自東歐某欠發達小國，英語裏帶著濃厚的斯拉夫語系的喉音和彈舌音，摩托車發動似的。而那個女的英語帶有中國西南某偏遠山區的地方土音，L和N都分不清楚，跟那兒還「漏，漏」（No, No）的。真行啊！兩個邊疆兒女意氣風發，跑長城頂上談情來了。

他們仍然緊緊抱在一起，表示他們來自五湖四海但是非常團結，他們一直用英語傾訴著對吳翰冬的不滿。他們不知道，吳翰冬不是文盲，他的英語水準在大學一直名列前茅。吳翰冬不但能聽懂，他的英語還是正宗的牛津音。去年，他在英國整整住了九個月，他的語言模仿力一直不差。

讓他們表演，炫耀他們莫名其妙的優越。

十分鐘過後，他聽夠了。吳翰冬對那個女的說：「把舌頭捋直了再學英語行不？還在這兒fool——fool的，誰是fool？妳他媽才整個是一個大fool！我就納悶，妳爹當初怎不把妳射在牆上？省得妳給中國人丟臉。妳他媽再說我一次fool，我抽妳的巴掌信不信？」

看吳翰冬發怒的樣子以及他骯髒無比的語言，就知道他不是個好惹的，兩人這才閉嘴，悻悻朝山下快步走去，生怕吳翰冬在後面拿石頭砸他們。

吳翰冬點燃一根煙，在臺階上坐下來，心裏仍然忿忿不平。有一年也是，在成都，遇到一個智利老頭，兜裏沒一分錢，在成都混一年了，全靠熱情善良的成都人民周濟，身邊的成都美女還不斷更換。也不知道是那些女的瞎了狗眼還是他冒充美國新移民，說一口語法極其混亂的英語矇人，總之，他仗著他不同於中國人的長相，就能很輕鬆地在各地吃香喝辣，分明是一個國際盲流，換言之，就是一個國際流氓。吳翰冬當時差點揍那智利老頭一頓。

風大了，估計晚上還得飄點小雪。憤怒的事先擱一邊，把正事先辦了。

他走到烽火臺門口右下方，蹲了下來，然後從下面開始往上數牆磚，一塊，兩塊，三塊，四塊……數到第八塊的時候他停住了。就是這個，他在上面刻了一個記號。儘管那個記號已經淹沒在無數個「到此一遊」的文字中，但他認得，能準確地分辨出來。那是一個小小的「卐」型符號，順著「卐」字用刀斜著插進去，可以抽出那塊磚頭。

吳翰冬從腰裏拿出一把晶亮的匕首，用舌尖舔了舔刀尖。很涼，同時也很鋒利。不錯，磚頭縫隙很細，但刀子能穿透它，吳翰冬沒費什麼力就把那塊磚頭抽了出來。接著，他拿出藏在裏面的一個小方盒子，紅紅的顏色，盒子上面還鐫刻著一隻黃色的蝴蝶。吳翰冬吹了吹盒子上面的灰塵，然後找到盒子邊上的按鈕，輕輕一按，盒子啪地打開了。裏面的東西被紫色的絨布包裹著，吳翰冬輕輕解開絨布，一個小巧的類似顯微鏡的儀器露了出來。

就是它！沒丟。怎麼可能丟呢？是他吳翰冬親自藏在這兒的，誰也偷不走。賭石界都知道這個儀器，它幫著吳翰冬鑒別出一件又一件價值不菲的翡翠。有人想高價收購它，有人揚言要找高手盜走它，所以吳翰冬不敢放在山下的「玉林齋」，一旦失竊，損失是無法估量的。可以這麼說，這架鑒別玉石的儀器在全世界絕無僅有，是吳翰冬自己發明創造的，他在大學期間費了三年時間專門研究這個。

第一次亮相的時候，賭石界沒人相信，全都在恥笑他，因爲世界上沒有任何一架儀器可以探測玉石內部結構。吳翰冬說他這個能，至少能探測出大半。結果證實了他的說法，他用這架儀器鑒別出無數個神秘的石頭。有時爲他自己，但大多數爲他人，然後抽成，他自己沒有那麼大本錢，鑒別出來也只能勸別人下手，他只能爲別人做嫁衣。

這是他最痛苦的時刻，也是他最驕傲的時刻。痛苦的是，他擁有這架儀器，卻無法幫助他成爲億萬富翁。驕傲的理由也是如此，他擁有這架儀器而別人沒有，遇到無法判斷的時候，再富有的賭客都低三下四地求他。他從中得到了不菲的報酬，同時也獲得了被人尊重的信心。

張語就是因爲這架儀器跟他相識的。

那一次，張語和他的朋友去雲南瑞麗，花了五千美元從一個緬甸人手中買了塊重約十公斤的石頭。從表面上看，是黑烏沙皮的一種，一般認爲是可以出高綠的，但切開一看，裏面什麼顏色都沒有。張語那時第一次步入賭石，當時他認爲肯定賭輸了，心裏懊惱不已，正好旁邊有人問張語賣不賣？他願出原價買去。張語覺得，既然輸了就原價賣出去算了，鬧個不贏不虧也好，可是他朋友不同意，說請吳翰冬來試試，如果他說徹底垮了再賣不遲。

張語當時不相信，說世界上沒人有這個把握，切都切開了，還有什麼賭頭？這吳翰冬有這麼大本事他怎麼不賭？朋友說吳翰冬也賭，只是賭得小，不是每個人都擁有幾百上千萬資產的。張語說，他可以積少成多，然後孤注一擲啊！朋友說，每個人的志向不同，就像這個世界不同的分工一樣，該幹什麼老天自有安排。北京那麼多富翁，人家怎麼不賭，偏你張語賭呢？一句話說得張語啞口無言，後來證實，他朋友說對了，吳翰冬的確不簡單。

吳翰冬還記得那次在瑞麗賭石的事，他打了一個令人瞠目結舌的漂亮仗。他拿出那個小儀器在石頭表面探來探去，大概半個小時後，他問張語和那個朋友：「信我還是不信？」朋友說：「我不信你，我從北京大老遠請你來幹什麼？」

張語雖然半信半疑，但事到如今，也只能點頭。再說，不就五千美元的石頭嗎？又不是價值百萬的生意，就算虧，也是經驗累積。

吳翰冬說：「信我，我就開始發話了！」

「發吧！你說怎麼辦？」

「從大頭切！」

從大頭切開的風險是，一錢不值，連原價都賣不出去。三十分鐘後，切石工從大頭小心翼翼切開一個零點五公分的口子，奇蹟出現了，是高綠。現場一片譁然，心想：這是哪裡來的神人啊！

想出原價買這塊石頭的那人馬上出價二十萬，張語和他朋友沒賣。後來那人死纏硬泡，又加了五萬元。張語和他朋友都是生手，對賭石不熟，心理承受力還很薄弱，他們實在不敢把這塊石頭壓在手裏，結果以三十萬元賣給了那個人，後來有人出價八十萬元人民幣，又從那人手上買走了。最後這個人才是高手，他完全解開這塊石頭，然後加工出了一隻手鐲，價值二百多萬元，而整個石頭的價值，估計有九百多萬元。張語和他朋友特別遺憾，說幾百萬就這樣從身邊溜走了，實在心有不甘，不過止是那次，張語對吳翰冬立馬刮目相看，特別對他神妙莫測的儀器，更是另眼相看。

這個儀器是吳翰冬的心肝寶貝，他給儀器起了一個名：埃伯特娃，英語abattoir的譯音，意思是「屠宰場」。在吳翰冬眼裏，賭石就是屠宰場，瘋了買，瘋子賣，還有一個瘋子在等待！最後一個一個全都給宰了，遲早而已。

一個小時後，吳翰冬回到「玉林齋」，這麼長時間過去了，小婷和小靜還在研究那個二手手機，嘰嘰喳喳，鬧得街上行人都能聽見，以爲店裏著火了呢。

吳翰冬這次沒發火，往常可不是這樣，他不但發火，還罰人家跪在地下，然後拿一個笤帚疙瘩抽打兩個小姑娘的屁股。他對女人的屁股情有獨鍾，不是正常男人那種性的渴望，而是血淋淋的虐待。兩個來自農村的小姑娘特別怕他，每次被抽打的時候，還必須按照要求把屁股撅得高高的，低一點都不行。她們不知道這是吳翰冬的愛好，就像不知道吳翰冬有一次侵犯張鄢的屁股一樣。

一切收拾妥當。內衣、外衣、褲子、皮鞋，還有衛生紙、香煙、刮鬍刀等，鼓鼓囊囊塞滿了一提包。小婷問：「吳哥，你要出遠門嗎？」

「是的。」

小靜問：「很遠很遠嗎？」

「是的，在天邊。」

兩個女孩捂住嘴，發出輕微的驚歎，在她們單純無邪的心裏，出遠門是一個多麼遙遠的故事啊！她們從小到大一直生活在北京延慶，從沒跨出北京一步，她們有令很多人羨慕的北京戶口，同時她們也羨慕能走出北京的北京人。

「好好看店，聽話，到時候我給妳們帶好吃的回來，不聽話就打妳們屁股。」

兩個女孩嘻嘻笑著，把吳翰冬的行李抬進停在門口的汽車後車箱。彎腰放提包的時候，兩個女孩的屁股輪廓凸現出來，肉嘟嘟的，非常漂亮。吳翰冬從後面盯了幾秒鐘，喉嚨蠕動起來，他實在對這兩個女孩準確分成兩爿的肉嘟嘟的玩意兒感興趣，這四爿肉可以代替他對張鄢的思念。

汽車在八達嶺高速公路飛快行駛著。

回京有長約二十五公里的下坡路，這裏經常出事，儘管每隔一個路段就有剎車失靈的緩衝帶，但他必須小心駕駛。即使這樣，他仍然可以騰出手，拿出手機，撥打了一個電話。

他很有禮貌地說：「您好！麻煩您給我訂一張去昆明的機票，對，今晚的。好的，再見！」

第十三章　旅遊學校畢業的「活閃婆」

第二天早晨，吳翰冬已經從昆明巫家壩機場來到了南窯汽車站。上午九點三十分，他搭上高快運輸公司的巴士，從南二環上了高架駛出了昆明。豪華巴士的終點站是騰衝，行程七百八十四公里，費時十一個小時左右。

騰衝屬保山市管轄，但沒有機場，只通公路。本來他想乘昆明至保山的飛機，然後再從保山坐汽車到騰衝。這種方式不但速度快，還節省不少時間。但不知怎麼回事，在北京飛往昆明的波音七五七上，他的耳膜突然疼痛起來。不是降落時氣壓造成的，是平飛時莫名其妙突然疼的。他以為流血了，用手指試了試耳朵眼，什麼也沒有。以前坐飛機從沒發生這種徵兆，他感覺很糟，只好換乘大巴士。

汽車速度雖然不如飛機，但他可以穩定一下糟糕的情緒，讓沿途的雲南風光梳理他的思緒。

汽車上乘客不多，吳翰冬的座號又比較靠後，所以周圍的座位幾乎都是空的，他可以舒展雙腿，半倚著座位，實在累了，還可以睡上一覺。放眼望去，高速公路寬敞而平坦，像一條深色的地毯，筆直地向雲南西部延伸過去。這個旅途應該是愜意的，安靜而悠閒。吳翰冬靠在鬆軟的椅背上想，如果人生沒有坎坷，像這輛舒適的巴士一樣，一直平緩地向前行駛，那該多好啊！

十五分鐘後，他眼皮開始發沭，隨著便進入了夢鄉。

他夢到了張鄢。

張鄢還是在大學時的那身打扮，黃色的緊身羊毛衣被一根細細的牛皮帶箍在腰肢上，更凸顯出迷人的胸部曲線。一條暗格子羊絨裙子從腰肢那裏散開，停在纖細的小腿上。這雙腿太美了，薄薄的淡灰色絲襪緊緊包裹著它們，生怕它們從小巧精緻的義大利皮鞋裏跑出來。

像往常一樣，張鄢很輕易就能讓吳翰冬熱淚盈眶。這次也是，吳翰冬爲這次見面早就蘊藏了足夠的淚水。他抓住張鄢的手說：「妳能原諒我嗎？」

張鄢羞澀地點點頭。

「愛妳，我才會那樣。」吳翰冬又說。

「沒有妳爺爺的阻攔，妳會跟我結婚嗎？」吳翰冬一直說。

「我那天的確喝醉了。我的手情不自禁想接近妳……我無法控制。我承認我爲妳著了魔，我的行爲應該受到譴責，但也應該得到妳的理解。」吳翰冬聲淚俱下。

「我只想拉拉妳的手，抱抱妳，而妳爺爺偏說我在大庭廣眾之下羞辱妳。完全是角度問題，從妳爺爺那個方向看過來，也許是這樣。可從我這邊看，我的手跟妳的身體還有一段距離……」

「我愛妳！」吳翰冬說著說著就跪了下去。

「我愛妳！」吳翰冬匍匐在地。

「我愛妳！」吳翰冬抓住張鄢的腳踝。

張鄢甜甜笑著，然後轉過身，臀部對著吳翰冬，然後把裙子撩了上去……

「啊喲——隆隆——」吳翰冬被電擊中了似的，嘴裏發出奇怪的叫聲——

他的美夢被大巴士上那個漂亮的乘務員打斷了。

吳翰冬看見她咧開塗抹著廉價口紅的雙唇，獻媚地說：「先生，您的午餐！」吳翰冬一臉的不快，他寧願餓著肚子，也不想從剛才的夢裏醒來。現實一點不美好，而夢，總能給人一雙遐想的翅膀，讓你的思想肆無忌憚地飛翔起來。最近幾年，社會上流傳這麼一句話：數錢數到手抽筋，睡覺睡到手抽筋，睡覺睡到自然醒。這是人多數老百姓的美好心願，儘管他們往往數錢數到自然醒，睡覺睡到手抽筋。吳翰冬的狀況還不至於這樣，他真的曾經數錢數到手抽筋，不是錢多，是他反覆數的結果。睡覺也沒抽筋，但經常睡到被叫醒。他最煩這個，早不叫晚不叫，一到關鍵部分就被打斷，每次都這樣。如果剛才乘務員不叫他，他的手已經觸摸到張鄢的身體了。

午餐是巴士公司免費提供的，一塊法式麵包，一個茶葉蛋，一包昆明出產的巧克力夾心餅乾，還有一杯顏色可疑的柳橙汁。他沒吃，他向來對旅途中的食物保持警惕。

睡了一覺，他感覺大腦清醒多了，不像昨晚在飛機上那麼混亂而疼痛。他靠著椅背，又一次把目光投向窗外。

以前他沒坐過汽車到騰衝，對沿途情況不是很熟悉，這次他開了眼。有兩個事情讓他感悟頗深。一個是書寫在一個村子白色牆壁上的標語：「中國移動，網路板紮，話費實惠，致富資訊不收錢！」板紮是雲南方言，意思是「好」。板紮就板紮吧，操他的，還不收錢？鬼才相信你不收錢，還不少收！也許開始不收錢，那是陷阱邊緣，一旦掉下去，收不死你。這種騙人伎倆竟然在中國大地長期橫行，令人不可思議。另一個是一座村莊的標識牌，除了村名，下面還寫有三個大紅字：法治村。大概是上級授予的榮譽稱號。哈哈，寫得好，好像別的村子都不講法治似的，簡直牛頭不對馬嘴，變相誣衊我欣欣向榮的社會主義農村。都說中國是個標語大國，果然名不虛傳。

快到楚雄市的時候，天空似乎要下雨，車廂裏暗了下來，可是兩分鐘過後，灼熱的陽光又重新射進車內，弄得每個人心裏暖洋洋的。吳翰冬發現司機早就把空調打開了，陣陣冷風從車廂頂部輕輕向下吹拂著。昨天的八達嶺還有積雪，而這裏卻儼然初夏，吳翰冬幾個小時之內就經歷了冰與火的洗禮，這是否意味著此次騰衝之行的全部意義？

陽光的照射使車廂像個透明的玻璃盒子，吳翰冬放下窗簾，避免雲南強烈的紫外線對皮膚的侵害。他特別重視自己的個人形象，走到哪裡都是一絲不苟的，給人的感覺特別乾淨，跟他有點污穢的內心形成鮮明的對比。人都有兩面，一個真實，一個虛僞，真實的是內心，虛僞是面具。面具遮擋著內心，有效地保護著自己。吳翰冬喜歡這樣，他的面具不止一個，他經常更換。

不知什麼時候開始，與他平行隔著過道的座位來了一個年輕女孩。剛才沒見那座位上有人，估計是剛剛從前面調過來的，大概嫌前面的座位太擠了，坐著不舒服。吳翰冬側頭看那個女孩的時候，她也正好側頭看吳翰冬，吳翰冬差點驚呼出來，這女孩長得太像張鄢了，只是比張鄢矮，比張鄢胖，但五官特別神似，都是大大的杏仁眼睛，鼻子微微向上翹，嘴唇用唇筆勾勒出一圈性感的邊緣，隨時要接受熱吻一樣，非常勾人。

「妳也是昆明上的車？」吳翰冬問。

「是啊！」女孩笑吟吟地答道，落落大方，一點不拘束，「你呢？」

「我也是。」

「你是來雲南旅遊的吧？」

「妳怎麼知道？」

「來雲南的外地人多半都是旅遊的。」

「妳能看出我是外地人？」

「當然能，你跟我們本地人長得不一樣嘛！」

「都是中國人，有什麼不一樣的。」

「當然不一樣，其中細微之處，只有我們雲南人才能看出來。」

「哈哈——」吳翰冬被女孩逗笑了，「就像歐洲人看我們亞洲人一樣，他根本分不出來，而我們自己卻分得一清二楚。」

「不見得一清二楚，但也八九不離十。」

「比如我看妳，就跟越南女孩有幾分相似。」

「真的？」

「真的。皮膚不白，但健康，個子不高，但比例勻稱，尤其笑起來的時候牙齒特別白……」

女孩衝吳翰冬嘻嘻笑了一下，故意露出很白的牙齒，「算你說對啦！」

從一開始說話，這個女孩就給吳翰冬留下了很親切的感覺，好像他們多年前就認識一樣，沒一點距離。這點比張鄢好，認識她那麼久，在她家也不知道吃過多少次飯，她總是跟吳翰冬保持一定的距離，讓你近也近不得，遠了又不捨得。夢裏那一幕永遠也不會在現實中出現。

這個女孩讓吳翰冬眼前一亮，夢裏的情節隨之便黯淡下去，很快，吳翰冬就把剛才的夢忘得一乾二淨，他對身邊這個女孩產生了興趣，他暗暗認定，這個女孩可以代替張鄢。

女孩看見吳翰冬的飲料沒開封，便大咧咧地問：「你不喝嗎？」

「不喝。」

「那給我喝吧！」

吳翰冬把飲料遞給女孩，心裏美滋滋的，他從來沒有這種感覺，給予後的快感只有在最平和的狀態下才能具有，哪怕只是一瓶廉價的飲料。看到別人享受時的表情，也許是最讓人滿足的。

女孩擰開瓶蓋，仰頭喝了一大口，然後說：「我最喜歡酸角汁了。」

「酸角汁？」

「是啊！」

吳翰冬笑了，「我一直以爲是柳橙汁呢！」

女孩的嘴唇在酸角汁的滋潤下亮晶晶的。她把喝了一半的酸角汁塞進前面椅背上的袋子裏，然後問吳翰冬：「你沒吃過我們雲南的酸角吧？」

「吃過，但不是很喜歡，太酸。」

「你太不懂得欣賞了。酸角又叫羅望子，傣族人叫它木罕，是雲南省低熱河谷地區特產的熱帶果實，有兩種：甜的和酸的。酸角果肉富含鈣、磷、鐵等多種元素，其中含鈣量在所有水果中居首位。酸角具有清涼解暑、開胃健脾之功效，直接口含酸角可生津去暑，止咳化痰，消除咽喉疼痛，幫助消化，潔齒固齒。酸角具有很高的保健療效，能防治腹瀉、氣脹、痲痹、癱瘓、壞血病，可殺死人體寄生蟲，減緩酒精、曼陀羅中毒。如與食鹽拌用可作去風濕病搽劑。我跟你說，騰衝四馨坊出品的『四馨坊冰爽酸角』非常有名，吃了保證讓你一輩子難忘。」

「哈哈，像個營養學專家。」

「現代社會應該具備各種知識嘛!什麼都不懂，活著多沒勁。」

「別說了，我聽著酸角酸角的牙都倒了。」

吳翰冬覺得這個女孩太有意思了，她具有她那個年齡階段的幼稚，又不乏女人的矯情。吳翰冬感覺自己被這個突如其來的女孩深深吸引住了。

吳翰冬問：「你還懂得什麼知識？統統倒出來，看我能不能裝下。」

女孩笑得非常嫵媚，「我懂……我懂……對了，我問你，你來雲南準備到哪裡旅遊？」

「還沒確定。」

「香格里拉，梅里雪山，西雙版納，麗江，你必須去。還有怒江大峽谷、虎跳峽、蝴蝶泉也可以一遊，不然你要後悔死。咦？你不是從昆明上的車嗎？那你已經到滇池和石林遊玩了吧？」

「沒有。」

「爲什麼？」

「我不是正聽妳介紹了嘛！」

「好吧！饒你一次。錯過了滇池與石林的你，應該不會錯過大理的洱海。洱海位於我國雲南省西部蒼山東麓。以湖形如耳，浪人如海，故名。南北長約四十公里，東西平均寬七至八公里，湖水面積約兩百四十六平方公里，蓄水量約二十九點五億立方米。洱海地區氣候溫和，年平均氣溫十五點七度，最高氣溫爲三十四度，最低氣溫爲零下二點三度，湖水不結冰。」

「還不結冰？」

「對。它年平均降水量一千至一千兩百毫米。湖面除接受人氣降水外，主要靠河流補給，從北面入湖的河流有彌苴河、羅蒔河、永安河；從南面入湖的有波羅河；西面有蒼山十八溪入湖。湖水平均深度十五米，最深二十一米。洱海魚類資源豐富，有弓魚、鯽魚、鯉魚和細鱗魚，其中弓魚最爲有名，當地有魚魁之稱。」

「喂喂，妳這是背什麼書呢？」

女孩不理他，繼續滔滔不絕：「洱海在古代文獻中，曾被稱爲『葉榆澤』、『昆彌川』、『西洱河』等。西面有點蒼山橫列如屏，東面有玉案山環繞襯托，空間環境極爲優美。『水光萬頃開天鏡，山色四時環翠屏』，素有『銀蒼玉洱』、『高原明珠』之稱。自古及今，不知有多高人韻士寫下了對其讚美不絕的詩文。南詔清平官楊奇鯤在其被收入《全唐詩》的一首詩作中描寫它『風裏浪花吹又白，雨中嵐影洗還清』。元代郭松年《大理行記》又稱它『浩蕩汪洋，煙波無際』。凡此種種，不勝枚舉。巡遊洱海，島嶼、岩穴、湖沼、沙洲，林木、村舍，各具風采，令人賞心悅目。古人將其概括爲『三島、四洲、五湖、九曲。』」

女孩劈劈啪啪一陣演說，把吳翰冬弄得目瞪口呆。他問：「妳不是搞旅遊的吧？」

「又算你說對了！」女孩用手指指著吳翰冬，下巴連點了好幾下，「我在大理旅遊專科學校上學，明年畢業。」

「怪不得背的這麼熟練。」

「是啊，這是我們課本上的考試內容，必須倒背如流。」

「對了，妳叫什麼名字？」

「我啊……」女孩交替晃動著白色的鞋子，然後頭一歪，說：「我叫臘月。」

「不錯的名字。」

「你呢？」

「吳翰冬。」

「噗」地一聲，女孩把剛剛喝進嘴裏的酸角汁噴了出來，然後伏在自己的膝蓋上不停地笑了起來。

「笑什麼笑？」吳翰冬不解地問，「我名字難聽啊？」

「不是不是，」女孩笑得上氣不接下氣，「好聽，太好聽了。寒冬臘月。」

吳翰冬心裏猛地一動，真是太巧了，一個寒冬，一個臘月。

笑夠了，臘月說：「這個世界真的很奇怪，兩個完全不相識的人碰到一起，名字竟然如此般配，太好玩了！寒冬臘月，寒冬臘月……」

臘月不停念著，好像要自己相信一樣。

翰和寒，一個四聲，一個二聲，聯繫起來有點牽強，但又不可能不聯繫。吳翰冬伸出手說：

「來！就算我們幾百年前就約定今天認識吧！」

臘月問：「你要跟我握手？」

「是啊！」

「你是哪裡人？」

「北京。」

「哈哈，首都的，還握手，看國家領導人接見外賓看多了吧？真老套！」

一番話數落得吳翰冬嗖地把手收了回來。他問臘月：「妳是哪個縣的？」

「離洱海很近，漾濞彝族自治縣。」

「漾濞？第一次聽說這個地名，感覺有點怪。」

「怪什麼怪？我們祖祖輩輩生活在那裏，聽說漾濞的，保證比聽說北京的還多。我們那兒還有叫順濞的呢！」

「什麼亂七八糟的地名。妳是彝族嗎？」

「不，是漢族。」

「哦！」

「我給你講個笑話。去年我們縣裏舉辦小學生作文大賽，題目是『我愛你——北京』。知道獲得首獎的作文是怎麼寫的嗎？」

「不知道。」

「一個小學三年級的學生寫的，開頭就是：北京真好，就是太偏僻了！」

「哈哈哈——」吳翰冬徹底被臘月逗樂了，「操——」本來他想說「媽」，突然想到臘月的家鄉，立即一個大轉彎，「——叉！」

大概臘月知道北京人常掛在嘴邊的髒字，畢竟來大理旅遊的北京人多著呢！她沒理會吳翰冬叉不叉的，依然一如既往，熱情似火，「除了洱海，你還得去古城、寶相寺、喜洲、洋人街、平南碑、南詔鐵柱看看，順便嘗嘗我們雲南的小吃，什麼過橋米線啦，汽鍋雞啦，白族土八碗啦，彝族坨坨肉啦……我可以全程陪你……」

一說起旅遊，臘月就沒完沒了，吳翰冬打斷她，剛想說「有時間我一定……」，聽到臘月說「陪你」，馬上又把話縮了回去，「陪我？」

臘月嘻嘻笑著：「是啊，但是你別想歪了哦！」

這句話與其說拒絕，還不如說是勾引。

吳翰冬心動了，誰也沒規定他必須今天到達騰衝，他可以中途下車到洱海玩一天，這是一個不錯的選擇。況且，臘月的話裏顯然有很大的活動餘地，誰沒事專門說「別想歪了哦」，這簡直是明目張膽地提醒你，一對青年男女在一起不想歪才怪。

「我只是陪你看洱海的月亮罷了。」臘月還在強調「別想歪」。

吳翰冬曖昧地問：「賞完月亮呢？」

「賞完了就睡吧！」

「睡？我倆？」

「是啊！你想開兩個房間我也管不著，不過提醒你，旅遊地點的酒店特別貴哦！」

看來這是一場突如其來的豔遇。吳翰冬無法再拒絕了，不過，他還是儘量把自己裝扮成正人君子，一方面是試探臘月的底線，一方面給自己留一個可以迴旋的餘地，以免像上次唐突地撫摸張鄢時遇到尷尬。

吳翰冬說：「好的好的，就開一個房間，妳睡床上，我睡地下，中間隔一個布簾，然後我給你講故事。」

臘月撅著嘴說：「不好不好，你可以睡到我床上來，不過你要記住，色即是空，空即是色。我對那個沒興趣，我只是想聽你講故事。」

還有什麼比這個答案更直接的？這是變相的答允，一個女孩矜持的答允。現代中國人對性已經沒什麼神秘感了，只要雙方有好感，隨時可以上床。這種故事每天不知道發生多少，誰還會傻乎乎地拉一根道德的門閂阻擋雙方的欲望？

比張鄢好，好上百倍。北京女孩心高氣傲，就會裝，雲南女孩好，她不裝，她知道裝太累。

當天晚上，在洱海一家四星級酒店，兩個人沒說幾句話就滾到床上去了。此時洱海的月亮正掛在當空，映照著粼粼湖水像一片片破碎的星星。正如臘月所說，景色太美了，美得如同仙境。他們在床上也美，潔白的床單把他們在路上支離破碎的欲望收拾在一起，然後一起噴發了出來。吳翰冬生平第一次叫床。男人的叫床是低沈性感的，像正在爬坡的蒸氣機車。他想輾碎臘月，吭哧吭哧地前進著，結果被輾碎的是他自己。他裹在那張揉皺的床單裏再也沒有醒來。

他永遠也不知道後面發生的事，也永遠不會知道臘月的真實身分。

這個自稱大理旅遊專科學校學生的臘月，貌似天真無邪，其實心如蛇蠍。她是雲南黑道上一個聲名顯赫的女殺手，外號「活閃婆」。有個五十歲左右的男人出錢讓她截住吳翰冬，殺不殺倒沒說，只要別讓他在騰衝出現就行，永遠不要出現。「活閃婆」最後還是動了殺心，因爲那台蒸氣機車開著開著就開錯了地方。

她最恨這個。

那個男人還說，無論如何，一定要拿到江湖上傳得神乎其神的「埃伯特娃」，事成之後，有人另外出鉅資購買那個玩意兒。

兩個男人這次沒在三溫暖浴室見面，總赤身裸體談正事顯得挺尷尬的，加上他們對那裏的小姐不感興趣，多去幾次，老闆娘肯定認爲他們是一對同性戀。

這次，他們選擇在瑞麗郊外一個新建的高爾夫球場，這裏風景秀麗，空氣新鮮，很適合戶外運動。十分鐘前他們剛剛打完球，然後來到球場邊的露天酒吧，準備邊喝飲料邊談事情。兩個人都穿著白色的高爾夫V領球衣，上面有淡淡的線條。

歲數大的這個男人，肚子倔強地向前挺著，像懷孕六個月的高齡孕婦，所以黑色的線條在皮帶那裏，陡然變得彎曲起來，顯得特別彆扭。三月的太陽可以用驕陽來形容了，天氣有些悶熱，好在有一頂碩大的陽傘遮住強烈的紫外線，在陽傘的陰影下，他們的臉部顯得陰沈而神秘。

歲數大的男人點燃一根Cheroots雪茄，從放在地下的皮包裏拿出一個紅色的小方盒子，盒子上面鐫刻著一隻黃色的蝴蝶，打開盒子後，他把一架類似顯微鏡的儀器放在了桌子上。

對面那個的男人問：「就是這個？埃伯特娃？」

「是。」

「人呢？」

「幹掉了。」

「幹掉了？」

「嗯。在洱海，那裏是他的『埃伯特娃』──屠宰場。」

「呵呵，乾淨俐落！」對方嗓子眼兒發出像咳痰一樣的笑聲，「證件呢？」

歲數大的男人又從皮包裏拿出一個塑膠袋，「啪」的一聲放在桌子上，「身分證、機票、車票、手機、提款卡、駕照……他曾經在這個世界上的所有痕跡都在這兒，除了洱海那一具無名屍體。」

對面的男人拿起儀器，閉上一隻眼透過鏡片看了看，說：「你開個價！」

「五百萬。」毫不猶豫的口吻，歲數大的這個男人顯然早就考慮好了。

對方沒說話，從褲兜拿出一塊晶瑩剔透的菱形翡翠，放在儀器鏡片下面仔細觀察起來。

這塊翡翠有個故事：

幾年前，他賭了一塊價值近百萬元、六十多公斤重的「靠皮綠」翡翠毛料。所謂「靠皮綠」，也叫「串皮綠」、「膏藥綠」，是翡翠毛料中綠色的一種表現形式，因其綠色以臥性特徵生長在翡翠表皮部位而得名。別看這種綠色誘人，其實它是翡翠毛料中最具風險的一種綠色。賭石界內人士對這種翡翠綠色的格言是：「寧買一條線，不買一大片。」原因在於這種脈狀綠色是把最大面積的綠色展現在毛料外表，極具誘惑力，從而誘使賭客產生「色多」或「色滿」的幻想。

對毛料來說，綠色的厚度才是關鍵，薄了不值錢，厚了當然就賭漲了。而這塊「靠皮綠」還是另外一種叫「仙人鉈」的表現形式，更具風險。所謂「仙人鉈」，是指毛料貨主爲了顯示翡翠內部的綠色，增加價值，在翡翠綠色的脈狀方向中間一切兩開，這樣切開的翡翠兩面都有滿堂綠色。賭石前輩稱讚其切鍘位置的準確和高妙而稱之爲「仙人鉈」。「仙人鉈」的切鍘方式以損失綠色爲代價，令人惋惜，因爲這種切鍘方式至少有零點六至零點八毫米厚的一層最好的綠色，在切鍘的過程中損失了。而貨主往往不這麼想，他們認爲正是由於這樣的切鍘方式，才能把最好的綠色以最多的形式展現出來，從而賣得好價錢。

這種極具強烈誘惑力的毛料，一般賭客不買，因爲對綠色的厚度沒有把握，一旦失誤，損失巨大。但他買了，而且毫不猶豫。結果一刀切下去，裏面全是想像中的綠色，沒有雜色花紋，水頭也足，還帶有少量的紫羅蘭色。有人最後估價，這塊石頭的總價值在五千萬以上。這塊菱形翡翠就是從這塊石頭上切下來加工而成的，他喜歡把它放在口袋裏，隨時把玩。

此時，他把翡翠放在桌子上，說：「果然不出我所料，這個傳得神乎其神的埃伯特娃，價值也就在兩百元上下，就是說，它只值它的成本費。」

「兩百元？什麼意思？」

「你放心，我不會給你五百萬，但我會付給你五十萬作爲你的辛苦費。至於這個埃伯特娃，你拿回去當玩具玩去吧！」

「你能講清楚一點嗎？」

「世界上，任何科學手段都不能鑒別玉石內部結構，現在依然如此。」

「但是吳翰冬真的拿這個儀器幫張語賺了錢。」

「我只能這麼說，吳翰冬的運氣太好了，他有賭運，但靠的不是這個儀器。」

「你是說，這個儀器是賭石界一個大騙局？」

「是的。吳翰冬從一開始就欺騙了張語，他利用自己是電子科大優秀畢業生的身分，到處宣揚自己發明了一種可以鑒別玉石的儀器，而張語的第一場賭石給了他這個機會。我說過，他的運氣太好了，如果輸了，他將一敗塗地，從此別想在賭石界混。他太聰明了，利用自己對玉石的準確預測，再加上這個儀器做幌子，一次又一次的勝利讓他名聲大噪。」

「照這麼說，他本身就已經操練成賭石高手了，那他為什麼不自己賭？為什麼還要幫別人而自己甘願抽成？」

「我始終認為，在這個世界上，每個人都會不自覺地把自己定位在一個特定的領域，也就是說，他自己知道自己所要扮演的角色。吳翰冬在埃伯特娃身上獲得的快感超過其他，就像一個算命大仙，他以預測別人的命運為快樂的源泉，而不是考慮自己的路往哪裡走。吳翰冬可能沒有雄厚的資本讓他在賭石方面施展才能，在這一點上，他還不如一些拿幾萬元全部家產投身賭石的那些人。總之，他沒有亡命的膽量，他只有騙人的賊膽。有些人天生就是寄生蟲，有多少金錢都改變不了他寄生蟲的本質，他甘願被人使喚，而不是拿出全部家當個領頭羊。」

「就像活躍在那些大買家身邊的技術人員？」

「對，他們只能幹這個，全是騙子。比如你剛才說的，他們既然可以看出玉石的價值，那他們為什麼自己不賭？」

「但是我還是有點不太相信，吳翰冬一次次的勝利也太幸運了吧？」

「誰看見他一次次勝利了？誰也沒親眼看見，都是他自己說的。還有，賭石跟賭錢不同。」

「怎麼不同？」

「賭錢的人不管輸贏都說自己輸了，到底誰贏誰輸只有他自己明白。而賭石恰恰相反，賭輸的人往往都說自己贏了，賭贏的人還往往誇大其詞，反正都是贏，沒人輸。給外界造成的錯覺是，只要參與賭石就贏多負少，而現實情況是，大多數賭石的人傾家蕩產，甚至家破人亡。」

「哈哈，如此說來，吳翰冬純粹是個靠張語賺點小錢的寄生蟲。」

「是的。時間不早了，我們談談正事。」

「正事？」

「你以爲我衝著這台儀器來的嗎？」

「那是……？」

他點上一根煙，「知道我爲什麼阻止吳翰冬去騰衝嗎？」

「不知道。」

「我擔心他壞了好事。面對八百八十萬元的玉石，他只有兩種選擇，一個是建議張語大膽買下，另一個是放棄。前一個當然沒問題，後一個就會讓我全盤大亂。爲了保險起見，我選擇讓吳翰冬閉嘴。但是我沒讓他永遠閉嘴，是你的人自己決定的，這樣也好，省得夜長夢多。」

「等不到吳翰冬的張語該會怎樣？」

「這正是我要說的正事。他六神無主，肯定退縮，這不是我想看見的，必須讓他買下。而刺激他買下的方式只有一個。」

「什麼？」

「另一個大買主出現。」

「就像一個看起來家財萬貫的大戶？」

「對，因為上海的李昆妹，無錫的盧白雄，蘇州的劉富偉，臺灣的何允豪都走了，沒人競爭，購買欲望無法刺激出來。即使他們都在，也不是我想看到的，我不想讓他們出價，我只想讓張語下手。」

「我可以辦到。我外省有人，以前在拍賣行上班，有競拍經驗，而且對整個雲南人來說，絕對是新面孔，誰也沒見過。」

「那再好不過了。請記住，一定要張語買下，只有他買了，才能發揮應有的效果。如果抬到一定價位張語放棄，發生的一切費用以及糾紛，都由我承擔。」

「好的。」

兩個人沒再說話，站起身，各自駕駛著各自的車，離開了高爾夫球場。

第十四章　一切就緒，君已入甕

中午，李在正在吃飯，一個陌生的電話號碼打到手機上：「喂，你好，請問是李老闆嗎？」一口帶有濃厚的雲貴川鄂一帶口音的普通話。

「是，你哪位？」

「我程爭。」

「誰？陳真？」

「程爭。工程的程，鬥爭的爭。」

「不好意思，我實在……」

「我來雲南好幾次了，我認識你，你不認識我。」

「你是哪裡的？」

「成都。」

「成都？」在李在的印象中，不認識一個叫程爭的成都人，「請問你找我什麼事？」

「你那塊石頭賣了嗎？」

一聽問石頭，李在立即打起十二分精神：「沒有沒有。你也是賭石的？」

「是啊，準備在這方面嘗試嘗試。」

「歡迎！」

「我可以看看石頭嗎？」

「當然可以。你人在騰衝？」

「是，早上剛到，我下午過來好嗎？」

「幾點？」

「你定。」

「三點。」

「地點？」

「翡翠珠寶城汲石齋門口。」

「好的，不見不散。」說完就掛斷了電話。

李在嘴上答應好好的，其實心裏直打鼓。憑空冒出來一個程爭，他從來沒聽說過這個人，也不知道他是哪路神仙，竟然探聽到他的手機號碼，而且直言不諱希望看看石頭，口氣非常大。

也許是新毛頭。賭石跟全國各行各業一樣，新人輩出，讓人目不暇接，每天來騰衝旅遊的人群中，沒有顯出原型的隱形賭石客不知道有多少。他們被騰衝美麗的玉石傳說吸引過來，睜著一雙探索未來的眼睛，想看看自己能否在極邊第一城殺出一條可以改變整個家族的致富之路。他們中自然有腰纏萬貫的豪客，看看騰衝各大酒店賓館旅社，沒一天是空的，全被外地人佔據著，即使旅遊淡季也是如此。他們來的目的是什麼？很簡單，不是騰衝火山，不是熱海溫泉，不是北海濕地，不是滇緬抗戰指揮部舊址，而是這裏的玉石。即使這樣，數目眾多的遊兵散將還是形不成規模，真正在賭石界掌舵的還是過去那些舊面孔。

這是一個龐大的利益圈子，裏面的人目標一致，抱成一團，極力阻撓外人輕易侵入。每個行業都有行規，誰也掙脫不了它對行內人的行爲約束，除非你是本地人，比如李在，否則你想要一下子打入這個圈子是非常不容易的事情。這個圈子會本能地抗拒你，排擠你，排斥你，你只能在外圍當一個永遠不知名的散客，如上海的勞申江之流。用兩萬元博出十五條蟲子，只能是騰衝老百姓茶餘飯後的話題，並不意味能讓賭石界驚心動魄，因爲你的知名度太低，即使賺了大錢也不會得到這些巨頭們的認可，那只能表明你的狗屎運來了，瞎貓碰上了死耗子。

進入這個圈子，說難其實也簡單，那就是上來就玩大手筆，動輒上百萬投入，小的根本不屑一顧，不管輸贏，你一下子就能被人接納，比如李昆妹、何允豪他們，都是曾經在騰衝賭石界翻江倒海的人物。這種賭出來的名氣可以被人頌揚好多年，即使他們面對三月生辰石一聲不吭，也絲毫不會影響他們在賭石界的光輝形象。

聽的出來，程爭不是個拖泥帶水的人，他沒有一句閒話，直接詢問李在的石頭，說明他對這塊石頭已經有了一些初步瞭解，並且對它產生了興趣，這才可能急匆匆從成都趕到騰衝。他第一句話問「石頭賣了嗎？」表明他內心的急迫與焦灼，對李在來說，這是個好兆頭。賣家的心理就是這樣，他希望戀石的衝動型人才越多越好。李在還感覺到，當他說在翡翠珠寶城汲石齋門口見面時，一種由衷的喜悅從電話那邊傳了過來，並及時被李在捕捉到了。

李在想，一個大買家出現了，並且有點愣頭愣腦。

他準備馬上把這件事通知張語，吳翰冬來不來騰衝已經無所謂了，再說兩天過去，吳翰冬連個鬼影子也沒看到，不知道這小子發生了什麼事情。上午，李在還接連給吳翰冬打了幾次電話，沒有訊號，打不通，大概手機沒電了。

真不知道這小子怎麼搞的，根本不像一個幹事業的料。按說，他應該二十四小時隨時處於待機狀態，隨時接受來自騰衝的訊息，或者準備好備用電池，以防萬一，再怎麼也不可能讓手機變成一塊廢塑膠吧！就像他在這個世界突然消失了一樣，杳無音信。媽的，跟張語罵他的差不多，怪物的思維跟正常人就是不一樣，即使像賭石這樣的生意他也可以不慌不忙，漫不經心。別人萬分火急，他還在閒庭信步，這不是鎮定自若，而是自私，他只顧自己的節奏。

出乎李在意料的是，張語聽到這個消息後，明顯感到有點煩躁，而不是替李在高興，這充分說明，他心上的石頭還沒放下，仍然沈甸甸地壓著他。

他在電話那頭非常不安地問：「人到了嗎？」

「在騰衝。」

「什麼時候看石頭？」

「下午三點，在汲石齋門口碰面。」

「吳翰冬呢？」

「還沒見人影兒。」

「我說是吧！垃圾永遠是垃圾，這批人竟然是未來的希望……」老人又準備開始開罵。

李在急忙打斷他：「你下午來嗎？」

「看情況。我想去就去，想在屋裏待著就在屋裏待著。」說完就掛了電話。

老頭明顯有點賭氣。這讓李在有點爲難，他不能勸朋友買，也不能極力推銷，這不是一般的商品，而是一塊不知什麼內容的玉石，結果難以預料。可是石頭一旦出高綠，賺個大彩，朋友難免心裏酸酸的，好像誰故意瞞著不願意賣似的。李在夾在中間，左右爲難，其內心的苦楚無法向朋友直言。作爲李在的莫逆之交，張語應該能體諒他的難處，李在也不能十拿九穩，他怎麼向朋友介紹？說買或者不買，都是非常幼稚的事情。張語不是第一次賭石，他應該知道這個，只不過人一上歲數，立即打回原形，重現童年時代。都說老人就是老兒童，一會兒高興一會兒生氣，過去不覺得，現在李在終於見識了。

想到這兒，李在立即又把電話給張語撥了回去。他說：「你如果決定買，我立即讓那個人下午別來了，你給我一個話，我聽你的。」

張語哈哈大笑起來，「別別別，我不能耽誤你的生意，我要是買，就直接給你打電話，行不行？要是不買，你也別理我，就當我這個老頭專門到騰衝看你來了。對了，我還想吃你們騰衝的土鍋子，上次沒吃過，你記著請我。」

張語的口氣跟剛才判若兩人。

李在說：「哈哈……土鍋子是吧？沒問題。今天晚上就請！」

下午三點，一輛黑色賓士六百徐徐開進翡翠珠寶城。從車上一共鑽出來五個三十歲左右的男人，他們皮膚白皙，身材不高，也不健壯，但眼睛卻透出超乎尋常的聰明。俗話說，四川耗子成都精。李在想，跟他們打交道，一絲一毫都不能馬虎，否則把你算計了你還蒙在鼓裏呢！所謂把你賣了你還幫著數錢就是指的這個。

第一個下車的大概就是程爭，他走路的速度最快，急於想表明身分一樣。果然，他走到李在面前，笑吟吟地說：「在哥，我是程爭！」

程爭穿著一件古馳休閒西裝，黑色西褲，一雙西班牙肯默手工牛皮鞋，顯得奢華硬朗，略帶虛榮。但他的長相實在令人不敢恭維，頭髮微微有些捲曲，鼻梁不高，眼睛不大，嘴巴笑起來向兩邊咧得很開，一副海吃八方的樣子。這樣的嘴不是饕餮之徒就是口才特別突出，大概他所有的優點全在這張嘴上了。

程爭看上去年輕有爲，但是他的眼神暴露了他不是主角。他的眼睛雖然炯炯有神，但左顧右盼，游離而飄忽。李在用眼睛掃了一下，判斷主角是後面那個胖胖的傢伙。果然，程爭跟李在打過招呼後，便回身伏在胖子耳邊悄悄說了句什麼。李在更加確定，程爭只是個小角色，而那個胖子才是幕後的大哥。

程爭露出諂笑，介紹說：「這位是在哥，李在。這是六哥！」

「六……」李在剛想稱呼，一想不對，姓名都不介紹，開口就叫哥啊哥的，以為雙方在跑江湖拜碼頭嗎？李在心裏有點不悅，但不悅馬上閃了過去，迅速隱藏在眼睛後面。這不算什麼，什麼人他沒見過？馳騁江湖，大浪淘沙，誰還在乎什麼禮數？

六哥顯得很客氣，又不卑不亢，伸出手跟李在握了握，然後問：「石頭呢？」

「在後面倉庫。」

「走！參觀參觀！」

李在讓保全打開門。當高大的鐵門轟隆隆拉開時，三月生辰石便醒目地出現在那幫成都人眼前。從他們的表情可以看出，他們被這塊石頭鎮住了。六哥圍著石頭開始轉圈，眼睛發出賊亮的光芒，他的衣著沒有程爭那麼醒目，一件粗麻襯衣很隨意地掖在褲子裏，腳上蹬著一雙黑色布鞋。看似簡單，但李在知道，那件粗麻襯衣價值在兩千元左右。

從這幾個成都人的舉止來看，看不出他們是初出茅廬的賭石新手，還是一直潛水的老奸巨猾的油條，不管新手老鬼，你只要能出錢買石頭，其他的誰有耐心去打聽？不過，新手一般會極力掩飾自己的無知與幼稚，裝成老練的賭石客，他擔心你用價格燒他。寫著八百八十萬的牌子立在那兒呢，六哥不可能視而不見，如果他是老鬼，必定會在八百八十萬的基礎上向下砍價，那樣李在堅決不答應。事到如今，發生了那麼多煩心的事，李在越來越覺得，不能賤賣這塊石頭，他一定要讓它物有所值，才能對得起范曉軍那趟緬甸之行。那不是旅行，是用命拖這塊石頭。

李在正恍惚想著，突然六哥指著石頭對李在說：「開燈！」

賭石界有個行話：燈下不看玉。這是因爲玉在燈光的照射下顯得更加玲瓏剔透，顏色格外鮮豔。走進每一家翡翠店鋪，店主第一個動作就是開燈，好讓你滿目生輝，刺激你的購買欲望，其實這是極不正確的，也是賭石界禁止的。你可以利用陽光，甚至可以用手電筒貼著玉石直射，這樣更接近真實。雖然玉石毛料跟翡翠不同，對開燈的要求並不嚴格，因爲開不開都不會影響毛料的外表。就算如此，爲了避嫌，玉石毛料市場都開設在露天，決不會擺在屋裏。此時胖子要求開燈，本來無可厚非，但這是賭石界的禁忌，說出來便暴露出幾分無知來。

李在徹底穩定下來了，他覺得對付這幾個成都新手綽綽有餘。

保全打開燈後，六哥問：「有人出過價嗎？」

「有。」李在撒了個謊，買賣就是這樣，即使再無人問津也要說成像搶購似的。

「開價多少？」

「九百五十萬。」

「沒賣？」

「沒有。」

「還想抬？」

「是的。」

六哥又圍著石頭轉了五圈，最後還把整個肥胖的身子貼著石頭，不知道他是想試試石頭的重量，還是想表明這塊石頭非他莫屬。

十分鐘後，他對李在說：「我開價一千萬，如果成交，三天之內到賬。」

賭石都是口頭交易，沒有正規生意中的合同，大家憑本事說話，而且必須說話算話，來不得半點虛假。還有，你不可能像正規拍賣行那樣還要資產驗證，這裏不需要，你說你有個一億元也不會有人懷疑，因爲參與賭石的很多資金來歷不明，你不可能哪壺不開提哪壺。迄今爲止，還沒發生過一起假冒富翁來這裏搗亂的惡質事件。行內人都清楚，如果出現那種情況，付諸法律肯定不行，但放心，有人會出錢買你的命。如果你連命都不要，卻要來騰衝信口開河，那你就過你的嘴癮好了。

聽到六哥開的價，李在的心狂跳不已，這可比當初跟范曉軍互相抬價喊到八百八十萬真實。他儘量使自己的情緒穩定下來，然後不動聲色地對六哥說：「如果三天之內沒有人抬，這塊石頭就歸你了。」

六哥笑了，「希望如此！」

幾個人正準備從倉庫出來，約好一個茶樓喝茶，張語的電話卻打過來了。顯然，他穩不住了，想出頭。

他問李在：「對方開價沒有？」

「開了。」

「多少？」

「一千萬。」

張語停頓了一下，然後對李在說：「經過深思熟慮，我決定押上一個大注。我出一千零五十萬！」

六哥一聽有人抬價，馬上舉手：「一千一百萬！」

張語在電話裏聽到了，他在那邊喊道：「一千一百五十萬！」

六哥一點不鬆勁，步步緊逼：「一千兩百萬！」

現場頓時硝煙瀰漫，一場針鋒相對的臨時玉石拍賣會拉開了大幕，儘管雙方只隔著無線電波，連影子都看不著，但這絲毫不影響拍賣會的結果。

李在提醒六哥：「一千兩百萬？買定離手！」

「買定離手」是賭場用語，意思是下注後把手拿開不准反悔。李在此時說出這個用語，意思是提醒六哥，這相當於地下賭場，願賭服輸，不能隨便開玩笑，賭場的規矩大家都明白，誰壞了規矩誰自己負責。到時候大家臉上都不好看，鬧出去也不好聽，吃虧的還是騰衝賭石界的口碑。可想而知，此時「買定離手」所包含的意義和分量。

「買定離手！」六哥也跟著喊了一句，好像肯定一下自己的氣魄。

到了一千兩百萬這個價位，張語那邊似乎一下子猶豫了，半天沒有聲音。六哥的臉色在燈光的照射下顯得特別慘白，額頭上全是汗珠。一千兩百萬畢竟不是一千兩百塊錢啊！

李在舉著電話，還在等張語回話。此時，他的心裏完全傾向到張語那邊，他願意張語用排山倒海的氣勢壓倒這幾個狂妄的成都新毛頭。然而，張語那邊還在沈默著，他的沈默意味著爆發還是退縮？不得而知。

此時，六哥突然做出了一個令人吃驚的舉動，他一把搶過李在的手機，對著手機喊道：「一千兩百萬一次！」

李在驚呆了。

這是號角，也是折磨張語的利器。

「一千兩百萬兩次！」他又一次喊道。

「兩次！」他再肯定地重複了一聲。

就在六哥張嘴準備喊第三次的關鍵時刻，手機裏傳來張語聲嘶力竭的聲音：「一千三百萬！」

這聲音如此堅定，不容置疑的堅定，一下了把六哥鎮住了。他舉著手機，僵硬地站在那裏，好像不相信自己的耳朵一樣。

「一千三百萬一次！」現在輪到張語開始攻擊了。

六哥像被馬蜂追趕一樣，他舉著手機圍著石頭開始轉圈，嘴裏念念有詞，肥胖的脖子靈活地扭動著，像貨郎手裏的撥浪鼓。

「一千三百萬兩次！」張語邊喊邊大笑起來，笑聲之大，整個倉庫每個角落都能聽到。

李在全身一振，他爲張語的氣勢而感動。他追上轉圈的六哥，從他手裏搶過手機，對張語說：「你贏了！」

六哥頽然矮了下去，他指著李在說：「瘋子！全是沒規矩的瘋子！我還沒……」

李在打斷他，說：「第三次我已經替他喊了！」

幾個成都人不服氣，圍上來準備找李在理論。但守倉庫的保全立即準備上前制止。他們一共只有兩個人，一個過去是某特種部隊的排長，一個是重量級散打冠軍。他們可以輕而易舉把這幾個成都人像粽子一樣捆起來。

張語斜靠在沙發上，似乎睡著了。李在知道，那是一場搏殺後的虛脫，他也是。當他對著手機喊道「你贏了」的時候，他全身的血脈頓時暢通無比，裏面的血液快樂地流淌著，恣意騷擾著他每一根神經。跟著就是渾身無力，像血液突然流乾了似的，他的腳如踩在柔軟的棉花上，每一步都彷彿能讓他跌倒。他寧願倒下去，在棉花上撒歡。那些白花花的棉花在他身下呻吟著，毫無條件地承受著他的重量，他希望這樣的撒歡應該多來幾次。

一千三百萬！一個之前連想都不敢想的數目。

這是他投身賭石以來賺的最多的一次，比任何一次都來得令人振奮，令人暈眩。他在想，上帝也許知道他過去受過的罪，所以才如此眷顧他，讓他揚眉吐氣。他不知道該感謝上帝，還是對自己的好運感恩戴德，他什麼都不知道，他的腦子完全矇了。

張語嘴裏咕嚕一聲，醒了過來。他欠起身子，對李在說：「累，太累，從來沒這麼累過。」

「像一場戰役！」

「對！我始終認爲那塊石頭是我的，從第一眼看見它那天起我就認定它了。也許我性格裏有某些軟弱的東西，過去沒有發現，現在它出來了，阻撓我下定決心。我猶豫過，也苦思冥想過，總是拿不定主意。」

「但終歸你的強硬壓過軟弱，所以你今天勝利了。」

「我曾想過，賭完這一次我就收手，年齡不饒人啊，我經不起幾次像這種壓迫心臟的戰役。我負擔不起。我想我這輩子總要有一次大手筆，現在我做到了，也該心滿意足，解甲歸田了。」

「但是我覺得你身上的強硬始終會壓倒軟弱，比如你對現代年輕人的討伐，像三〇年代一個不屈不撓的鬥士。」

「不，不，你錯了，那種憤怒表面看似乎是討伐，其實是對自己極度不相信的一種反抗形式。那是軟弱，不是強硬，只有軟弱的人才會歇斯底里地表現憤怒，硬的人不需要這樣，他本身就是一塊堅硬無比的石頭，他可以巍峨屹立，巍然不動，他不需要用憤怒宣洩自己的情緒，他用歡樂，因爲他有歡樂。」

「準備現場開石嗎？」

「不！」

李在有些吃驚，「不想看看結果？」

「不！」張語很堅定地說，「我更經不起結果對我的考驗。是好是壞我都不想知道，我只要過程。」

「但是沒有結果，就不是賭石啊！就像賭桌，不翻開底牌，賭局永遠不會結束。」

「你看看，是不是軟弱的一面又回到我身上來了？哈哈……我想把它運回北京，放在潘家園張氏玉緣堂的正廳，供人參觀欣賞。我跟你說，沒幾個北京人看過玉石毛料的，他們只知道解開的翡翠。如果非要解開這塊三月生辰石，那麼只有一種可能，我心裏已有安排。」

「哪種可能？」

「我死後。」

聽到這句話，李在忽然覺得有點傷感，「我還希望你老爺子健康長壽呢，何必現在說這些喪氣的話。」

「每個人都有那一天，我比你離得近，所以想得更多，也更應該早點安排。我想，我的後人可以看見結果，他們沒經歷騰衝這場賭石，他們比我要承受得起。是玉還是廢料，到時候讓他們刻在我的墓碑上吧！」

老人越說越悲壯，眼睛裏竟然透出一片晶瑩的淚花，晃得李在心裏不是個滋味。

女孩站在浴室的鏡子前，把自己扒了個精光。身材不錯，皮膚也不錯，很有彈性。她不停感歎著。她轉過身，回頭觀察自己渾圓的臀部，它有力地在纖細的腰肢下面翹著，充滿了欲望。

外面那個男人正在等著她。

乳房太大，沈甸甸的，顯得有點下墜。她用手托起兩個乳房，站在鏡子前重新審視自己。嗯，是太大了，上面佈滿細微的血管，蚯蚓一樣沿著乳頭向外延伸。外面那個男人喜歡用嘴吸吮它，像哺乳中的嬰兒，因此每次上床，她都讓他叫她媽媽，他真的叫了，叫得誠懇而富有感情。前不久，叫吳翰冬的那個傻蛋也這麼叫，洱海那個夜晚他一直叫著「媽媽，我還要大紮紮！」紮紮？不知道是什麼地方的方言，但是她知道指的是什麼。媽的，男人都是我兒子！女孩暗暗罵道。

時間差不多了，外面那個男人肯定早就等不及了。

她從放在洗手檯上的一個杯子裏取出一塊方冰，輪換著放在兩個乳頭上輕輕摩擦著。不一會兒，它們勃起了，像在沈睡中驚醒一樣。這是她從一本小說裏學到的，目的是給外面那個男人看，男人都喜歡女人對他們充滿渴望。

來到床上，那個男人就迫不及待把頭埋在她的胸前哼唧起來。他的皮膚有點鬆弛，畢竟是五十歲的人了，容貌，頭髮，牙齒，都有衰老的跡象，但他仍能把那玩意兒保養得特別聽話。

「媽媽！」他開始叫了，一場親情大戲拉開了帷幕。

女孩的身體迅速有了反應，她本來就對這方面特別敏感，經不住男人撩撥。她伸出一隻手，抓住男人的頭髮，慈愛般來回劃著圓圈揉搓著，另一隻手則抓住他粗粗的臂鐲，那裏像個吊環，她可以吊在上面，把全身的力都用上。

兩分鐘後，她實在受不了了，也開始叫他。她叫他叔叔。

「對，再叫！」男人更興奮了。

於是，女孩更大聲地叫道：「叔叔——」她想，床上的稱呼總是這麼亂，那個吳翰冬讓我叫他乾爹，這個男人喜歡我叫他叔叔。媽的！幹死這些亂七八糟的狗男人！

二十分鐘後，他們平靜下來，往常的時間要長一點，今天他似乎有心事，發揮不怎麼好。不過對這個年輕女孩來說，這已經夠了，她不可能像成熟的少婦那樣沒完沒了，她只要十分鐘就行。

男人從浴室沖了個澡，回到臥室，一邊擦頭髮，一邊拿起放在煙灰缸裏的Cheroots雪茄。他興趣盎然地問：「寶貝，我還沒問妳，妳那天在汽車上喬裝打扮成什麼樣子？」

女孩懶洋洋地抬了一下胳膊，說：「大理旅遊專科學校的學生。」

「導遊啊？」

「是啊，不當導遊我怎麼把他牽到洱海？一翻過海拔三千三百七十四米的高黎貢山他就到騰衝了，到時候我拿個屁錢。」

男人說：「別給我講地理知識，我翻過那個山。來來來，按照那天的樣子，給叔叔表演表演！」

女孩不耐煩地說：「你還嫌折騰不夠啊？」

男人滿臉堆著笑，勸她：「聽話聽話，我最喜歡導遊小姐了。在瑞麗大國門那兒，我看上一個小姐，個子高挑，胸大，人漂亮：『這裏是瑞麗大國門，對面是緬甸的金皇宮，撣邦西北部的邊境重鎮木姐市。』嗓子真他媽好聽，就是幹不到。」

女孩說：「那你找她去好了。」

「我到哪兒找她？我的心裏只有妳沒有她！來！來！表演一下妳當時怎麼說的。」

女孩不想讓這個男人掃興，只好坐起身，不情願地背誦道：「洱海在古代文獻中曾被稱爲

『葉榆澤』、『昆彌川』、『西洱河』等。西面有點蒼山橫列如屏，東面有玉案山環繞襯托，空間環境極爲優美。『水光萬頃開天鏡，山色四時環翠屏』，素有『銀蒼玉洱』、『高原明珠』之稱……」

「哈哈哈！」男人大笑，「妳真他媽是個全才！這都能學這麼像！不，妳就是一個演員。」說著臉色一變，把雪茄一丟，出其不意一把扭住女孩的胳膊，反剪到背後，然後把女孩壓在身下。他湊近女孩的臉，惡狠狠罵道：「妳他媽少在我面前演！妳以爲我不知道？操妳媽媽的！」

女孩的臉被男人粗大的胳膊壓在床墊上，她的臉部扭曲變形，像個紫色的茄子。她惱怒地叫了起來：「疼死我了！起來！幹什麼啊你！」

「幹什麼？妳自己心裏明白！」

「我不明白！」

「不明白？那我問妳，妳知道那個儀器值多少錢嗎？」

「你不是說值幾百萬嗎？」

「呸！」男人朝女孩吐了一口口水，「還沒妳的命值錢！兩百塊啊！才他媽兩百塊！」

「放開我，疼死我了。」女孩連踢帶踹，死命掙扎著。

「只有一種可能。妳他媽給換了！」

「換什麼？」

「妳把儀器換了。妳用個假儀器唬弄我，真的那個藏哪裡去了？」

「操你媽的！我知道什麼真的假的？我哪兒有時間換？我都不知道那是個什麼玩意兒！你放不放？」

男人畢竟歲數大了，稍微動作，激烈就有點氣喘，他放開女孩，嘴裏仍然罵罵咧咧的，誰知那個女孩起身後，照著他就是一個耳光，打得他一愣，跟著肚子上就挨了一腳。這一腳有點重，他的下腹劇烈疼痛起來，不但下腹，連肛門也熱了起來，好像把他腸子都給踹出來了。女孩還不罷休，照著他的臉、胸、脖子、胳膊一陣亂抓，鮮血頓時湧了出來，濺的床單牆壁到處都是。男人捂著肚子，捲曲在床腳下痛苦地呻吟著。女孩還沒停，一直襲擊著他，拳頭，指甲，腳，怎麼順手怎麼用。

五分鐘後，他開始哀求女孩：「別打我了，別打了，我累了！」

女孩照著他的腦袋又是狠狠一腳，正踢在他太陽穴上。他「哎呀」一聲，眼前一陣發黑，他感覺他馬上要昏死過去了。

女孩打累了，坐在床沿上，指著他的鼻子尖罵道：「你個不要臉的變態老緬，誰換了？說！誰換了？」

他跪在那裏，無力地擺擺手，嘟嘟囔囔地說：「我錯怪妳了，沒換，沒換，它本身就是個假的。」

「假的？你說我從洱海拿回來的那玩意兒是假的？還說假，假你媽的——」說著「砰」的又是一腳。

男人受不了了，他上了歲數，再說對方不是軟弱溫柔沒有縛雞之力的女學生，而是黑道上赫赫有名的女殺手。

女孩一邊穿衣服，一邊厲聲問：「錢呢？我不管你真的假的，說好一手交錢一手交貨，非他媽拖到今天，你皮癢欠揍啊？」

男人忙指著放在床邊的提包，「都在那兒，都在那兒！一分不少！」

女孩拉開提包一看，見裏面全是齊匝匝的新票子。她穿好衣服，拿起提包，走進洗手間照了照鏡子，出門的時候對仍然跪在地下的男人說：「以後我倆只剩生意關係，或沒關係，少他媽再占我便宜，我看著你都噁心，呸！」

女孩走後，他磨蹭著慢慢站起來，準備到洗手間洗洗受傷的臉。不行，肚子疼得厲害，他根本不能直腰，他歪斜著身子坐了下去。真不該惹她，他只是對那個儀器有點懷疑罷了，他不相信江湖上傳說那麼厲害的東西竟然什麼也不是，還不如一個望遠鏡。他實在有點想不通，他以爲可以制服她，可以詐詐她，誰知道她肉嘟嘟的身體竟然蘊藏著這麼大的能量。

這是瑞麗市中心南卯街與瑞京路交叉口喬瑞飯店靠西頭的一個套間，此時夕陽從窗外射進來，把房間弄得比他臉上身上的血還紅。他坐在地毯上不停歎息：老了，真的老了！轉回去二十年，她哪裡是我的對手？我能把她脖子扭斷，像扭斷一隻雞脖子一樣容易。關鍵是體力，連續作戰能力不行，勁全在開始的時候用完了，你看給她舒服的，還叔叔，叔叔！媽的，人老了就是公雞屙屎頭截硬，後面就不行了，打不過她。不過剛才被這丫頭毆打的時候，除了疼痛難忍，怎麼還感覺到有點異樣的舒服呢？疼痛也能產生快感？聯想到過去看過的色情電影，他終於理解那些受虐癖患者了，他們可以在鞭撻、鮮血、皮肉綻開中達到巔峰。我也是這樣的愛好者嗎？他被自己的猜測嚇了一跳。不，不，我不是，我只是喜歡這個丫頭才有這種感覺的。過去我沒有，我只是貪戀她年輕的身體，她剛才臨走時說什麼？說看到我就噁心？呸！下次不讓妳叫叔叔，直接叫爺爺，看妳還噁心不。

對了，兄弟們看見我臉上的傷痕怎麼向他們解釋？說被「活閃婆」給挖的？操！他們不笑死我。不能這麼說，就說在街上遇到一個瘋子，對，被瘋子挖的。

他一直胡思亂想著，直到傍晚的彩霞變成黑色。

突然，電話響了，驚得他渾身一顫，一看號碼，正是今天他最想等的電話。

他問：「老六，怎麼樣？」

對方說：「妥當！」

「太好了！最後他出價多少？」

「一千三百萬。」

他忘記了身上的疼痛，霍地站起來，驚呼：「真的？大手筆啊！」

「是啊，驚心動魄。」

「這種大手筆已經很長時間沒在騰衝出現了，瑞麗也沒有。」

「肯定全雲南賭石界都會轟動。」

「那是肯定的。只是不知道解開石頭是個什麼結果，哈哈，恐怕比一千三百萬更轟動。」

「錢什麼時候到賬？」

「明天上午，到時候你查卡就是。」

「呵呵，我信得過你，我連夜回成都，免得夜長夢多。我只能回成都再查了，但願沒錯。」

「好，好，你們一路保重！」

掛斷電話，他馬上又撥了一個號碼。

對方聽了他的簡短介紹後，只說了一句：「一切就緒，君已入甕！」

媽的，神神秘秘的，還君已入甕？入什麼甕？入甕幹什麼？搞不懂。請張語入甕嗎？還是另有其人？這裏面到底有什麼深仇大恨？唉！他摸了摸臉上的傷口想，反正拿錢辦事就是，其他的也懶得打聽，再多的恩恩怨怨跟我都沒關係。

第十五章　鴛夢又重溫

兩天之後，李在把店鋪的生意暫時交給唐教父打理，然後回到了瑞麗，辦理了一些事情後，便和昝小盈乘坐豪華臥鋪大巴士朝麗江飛馳而去。瑞麗至麗江的客車每天只有一班，下午一點發車，第二天早晨七點到達目的地。

坐客車去麗江是昝小盈提議的，她說他們倆應該像兩個毫不相干的普通旅遊者，在旅途邂逅，然後漸漸熟悉。至於後面發生什麼，就看他們有沒有演下去的心情了。昝小盈的建議不錯，比開自己的車去好，無論李在還是昝小盈的私車，都太顯眼，停靠在半途或者酒店外面，難免被熟人發現。雲南省的面積有三十八萬平方公里，東西相距八百八十五公里，南北相距九百一十公里，但有時你卻覺得只有十米，無論你在雲南哪個角落，都能碰到熟人，即使你沒看到別人，也很難保證你的熟人沒看見你。上一次李在帶草頭灘基建隊的謝指導員到四川米易玩，那裏距瑞麗或者騰衝都異常遙遠，竟然也能碰到雲南去的朋友。鑒於昝小盈的身分以及家庭情況，他們只好委曲求全，再說，兩個「陌生人」的旅途更充滿浪漫色彩，讓人不免對前景有些異樣的憧憬。

車上乘客不多，算上他倆，沒超過十個，所以整個臥鋪車廂顯得空蕩蕩的。昝小盈的鋪位與李在並行，相距不過二十公分，兩人上車後誰也沒理誰，各自拿著報紙雜誌靠在鋪位上看了起來。看了沒一會兒，李在就把視線移到窗外，寬闊的三二〇國道兩旁，一排排飛馳而過的綠竹，一片片紫色的薰衣草，以及穿著鮮豔民族服裝的傣族少女……但令人心曠神怡的景色吸引不住李在，他的腦子還停留在一千三百萬上。

當前天晚上他把這個消息告訴昝小盈的時候，他能想像得出她是什麼樣子，那一定不能用一個「高興」來形容，所有描述「高興」的辭彙加在一起也不行。是的，怎能不讓人欣喜若狂呢？對了，可以用爆炸，這個詞可以準確描述當時的心理。

真的，就像爆炸，把心爆開，把身體爆開，把所有的擔驚受怕都爆開，只剩一個沒有內容的空殼。這個空殼只能用麗江之行來填補，把思念，把愛，把埋怨，把偏見，把離別，統統都裝在這個空殼裏，揉碎它，消化它，讓它成爲永遠的記憶……

昝小盈對金錢的渴望曾經讓他稍有不快，但是在一千三百萬真正來到面前時，那種不快早就煙消雲散、無影無蹤了。他不也和昝小盈一樣嗎？甚至他現在這麼認爲，這種赤裸裸的渴望是美麗的。

現在兩個人坐在長途臥鋪汽車上，裝作不相識的樣子，但李在知道，他們有向對方表達這種狂喜的願望，他們一直沒來得及表達，也沒時間表達。現在，那種狂喜就壓在他們心裏，等待著某一時刻——對，爆炸！只是不知道這一時刻什麼時候來臨，也不知道以怎樣的一種形式開始。

李在想，是不是該我主動一些，爲什麼偏要等昝小盈出招呢？旅途上的男人不都這樣嗎？主動搭訕，主動出擊，像撒漁網一樣，網到一個算一個，沒網到也不吃虧。想到這裏，李在心裏一陣好笑，都是這個昝小盈出的餿主意，害得我必須裝扮成一個旅行中的色情狂。

李在剛想開口，沒想到昝小盈先把身子轉了過來。她表情嚴肅地指著報紙上一條新聞說：「你看看，你看看，巴以邊境地區又出事了，火箭襲擊，死了三十多個巴勒斯坦平民。」

李在側過頭，很關心地問：「巴解領導人發表譴責聲明沒有？」

「發了，並且保證要採取報復行動。」

隨後雙方又把身體移開。

李在明明看到昝小盈手上的報紙是國內新聞版，上面的大標題是：養豬場豬肉也有病。中間的小標題看不清楚，但報紙下方的黑體字李在是看清了的，上面赫然寫著：××醫院專治不孕，懷上才收費。

他偷偷笑了，昝小盈主動搭訕竟然拿著醫院廣告談巴以戰爭，真有她的。下面該我表演了，表演什麼節目呢？對，給她講個笑話。這個笑話是前不久朋友發到他手機上的，肯定昝小盈沒聽過。

李在側過頭，裝成一個白癡，說：「妳看我這個雜誌，全是笑話，我給妳念一個解解悶。」

昝小盈抿嘴莞爾，說：「好啊好啊！」

李在眼睛盯著雜誌，剛想給昝小盈背誦，突然從上鋪下來一個男人，一屁股坐在昝小盈的鋪位上，大咧咧地說：「聽啥笑話啊？這年頭笑話氾濫成齋（災），手機上傳來傳去，有意思啊？那個啥，大妹子，妳哪兒的人啊？」

這個突然降臨的男人把李在和昝小盈弄得不知所措。聽口音，是個東北大漢，大約四十歲的樣子，又黑又壯。他早就看到下鋪有個少婦，正琢磨怎麼搭訕呢，看李在要講笑話，實在忍不住就跳了下來。李在心裏暗笑，自己還在這兒醞釀怎麼演戲呢，人家就直截了當問昝小盈是哪兒的人了。

昝小盈也是一愣，一個陌生男人突然坐在自己的鋪位，還問她是哪裡的，這也太唐突了吧？不過，昝小盈也不是沒見過世面的女人，她很快冷靜下來，很有禮貌地答道：「湖南的。」

「哈哈，湘妹子啊！那個啥，我東北的，姓郎，他們都叫我野狼嚎，妳叫我郎大哥就行。」

看來這個旅途不會寂寞，出了這麼一個怪物。

野狼嚎又問李在：「這位兄弟，你哪兒的？」

「福建。」

「哦，你倆認識啊？」

李在和昝小盈都搖頭，其實心裏早就笑了。

「哦，我在麗江開了一個店，賣首飾，這次就是到瑞麗進貨，一個月跑一次，累死個姥姥的。那個啥，兄弟，到了麗江你來我店裏，買個首飾給你老婆，女人都喜歡那玩意兒，保證買回去她親死你。便宜，大哥給你優惠。」

野狼嚎見李在和昝小盈不怎麼理他，快快地站起身準備上床，起身的時候他還不甘心，又彎下腰對昝小盈說：「大妹子，認識妳大哥我，算妳這輩子有福氣。來我店裏買個手鐲墜子什麼的，保證A貨，緬甸進口，證書上有緬甸政府的大紅印章，我給妳打七折。行不？」

昝小盈客氣地說：「謝謝！」便拿起報紙不再理他，心裏又好氣又好笑，這個世界真是什麼人都有。

野狼嚎用手撐住床沿，一個收腹就上去了，看來身手還不錯。

李在和昝小盈互相對視著會心一笑。

隔了幾分鐘，昝小盈問：「這位福建大哥，第一次來雲南吧？」

李在有點忍不住了，他真想痛痛快快大笑，他不想再這麼裝模作樣演下去。不過，他又覺得這麼演戲真的有些新奇。也好，過去的一頁已經翻過去，就讓他們重新認識吧！

李在回答道：「是的，妳呢？」

「湘妹子我也是人生第一遭。」

「噗哧」一聲，李在把剛喝進去的一口礦泉水噴了出來，然後他倒在床上，用枕頭捂住嘴，拼命笑了起來。

野狼嚎在上鋪一直監視著下鋪的動靜，見李在在那兒傻笑，趁這個空隙，他想再一次出擊。他一收腳，兩手撐著床沿跳了下來，然後彎下腰對昝小盈說：「那個啥，大妹子，喜歡古典音樂不？」

昝小盈搖頭。

「喜歡搖滾不？」

昝小盈又搖頭。

「民族呢？大妹子，知道我唱歌像誰不？像蔣大為，男高音歌唱家。我現在不能唱給妳聽，車上雜音大，影響效果。那個啥，我明天早上到麗江給妳唱……」

昝小盈再搭他的話他就沒完沒了了，她索性起來，坐到李在鋪位上去了。這個動作表明，她不想再理他。野狼嚎尷尬地站在那兒，裝腔作勢吹了幾聲口哨，噌地又躥上自己的鋪位去了。

兩個人的身體突然挨在一起，李在心裏一振。看來還得感謝感謝野狼嚎，沒有他的功勞，昝小盈怎麼好意思跑「福建男人」床上來。兩個人在狹窄的鋪位上並排坐著，半天沒說話。似乎等這一刻等得太久了，忽然來臨，兩個人反倒沒了悸動，倒有一些緊張。

李在小聲問：「還記得我給妳吹口琴嗎？」

昝小盈點點頭，臉上泛起紅暈，跟高中時代的昝小盈一模一樣。

李在無限感慨地說：「時光荏苒，現在想來，那首曲調可真難聽啊！」

「不！我認爲那是我聽過的最好聽的歌曲。」

「真的？」

「嗯！」

「可惜我沒有練下去，老停留在吹單音的水準上，不會打拍子。」

「單音口琴給人一種很純淨的感覺，像傾訴。」

「後來我還學了吹簫，那個更像傾訴。」

「真的？有機會你一定吹給我聽。」

李在說：「好！想起那個時候，我連妳的手都不敢拉。我一直想，能拉拉手該多好啊！那將是我最幸福的時刻。」

昝小盈抬頭看著李在，嗔怪地說：「後來你還不是拉了？」

「可妳當時拼命掙扎，拉都拉不住。」

「還不是怪你。」

「怪我什麼？」

「你要是抱住人家，我還能有力氣掙脫啊？」

「你……」

兩人都有些激動，李在聞到從昝小盈的領口飄過來的陣陣馨香，忍不住拉住了昝小盈的手。昝小盈沒縮回去，就這麼讓李在握著。從李在手心穿過來的熱度，讓她心裏掀起一陣漣漪，她不禁想到那天早上在自己家裏浴室的事，心便撲通撲通跳了起來，身體也有了一些異樣的反應。她真想讓李在抱住自己，就這麼抱著，一動不動，什麼也別做，就用堅硬的胸膛給她一些力量就行。

李在不知道昝小盈心裏的漣漪已經變成波浪了，反倒有些失落。他說：「可惜，我們終究還是分開了，就算今天能在一起，也只能扮裝成陌路相識的旅客，然後呢？妳走妳的，我還是我自己。」

昝小盈聽到李在說這麼傷感的話，心裏一陣酸楚，她把頭靠在李在的肩頭，歎了一口氣，說：「能有這麼一天，我也就心滿意足了。」

「我也這麼想。」

「這次賺了這麼多錢，你準備怎麼辦？繼續賭石，還是歇一陣兒，調整一下心態再幹？」

「我也曾這麼想，可是怎麼可能歇呢？只要有賭石，我還會義無反顧地投入。我不會別的，只會這個，歇一陣兒只能讓自己懶惰。心一懶，整個世界就沒有色彩了。」

「李在！」

「嗯？」

「我知道你有些誤會我。」

「沒有，真的沒有。」

「在你的心裏，我是一個只認識錢的女人，除了貪婪就是貪婪。我是愛錢，但我的心裏不光是錢，還有你。如果你現在讓我放棄金錢而重新選擇你，我會毫不猶豫拋棄一切跟你走。可惜我沒有這個機會，我無法得到你，所以我才會把我的全部心思獻給金錢，只有金錢，才能給我帶來一絲歡樂……」

「我知道了，妳別說了……」

「不，我要說。你知道當初你在草頭灘的時候，我去看過你嗎？」

「看我？」

「是，我去過，只是我們沒有見面而已。」

「爲什麼？」李在抱住昝小盈，他發現她的身體在微微顫抖。

「發生了一些事，我不想說，真的不想說，別逼我了，我永遠不會告訴你。」

李在愣了，他從不知道他坐牢的時候，昝小盈來看過他。他只知道在那黑暗的六年中，她從沒有給他寫過一封信，一個字都沒有。他不相信她那麼絕情，他每天盼著，哪怕昝小盈給他寫兩個字，他也會幸福地昏死過去。

經過一天繁重的勞動，除了渴望能塡飽肚子，犯人們最期盼的是傍晚時分，中隊長或者管教拿著一疊信從隊部踱下臺階。這是發放家信的時刻，全隊幾百號犯人全部站在監舍的門前，像鵝一樣搖晃著脖子，希望幹部能念到自己的名字。念到一個，那個犯人便一路小跑，然後雙手接過信，點頭哈腰向幹部致謝。

大多數的人都不會被念到，因爲每天發往中隊的信就那麼十幾封，還有一些因爲內容審查不過關，永遠被幹部扣留了。拿到家信的人，臉上神采奕奕，沒被點到名的，則一臉落寞，乃至憤怒。

李在便是其中之一，而且有跡象表明，他永遠也不會被念到。他寫給昝小盈的信全部被退了回來，李在不知道發生了什麼事，一度想越獄逃跑。後來透過先他出獄的朋友唐教父打聽，昝小盈全家已經搬到瑞麗，她現在正跟猛卯鎭國土資源管理所副所長鄭堋天打得火熱。李在徹底絕望了，再也不去想昝小盈，直到出獄後昝小盈主動找到他。

從瑞麗朝國內方向走，要經過兩個邊防檢查站，主要是搜查車上有沒有毒品，這是因爲瑞麗緊鄰毒品大國緬甸的緣故。經過第一個檢查站的時候，前面一輛到永平的客車出了問題，警犬從發動機下面嗅出了一包海洛因，武警們的衝鋒槍嘩啦嘩啦全上了膛，氣氛一時緊張起來。所以輪到檢查李在他們這輛車時，武警特別仔細，每個人的行李都打開了，讓那條膀大腰圓的德國警犬聞了個夠。

檢查耽誤了一個多小時，等到中途吃完晚飯再駛到第二道檢查站時，天已經完全黑透了。再加上前方出了車禍，一輛裝載木材的卡車把一個騎摩托車的小夥子撞死了，交警和救護車的警笛響成一片。車流堵了有大約五公里長，時間又耽誤了兩個小時。

凌晨到達大理的時候，司機把車停在一個加油站，準備下車解手，正好李在也想。那個野狼嚎跟著下來了，他三步並作兩步追上李在，親熱地說：「行啊兄弟！」

李在沒理他。

野狼嚎說：「喂，我說兄弟，能不能讓給大哥？」

李在一時不解：「讓什麼？」

野狼嚎回頭用嘴唇朝大巴方向呶了呶。

原來指的是昝小盈，操他奶奶的，什麼人啊！李在決定玩弄一下這個傻子。他搖搖頭，說：「難啊！人家看的是個人魅力。」

野狼嚎忙說：「兄弟，我實話實說，年齡上我不占啥優勢，但個人魅力還是有的。那個啥，不信你看，從這邊這個角度看，不是從你那邊，從我這個方向，這邊有月亮。看到了吧？有沒有丰采？」

「有，丰采依舊。但是我告訴你，我不會讓。」

野狼嚎氣急敗壞地埋怨道：「你小子也太不夠意思了，跟八輩子沒見過女人似的，我像你這歲數，追我的女人老鼻子（多）了。逞啥能啊？你個滾犢子的沒見過世面的玩意兒！」後面這一句他是在心裏說的，沒敢出聲，他害怕對方聽懂了惹麻煩。出門在外，平安是福。這一點他比誰都清楚。

從廁所出來，李在找到廁所外面的洗手池準備洗手，忽然發現水池牆壁上貼著一張白紙，看不清寫的什麼。李在拿出打火機湊近一看，原來是一張「認屍啓事」。

上面寫道：

雲南省大理市洱海旅遊區賽門特酒店六〇一五房間發現一具無名屍體。死者年齡在二十五至三十歲之間，身高一點七八米，少許禿頂，全身赤裸。現場沒有發現死者衣物。請認識死者的人速打電話××××××，或者提供相關線索。

雲南省大理市公安局

李在把打火機湊近屍體照片一看，頓時大吃一驚，死者好像是吳翰冬。沒錯，就是他，李在以前在騰衝和瑞麗都見過他。他一直沒來騰衝，原來死在洱海了。他怎麼死的？是急病還是被殺，啓事上沒有注明。還有，他怎麼跑到洱海去了？是順便旅遊，還是另有什麼事？不得而知。李在馬上掏出電話準備把這個消息通知張語，但張語關機，他只好站在路邊發了一個簡短的短訊給張語。

發完就後悔了，張語已經貫下石頭，跟吳翰冬沒有任何關係，再說，從張語對吳翰冬深惡痛絕的貶斥來看，肯定他對吳翰冬的死也不感興趣，知道了反而影響心情。發都發了，也不能收回，讓他知道也好，畢竟吳翰冬過去跟過他，再怎麼也是他們北京人啊！

回到車上，記取了剛才魯莽發送短訊的教訓，他沒有把這件事告訴昝小盈，何況她不認識吳翰冬，說了也沒用，他不想吳翰冬的死攪和到他們倆的麗江之行來。

到達麗江已經是早上七點半了，李在和昝小盈下了車，從車底行李箱取行李，他們忘了旅途中還有一個執著的野狼嚎，一夜的柔情蜜意早讓他們把這個冒失的東北人忘得一乾二淨。

野狼嚎太專一了，而且不棄不離，他沒忘了昨天在車上對昝小盈許下的承諾。他追著昝小盈說：「哎呀我的大妹子，大哥我現在就唱給妳聽，聽著！」說著就擺開架勢，聲情並茂地唱了起來：「在那桃花盛開的地方，有我可愛的故鄉……」

他的嗓音洪亮而悠揚，迴蕩在麗江清冽的晨風中，顯得特別動聽。還別說，野狼嚎的歌聲還真有蔣大爲的神韻，只是他的東北味太濃了，他把「在」發成「塞」，聽起來有點彆扭，像東北某國營大廠的食堂採購員。

李在和昝小盈爲了感謝野狼嚎當街獻藝，很有禮貌地對他鼓了鼓掌，然後挽著手向麗江城裏走去。野狼嚎歌聲漸弱，他跟著後面喊：「大兄弟，記著來我店裏，大哥我給你優惠！就在百貨大樓那兒。那個啥，祝你倆好運啊！」

李在找到七星街一家酒店，三星級，大廳裏顯得有點混亂，堆滿了全國各地來麗江旅遊的客人。昝小盈一看這陣式，悄悄示意李在離開，擔心碰到熟人。

李在說：「乾脆找一個小旅館。」

昝小盈點頭同意，說：「行，只要乾淨就行。」

走到七星街裏面，李在發現有一家叫星輝的小旅店，招牌上的霓虹燈還亮著，除了「星輝」兩個字，招牌上還有英文：Starlight Inn.

小旅店在一條窄街的最深處，是一幢優雅別致的兩層樓別墅式建築，晨風徐徐拂過，別墅兩旁的菩提樹簌簌作響，茂密的樹葉隨風擺動，像喝醉的女人，婀娜而又蘊藏風情。李在和昝小盈覺得這裏不錯，隱秘而安全，就毫不猶豫地登了記。

旅店老闆是個來自四川的中年婦女，整個身體像圓咕隆冬的大水缸，她一邊搖晃著一串鑰匙，一邊艱難地爬著樓梯，不時回頭用純正的四川話問李在：「朋友，跟團還是散客？」

「散客。」

「這樣子，我認識幾個司機師傅，駕車技術厲害得很，以前在西藏當汽車兵，啥子溝溝坎坎飆地就開過去了。古城、雪山、虎跳峽、長江第一灣，連香格里拉都可以帶你們去。你們說給好多錢？隨便給了就是了，保證你們耍巴適（玩好）！」

李在謝絕了四川大媽的好意，說：「我們就是雲南的，自己出來玩，暫時哪兒都不想去。」

走進房間一看，被子、床罩等設施看起來還不錯，李在和昝小盈心情一下子振奮起來，等四川大媽一走，昝小盈就迫不及待地說：「還暫時哪兒都不想去，走！先去雪山。」

李在說：「看妳急的，妳不加件衣服？」

昝小盈這才想起來，麗江的氣候可不比瑞麗，剛才下車時就感到陣陣涼意襲來，如果上雪山，一件單薄的衣服肯定不行。昝小盈走到窗前，拉開厚厚的窗簾向外一看，麗江北端拔地而起的巍巍雪山頓時映入眼簾。那皚皚的白雪，銀雕玉塑般的千年冰峰，彷彿要刺破藍天，這就是聞名遐邇的玉龍雪山。雪山終年銀裝素裹，山腰白雲繚繞，陽光之下恍然如玉。

昝小盈看到巍峨的雪山近在咫尺，在麗江碧藍的天空襯托下，顯得那麼潔白而神聖，像個走入教堂的新娘。昝小盈被感動了，她說：「沒關係，再冷我也要去！」

李在沒說話，從後面攬住她的腰，在他心中，昝小盈就是玉龍雪山未被征服的扇子陡，他現在想首先征服她，他已經等不及了。

李在把昝小盈的身體向後拉了拉，低頭嗅著她的脖子，灼熱的嘴唇像烙鐵一樣，她的肩頭，她的耳垂，她的腮邊都被這塊烙鐵烤炙著。昝小盈的身體從內部開始熔化，最後化爲一灘柔軟的水。她一聲低吟，轉過身，緊緊抱住了李在……

窗外的雪山靜謐地望著這家小旅社，清晨的麗江彷彿還未甦醒，除了這對男女，他們身體內每一個細胞都猛然驚醒了，然後互相融合，交織在一起，變成幸福的尖叫……

李在沒放過昝小盈每一寸皮膚，她每個角落此時都屬於他，他把她竊爲己有，然後享用。昝小盈也是，她沈睡多年的每一根神經末梢都被李在喚醒了，她的神經末梢伸出觸角，拚命攫取著，一覽無遺的貪婪。她想：本來是我的，現在還給我吧！本來是你的，現在全給你！這句像咒語一樣的呻吟最後變成利爪，在李在的背上胸前留下被征服的印記……

整個上午他們都在床上，肉體連著肉體，靈魂占著靈魂，一刻也沒分開，像一對纏綿悱惻的蠶蛾，抖動著翅膀，幸福地顫抖著。

昝小盈最後哭了，她斷斷續續地說：「我一直愛你的。」

「我也是。」李在吻著昝小盈的淚。

「今後也是。」

「我也一樣。」

「永遠嗎？」

「是。」

聽到這句話，昝小盈哭得更厲害了，她搖著頭說：「可是這不是真的，不是，我們像偷偷摸摸的賊，這不是愛情，是偷情……」

「離開他！」

「你說離開鄭珊天？」

「對！」

「他不會答應的。」

「所以妳退縮？」

「不，我不會退縮。如果沒有今天，我永遠不會有這個勇氣。給我時間，我會把一切辦妥當的。等我！好嗎？」

李在點點頭。

臨近中午，他們準備去雪山。走出旅店，昝小盈完全變了一個人，除了她的皮膚由於做愛而變得異常有光澤以外，更重要的是，她是挽著李在在大街上走的，像一個被愛情俘虜的少女。

李在笑著問：「妳不怕了？」

「不怕！你呢？」

「我從來不怕。是妳！」

「是的，我知道我大錯特錯了。想起之前我們小心翼翼、東躲西閃我就好笑，我們擔心熟人看見，擔心我們的事傳回瑞麗，我們偷偷摸摸，做賊心虛。哈哈，現在我什麼也不怕了，我就是要告訴所有認出我的人，我現在是你的，不屬於那個老頭。」

此時的昝小盈像個初戀的少女，拉著李在的手在街上跳著，她忘記她已經三十二歲，也忘記了她的身分——瑞麗猛卯鎮政府辦公室副主任。愛情的力量真的很大，它可以輕易改變一個人，讓你拋掉一切附加在你身上的符號，在愛情的感召下，一個人可以變得像雪山的雪水一樣純淨。

到市政府附近坐中巴去雪山，李在想，搞不好能在這裏看見野狼嚎的首飾店鋪，沒想到野狼嚎先看見了他們。他從店鋪裏衝出來，看見李在和昝小盈緊緊挽在一起，驚呼道：

「哎呀我的媽呀！這不是大兄弟和大妹子嗎？電視上說麗江是直升（滋生）愛情的城市，說直升就直升，坐一晚上車就直升了。」

李在和昝小盈都笑了。

李在說：「我們本來就認識。」

野狼嚎睜大眼，「真的呀？」

昝小盈幸福地靠著李在的肩頭猛點頭。

野狼嚎說：「我說我怎遇不上這好事呢？原來你倆認識啊？是去雪山旅遊吧？」

「是啊！」

「那個啥，這麼著吧！我跟這兒的濕（司）機關係老好了，我去打個招呼，進雪山的門票你們就不用買了，你就說是濕機的朋友，在麗江開店的，最好你倆有一個能說雲南話，本地人更好蒙混過關。」

「不用了不用了！」李在有點不好意思，極力推辭。

野狼嚎不同意了，說：「怎地？你倆有錢啊？一百二十塊錢一個人呢，倆人就是兩百四十，大哥我還不是爲你們節省，出門在外，能省一個算一個，你說是不？」

「那好吧！謝謝啊！」李在不好再說什麼。

野狼嚎說：「有那倆錢還不如到我店裏買幾個翡翠首飾，大哥我給你們優惠，山（三）折！真的山折，有緬甸政府的大紅印。」

野狼嚎是個熱心腸的人，也夠職業，時刻忘不了推銷他的產品。他要是知道李在是賭石高手，一定不會這麼冒失，因爲行家都知道，旅遊地點的翡翠，沒幾個真的，不是塑膠，就是玻璃，或者是注膠硬玉。

麗江的旅遊業真的很成熟，整個城市都是宣傳麗江的廣告，街上來來往往的中外遊客多如牛毛。這輛通往雪山的巴士雖然簡陋而破舊，但車上音響播放的歌曲卻一點也不落伍，先是Blue的《If You Come Back》，接著是老鷹的《Hotel California》，再接著是Mariah Carey的《Hero》，甚至還有甲殼蟲的老歌《Hey Jude》。幾個來自歐洲的遊客隨著歌聲手舞足蹈，興高采烈地唱了一路。

雪山越來越近，映入人們眼簾的景色也越來越迷人，天是碧藍的，山頂的雪是白的，山中腰是灰色的，下面是綠色的森林，然後是黃色的草甸，再加上一條黑色的公路直插進去，給人的感覺這不是通往雪山，而是去天堂的一個轉角。

但是，讓他們沒想到的是，到雪山腳下才得知，登山纜車當天中午十二點暫停營業，原因是山上風大，纜車被吹得像暴風雨中晾衣竿上的褲子，隨時都有掉下來的危險。廣播告知，買了纜車票的遊客可以全價退票。之前李在已經租了兩件羽絨服，現在看來根本用不上了。

昝小盈有些沮喪，說：「我本來想滑雪的，現在看來滑不成了，真有點掃興。」

李在也覺得掃興，玉龍雪山的滑雪場是世界上最長的滑雪場，也是最溫暖的滑雪場，那條通往山頂的索道也是我國海拔最高的旅遊客運索道，不能去，真有點可惜。還好，他去詢問了索道售票口的一個女職工，看有沒有別的辦法彌補這個損失。那個女孩告訴他，他們可以乘坐免費巴士去甘海子，然後坐小纜車上原始森林雲杉坪，那也是來玉龍雪山必須去的景點。

李在對昝小盈說：「走吧，帶妳看看納西男女殉情的地方。」

「殉情？」昝小盈揚起眉毛，臉色沈了下來，看來殉情這個詞影響了她的心情。

一個小時後，他們在白水河山莊坐上登山纜車，十分鐘後，他們已經走在林間鋪設的木板棧道上了。雲杉坪是玉龍雪山東面隱藏在原始雲杉林中的一塊巨大草坪，又稱「遊午閣」，即「情死之地」，約零點五平方公里，海拔三二四〇米。每逢春夏之間，這裏綠草如茵，繁花點點，環繞如黛，鬱鬱蔥蔥，猶如一塊翠綠地毯，鋪展在玉龍雪山東麓的山間。

李在問：「以前妳來過嗎？」

「沒有。」

「作為一個雲南人，沒來過這裏真是太可惜了。」李在說得對，雲杉坪的美如人間仙境一般，「我最喜歡森林中的枯枝倒掛，被大自然放倒，枯死，但仍然倔強地展現著自己的身軀。」

「看，那是什麼？」昝小盈驚呼一聲。

「樹鬍子？」

「樹鬍子。」

「是啊，就像森林中的長者。妳看，還有這些隨處橫陳的腐木，上面長滿了青苔，好像千百年都沒人來打擾過，就那麼靜靜地待在那裏。」

「人要是能這樣多好，枯死也被人欣賞。」

「哈哈，」李在笑了，「妳怎麼突然傷感起來了？」

「女人都這樣，沒有傷感就好像沒真心愛過似的，時刻都被一種無名的傷感牽動著情懷，總是感歎愛有多深傷有多重……」

昝小盈還沒說完，李在就打斷了她，然後指了指前邊，說：「那兒就是著名的雲杉坪殉情崖。」

昝小盈站住了，望著象徵死亡和浪漫的懸崖發呆。

她雖然沒來過雲杉坪，但她知道發生在這裏的故事。第一對在此殉情而死的是納西族的開美和羽勒盤，直到現在，每逢六月火把節，附近村寨的青年男女都會編織象徵開美久命金和朱古羽勒盤的紙人，來雲杉坪祭奠他們。

她還知道納西族有一部關於殉情的史詩——《撫魯尤翠郭》（漢譯《玉龍第三國》），它描繪了一個遙遠的天國，一個納西族的烏托邦，一個傳說中的極樂世界、愛的伊甸園。如果一對恩愛男女的愛情被世俗阻礙後，他們就會選擇在雲杉坪殉情，他們的靈魂就會進入玉龍第三國，得到永生的幸福。他們不會選擇跳崖，那種方式太暴烈了，而是隆重地步入死地，躺在鮮花叢中，飲著露水，沐著月光，平靜地走向另一世界。或者一起喝下事先準備好的毒藥，然後擁吻著把愛情變成永恆。這無疑給雲杉坪這塊聖地塗上了一層莊嚴神秘悲壯的色彩。

昝小盈小心翼翼走了過去，然後佇立在那兒，半天沒動，隨後她的肩膀便抽動起來，她哭了。

李在從旅行包裏拿出一件毛衣，走過去搭在她的肩頭，說：「據說在這裏發生的最後一次集體殉情是一九七九年，離現在已經很遠了，沒有誰再為愛情死亡，想愛就在一起，沒必要用死證明。」

昝小盈說：「不，我想的不是這個。」

「是什麼？」

「他們用生命的代價換取愛情，我很欽佩與敬仰他們，而我，卻不能……」

「爲什麼非要像他們？」

「那是勇氣與膽量，是破釜沈舟。」咎小盈眼中的淚光閃爍著，不是感動，而是堅定，一種咬牙切齒的堅定，彷彿她已經想好做什麼了。

李在沒讀懂咎小盈眼中的內容，他拉著咎小盈的手說：「走吧走吧，前面有彝族少女出租麗江小馬，我們到草坪上騎馬去。」

晚上，在旅社的床上，他們緊緊抱在一起，一遍又一遍述說著彼此的愛戀。等歇過勁來，他們又開始互相親吻，從嘴唇開始，然後胸部、小腹……咎小盈想，她要把今天這一幕延續，這輩子她不能再猶豫再膽怯了，她要好好計劃計劃，爲這個目的她可以不顧一切。而李在想的是，此次麗江之行就像是他們的愛情總結，一切縹緲的虛無的思念都變成了現實，但之後，咎小盈是否還是今夜的咎小盈呢？他真沒有把握，因爲他總感覺咎小盈的心很沈，好像躺在他懷裏的咎小盈分成了兩半，一邊充滿激情，一邊飄忽游離。

半夜，咎小盈的手機響了，之前說好今夜關機，無論是誰也別想打斷他們。大概是有一段時間李在問幾點了，咎小盈開機看時間，然後忘了關機。咎小盈從李在懷裏抽出手去，拿起手機，看了一眼來電顯示，便狠狠地把機子關了。

李在開玩笑地說：「這麼晚了也是開會？」

哪想到這句玩笑話竟然讓咎小盈破口大罵，她一下子坐了起來，甩動著頭髮，像個潑婦似的罵道：「媽的，有完沒完啊？我不活了誰都別想活！」

李在目瞪口呆，一個全新的陌生的咎小盈呈現在他面前，他簡直不敢相信眼前這個裸著身子、甩動著豐滿乳房粗話連篇的女人，是剛才對他柔情蜜意的女人，決不是！

李在沒說話，他想，一個人必須戴著一副面具生活，那種生活真累，而要摘掉這個面具又是何等的不容易，好像靈魂與肉體分離一樣。但是人如果不掩飾自己，就會被對方識破，就會毫無遮攔地被人攻擊。掩飾就是保護。昝小盈也許每天在辦公室過分掩飾自己了，她沒有爆發的機會，當機會突然來臨時，她就會迷失自己，手足無措，甚至歇斯底里。

接下來，兩個人很默契地沒有抱在一起，而是背著身子，躺在床上沈默不語。熱情突然冷卻，讓兩個人都無所適從。李在睡不著，乾脆坐了起來，他點上一根香煙，狠狠吸了一口。

「睡不著嗎？」李在問。

「你不也是。」

「疲倦了反而又興奮起來，像喝了咖啡。」

「我一點睡意都沒有。」

說實話，男人的心裏除了愛情，總還有其他的東西佔據他的大腦，李在也逃不出這個規律，在與昝小盈同床共枕時，腦子裏時不時被大理的那則認屍啓事侵擾，只不過他一直沒有說出來，怕壞了昝小盈的興致。是的，兒女情長再濃，也掩蓋不住他心裏的不安。

他不知道這種不安是從哪裡生出來的，莫名其妙地滋擾著他。石頭，一千三百萬，沒有比這兩個字眼更讓他興奮的，他應該興高采烈，應該安心享受他的愛情。但是不行，他不得不承認，賣掉石頭所產生的激動，被那個認屍啓事全破壞了。吳翰冬不是他的朋友，嚴格地說，也不是張語的朋友，但是他隱隱約約感覺到，他的死亡跟他們這塊石頭有關。

凌晨四點，他漸漸被睏意包圍了，他和昝小盈打算明天去瀘沽湖，還是睡一會兒吧，要不明天在車上一點精神都沒有。昝小盈似乎睡著了，從她那邊傳來輕微的鼾聲，一高一淺的。她也累了，都累了，想到這兒，李在從後面抱住昝小盈，漸漸進入夢鄉……

夢裏，木柴劈劈啪啪燃燒著，散發著青煙，四周散落著熟透的果實，以及捆紮得整整齊齊的麥捆。帶有濃濃的腥味的微風吹過水面，湍急的江水把水草沖得平伏在岸邊，波光粼粼的河面上籠罩著薄薄的白霧。一個老人出現了，水從他花白的頭髮向下淌著，一些水草纏在他的頸項上，像一條綠色的圍巾……

李在猛地從夢中驚醒了，他側頭看了看昝小盈，她睡得很香，全身裸露著趴在皺巴巴的床單上，豐滿的乳房從兩脅擠出來，高聳的臀部在柔和的月光下如線條優美的沙丘。

夢中的老頭是誰？是不是當年法庭上那個法官？那是一個快退休的老頭，長得紅紅胖胖的，臉上佈滿皺紋，像儲藏過久的蘋果，兩個沈重的眼袋掛在一對小眼睛下面，如同兩個被壓扁的核桃。他滿頭銀髮，戴著玳瑁架老花鏡，笑容慈祥，眼睛瞇縫成兩條細線，當笑容收斂後眼睛才能睜開，露出亮晶晶的一對瞳仁。

他這副形象應該在傳達室工作，讓過路的人喊他一聲大爺，可他反而端坐在莊嚴的法庭上。可是，當這個年邁老頭開始宣讀判決書時，李在就一點不覺得滑稽了，甚至覺得他有點殘忍。他每讀一頁都用食指蘸點口水，這種蘸口水的動作，像鐵銼一樣銼著李在的神經末梢，他縮著脖子驚叫起來。結果，老頭一共蘸了六次，判了他六年有期徒刑。

他輕輕下了床，點上一支煙，只有尼古丁能讓他的心暫時安寧下來……

第十六章　石魔的預言

第二天上午九點，他們乘車去了瀘沽湖。本來他們沒有計劃去這個古老的「女兒國」，昝小盈昨天下午卻突然心血來潮，說麗江給了她浪漫，她想去瀘沽湖尋找寧靜。李在一想也對，既然來了麗江，不去瀘沽湖確實可惜，再說，他也想找一個遠離賭石的地方，讓自己的心徹底休息一下。

由於臨時決定去瀘沽湖，之前李在沒什麼準備，車子停在寧蒗吃午飯的時候，他諮詢了一個剛從瀘沽湖回來的遊客。那人告訴他，別跟著司機去落水村，那兒都開發濫了，要去就去稍微偏遠點的地方。他強烈建議去里格半島住，旅行團沒去那兒的，都是散客，所以那兒非常安靜，又三面環水，正好在格姆女神山下。

離開寧蒗，車子就一頭鑽進了山裏，路上山峰林立，溝壑交錯，路不太好走，偶爾還可以看到陡峭的山壁上戰戰兢兢的山羊，還有清理在路邊的坍方碎石。顛簸的車子一點沒影響昝小盈靠在李在的肩上睡覺，大概昨夜她也沒休息好。李在抱著昝小盈，眼睛盯著窗外，看著匆匆掠過的樹木，眼皮越來越重……

下午四點，車子過了黃臘老，估計離瀘沽湖已經不太遠，那個年輕的納西族司機爲了烘托氣氛，打開了車上電視，放起一部拍攝精美的瀘沽湖宣傳片。巨大的音樂聲把李在吵醒了，他睡意全消，饒有興致地觀看起來。

宣傳片說，關於瀘沽湖的形成，當地流傳著這麼一個有趣的故事：在遙遠的年代，這裏曾是一片村莊。村裏有個孤兒，每天到獅子山去放牧。人們只要把牛羊交給他，他總是把牛羊放得肥肥壯壯的。有一天，他在山上一棵樹下睡著了，夢見一條大魚對他說：「善良的孩子，你太可憐了，從今往後，你不必帶午飯了，就割我身上的肉吃吧。」小孩醒來後，就到山上找啊找，終於在一個山洞裏發現那條大魚，他就割下一塊燒著吃，魚肉香噴噴的。

第二天，他又去了，昨天割過的地方又長滿了肉。這事被村裏一個貪心的人知道了，他要把大魚占為己有，就約了一些貪財之徒，用繩索拴住魚，讓九匹馬九頭牛一齊使勁拉，魚被拉出洞，災難也就降臨了。洪水從那個洞裏噴湧而出，頃刻間淹沒了村莊。那時，有一個摩梭女人正在餵豬，兩個年幼的孩子在旁邊玩耍，母親見洪水沖來，急中生智，把兩個孩子抱進豬槽，自己卻葬身水底。兩個孩子坐在槽裏順水漂流，後來，他們成了這個地方的祖先。人們為了紀念那個偉大的母親，就拿整段木頭做成「豬槽船」，瀘沽湖也被稱為母親湖。

宣傳片後半部極力鼓吹瀘沽湖「男不婚、女不嫁、結合自願、離散自由」，李在心想完了，越是這樣宣傳，現實越非如此。他的預感是對的，這種古老的婚姻習俗早就被現代摩梭人擯棄，所謂的「走婚」，只不過是一個用於宣傳的噱頭，目的是吸引外地遊客來此地旅遊，恨不得讓全世界人民蜂擁而至，帶動當地經濟全面發展。

宣傳片放完後，是一組藏族歌手容中爾甲的ＭＶ，容中爾甲的歌聲高亢而嘹亮，充滿對家鄉的深情厚誼，車上有人大聲附和起來，情緒十分激昂，其中有一對來自歐洲的夫婦，五十多歲的樣子，也手舞足蹈地唱著。

下午五點，司機把車停了下來，說這裏可以俯瞰整個瀘沽湖。旅客們的情緒再一次被挑動起來，紛紛下車拍照留念。昝小盈頓時像又回到了高中階段，她鳥兒似的蹦蹦跳跳，在拍照點的鐵欄杆前來回穿梭，變換著各種不屬於她這個年齡的表情。李在則扶欄遠眺。的確，瀘沽湖湖面水平如境，周圍山巒環繞，濃淡相抹，湖中小島或隱或現，岸邊逶迤婀娜，多彩多姿，很遠還能看到緩緩在碧波上滑行的豬槽船，這份古樸與寧靜，是在被污染的囂市找不到的。他頓時被瀘沽湖的美麗鎮住了。

昝小盈拍完照後，興高采烈地跟那兩個歐洲夫婦聊了起來。中學時，昝小盈的英語成績在班上名列前茅，想不到這麼多年後她還能拾起來，李在有點佩服昝小盈的記憶力。

回到車上後，李在問：「怎麼？跟國際友人聊起來了？」

「是呀！」

「想不到妳的英語還沒有忘。」

「一般的對話還能應付，探討其他的我可就沒辦法了。」

「可惜我的英語早還給老師了，要不然我也能跟妳一塊兒進行國民外交，宣傳一下改革開放的國策，吸引大批的國際友人來雲南投資建廠，實在不行，給希望小學捐點錢也行啊！」

「哈哈，你真能諷刺我！你說你英語忘了，我看是你把青春全獻給賭石了吧！」

李在正色說：「怎麼開玩笑都行，就是別提賭石！這兒是人類最後一個處女湖，別讓賭石污染了。」

「你也知道賭石髒啊？」

「凡是沾錢的都髒！」

「哼哼！」昝小盈不以爲然。

「哎！我還忘了問妳，妳跟他們聊半天，他們來自哪個國家呀？」

「法國。」

李在側目，「妳還懂法語？」

「不！是人家也會一點英語單詞，跟我水準相差無幾。這老兩口很有意思，男的是鐵匠，女的是農婦。」

「啊？」

「啊什麼啊？鐵匠與農婦就不能出國旅遊？」

「能啊！反正我國鐵匠與農婦不行。這麼看來，我們跟人家的差距是非常明顯的。」

「真佩服他們！走到哪兒算哪兒，也不跟旅行團，連一句漢語都不會，就憑手裏一本法文書，一張地圖，已經在中國轉悠半年多了。他們夫婦非常嚮往中國，年輕的時候沒時間，現在老了，說非來一次中國不可，也算是了了自己一個心願。」

「等我們老了就去法國轉悠轉悠，看看羅浮宮和聖母院，然後去塞納河邊、凡爾賽宮、斯特拉斯堡、聖米歇爾山、尙博爾城堡參觀參觀，最後去阿爾卑斯山滑雪場。這次妳不是沒能去玉龍雪山滑雪嗎？到時候在法國滑……」

「去你的，我們要老還很多年呢，要去現在就去，別等老了！」

「就是，趁著年輕還知道一點浪漫，在塞納河畔相擁，也算是一道風景。等老了一去法國，人家說，看！中國的退休鐵匠與農婦！」

「哈哈哈——」昝小盈眼淚都笑出來了，她猛地意識到，自己已經很久沒有這麼開心了。昝小盈說：「我已經邀請那對法國夫婦，跟我們一起去里格半島住，他們已經同意了！」

「真的?!」李在誇張地讚許道，「可是妳知道英語『半島』怎麼說嗎？我就知道『島』是Island，半島不是前面加個half吧！」

「哈哈哈——」昝小盈又一次笑得軟在李在的懷裏，「半島是Peninsula！」

「聽！這丫頭英語說得多道地啊！」

昝小盈知道這是李在故意逗她呢！一種被幸福浸泡透了的甜蜜在她全身漫延著，瞬間便感染了她每個細胞。她悄悄對李在說：「看我今晚收拾你！」

到達瀘沽湖時已是傍晚，一抹黑色的雲彩像一條黑色的紗巾懸掛在湖面上空，整個湖面給人感覺挺怪異的。李在和昝小盈，加上那對法國夫婦，又租了個麵包車向里格半島駛去。車上，李在經昝小盈翻譯後得知，那個法國男人叫Paul，女的叫Pier，男人的臉如火爐，女人的臉像落日，全是紅彤彤的。兩個人雖然年齡大了點，但看的出來，五官非常標緻。李在說：「你們簡直就是尙・雷諾和蘇菲・瑪索啊！」

昝小盈把這句話翻譯給他們，逗得他們開懷大笑，他們也沒想到，在遙遠的東方，有人竟然把他們當成兩個法國電影明星。

Paul笑完後又連連搖頭，他從自己的背包裏拿出一本書，翻到插有書籤那一頁，遞給了李在。

李在剛才確實是逗著昝小盈玩的，他沒告訴她，他在監獄裏沒有白混，他跟著一個入獄八年的英語老師學了整整四年英語，直到那個老師死於突如其來的痢疾。所以說，一般的英語小說，李在是可以粗略看懂的。

李在認出Paul遞給他的這本書是毛姆的《月亮和六便士》，這部小說他是在獄裏看的，情節他還記得，寫的是一個英國證劵交易所的經紀人，本已有牢靠的職業和地位，還有一個美滿的家庭，但卻迷戀上繪畫，像「被魔鬼附了體」，突然棄家出走，到巴黎去追求繪畫的理想。他的行徑沒有人能夠理解。他在異國不僅肉體受著貧窮和饑餓煎熬，而且爲了尋找表現手法，精神亦在忍受痛苦折磨。經過一番離奇的遭遇後，主角最後離開文明世界，遠遁到與世隔絕的大溪地島上。他終於找到靈魂的寧靜和適合自己藝術氣質的氛圍。他同一個土著女子同居，創作出一幅又一幅使後世震驚的傑作。在他染上瘋瘋病雙目失明之前，曾在自己住房四壁畫了一幅表現伊甸園的偉大作品。

李在看到插有書籤那一頁，有一行字已經被書的主人用紅顏色的筆勾上了，大意是：有時候一個人偶然到了一個地方，會神秘地感覺到這正是自己棲身之所，是他一直尋找的家園。於是他就在這些從未寓目的景物裏，從不相識的人群中定居下來。倒好像這裏的一切都是他從小熟稔的一樣，他在這裏終於找到了寧靜。

Paul等李在看完，然後點著頭，非常肯定地說：「瀘沽湖就是這樣一個地方！」

李在不假思索地用英語回答道：「對於所有的採訪者，瀘沽湖就是這樣一個讓你朝思暮想的心靈家園，靈魂的樂土，愛情的伊甸園。」

法國夫婦連連點頭。看來，他倆不是什麼簡單的鐵匠和農婦，簡直是一對擺脫世俗束縛、逃離世俗社會、尋找心靈家園的精神皈依者。這一點很快就得到了證實，法國夫婦已經信佛二十年了。

昝小盈驚異地盯著李在問：「好哇！你會英語還讓我翻譯？故意出我的醜啊？」

李在說：「周恩來會七門外語，但是他從來不說。」

「也許他一門都不會。」

「胡說！那是因爲他有翻譯。就這麼簡單！」

「哈哈哈，又整我！看我今天晚上怎麼收拾你！」

「我都聽見兩次了，一般這種情況的結果是，說收拾別人的人往往被別人收拾！」

兩個人說說笑笑，不一會兒就到了里格半島。他們沒有去岸邊著名的扎西家住，而是來到半島上的葛熱家。安排好住處後，天早黑了下來，接下來除了趕快加毛衣，剩下的就是吃飯問題，李在早就餓得肚子咕咕叫了。

葛熱說：「別著急！正在烤雞，到時候我們大家一起吃，我還要好好跟你喝幾盅呢！」

葛熱是個標準的摩梭小夥子，大約二十五歲，中等個頭兒，紅紅的臉膛，五官輪廓分明。他戴著一頂兩邊翻捲起來的黑色皮帽，上身一件襯衣，下身穿一條發白的牛仔褲，一雙半截腰的靴子，加上一頭過肩的長髮，頭髮上捆綁著一串串骨頭飾物，有一種很特別的味道。

咎小盈看得呆了。

李在低聲對咎小盈說：「看來妳今晚想走婚！」

「去你的！哪兒有女人走男人婚的。」

「時代不同了，男女都一樣！」

雖然是開玩笑，但李在這個玩笑開對了，真有外地女人來這裏「走婚」的。吃飯的時候，桌子上多了兩個年輕姑娘，大約二十歲多一點，一個來自山東，一個來自四川，兩個人是在瀘沽湖認識的，已經在這裏住了一個多星期。葛熱悄悄告訴李在，她們是來「走婚」的，只不過一直還未獲得成功。

李在問：「爲什麼？」

葛熱說：「這種女孩太多了，如果每個來這裏的女孩我們都應付，豈不是亂套了？現在摩梭青年男女都不走婚，如果他說他走了多少婚，也就像你們說的談過幾次戀愛一樣正常。很多男人來這裏都抱著荒謬的『走婚』念頭，完全是宣傳誤導，結果怎麼樣？往往讓他們失望。別說我們摩梭女孩不願意，即使願意也不是隨便走婚啊！」

葛熱的話讓李在想起摩梭作家拉木・嘎吐薩在《夢幻瀘沽湖》一書中寫道的：抗戰時期，過往商旅曾給瀘沽湖帶來財富，也留下災難的火種——性病。

葛熱為了烘托氣氛，特意請來他的好朋友、里格半島著名人物扎西，一個高大英俊的摩梭小夥子，他有自己的馬幫和一輛吉普車，是每個來里格半島妄圖「走婚」的女人的夢中獵物。兩個女孩一見扎西進來，一掃開始的矜持，頓時神采飛揚起來。山東女孩胖嘟嘟的，一臉的青春痘，眼睛很小，但不妨礙射出求愛的光芒。而四川女孩長得特別清秀，低眉順眼，很文靜的樣子，但隱藏在眼睛裏的光比那個山東女孩更灼人。

菜肴方面，除了摩梭人葛熱剛才說的烤雞，當然少不了摩梭人特有的豬膘肉。

豬膘肉是將豬宰殺剔骨後，縫製成琵琶狀，內用鹽、花椒、香料等醃製而成。製成後可放數年而不腐，久藏者尚可作藥用，肉味清香，肥而不膩，勝過火腿味。到瀘沽湖邊的摩梭人家做客，經常會用擱置已久的豬膘肉待客。豬膘肉表面上佈滿煙塵，呈深褐色，但烹製好後味道悠長。另外，豬膘肉也是摩梭人家一種象徵，神櫃上放置的豬膘肉的多少，象徵著財產的多少和富裕程度。

這些美味Paul夫婦卻無緣品嘗，他們明確聲明自己是素食主義者。葛熱只有端出另外一種特產——泡梨。葛熱介紹說，泡梨是摩梭人獨特的一種泡菜。當地盛產多種麻梨，他們將這些適合浸泡的麻梨盛於陶罈內，按比例加上鹽、白酒、薑、蒜、花椒和清水，密封一月餘後食用，具有酸、甜、脆和濃郁的醇香味道，別具一格，是佐餐的美味佳品。浸泡時間長者，其味更佳。Paul夫婦聽了葛熱的介紹，各自嘗了一口，馬上豎起了大拇指。

葛熱說：「家裏的蘇里瑪酒已經喝光了，只有我家自己釀製的『哐當酒』。」

「哐當酒？是不是一喝就哐當倒了？」

「是這個意思，不過你先嘗一下，沒你說的那麼厲害！」

李在嘗了一口，味道不錯，酒精濃度也沒那麼大。

於是，在這個瀘沽湖之夜，一場別具一格的盛宴開始了。頓時，整個屋子裏都飄蕩著豬膘肉、烤雞和「哐當酒」的味道，每張臉都被美食和美酒熏染得很有光澤。李在跟葛熱、扎西喝著酒，心裏在告誡自己，喝酒肯定不是這兩個摩梭人的對手，「哐當酒」雖然酒精濃度不高，但越是這樣的酒，越讓人失去警惕，沒準喝著喝著就哐噹了。正想著，突然停電了，屋裏屋外，整個半島都陷入一片漆黑，這引得那兩個女孩一片驚叫。

她們興奮的嗓音告訴大家，一場好戲馬上開演了。

黑暗中，只聽山東女孩變著調大聲喊道：「點蠟燭！點蠟燭！」

人們偏愛蠟燭，一切浪漫都容易在蠟燭搖曳的火苗下產生，微弱的火光容易引起情欲，一是因爲它搖擺的火苗象徵著節奏，二是因爲性愛大部分是在較暗的地方進行。

葛熱點起了十根蠟燭，房柱上還掛了一個滋滋作響的汽燈，人們一下子彷彿變了模樣，剛剛熟稔的面孔重新陌生起來。Paul夫婦像中世紀帆船上的雌雄海盜，葛熱和扎西膚色更黑，牙齒卻反射著亮晶晶的白光，而那兩個女孩看上去則像一對施展魔法的女巫。

山東女孩說：「喏！大家死沈沈地喝酒有什麼意思，必須玩個遊戲才行！」

大家問什麼遊戲？她變戲法似的從口袋裏拿出一副撲克牌，啪的丟在桌子上，說：「遊戲規則是這樣的，每人摸一張牌，誰的點子大，誰就命令另外兩個人幹一件事情，之前他不知道那兩個人是誰，因爲他沒有看到其他人拿的什麼牌，比如他說，三點和五點熱烈擁抱。這時候，拿三點和五點的人必須按照他的命令執行，不能拒絕。命令是多種多樣的，任何過分的命令都不過分。大家聽明白沒有？」

山東女孩盯著李在說：「你們兩口子不能吃醋，就當大家都是陌生人，你翻譯給那兩個法國人，他們應該沒有問題。」

李在把規則翻譯給Paul，他們夫婦聽後一臉興奮。的確沒有問題，連昝小盈也興奮地點著頭，一臉期待，好像第一個被擁抱的就是她。遊戲開始了。

山東女孩點子最大，她喊道：「七點和六點接吻！必須嘴對嘴！」

大家亮出自己的牌，李在是六點，而七點則在那個四川女孩手裏。現場的氣氛一下子被點燃了，大家噢噢叫著，站起來鼓掌，準備看李在和那個女孩來一個接吻表演。李在則有點窘迫，四川女孩也躲在山東女孩身後，扭扭捏捏，支支吾吾。

葛熱和扎西更是情緒高昂，他們帶領大家高喊著「接吻！接吻！接吻！」Paul夫婦則現場扭動身軀開始跳舞。昝小盈更過分，她推著李在，讓他主動走到四川女孩身邊完成這個命令。李在裝得一副無所謂的樣子，其實心裏跳得厲害，同時還有一種新奇刺激的感覺。

在大家的歡呼聲中，四川女孩還不好意思就範，她一直躲在山東女孩身後不肯出來，一臉激動，更多的還是驚慌。眼看第一個命令執行不下去，山東女孩語出驚人，她把身後的四川女孩拉出來，嚴肅地對她說：「妳別讓我失望！就親一下，有什麼嘛？又不是讓妳跟他做愛！」

這句話讓大家更加興奮。

四川女孩終於鼓足勇氣，迅速跟李在嘴對嘴沾了一下，時間短得讓大家都非常失望，但畢竟走出了第一步，大家說可以了，而山東女孩仍是一臉不滿意。她說：「下一把命令中要規定時間，接吻必須超過十秒，不准這樣沾一下了事！」

接下去就順暢多了，在「哐當酒」酒精的作用下，各種命令花樣百出，吻眉毛、咬耳垂、扭鼻子，還有貼面舞，背人轉圈，某某點的人跑到院子中間，對著星空大喊某某點的人我愛你！等等等等。遇到男人和男人接吻，大家一致說不准搞同性，擁抱一下即可，而女對女好像沒有什麼設防，照吻不誤。

遊戲過程中，似乎山東女孩拿到點子大的時候多了一些，她總在命令別人。玩到第十輪的時候，她終於忍不住了，把撲克摔在桌子上說：「媽的！每次都是我出命令，我喜歡點子小的！」說完就火辣辣地盯著葛熱和扎西。大家又是一片哄笑。

昝小盈依偎在李在懷裏，好像剛被Paul、葛熱和扎西欺負過的小女人，眼睛裏滿是驚恐，當然還有沾沾自喜。

昝小盈悄悄對李在說：「被陌生男人吻的感覺其實挺好！」

「什麼感覺？說說！」

「硬硬的鬍鬚，加上濃濃的酒香，我大腦立即就哐當了！」

「哈哈哈……」

「你呢？說說你！」

「我呢，我想想，就像吻……一小窩柔軟的泥淖！」

昝小盈瞪大眼睛，「我操！你形容得好！」

人一興奮，連粗話也上來了。

正當大家玩得不亦樂乎的時候，李在突然發現自己身後站著一個人，他回頭一看，嚇了一跳。這是個大約六十多歲的男人，身材瘦長，眼睛炯炯有神，臉上泛著幽幽的紅光，花白的鬍子一直垂到胸前，有一種「塵上削盡留清癯」的感覺。

大家一下子安靜下來，目光全都投向這個老人。他掃視了一下四周，然後冷冷地說：「我也想展現我的風流，但我心中已有一塊堅硬的石頭！」

葛熱連忙站起來，把老人扶到遠處一張桌子前，然後從廚房端出了飯菜，菜色跟他們吃的一樣，一看就知道是葛熱事先給老人預留的。

葛熱回到飯桌後，李在低聲問：「他誰啊？」

葛熱指指自己的腦袋，意思說那個老人腦子有病。

扎西插嘴說：「都住在這裏一年多了！他自己說是騰衝那邊的人，誰知道到底是哪裡的。」

扎西說：「他的事兒全雲南都知道，他開的酒吧我都去過，那才是一個真正的男人，我很佩服他！」

「范曉軍？我朋友啊！怎麼？你們也認識？」

扎西轉過頭問：「你是騰衝的？那你認識范曉軍嗎？」

「騰衝？我就是騰衝的！」

看來范曉軍的名氣真不小，連遙遠的瀘沽湖都知道他。

山東女孩著急地問扎西，那個范曉軍怎麼了，於是扎西就講起了范曉軍在落泉鎮開酒吧的故事，好像他比李在還熟悉。扎西講的故事已經嚴重變形，帶有太多的誇張成分，甚至有點危言聳聽，故事結尾處著重表現了范曉軍的高大形象，剛直不阿，並強調妻子狠心拋棄了他，他現在完全是一個人在孤獨地戰鬥，發誓永遠不回北京。

山東女孩睜大眼睛，最後一拍桌子，說：「夠爺們兒！我喜歡！」

四川女孩說：「我也喜歡！」

「走！明天我們去騰衝找他！」

「好！明天一早就走！」四川女孩的決心似乎更堅決。

「可是，我們倆都喜歡他，怎麼辦？」

「妳說！」

「要不妳先去！我再在里格待一大，就當我在後面給妳掩護！」

四川女孩笑了，「我知道，妳想甩開我，一個人在里格！妳想一個人走婚啊？我不幹！」

兩個女孩爭論不休，李在的心卻沈了下去，他都不知道范曉軍到哪兒去了，真是一個無法解開的謎團，讓人困惑。

葛熱對李在說：「這個老瘋子一年多以前來到里格，然後一直沒走。開始他還交房租，後來他好像沒錢了，我趕過他幾次，但他根本不搭理你，我也沒辦法，只能讓他這麼住著，每天還得供應他吃喝。」

「他是怎樣一個瘋子？」李在問。

葛熱下面的話讓李在的心更沈，似乎沈到了瀘沽湖底。他說：「他說他叫石魔，聽說是在一次賭石失敗後瘋的，一會兒你看，他吃飯時要表演的。」

果然，幾分鐘後，李在看見那個老人面對桌上的飯菜，以掌當刀，左一下右一下向下砍了起來，嘴裏還念念有詞。

李在的心頓時抽緊了。

第二天早上六點，大家紛紛起來到島頂看日出，可惜的是，今天陰天，沒有太陽。從島頂下來的時候，李在看見那個自稱「石魔」的老人從側面一條小路走了過來，他手裏捧著一兜很重的東西，褲腿全濕了，好像剛剛下了水。

李在截住石魔，問：「老師傅，你挖什麼去了？」

石魔站在那裏，眼睛死死盯著李在，他花白的鬍鬚飄蕩著，像一面獵獵風中的旗幟。他把抱在胸前的包裹打開，李在看見裏面全是各種顏色的濕漉漉的鵝卵石。

「你挖這些石頭幹什麼呢?」李在問。

「你認不出來吧?」石魔反問李在,「告訴你,這些石頭由鋼和鋁的矽酸鹽礦物組成,其塊體化學成分爲:二氧化矽占百分之五十八點二八,氧化鈉占百分之十三點九四,氧化鈣占百分之一點六二,氧化鎂占百分之零點九一,三氧化二鐵占百分之零點六四,此外還含有微量的鉻、鎳等。其中,鉻是使這些石頭具有翠綠色的主要因素,它的含氧化鉻占百分之零點二至百分之零點五,個別的可達到百分之二至三點七五以上。其硬度爲七,比重三點三三,折光率:Ng等於一點六六七,Np等於一點六五四,重折率零點零一二……」邊說,石魔邊走,隨後就消失在小徑下的房屋後面。

這些生澀的辭彙讓昝小盈皺起了眉頭,她問李在:「你知道他在說什麼嗎?」

李在點點頭:「知道,他說的是翡翠。」

「翡翠?他手裏的石頭是翡翠?」

「他以爲是。」

「當真是一個石魔!什麼石頭都以爲是翡翠。」

「是,他的大腦雖然被石頭摧毀了,但思維卻依然清晰。」

「賭石賭成這個樣子,真是太可憐了!」

晚上,葛熱說,半島今晚舉行篝火晚會,希望大家都去參加。山東女孩特別興奮,她說:「爭取今晚走婚成功!」四川女孩則在一旁靦靦腆腆的,一副隨山東女孩安排的樣子。Paul夫婦則高興地叫了起來,他倆白天的時候租了兩輛自行車,騎著車幾乎圍著瀘沽湖轉了一圈,此時遊興未減,還沒見篝火,臉膛便燒得比白天還紅。

晚會確實熱鬧,摩梭小夥子頭戴寬邊帽,身穿紅領子紅袖口的上衣,腰上繫著紅腰帶。

而摩梭姑娘更是漂亮，上穿紅色金邊大襟衣，下著白色百褶裙，腰上是一根彩色的細帶子，耳墜銀環、珠鏈玉鐲，叮叮噹噹，分外妖嬈。遊客們紛紛進入摩梭人的跳舞圈子，手拉手轉了起來。隨著音樂節奏逐漸加快，圈子越拉越大，整個半島都跟著旋轉起來，一種原始的活力頓時撲面而來。然而，摩梭人的歌聲再撩撥人的心弦，李在的心也跳動不起來，他的心不在篝火晚會。半個小時後，他撇下已經跳瘋了的咨小盈，回到葛熱家，他想去石魔屋裏看看。

石魔住在二樓最裏面的那個房間，李在輕輕敲了敲門，沒人答應，門卻嘎吱嘎吱自己開了。隨後，他立即就被映入眼簾的景象驚呆了。石魔的屋裏堆滿了石頭，大大小小，形狀各異，儼然一個小型博物館。

李在走了進去，想近距離看看這些石頭，沒想到身後一聲大喝：「別動！」

李在嚇了一跳，回頭一看，正是石魔。他的眼中閃爍著憤怒的光芒，連鬍鬚都跟著顫抖起來。李在連忙道歉：「對不起！我敲了門……」

石魔一把推開李在，生硬地對他說：「出去！」

李在只有向門口走去，誰知道石魔又一把把他拉了回來。他指著屋裏的石頭對李在說：「看清楚看清楚了！我也想展現我的風流，但我心中已有一塊堅硬的石頭！」

「我……」李在特別窘迫。

「你看！」石魔拿起一塊饅頭大小的石頭遞給李在，「知道我心中堅硬的石頭是什麼嗎？是這些！這是遼寧岫岩玉！」然後又拿起一塊，「這是新疆和闐玉，這是廣東信宜玉，這個大點的呢，是祁連玉。這個更好，是京黃玉，由蛇紋石組成，產自北京十三陵。這個呢，是安綠石，也是蛇紋石玉質，發現於吉林集安縣綠水河。來！我讓你開開眼！這個是南陽玉，產自河南南陽獨山，所以又叫獨山玉。哈哈哈！青金石來了！古代稱爲琳或琉璃，多被用來製作皇帝的葬器，因其色青，可以達升天之路。《拾遺記》卷五載：『昔始皇爲家，……以琉璃雜寶爲龜魚。』」

石魔根本不顧李在聽不聽，一個勁兒往下炫耀，「貓眼石你知道嗎？俗稱貓兒眼，古稱獅負，被獅子揹負過的意思。這種寶石主要產於錫蘭，就是今天的斯里蘭卡，所以又稱錫蘭貓眼石。現已知，清東陵乾隆墓中出土有貓眼石，北京故宮博物院珍寶館裏金塔頂上也鑲嵌有貓眼石，只不過質量不太好。這是碧璽，這是緊牙烏，這個是尖晶石，英國和俄國王冠上鑲嵌的紅寶石，指的就是它。英國女皇加薩琳王冠中央鑲嵌的那顆『黑太子星』紅寶石，重三八九克拉。嘖嘖！小夥子，你知道嗎？目前我已經在瀘沽湖邊發現了寶石和玉石礦物達兩百三十種以上……了不起吧？我心中有堅硬的石頭，所以我不想展現我的風流……」

石魔語無倫次地說著，但對石頭的瞭解又那麼準確，實在是個匪夷所思的事情。

石魔說完就往外推李在，一邊推一邊說：「只有我的石頭是真的，其他人的都假，不是一般的假。你記住，真石頭已經不存在了！」

從石魔屋裏出來，李在沮喪極了，這不得不讓他想起他的三月生辰石。雖然一個瘋子的話不能當真，但給你心裏結一個疙瘩的分量還是有的。

這個晚上，熱情似火的昝小盈一直試圖用行動感化忐忑不安的李在，但是不行，李在一直心不在焉。他總覺得，石魔的話彷彿要應驗什麼，這種感覺讓李在輾轉反側，難以成眠。

他的感覺是對的。

第十七章　石破天驚

清晨，李在睜開眼睛後第一個動作就是打開手機，生怕漏過什麼重要訊息。果然，五分鐘後，唐教父的電話打來了。他告訴李在一個驚人的消息：張語知道吳翰冬死在大理洱海後，馬上聯想到三月生辰石，他不認爲吳翰冬的死是個意外。昨晚他決定切石。今天凌晨，石頭解開了，但出了問題，是大問題，石頭是假的。張語的心臟承受不住打擊，當場暈了過去，現正在騰衝人民醫院搶救……

李在搖醒仍在沈睡中的昝小盈。她睡眼惺忪，迷迷糊糊看見李在一臉鐵青，頓時嚇了一跳。

「出什麼事了？」她支起半個身子問。

李在把唐教父的電話內容復述了一遍，昝小盈頓時驚呆了，連連說：「怎麼能這樣？」

「是啊，我也覺得這次賭石大會真的有點蹊蹺，先是勞申江被殺，現在又出了這麼檔子事，我總感覺好像有人專門跟我作對似的。」

「賭贏賭輸很正常，一塊看似漲小的玉剖開後反倒跌了，跟假無關吧？只能說張語看走眼了。」

「我感覺不是賭輸那麼簡單。如果張語看走眼，我只能向他表示遺憾，同時我也會內疚，是我讓朋友賠錢了，我賺錢也不白在。但是如果石頭本身是假的，跟玉的質量無關，那我不但內疚，更應該自責，因爲首先是我先看走眼才推銷給朋友的，是我連累了他。」

「別這麼說，現在判斷還爲時尚早。」

「對，真相在電話裏一時還說不清楚，具體情況要回去之後才知道。不能耽誤時間了，妳快點穿衣服，我們馬上趕回騰衝。」

看來這次麗江瀘沽湖之旅只能半途而廢，本來他們計劃還想去香格里拉的。

兩個人拿著旅行包，急匆匆從葛熱家走了出來，來不及跟Paul夫婦以及其他人告別，找了一輛麵包車就朝落水村駛去。一到那天他們乘班車下車的地方，一下子傻眼了，回麗江的班車剛剛開走，也許下午還有一班。現在他們才後悔沒開自己的車來，他們開始像東躲西藏的耗子一樣，生怕熟人看見，要知道他們後來有了肆無忌憚的膽量，完全可以開著自己的車痛痛快快地兜風。

李在當即跟里格半島那個司機師傅商量，包他的車回騰衝，司機答應了。

路上，李在心急如焚，歸心似箭，他幾乎是念著每個地名度過的，從瀘沽湖開始，然後是郭家村、大水溝、寧蒗、拉都河、玉鹿、馬鹿灣……每念一個就少一個，每念一個離騰衝就近一步。

第二天傍晚，李在和明小盈風塵僕僕終於進了騰衝城，他們馬不停蹄，立即又火速向醫院趕去。

當從主治醫生那裏得知張語已經暫時被搶救過來後，兩人大大鬆了一口氣。只要人在就行，李在最不願意看到因爲賭石而丟掉性命的事情發生，那是違背賭石精神的，使得「願賭服輸」這一賭界規則變成一張與死神簽約的合同，也使賭石這一行變得殘酷而血腥，爲世詬病。其實本來不應該如此，在你跨入這一行那一刻起，你就應該捫心自問，我是否心懷寬廣、視金錢如糞土？是否能承受一敗塗地的打擊？是否敢孤注一擲而不計結果？在你對以上問題做出肯定的答案後，你才能邁出一隻腳，試試賭石界是否水深火熱。也只有在這種平和的狀態下，你視如糞土的金錢才有可能越聚越多，你一敗塗地時，才能仰頭長笑舞袖人生，你不計後果的結果，才能是最讓你歡欣鼓舞的結果……

當然，他不是責怪張語經不住風雨，這位老人一生沈澱下來的東西是他李在篩也篩不完的，那全是精華，是教科書。李在想，老人也許真的老了，也許他以前就患有心臟病，他已經不適合在賭石界打拼，李在應該委婉地告訴他，應該休息了。

主治醫生是個五十多歲的女人，個子不高，微胖，頭髮花白，皮膚略黑，戴著一副厚厚的黑邊眼鏡，但仍擋不住鏡片後面那雙睿智的眼睛。

李在問她：「情況好嗎？」

「不好。還沒有完全脫離危險。」

李在的心一下子沈了下去，「希望你們想盡一切辦法挽救他的生命。」

「放心，我們會這麼做的。對了，你是他的親屬嗎？」

他搖搖頭，說：「你放心，我承擔他所有的醫療費用。」

女醫生笑了，說：「如果你不是，那我提醒你，應該想辦法通知他的家人，萬一他有個三長兩短，你也好有個交代。」

李在連忙點頭稱謝。

醫生說的對，應該儘快通知張語家人，讓他們以最快的速度趕到騰衝。他認識張語的孫女張鄢，上次去北京到他家做客時，他們有過一面之緣。那是一個年輕、活潑、性感、漂亮的北京女孩，落落大方，極其富有藝術特質。張鄢帶著他，把北京境內各個景點像篦子梳頭一樣給篦了一遍，其實這些景點李在都去過，每去一次不但沒有加深印象，反而越來越淡。最讓李在印象深刻的不是景點，而是一座高檔茶樓，張鄢帶他去的。從最外面的門打開開始，迎面是別緻的橢圓通廊，左右各有一扇雕飾精美的木門。他們走進幽雅的前廳，雕欄樓梯沐浴著從巨型頂燈鋪灑過來的柔和的藍光。左邊是用五彩大理石精工雕琢的壁爐，上面懸掛著一幅油畫，畫上是一個面容沈靜的母親，兩隻白皙的手臂摟住身著綴滿花邊的淡藍彩緞百褶裙的兩個女兒。

後來他們進了一間寬敞豁亮的房間，屋頂很高，正中一面大窗凸出牆外，兩邊各有一扇小窗，掛滿綠色的荊條。地板上鋪著地毯，兩隻厚墩墩的長沙發斜對著，奢華而舒適。

李在當時問張鄢：「妳經常來這裏？」

「不，偶爾。」

李在被牆壁上的一幅油畫吸引住了。他走過去，細心觀賞起這幅用細膩的手法描繪的作品。作品表現的年代似乎很久遠，也不是以中國爲背景的。那是一個骯髒的火車站，一個冒著黑煙的蒸汽車頭正駛入車站。站臺上，一群身披斗篷、頭上結著蝴蝶結的女人站在那裏，身旁是穿著古樸素雅的女兒們，她們正在迎接英雄們的凱旋。一群士兵從車窗伸出腦袋，他們揮手大聲喊叫著，表情誇張而富有感染力。

「我對藝術不內行，甚至一點都不懂。」李在說。

「是我男朋友臨摹的。」張鄢說。

「這幅？」李在重新盯著那幅油畫，彷彿要重新審視一番似的。

「確切地說，是我初戀的男朋友。」

「他是個畫家？」

「他一直夢想當一個畫家，可是他的作品沒人欣賞，所以他只能臨摹名畫，他把自己定位於畫家與畫匠之間。」

「妳喜歡藝術？」

「每個女人都是藝術的俘虜。」

聽到這句話，李在臉上凝重起來，也許他太不懂眼前這個貌似不懂事的女孩了。

「那你們後來呢……」

張鄢沒有回答，而是喃喃朗誦了一首詩歌：

可是愛與愁
到底能維持多久
我們終於可以確定
彼此無法適應
才在傾盆大雨的夜
決定分手
不停刺痛彼此傷口
讓情緒放肆遊走
縱有愛意心頭殘留
卻已無法回頭

「妳寫的？」李在揚起眉毛問。

「不是，是我和他分手那天在雜誌上抄的，是歌詞，但它可以準確表達我當時的心情。」

「這麼溫柔甜膩的話似乎距離我人遙遠了，我們這行整天跟石頭打交道，好像跟這種情啊愛啊根本不沾邊，似乎是兩個世界。」李在歎了口氣。

「不，你錯了，是一個世界，人的世界，只要你是人，你一定有一種愛需要表達。我問你，但你也可以選擇不回答。」

「妳問吧。」

「你在家也跟你妻子這麼冷冷冰冰缺少溝通嗎？」張鄢歪著頭，有點俏皮地望著李在。

李在一時語塞，顯然，張鄢以爲他結婚了。不過這句話似乎觸到他的傷處，他需要什麼，他自己似乎根本沒在意過，也不清楚他到底需要什麼，他只知道把心思放在賭石上，似乎他在賭石的時候是最有男人氣息的。賭石這一行沒早沒晚，隨時都有突發事件需要他打頭陣，他不可能顧及兒女情長。那時候，他覺得他和昝小盈越來越遠，他們之間慢慢形成的鴻溝也許就是在這種狀態下積攢的，等到他發覺想逾越過去的時候，鴻溝已深到無法彌補了。

「說說你和你妻子是怎麼戀愛的？好嗎？」張鄢要求著。

李在不好意思地笑了，他搖搖頭，摸出一根香煙，他想將計就計裝下去，他不想繼續這個話題。他說：「陳年舊事，有什麼好說的？」他猛吸一口煙，想掩蓋自己的尷尬。

「一個女人永遠也不覺得夫妻之間的愛是陳年舊事，對她來說，愛意味著生命，生命是需要血液循環來創造的，所以她需要把這些在男人眼裏不值一提的陳年舊事拿出來翻新改造。」

李在愣在那裏，久久盯著張鄢。

「妳簡直可以做我的老師了。」李在說。

「老師這個稱謂我實在不敢當，不過我可以把我的感受告訴你，然後由你自己去體味，去品嘗，去消化，然後吸收。」

「哈哈，這還不是老師？」

「不，你是不是感情方面出了點問題，從你眉間表現出來的焦灼疑慮，我就可以猜到幾分，所以我特意把你叫到這個地方，想看看你對愛情的態度，我便可以對症下藥。」

張鄢說這話的時候，臉上便紅潤起來，鼻尖上也滲出一層毛毛細汗。她脫去夾克，露出裏面雪白的緊身毛衣，更凸出了她那豐滿潤圓的胸部。她的嘴唇很紅很豔，濕濕的向前翹著，兩顆亮晶晶的眸子閃爍著深邃而遙遠的光芒。她才二十多歲，一個剛剛從學校畢業的大學生，她對愛情的理解使她的年紀陡長幾歲。一個想當畫家的年輕人不足以充當一本厚厚的愛情教科書，那麼，她要經過多少次感情的洗禮才會變得如此成熟，才會具有如此令人著迷的滄桑美？

「你認識他的家人嗎？」主治醫生的問話一下子把他的回憶打斷。

「認識。」李在說，「認識他的孫女，但我不知道她的手機號碼。」

他突然想起張語隨身攜帶的一個黑色皮包，裏面有很多名片，也許在那裏可以尋找到什麼蛛絲馬跡。

「他被送到醫院的時候身邊有沒有一個黑皮包？」李在問。

「有，在病床旁邊的床頭櫃裏。」

「那就好，我試著找到他的孫女。」

李在躡手躡腳走到病床前，看到老人正在熟睡。老人明顯瘦了，也很憔悴，臉色異常蒼白，凸顯出滿臉很深的老年斑。對於老人來說，這無疑是一場大劫，李在默默祝福他，但願他能挺過去。

李在從床頭櫃裏輕輕拿出那個黑皮包，果然，裏面有一個棕色的名片本。張語從沒在他面前提起家裏的人或者事，也許提過，只是李在不注意罷了。李在一邊翻閱著名片，一邊梳理張語過去的隻言片語，看看能否從中幫他記憶起張語其他親屬的名字。翻了很久，都是賭石界的一些人物，李在都認識，不過，在名片本最後一頁，他看到了張鄢：

北京薩馮Zafon公司　張鄢

對，是張鄢，沒錯，她在一家法國公司駐京辦事處上班。李在走出病房，按照名片上的電話打了過去。一個操著一口清晰脆亮的北京話的女孩聲音從電話那邊傳來：「請問誰呀？」

李在把張語的情況一說，張鄢一下子慌了，李在連忙安慰她說：「別著急，妳爺爺現在的情況很好，他正在睡覺，只是醫生爲了保險起見，說還沒過危險期。」

張鄢好像哭了，「我……我……怎麼來啊？你們……那是……哪兒啊？」

李在說：「明早七點半乘坐北京至昆明的空中巴士A三三〇，大約三小時十分到達昆明，十一點半乘坐昆明到保山的波音七三七，五十分鐘後到達雲端機場，然後我派車到保山接妳。到時候妳打現在這個號碼！」

李在掛了電話後，就和昝小盈走出了醫院，下面他要做的不是繼續回憶張鄢，而是趕快趕到切石現場，看看那塊三月生辰石到底出了什麼狀況。

到達現場後，看到一切兩半的巨石，李在一下子明白了。張語還是沒能忍住，切開了它，但他萬萬沒有想到，他花了一千三百萬買了一塊廢石！不！如果單純是塊廢石倒好了，只能怪范曉軍在緬甸看走眼了，他本人也看走眼了，張語更看走眼了。賭石這一行本身就是「走眼」與「反走眼」的競猜遊戲，不能責怪誰的經驗不豐富，誰的眼睛不夠毒。不是這麼回事，根本不是，真實的情況是，這塊廢石完全是塊假石，而且是人工造假。

李在湊近石頭反覆查看，他簡直不敢相信自己的眼睛，這塊石頭的內部結構竟然是這個樣子。從剖面看，完全是高綠，璀璨奪目，外行人是看不出來的，以為賭贏了，賺了大錢。但他能看出來，張語也能，內行人都能。這種手法雖然是個秘密，但賭石界很多人還是有所知曉。它是將灰、黑、乾、髒的低檔玉石原料，經過化學藥水浸泡，使岩石中易溶的雜質溶解，從而使玉石的原始結構遭到破壞，變得鬆散易碎，然後再向鬆散的岩石中用鐳射注入綠色，使得它的光學和物理性質發生改變，然後再注入環氧樹脂或其他膠結物進行膠結，待凝固後再用緬甸老坑種外殼包裝，最後埋在事先按比例用酸鹼培育好的土裏，使得它看起來像埋了上百年一樣。

李在的背上滲出了汗水。

一直在一旁忐忑不安的昝小盈小心翼翼問：「假的？」

李在點點頭。

「不是天然假石，是人工造假？」

「是的。」

一種不安的氣氛籠罩著兩個人的心頭。

李在的臉色越來越難看，兩隻眼睛射出駭人的光芒，昝小盈從沒見過李在的眼睛裏能射出這種殺人的寒光。她明顯感到李在的身子在發抖，她知道這次這個事鬧大了。

李在說：「造假一般有兩種可能，一個是為了牟取利益，一個則是故意陷害。顯然，這個石頭不是我造的，第一種可能已經排除。」

「你是說第二種？」

「是的。」

「故意陷害？」

「對！」

「可是造假的人想陷害誰呢？張語？」

「不，他不可能事先知道張語會買這塊假石頭。」

明小盈問：「會不會用計謀引誘他買，比如設置一個圈套。」

李在睜大眼睛，顯然他的腦子有點懵懂，還一直理不清眼前這些繁雜的線索。

「引誘？圈套？」李在的腦子閃過幾個可怕的影子，「比如那幾個成都人？」

「不能排除他們。」明小盈肯定地說。

如果照明小盈的分析，那幾個成都人不是來買石頭的，而是抬價人。他們刺激張語出價，一步一步緊逼，從一千萬逼著他抬高到一千三百萬，他們很清楚張語不肯善罷甘休。那麼，誰在背後指使他們？張語的仇家？不，還是不對！之前李昆妹、何允豪他們如果出價，且高過張語的心理承受底線，石頭就歸他們了。如果陷害張語，這計劃豈不是有很大的漏洞？

「不！不是害張語，而是害我。」李在終於恍然大悟了。

「害你？」

「是的。妳想想，如果這件事傳出去，整個賭石界不是笑話張語賭跌，而是譴責我造假欺騙朋友。如此一來，我就是賭石界的小人，我就無法再在賭石界混，我將一敗塗地，一輩子也別想爬起來。」

「可是誰陷害你呢？」

「我也在這麼想。我在賭石界沒有得罪過人，我一貫真誠待友，以義氣爲生命第一位，如果金錢和朋友放在我面前讓我非要選擇其一的話，我絕對毫不猶豫選擇朋友。」

咎小盈問：「是不是你得罪了人，自己並不知道呢？」

「不會，我敢肯定不會。」

「這麼肯定？」

「是的。幾年前有一次在緬甸卜當市場，就是挨著雲南盈江那邦鎮那個小地方，我看中一塊小石頭，大概十多公斤重，是個細皮子。這種細皮子顏色很多，有的像桔子，有的像栗子，有的像醉棗，有的像千年的古樹皮。我看中那塊石頭呈紅褐色。我第一眼就看中它了，在我的心目中它就是我的，誰也不能搶去。這塊石頭的表皮光滑如卵，皮特別薄，也特別堅實。如果這塊石頭如我判斷的那樣，靠近皮的內層有一層薄薄的紅層，那麼剝開紅層，我就可以看到裏面的上等玉料，那應該是質地細膩、透明度好、水色俱佳的絕世翡翠，價值連城。」

「結果呢？」

「就在我馬上要出手的時候，一幫馬來西亞人冒了出來，他們也看中了那塊石頭。幾方人馬爭奪一塊石頭的事兒我見多了，但從沒見過他們這麼搶的。他們的大哥啪的把一把手槍放在石頭上，說誰敢拿走這把槍，誰就可以把石頭拉走，否則這石頭就屬於他的了。」

「這不是明搶嗎？」

「我當時孤身一人，范曉軍、唐教父他們都還沒跟著我，我走上前去說：石頭是我先看上的，但我可以讓給你，因爲我在監獄裏學到一個道理，義氣爲天。知道什麼是義氣嗎？起碼是有福同享有難同當，不是硬搶。我還告訴你，義氣代表膽量，我現在把義氣壓在這把槍上，如果你認爲石頭比義氣重要，那麼就請開槍！」

咎小盈說：「有時候我真的感覺你既熟悉又陌生，我們好像不是生活在一個世界。」

「是的，我知道這種溝壑，愛情可以彌補，但永遠不能填滿它，它永遠是個縫隙，代表我們不同的人生道路。」

「你有時清醒得嚇人。後來呢？」

「當時在場的有很多賭客，有大陸的，緬甸的，巴基斯坦的，他們都盯著我的手。」

「你真的拿起槍來了？」

「對，我拿起槍丟給了他，我賭他不敢開槍。果然，他被我的陣勢嚇住了，我說：切開後共同分享。結果那塊石頭我們賣了一百萬，那是我在賭石上第一次賺錢。」

「用命搏來的。」

「對，既然是賭，肯定要將生命置之度外，否則你永遠不會成功。」

「這就是賭石的精髓嗎？」

「正是。從那以後，我和那個馬來西亞人成了朋友，同時，我的大度也得到了大多數賭石人的認可。」

「你說的我都懂，豈止賭石，人生何不如此，都是賭，不是賭錢，是賭命。」

「還有一次，一個浙江新手，第一次來騰衝賭石，看中一塊石頭，用兩萬塊買下後切開，結果什麼也沒有。他想放棄，我在一邊鼓勵他，讓他繼續切，結果又切了一刀，還是空白。我們賭石人都看出來了，再切下去就出綠了，但是他並不知道。有人悄悄勸我原價買下，但是我不能這樣，我的良心告訴我不能這樣欺負新手。我對他說，賭石博的是運氣，更是耐心，再切一刀也許還是空白，你也要再付出一定的費用，但是既然賭了，就當你這兩萬塊打了水漂吧！最後這塊石頭他賺了整整二十萬。」

「就像那天你鼓勵勞申江一樣，讓他賭出了蟲子。」

「就是。我知道妳很反感什麼義氣義氣的，認爲只有江湖上混的人才如此庸俗。不是的，我告訴妳，義氣有真有假，我說的講義氣的人，他首先要有一顆善良的心，沒有這個，但又天天把義氣掛在嘴邊的人都是假的。」

「回到我們剛才的話題。我問你，既然你在賭石界沒有得罪過人，那麼誰來陷害你？」

「我也納悶，因爲沒有理由陷害我，我沒給任何人帶來任何壞處。」

「我始終相信，這個世界上沒有無緣無故的愛，也沒有無緣無故的恨。如果陷害你，自然有他的道理。」

「我同意。現在我倆一同來理理這塊石頭的脈絡，也許要清晰一些，只有一點一點追溯它的本源，才能理出誰是造假元兇。」

「好吧，我問你答，從後往前理。」

「開始！」

「這塊石頭是誰最後交給你的？」

「范曉軍。」

「被誰截去過？」

「緬甸的遊漢麻。」

「截去後爲什麼又放了？」

「因爲他父親在我手裏，那是逼迫他放人的籌碼。」

「他父親在哪裡？」

「關押在雲南。」

「誰告訴你的？」

「瑞麗玉城的老吳。」

「石頭在哪裡發現的？」
「緬甸的耶巴米。」
「誰告訴你那裏有玉石的？」
「一個來雲南做木材生意的緬甸人。」
「做木材生意？」昝小盈聽到這裏一愣。
「怎麼？」
昝小盈說：「沒什麼。那個緬甸人叫什麼？」
「我也不知道，只是偶然聽說。」
「好了，我的問題問完了。」
李在說：「現在我們假設這個陷阱是這樣佈置的，先是用一個緬甸人放出風來，看似無意，實際這是個開頭。」
「對，然後我們派范曉軍到緬甸找這塊石頭。」
「他竟然找到了。接著他把石頭拖往中國，中途被遊漢庥攔截。」
「遊漢庥是個意外，因爲把石頭運到你手裏才是目的，而不是中途丟失。」
「然後老吳提供幫助。」
「誰讓這塊石頭順利運到騰衝，誰就可能是這個巨大陷阱的幫兇。」
「你懷疑老吳？」
昝小盈堅決地說：「我們現在應該懷疑任何人，包括范曉軍。」
李在連連搖頭，「不，不，范曉軍不可能害我。」
「爲什麼不能？也許他在這個過程中扮演的就是一個非常重要的角色，他利用你對義氣的片面理解，讓你徹底喪失警惕。」

李在還是搖頭，他不同意昝小盈這麼分析。他說：「妳知道這塊石頭需要在地下埋多長時間才會變成那個樣子？告訴妳，半年到一年。」

「也就是說，陷害你的這張網已經在一年前就鋪開了，一環扣一環，哪個環節壞了都不能成功，比如遊漢庥突如其來的搗亂。」

聽到昝小盈這樣分析，李在的腳底都涼了。

李在說：「我寧願相信，這塊石頭被遊漢庥調了包，而不是一年前就有人策劃陷害我，因爲我實在想不出來誰來陷害我，更不相信范曉軍參與其中。」

「那麼我問你，范曉軍哪兒去了？」

這句話把李在問住了。

是啊，范曉軍已經整整消失十多天了，他到底在哪兒？他爲什麼一聲不吭走了？一個巨大的問號浮現在李在的眼前……

李在心亂如麻，但是他知道，下一步他所需要做的，也是必須要做的，全額退賠張語一千三百萬，然後全力追查幕後元兇。這已經不是簡單的毀滅人格的問題，在賭石界，涉及這麼大金額的假石騙局是要出人命的。李在已經做好準備，不是他死，就是我亡，沒有其他選擇。

下部・因果報應

第十八章　搭車

緬甸的初夏，太陽就像一塊圓圓的烙鐵，懸在空中烤炙著木姐市。即使到了傍晚，太陽仍是通體透紅，彷彿要讓木姐市從頭到腳燃燒起來。本來錯落有致的樓群此時都是紅色的，看不出外牆原來是什麼顏色，樓群的輪廓也模糊不清，被灼熱的夕陽沐浴後，一切都變了，整座城市被血一樣的紅色籠罩著，像一幅被人隨意塗抹的油畫。

木姐毗鄰瑞麗，這裏有「一個壩子（瑞麗壩），兩個國家（中國和緬甸），三省交會（中國雲南省和緬甸克欽邦、撣邦），四個口岸（中國瑞麗和畹町、緬甸木姐和九谷），五座城市（中國瑞麗和畹町，緬甸木姐、九谷和南坎）」，以及「一江兩國」、「一橋兩國」、「一街兩國」、「一寨兩國」、「一院兩國」、「一井兩國」之說，自然景觀相當獨特。

吳佐佐沒心情欣賞這個，他是木姐市的出租汽車司機，眼睛裏不可能裝有油畫，他的眼睛只掃描混亂的街道上來來往往的行人。

此時，他把車停在木姐水果市場外已經一個多小時。水果市場到處擺著中國出產的河北鴨梨、江蘇水蜜桃、新疆葡萄等，市場裏熙熙攘攘，可他就是攬不到一個顧客。煩躁開始爬上他的心頭，這麼熱的天待在車裏，如同待在火爐上的鐵罐子裏。他伸了伸發麻的左腿，氣惱地長舒一口氣，然後往後一仰，整個上半身陷進駕駛座的椅背裏，繼續觀察著從水果市場走出來的行人。

這是一輛六成新的三菱Evo，車頭有著名的三個菱形標誌。標誌已經有一百多年歷史，從一八七三年三菱集團的創始人岩琦彌太郎將「九九商會」改稱為「三菱商會」時開始使用，其Mitsubishi一詞的意思就是三個菱形的意思，代表著創始人家族的徽號。Evo是三菱旗下高性能四驅車Lancer Evolution的簡稱。當然，吳佐佐不知道這段歷史，他只對這輛車子的顏色感興趣。

路燈亮了，車體在燈光的照射下泛著暗藍色的幽光。是的，車子前不久剛上了一層新漆，使這輛車子看起來不像它的歲數那麼老。吳佐佐喜歡暗藍色，穩重而不失年輕，隱隱透著誘惑的信號。改裝的汽車音響也不錯，阿爾發主機，後置的六瓦喇叭改到前門，另配一對高音喇叭，而真正的後置喇叭，則是一對六乘九英寸的橢圓形中低音，車內聲場縱深度很強，音域寬廣，重低音強撼有力，中高音層次明晰。吳佐佐打開CD，開始播放一首在中國大陸氾濫成災的流行歌曲。

他晃著頭，瞇縫著眼，逐字逐句咀嚼著歌詞。

離三菱車三十米遠的地方站著三個人，他們高矮胖瘦不一，穿著顏色骯髒的「布梭」，隱藏在街角的拐彎處。三個人中兩個靠著牆，另一個側身站著，他們抽著煙，煙頭急促地一閃一閃的，好像在進行抽煙比賽。果然，有個人掐滅煙蒂，又迅速點上了一根。

吳佐佐看不到這三個人，從反光鏡裏也看不到，三個人隱藏的位置選擇得非常恰當，正好是個死角。

木姐市水果市場剛剛翻修過，但仍擺脫不了這個小城的陳舊，粉刷不久的塗料在塵土飛揚中早就失去了光澤，與一排排三十年前的舊樓混為一體，讓你根本分不清自己到底身處什麼年代。市場前還是那條窄窄的公路，路旁栽著一些不知名的花草，幾棵高大的榕樹矗立在那兒，樹葉茂密，枝椏交錯，樹葉樹幹上都鋪滿了厚厚的灰塵，而那些不知名的花草則順著草坪邊緣的柵欄恣意擴展著它們的勢力範圍。

整個市場雜亂無章，就像躲在牆角裏那三個人的頭髮，像竹寨頂上的乾草。

吳佐佐又把身子矮了矮，椅背不軟不硬，凹下部分恰到好處，使他長年駕駛造成的腰疼得到有效的緩解，也使他那條傷殘的左腿能夠伸展得更舒服一些。椅背上緊繃繃套著一張嶄新的椅罩，用粗細不一的棉線織成，顏色鮮豔，圖案花哨。吳佐佐想，也許它不該放在轎車椅背，它應該鋪在家裏那張寬大的竹床上，上面躺著他滿臉嬌羞的新婚妻子，在燭光搖曳中，在他的愛撫下，花哨的圖案慢慢溶化成一串熱烘烘的呻吟。

吳佐佐想到這兒，嘴角不禁翹了起來，身上也跟著發緊，他用後腦勺蹭了蹭椅罩，一股快感從後腦的頭髮根開始向全身蔓延，一直到達腳尖……他喜歡這個椅罩，他認為這張椅罩是世界上最美的手工藝術品，因為椅罩是他老婆瑪袞袞一針一線親手織成的。

天漸漸暗下來，剛才被夕陽染紅的樓群此時沒了顏色，迅速融入了黑暗。

一輛紅色車牌的馬自達駛了過來，並排停靠在吳佐佐的車旁。在緬甸，紅色車牌是計程車標誌，而黑色車牌則屬於私家車。

吳佐佐聽見車子發動的聲音，伸直身子一看，是朋友吳麻姥的車。

吳麻姥剛滿二十歲，黑黑的臉上鑲嵌著兩顆賊溜溜的眼睛。他把肥肥的腦袋從車窗伸出來，大聲問吳佐佐：「還沒吃飯？」

「沒有。」

吳麻姥嘻嘻笑著：「瑪袞袞今天怎麼了？還沒把飯送來？都幾點了？」

「不著急，再說我也不餓。」

「你也是，隨便找一個飯館吃一頓，每天讓人家新娘子送飯，累不累啊？」

吳佐佐揉了揉傷殘的左腿，說：「誰讓我有老婆呢？羨慕吧？」

吳麻姥悻悻地說：「找個老婆很難嗎？要想找的話，比天上飛的蚊子都多。我現在還年輕，結婚幹什麼？實在難受就到對面找女孩玩玩。」

「邊界那邊？」

「是啊，瑞麗汽車站外面，天一黑，全是，三十塊錢讓你爽一次……」

「你也不怕得病。」

「還說我，你還不是去過。」

「那是過去，你引誘我走邪路，幹完我都想吐，那些女孩能跟我老婆比嗎？我老婆賢惠、能幹、溫柔，關鍵是乾淨。乾淨你懂嗎？這年頭站在街邊的女人有幾個乾淨的……我不跟你說了……」

吳麻姥喉結上下猛烈滾動了一分鐘，差點被自己的口水嗆著。這時，有客人坐上吳麻姥的車，生意來了，他顧不得跟吳佐佐打招呼，發動車子一溜煙走了。

吳佐佐只得重新把身子陷進駕駛座的椅背。瑪袞袞還沒送飯來，吳佐佐的肚子早就咕咕亂叫了，作為一名出租汽車司機，忍饑挨餓絕對是基本功，沒這點本事，趁早改行。吳佐佐和瑪袞袞還在新婚燕爾階段，婚禮剛過去半個月，按理說，他倆現在應該徜徉在激情的平臺上，沒日沒夜地繾綣，他喜歡聽瑪袞袞在他的身下叫喚，而且還帶著濃濃的孟由一帶鄉村口音，這種聲音不是對面那些妓女可以模仿出來的。

吳佐佐開始想瑪袞袞，身體也不由自主亢奮起來。

天徹底黑了。

突然車窗「砰」的一聲響，吳佐佐立即從縹緲的幻境中醒了過來，車外站著一個黑影，隨即那個黑影就鑽進車裏，坐在副駕駛座位上了。

吳佐佐問：「拜杜阿埋來？」（緬語：到哪兒去？）

「南坎！」

原來是中國人。

吳佐佐還沒發動車子，隨著「砰砰」沈悶的關門聲，又有三個人身手敏捷地鑽進車內，坐在了後座。

生意這麼好，一下子進來四個乘客。

那個中國人看來不認識後面那三個緬甸人，他回過頭，學著司機的口音問：「拜杜阿埋來？」

三個緬甸人不說話。

中國人又用漢語對吳佐佐說：「你告訴他們，是我先進來的，讓他們搭別的車去，又不是沒車。」隨後又自言自語嘟囔道：「媽的，都擠一個車裏，你不嫌熱，我還嫌你身上有味兒呢！」

吳佐佐回頭跟那三個緬甸人嘰哩哇啦說了半天，那三個緬甸人還是不說話。

吳佐佐發動車子，對中國人說：「大概他們也是去南坎方向的，身上沒錢，想搭個順風車。」

「還有這樣的邪乎事？也不問問我到哪兒他們就搭順風車？我要去南帕卡呢？他們也跟著去？」

吳佐佐也覺得不妥，又回頭嘰哩哇啦問。這次有人答話，吳佐佐翻譯道：「他們也去南坎。」

「他們知道我去南坎？」

「可能剛才聽見你說了。」

「真是人黑耳尖。他們不會是這個吧？」中國人用一根手指在自己脖子前劃過。

吳佐佐笑了，「不會的。木姐治安很好，我看他們也就是來木姐或者到瑞麗找工作的，大概沒找到，一看就是窮人，很可憐的。你看……」

中國人痛快地一揮手，說：「那就捎上他們吧！」

看來今天沒白在水果市場外面等，況且這個中國老闆連價錢都不問，絕對是有錢人。在小小的木姐市很難遇到這樣灑脫的大戶，除了腰纏萬貫的中國人。他們太富了。

木姐距離南坎約三十公里，吳佐佐決定狠敲他一筆。

「去南坎要三百元，人民幣！」他說。

中國人沒說話。

本來吳佐佐已經把車徐徐駛上公路，現在又突然把車停在路邊了。

「怎麼了？」坐在副駕駛座位上的中國人問。

「三百元！」吳佐佐特意加重語氣，強調一下那個誘人的數字。

「開你的車，我有錢。」中國人冷冷地說。

看來價錢確實沒有問題，這讓吳佐佐一陣興奮，他想下車找一個公共電話亭給老婆打個電話。於是跟中國人商量。

「你怎麼這麼囉嗦？」中國人有點不耐煩起來。

「我告訴我老婆別給我送飯了。」吳佐佐帶著歉意解釋著。

「這麼晚了你還沒吃飯？」

「這是常事，我們這些開出租車的，都是吃了上頓沒下頓。」

吳佐佐說完這句話連自己也覺得悲哀起來，平時在木姐市，計程車這個行業他還耀武揚威的，畢竟全市計程車只有這一輛三菱Ero，其他的不是什麼快散架的破車就是一些不知名的雜牌子。在同行嫉妒的眼光中，吳佐佐經常飄飄然，但是跟車內這個中國大戶相比，頓時猥瑣了許多，三百塊錢在人家眼裏根本就不是錢，自己卻為這三百塊餓著肚子替人家服務。看來人真是分了等級的，貧富之間的距離由老天決定，誰也別想胡亂超越。

給老婆打完電話，他還想給他朋友吳麻姥打一個，想讓吳麻姥陪他去南坎，空車跟在後面就行，到時候分給他一百元，這樣要安全一些。剛才他騙了那個中國老闆，木姐市治安最近變得有點差，本來這是一個民風淳樸的城市，後來被來這邊開賭場的中國人、還有趁火打劫的孟加拉人、巴基斯坦人破壞了，如果讓吳麻姥陪著他一起跑這趟生意，一方面可以壯壯膽，另一方面又可以增加一些安全保障，免得路上出點什麼事。丟命倒不至於，丟車就可惜了，這可是他東拼西湊求爹爹告奶奶在親戚朋友那裏湊錢買的車，他和瑪裘裘就靠著它吃飯呢！

吳麻姥比他富有，家裏不缺他那個錢，掙的錢全他小子一個人用。幾個月前，他到對面買了一支Nokia手機，比在木姐買便宜，看著非常漂亮，讓吳佐佐羨慕不已。打通吳麻姥的手機後，對方就是不接，吳佐佐心裏有了小算盤：不接更好，我還不捨得分給你一百塊錢呢，我吳佐佐不至於今夜遇到鬼吧？想到這兒，他掛斷電話，咬了咬牙，回到車裏踩足油門，朝南坎方向飛馳而去。

他沒忘了順便摸了摸插在腰間的匕首。

汽車在黑夜中飛駛著，借著儀錶盤上的微弱燈光，吳佐佐悄悄觀察起鄰座這個中國人來。他身材清瘦，臉色蒼白，剃著光頭，一雙單眼皮眼睛瞇縫著，好像全世界的錢都是他的。吳佐佐還發現，這個中國人的右手大拇指一直向上翹著，好像隨時準備開門跳出去。跟緬甸大多數男人相比，他的個子顯然高出一個頭，從他膝蓋的彎曲程度可以判斷，大概有一點七五至一點八米左右。穿一件黑色的愛迪達圓領T恤一條不知道什麼顏色的褲子，整個人給人感覺特別剛毅倔強。他眯縫著的眼睛有時睜開，可以看見眼中透出鷹一般的敏銳，有點像吳佐佐家裏養的那條狼狗。他的臉頰很清瘦，沒什麼層次，尖角似的下巴和線條分明的嘴唇流露著自信的表情。

吳佐佐又抬頭朝反光鏡瞄去，雖然看不清什麼，但還是發現三對發亮的眸子緊緊盯著他的後腦勺。吳佐佐突然覺得車內的氣氛特別壓抑，好像有什麼特別的事要發生。

「先生做什麼生意的？」吳佐佐極力想緩和一下沈悶的氣氛，不著邊際問了中國人一句。中國人沒回答。

說是柏油馬路，其實到處坑坑窪窪，吳佐佐小心翼翼，眼睛一眨不眨地盯著前方。二十分鐘過後，除了引擎發動的響聲，車內的人彷彿都睡著了。吳佐佐回頭一看，後座的那三個人已經東倒西歪躺在舒適的座位上，只有鄰座這位中國老兄始終睜著獵鷹般的眼睛，盯著前方的路面。

吳佐佐摸出一支煙點上，他最怕路途中的沈默，有的乘客一上車就跟八百年沒睡覺似的，車輪一轉，眼皮就耷拉下去，等再睜眼的時候已經到達目的地了。他也不喜歡一上來就滔滔不絕的，九百年沒說過話似的，天文地理地海聊。還有就是令人生厭的奮鬥型的乘客，不知道他做了多大的生意，反正中國境內各個省市以及全部歐洲國家都跟他有業務來往。吳佐佐喜歡那種深沈而不鬱悶、開朗而不淺薄的客人，不管涉及什麼話題都能說上兩句，也會把握分寸，有時還真能從他們身上學到一些人生道理。

這樣的精品實在太少了，大多數是庸俗之輩。

吳佐佐暗暗歎息著。

「放點音樂聽聽。」旁邊中國人忽然建議。

終於耐不住寂寞了。

吳佐佐手腳俐落地按下PLAY鍵。

「音響很不錯！」中國人誇獎著，瞇起眼睛欣賞起來。

「是阿爾發的。」吳佐佐開始得意，「不過，開出租車的一般沒有配這種音響，聽聽普通的音樂帶就足夠了。」

「我想下車方便一下。」中國人突然說。

吳佐佐立即警覺起來。出租汽車司機被搶案件時有發生，對方一般都找這個藉口，這種恐怖故事在司機中流傳甚廣，聽到這個要求一般都很警惕。

吳佐佐邊向路邊停車，邊回頭看了看後座，那三個人像聽到什麼命令似的，早就直起了身子。

吳佐佐想，自己是不是太敏感了，哪有那麼多搶劫犯呢？

誰知道中國人解完手回來，剛坐回座位，後面一個人就湊近他的後腦勺，用非常標準的中國話問：「是范曉軍嗎？」

中國人猛地打了一個寒戰，他剛想回頭，一根粗粗的麻繩已經勒住他的脖子。他的後衣領被後面那人嘴裏的熱氣吹拂著，他的嘴巴像鰱魚一樣一張一合，好像剛被漁民撈出水面，極不習慣岸上的空氣。他想摸腰間的武器，但手臂根本不聽他的使喚，反而軟塌塌地撫摸著自己的脖子，彷彿那樣可以疏緩一下突如其來的疼痛。他的喉嚨不自覺地咕咕叫著，像隻發情的鴿子。他開始暈眩了，一片白色的弧光出現在他的眼前，使他的眼睛模糊起來，他的身子也莫名地向上飄著，越來越輕……

不好！真是搶劫！吳佐佐迅速從腰裏拔出匕首，但是已經晚了，他看見後面突然冒起一個黑影，手裏揚著一個烏黑的東西，吳佐佐認出來了，是榔頭……

十天前，一個來自四川南江縣的婦女把范曉軍帶到一道鐵絲網前，用濃重的川北口音對他說：「從賊鍋豁豁（這個豁口）鑽過去！」

范曉軍從兜裏摸出一百五十塊錢遞給了那個女人。

女人又說：「再奉勸你一次，不要賭錢，輸了是要被活埋嗲（的）。我幹這行已經十年了，從不帶賭錢的過去，人總要講點良心啊！」

范曉軍懶得再跟她解釋。他以前翻越邊境是一個雲南男人帶的路，這次沒找到他，聽說進去了。他也不能走黑泥塘或者班瓦山口，那兒他更不熟悉。有人介紹了這個長期在瑞麗從事這個行業的四川女人，說價廉物美，她不走水路，直接從鐵絲網鑽出去。四川女人大約三十五歲，個子瘦小，眼睛卻放射出精光。人確實是個好人，就是太囉嗦，一路上她嘴就沒停過，一直嘮叨不停，苦口婆心規勸范曉軍要遠離賭博，並闡述賭博的各種危害性，好像她不是「蛇頭」，而是一個務實爲民的優秀女支部書記。

她不知道，范曉軍到緬甸從不去賭場。

那天，當他知道搶劫並殺害勞串江的兇手裏有一個女人後，他就坐不住了。根據他和李在的分析，那夥人很可能是遊漢庥派來搗亂的，那麼出現在殺人現場的那個女人是誰？是不是瑪珊達？不！他不相信瑪珊達是遊漢庥的幫兇，她不是那種兇殘的女人，從她的眼睛就可以看出。不過透過這件兇殺案分析，他的大腦反倒更加清醒了，石頭已經運回雲南，他的任務已經圓滿完成，但他的瑪珊達還在緬甸，他不能不管她。他認爲愛情比冰冷的石頭重要，瑪珊達在他心中是占第一位的。至於賣掉那塊石頭後的抽成問題，之前有約定，他相信李在不會虧待他，那是一個值得信賴的哥們兒。

該是他爲瑪珊達做點什麼的時候了。

他取出手機電池，徹底讓自己在中國消失，他知道李在知道他的計劃後，一定會千方百計阻撓他重返緬甸，因爲這樣做等於去送死。現在誰也阻撓不了他，他要找到瑪珊達，把她從遊漢麻那個狗雜種手裏解救出來。

此時的范曉軍差點喪命，還好，那幾個緬甸人沒殺他，而是用繩子把他捆了個四蹄朝天。范曉軍躺在汽車後座上，一股無法形容的惡臭正向他肺部鑽去，那是塞進嘴巴的一隻臭襪子散發出來的。幾個緬甸人的捆人方式很專業，范曉軍的腰間、乳下、乳上各有一道水平綁繩，另有一道綁繩在胸部正中，將三道水平綁繩上下相連，並在最上一道橫索處分叉後從兩肩引至身後。這種捆綁方式因綁繩在體前呈「羊」字頭分佈，而命名爲「羊頭綁」。

這種「羊頭綁」有很多變種，范曉軍遭遇的是「羊腸鳥道」，繩子綁緊雙手後沒有終止，而是向下延伸，從生殖器那裏分叉，然後在兩條腿上纏繞數圈，最後固定在兩個腳脖子，然後再從腳脖子使勁拉回到雙手，使范曉軍儘量像一隻弓起的對蝦。他的確像，弓在汽車後座痛苦不堪，尤其汽車顛簸的時候更會加重四肢的疼痛。他感覺他的胳膊馬上要斷了。

那個司機斜靠在范曉軍身邊，腦袋向後，仰在椅背上，搖搖晃晃，像個斷線的木偶。他的腦袋以及胸前全是血，弄得後座到處黏糊糊的，人大概已經斷氣了。

三個緬甸人，一個駕駛車子，兩個擠坐在副駕駛座上，他們把這輛六成新的三菱Evo開得飛快，像正參加達喀爾拉力賽，不是急轉就是騰空，車後沙土遮日。

他們認識我。范曉軍想。不然也不會叫出我的名字。可以肯定是遊漢麻的人，在邊境這邊等我多時了，他們料定我要去找瑪珊達。

之前，范曉軍對這次行動的路程沒有把握，甚至有點盲目，他只是想憑記憶找到被遊漢麻送上回國汽車的那個路邊，他就是跟瑪珊達在那兒分手的，那裏有一塊碩大的黑色石頭，上面刻有緬文。現在他可以放心了，他不用選擇，也不用擔心自己迷路，這幾個緬甸人正帶他去遊漢麻的老窩。感謝遊漢麻！你這麼客氣，還派人跑這麼遠來接我。只是方式方法差強人意，缺乏應有的尊重，這簡直像綁架，不像宴客，不過這倒給我身上蒙上一層「江湖不歸路」的悲壯色彩，這正是我范曉軍所需要的。來緬甸前范曉軍就已經想好了，只有兩個結果：帶瑪珊達走，或結束生命。

三個小時後，這輛六成新的三菱Evo在一個山谷出了事，它從一個拐彎處沒命地向斜坡衝了下去……

范曉軍醒來的時候已經是第二天早上，他身上的繩索在他被甩出車子後，奇蹟般被利石硌斷了，這讓他撿了一條活命。他抬眼望去，發現他正處於山谷下一片白色的河灘上。這裏非常安靜，兩邊的高山鬱鬱蔥蔥，河灘上的卵石被早晨的太陽映照著，熠熠發光，河面也很平坦，像一條綠色的綢緞。

他想掙扎著站起來，不行，他感到下肢「喀」的一聲，渾身的肌肉被疼痛擊打得縮了起來。幾秒鐘後，他重新躺在了地下。他覺得大腿有點癢，伸手一摸，黏黏糊糊的，一種像油一般的東西滲進了指縫。是血，是我的血，是我在流血。可能馬上就死了。恐懼倒沒有，只是覺得有一種可怕的虛脫，然後是噁心，這比他經歷的任何生理感受都難受。不過，一切都快過去

第十八章　搭車

了，如果這就是死，死好像挺容易……

范曉軍再一次醒來是在一個小時以後。此時，河灘上的氣溫陡然增高，整個山谷熱了起來。這次范曉軍感覺好多了，他仔細檢查了一下自己的身體，除了胳膊大腿處有點擦傷，其他地方竟然毫髮無損。血就是從大腿的擦傷處流出的，現在已經凝固。

經過一個小時的休息，他竟然可以站起來了。

他看到躺在遠處的三菱Evo，青色的煙霧從車裏嫋嫋上升，像隻蒸熟的螃蟹。再往前走，他還看到那三個緬甸人的屍體，他們以各種舞蹈姿勢躺在那裏，彷彿在慶祝自己上了西天極樂世界。不過，他們的表情一點也不高興。有一具屍體歪躺在潮濕的草叢中，耷拉著腦袋，一縷頭髮遮住他的右眼，左眼則射出一股令人悚然的斜光，乜視著山谷上面的天空。而另一具屍體的頭部有兩個窟窿，那是嚴重撞擊的結果，凹凸不平，頸部也斷了，露出一截厥生生的喉管。范曉軍第一次看見斷裂的喉嚨，他站在那裏，壓制住胃部的蠕動，強忍著不讓自己嘔吐。他極力讓自己的思緒飄遠一點，不被眼前的慘像嚇倒，但是不行，他受不了了，一下子蹲在地下，捂住肚子，嘔吐物猛地噴了出來……

從三具屍體的體形、身高、毛髮、五官等特徵來看，范曉軍無法分辨誰是昨晚開車的傢伙，不過，范曉軍打心眼裏不會感謝他的魯莽，他沒有把他安全送到遊漢庥的老窩。

計程車司機呢？沒看到他，他大概比這三個緬甸人死得還早，昨晚在車上，范曉軍就知道他已經不行了。這時，忽然從范曉軍頭頂上方傳來一陣汽車的馬達聲，一會兒聲音大如莽牛，一會兒又小如蚊蠅。范曉軍明白了，上面是曲曲彎彎的盤山公路，他們這輛三菱車就是從上面掉下來的。

他不知道身在緬甸何處，要繼續前進，必須爬上公路，看能不能搭上一輛順路車。

他抓住灌木枝開始往上爬，爬到離公路大約五十米的地方，他發現了計程車司機。他攔腰被一叢茂密的灌木擋住了，身體捲著，腦袋全是泥土，頭髮像染過一樣焦黃。范曉軍把他翻轉過來，看見他頭部的兩個髒乎乎的黑洞，那裏的血已經變成黑色。不過，讓范曉軍意外的是，他還活著。

范曉軍不知道怎麼稱呼他，叫先生叫老緬叫朋友都好像不對，最後他決定這麼叫：「老鄉，你醒醒！」口吻親切，好像他救了一個受傷的家鄉人。

「你醒醒！醒醒！」范曉軍學著在好幾部電影裏看到的鏡頭那樣，使勁拍打著他的臉，啪啪作響，「醒醒啊！」他也不知道讓他醒醒幹什麼，但總比不醒好。司機已經奄奄一息，無法再繼續幫助范曉軍。

范曉軍不甘心，繼續拍打著。

終於，這位頭部嚴重受傷的緬甸司機在范曉軍親切感召下醒過來了。他第一句話就是告訴范曉軍，別送飯了。范曉軍估計這是對他老婆說的，昨晚上車後，他不是要求給自己的老婆打一個電話嗎？內容也是關於送飯的事。司機的第二句話是：「叫吳麻姥！」范曉軍不懂，他也沒時間弄懂，他抱著司機，焦急地問：「老鄉，這是哪兒啊？能不能告訴我？」

司機嘴角咧了咧，笑了，然後他身子開始往上挺，像要站起來一樣。他呶起嘴唇，眼睛鼓著，盯著范曉軍，用盡全身力氣，說：「瑪裘……裘，阿尼古……切……戴……」說完身子像洩了氣的皮球，哧的一聲軟了下去……

他死了。

瑪裘裘是誰？不知道。後面那句緬語呢？范曉軍好像聽到過，大概是「我愛你」的意思。看來這是他臨終前向這個叫瑪裘裘的女人表達最後的愛意。他對愛情的態度跟范曉軍不謀而合，這讓范曉軍非常感動，自己也不就是爲了一個女人鋌而走險嗎？看來，這個世界懂愛的男人並不缺，哪怕他是一個普通的計程車司機。

他的遺體怎麼處理？就這麼放在灌木叢中？不行！中午以後的太陽更大，整個山谷就會變成一個巨大的蒸籠，屍體一會兒就熟了，禿鷲、烏鴉，還有蒼蠅蚊子都會趕來參加這場饕餮盛宴。別擔心不夠吃，一個計程車司機不夠，河邊還有三具呢！

范曉軍決定給他們舉行一個簡單的水葬，餵魚蝦也比曝屍荒野好。

范曉軍用了一個小時的時間，把四具屍體一個一個拖到河邊一個凸出的斜堤上，然後扒光他們的衣服，象徵著赤條條來到這個世界，又赤條條地回去。對了，還要綁上石頭，免得屍體浮出水面被禿鷲啄食。他拔了一大把藤條，搬來石頭，一個一個綁好，然後順著斜堤把屍體丟進了湍急的河水中。水葬的地點有一片亂糟糟的枯黃荊棘，枝條上佈滿黑壓壓的芽苞，把范曉軍的手臂劃出幾道血口子。此時的河面散發著慵懶和泥土混合的氣味，幽閉、陰濕，加上河水咕咕地咬噬著堤壁，令人不寒而慄。水葬結束了，范曉軍心裏一點不覺得神聖，反而有些發毛，他嚇得早已大汗淋漓，尤其是幾具屍體舉著蒼白的手慢慢被河水吞噬的時候。

幹完這件事後，他在斜堤上坐了下來，此時屍體的氣味仍在空中飄蕩著，他閉上眼，讓呼吸儘快均勻下來，他的思緒開始向遠處延伸……

有兩件事范曉軍差點忘了，他那把塡滿子彈的一九八〇年式七點六二毫米衝鋒手槍被他們繳獲了，現在必須找到它。還有一個皮包，裏面裝著這次行動的所有經費，這個也必須找到，否則在緬甸寸步難行。

還好，半個小時以後，他終於在散架的三菱Evo旁邊找到了它們，兩樣東西都完好無缺。

現在，范曉軍可以重新上路了……

第十九章　麋鹿迷路

那輛綠色大卡車從山崖轉彎處拐過來時，范曉軍已經站在公路中央，舉著槍，瞄準那個司機。司機很快看到了他，在五十米遠的地方停了下來。公路太窄，掉頭逃跑顯然是不可能的，再說子彈比汽車快得多。五分鐘後，卡車朝范曉軍開了過來，速度非常慢，大概司機邊開邊審視公路中間這個人到底是哪路土匪。卡車在距離范曉軍二十米的地方突然轟大油門，看來司機想直衝過來軋死范曉軍，但很快他就放棄了，他還是覺得，子彈比汽車快。

卡車停在范曉軍身邊，從駕駛室露出一個非常年輕的娃娃臉，他笑著問范曉軍：「拜杜阿埋來？」

范曉軍放下槍，說：「別拜杜阿了，我是中國人。」

司機頭一擺，說：「上來吧！」

車子開動後，司機說：「差點軋死你！幸虧我鬆了油門。」

范曉軍冷冷地說：「你應該不鬆，那時候就是我一個人坐在這輛車裏了。」

司機一臉稚氣，他吐了吐舌頭，說：「你準備到哪兒？」

「這裏離史迪威公路有多遠？」

「史迪威公路？離這兒有好幾個小時的路程。」

「就去那兒！」

「你的意思是，要我把你帶到史迪威公路？」

「不僅僅是，還要沿著史迪威公路往裏走。」

司機笑了，說：「開玩笑吧？我還要拖木材呢，今天晚上必須趕回雲南。這是我的工作。」

「你幹這個多久了？」

「三年。」

「去過史迪威公路嗎？」

「去年去過。」

「見過路邊有一塊大黑石頭嗎？比兩層樓還高，上面有緬文。」

「見過好幾塊，你指的是哪一塊？」

「你難不倒我，我認識我見過的那塊。」

「我知道了，你是讓我帶你上史迪威公路，然後沿著公路找那塊黑石頭？」

「對！」

「朋友，你體諒我一下好不好？我要是按你說的這樣，我回去馬上被炒魷魚。我不想丟掉這份工作。」

「你跑一趟得多少錢？」

「三百塊，多吧？」

「我給你兩萬。」

「什麼？兩萬？」

「你已經聽清楚了。」

「跑一趟給我兩萬？但是我的工作……」

「我知道那個地方離國境不是太遠，所以不會耽誤你很多時間，回去後，就跟老闆說被劫匪劫了，能保住命就不錯了，我想老闆會體諒你的，跑這條線，誰不知道有各種各樣的危險。」

「好吧！只能這樣，我不按你要求做的也不行啊，我別無選擇。」小夥子說完就一踩油門，汽車立刻像離弦的箭一樣向前飛馳而去。

范曉軍提醒說：「安全第一！」

「你放心，這條路我閉眼都能開。朋友，聽你口音不是雲南的吧？」

「北京。」

「哦，我是雲南土生土長的，還沒去過北京呢！我叫趙中學，你叫我學學就是了。你呢？」

「范曉軍。」

「范……」車子突然一晃，差點拐進旁邊的懸崖，「范曉軍？」

「注意安全！」范曉軍有點冒火。

「范曉軍？」學學嘴裏還在念叨著，「喂，你是不是落泉鎮開酒吧那個范曉軍？」

范曉軍眉毛一揚，問：「你認識我？」

「全雲南都知道你的故事。我們還一起喝過酒呢！」學學越說越興奮。

「哦？」范曉軍沒想到在偏僻的緬甸遇到一個認識他的人，「什麼時候？」

「你忘了？有一次幾個住在騰衝『紅房子』的遊客要去櫻花谷，想搭伴湊成一車人，正好你知道有一個住在落泉鎮的遊客也想去，聯繫好後我去接的人，晚上從櫻花谷回來，在你酒吧喝酒，你還給我們幾個講你在落泉鎮的故事，我現在都沒忘。」

又是櫻花谷，這個讓范曉軍心痛的地名，當時宋嬋——也就是瑪珊達——就是在那裏被遊漢麻劫持回緬甸的。

「想起來了，有點印象。」范曉軍嘴上應付著，其實他對眼前這個小夥子一點印象都沒有，來他酒吧的人太多了，他記不下那些人的名字和模樣。當時，他的腦子裏只有戰鬥，後來才有了宋嬋，其他人都是過眼雲煙。范曉軍不想跟學學太熱乎，知道他這次行動的人越少越好。

學學一邊開車，一邊親熱地對范曉軍說：「范哥，你現在沒開酒吧了？到緬甸做什麼生意啊？」

范曉軍臉上一點表情都沒有，他說：「回去後別對任何人說見過我，這是我對你唯一的囑託，剩下的就是你想辦法儘快幫我找到那塊黑石頭，那是個標記，其他的你都不要問，我不想回答。」

看到范曉軍這麼冷淡，車裏的氣氛一下子尷尬起來。學學把著方向盤，一臉的不高興。范曉軍不再說話，他靠著椅背，眼睛盯著公路，慢慢陷入了沈思。

那塊黑石頭他不會忘記的。當時他的眼睛蒙著一塊黑布，被擔架抬到公路邊，摘掉黑布後，他看到了那塊巨大的黑石，聳立在公路邊上，上面刻著彎彎曲曲的緬文。范曉軍不認識緬文，不知道上面寫著什麼，但是他在心裏把那塊石頭的形狀牢牢記下了。他當時想，他還要回到這裏，只有回到這裏，才可能尋找到遊漢麻的老窩。當然，他記下更多的是瑪珊達眼中閃爍著的絕望的神情，那眼神像火一樣烤灼著他的靈魂。當時，瑪珊達什麼也沒說，默默地看著他離去。他也沒說，直盯著瑪珊達，直到她的身影越來越小，鮮豔的「特敏」筒裙慢慢褪了顏色，逐漸變成一個黑點……

瑪珊達，為了妳，我現在回來了。

汽車喘著粗氣開始爬坡，吭哧吭哧地像嗓子眼兒攢了一口黏痰。兩個小時後，范曉軍發現他們的卡車正漂浮在白雲之上，放眼望去，晴空高遠，一碧如洗，腳下有朵朵浮雲飄過。不一會兒，起風了，很大，灌進車裏，也扯碎了山間的雲片。雲片掠過天空，在綠瑩瑩的田野上曳下淺淺的陰影。車子在山頂蜿蜒穿行著，路面更加崎嶇，但風景更好，路旁掠過一排排整齊的楊樹，枝葉葳蕤，而疏疏落落的灌木叢則凌亂地散落在樹下，跟高大的楊樹相比，它們低矮多了，顯得那麼無足輕重。車子翻過一個山坳，面前豁然開朗，一片一望無垠的低矮丘陵展現在范曉軍眼前。他想，假如輪下的道路變得筆直，無須一個轉彎該多好，他可以閉上眼睛，忘卻人世所有煩惱，他可以裹著山風的氣息，讓耳邊呼嘯而過的風吹掉他腦海的浮塵。但是不行，他無法辦到，有愛無法一身輕。為了瑪珊達，他只能前進，不能後退。

此後的兩個小時，兩個人一句話也沒說。范曉軍一根煙接一根煙抽著，看著被風吹散的煙霧，他忽然想起一首伍思凱的老歌：寂寞公路，每段都下雪。寂寞公路，每段都傷痛。冷漠，激情，點煙的手……點煙的手……

又過了三個小時，天黑了下來，學學忍不住了，側過頭對范曉軍說：「范哥，你罵我幾句吧？」

「罵你幹什麼？」

「太憋了，這麼開下去我馬上會瘋的。」

范曉軍想想也是，再寂寞的公路也應該有盡頭。他對學學笑笑，說：「那麼，你說吧，我聽著！」

「真的？」

「除了別問我到哪兒去，去幹什麼。」
「好！范哥，作爲一個中國人，我不得不提醒你。」
「提醒我什麼？」
「你是非法入境吧？」
「是又怎麼樣？」
「你知道緬甸法律怎麼規定的？」
「你說！」
「非法入境罪，根據緬甸刑法第三章第一條和第十三章第一條規定，你將被判處六個月至五年有期徒刑。」
「還有呢？」
「其二，你犯有非法持槍罪。緬甸武器法案第十二章d條規定，你至少判一年以上有期徒刑。」
「繼續！」
「你這次要是爲了一個緬甸女人，那麼，你還觸犯了緬甸婚姻法有關規定。」
范曉軍像被看破心中秘密似的，他笑了，「誰說我爲了一個緬甸女人？」
「我是說比方。比方說你要娶一個緬甸女人。緬甸婚姻法規定，不允許緬甸人與外國人通婚。如果非要結婚，不結不行，那必須有緬甸律師公證，然後由緬甸外交部認證後才能合法。否則你就是非法婚姻。」
「現在給我開車的不是雲南省司機，而是一個緬甸青年法官啊！」
「經常跑這邊，這是必須要懂的常識，不然在別人國家觸犯法律，麻煩就大了。還有呢！」

「還有什麼？」

學學打開駕駛室頂燈，從頭頂上的遮陽板拿出一疊證件，遞給了范曉軍。范曉軍借著燈光翻開一看，全是緬文，還貼有照片。

「什麼玩意兒？」范曉軍問。

「哈哈，范哥，不懂了吧？那是勞動卡。根據緬甸政府規定，外國人在緬甸長期經商，若需辦理簽證延期，首先要辦理勞動卡。辦理勞動卡需要以一個當地合法註冊登記的公司雇員身分，到緬甸勞動部辦理勞動卡，需提供相片並交規費。拿一張去，帶在身上方便。」

「拿一張？都是假的吧？」

「范哥眼睛好，這年頭的證件哪有真的！」

「再說照片也不是我的啊！」

「范哥我提醒你，你要面對的不是外交官，是當地農村合作社的村長什麼的，他們認識個屁啊！你就說你是來經商的，他們都熱烈歡迎，誰還仔細看照片是不是你啊！再說，一個人不可能沒有變化，我身分證上的照片，人家都說是我爸爸呢！」

「哈哈，我不要這玩意兒。」范曉軍徹底被學學逗笑了。

其實對這些證件，范曉軍並不陌生，來緬甸運那塊石頭他就幾證齊全，也是花錢搞的，不過人家搞的全是真證書，有緬甸邊境管理局的大紅印，現在都在他皮包裏放著呢，還沒過期。范曉軍不可能給他解釋這些，爲了不讓學學失望，他抽出兩本，仔細疊好放在了皮包裏。

學學顯得很高興，他對范曉軍說：「范哥，你不是鐵打的吧？肚子餓不餓？」

「餓。」

正說著，前方幾公里的地方出現了一點亮光。學學說：「大概是路邊旅館，我們今晚就住在那兒，明天接著趕路，現在大黑天的能看見什麼黑石頭啊！再說，必須補充能量是不是？」

范曉軍同意了。

中午在河邊就沒吃飯，也沒吃的，現在早已饑腸轆轆，他把腦袋伸出窗外，看見前面有光亮的地方越來越近。他注意力太集中了，沒發現在他們後面三百米之處，一輛小汽車關著燈，尾隨著他們……

這家旅館不在公路邊，它距離公路還有一段距離，有一條不起眼的土路可以開進去，路口沒有任何標誌。學學剛把車拐進土路，就看見兩個年輕人從路邊草叢跳了出來，站在道路中間，他們手裏端著兩支中國產八一式自動步槍。

學學把車停下來，伸出腦袋用漢語問他們：「前邊有吃飯和住的地方嗎？」

其中一人是個十三四歲的少年，他使勁往上揚著槍口，用稚嫩的聲音操著漢語問：「你們是哪裡的？」

學學說：「我們是雲南來這邊開採石場的，支持緬甸經濟建設的友好人士。」

少年露出潔白的牙齒笑了，然後用槍口往前一指，說：「再開五百多米。」

學學連聲說謝謝，然後踩下油門，徐徐向前開去。學學對范曉軍說：「大概是撣邦人民軍的地盤，全是漢人。」

學學把方向搞反了，看來他地理知識以及方向感都出了偏差。撣邦早就被甩在身後，從瑞麗出來往南坎這邊走就進入克欽邦了，而著名的史迪威公路在後者境內。

范曉軍很熟悉學學說的撣邦，尤其第一特區果敢，他去過不止一次，知道那裏基本是漢人的天下，漢民族在那裏已經生存繁衍了三百多年。

而他們現在所在的克欽邦的人口超過一百萬，邦內居住的民族除了信仰基督教的主體民族克欽族（中國叫景頗族）外，還居住著緬、撣、傈傈、阿細、拉西、雅旺、下努、嘎都、嘎南等民族，還有數十萬華人華僑和印、巴、孟等國的僑民。克欽邦境內除了欽敦江和伊洛瓦底江上游流域較為平坦外，其餘地區皆山巒起伏、群峰疊嶂。孫布拉山是緬甸東北部的屏障，東部橫貫中緬邊境，由北部高原逐漸向南延伸。北部是伊洛瓦底江和欽敦江的發源地。中部有幾條小路與雲南盈江昔馬鎮相通，是中緬交通古道。

范曉軍上次拖回那塊三月生辰石就是從古道回來的，但是他不想再從那兒出去，他寧可繞道瑞麗，因為他在那兒看到了他最不想看的東西——蛇鷹大戰。

一想起那天的情景，他的全身就會起上好幾層雞皮疙瘩：成千上萬條蛇堆滿了深深的山谷，牠們糾纏在一起，昂著頭，蛇信子嘶嘶亂響，準備迎戰成千上萬隻山鷹。樹枝上黑壓壓一片，蹲在上面的全是整裝待發的山鷹。幾分鐘後，山鷹開始盤旋，像一架架高空偵察機。

突然，像得到什麼指令，牠們呼啦啦一起俯衝下來，向蛇群發起猛烈進攻。群蛇毫不示弱，昂著身軀奮力還擊，雙方短兵相接，瞬間攪成一團。山鷹中的格鬥高手格外敏捷，牠閃電般伸出利爪，抓起一條蛇飛回到樹枝，然後憤怒地將蛇撕成兩截。而有些山鷹則體力不支被蛇群咬住，再也飛不起來，瞬間便血肉模糊，萬蛇噬骨……

毛髮悚然！范曉軍不願再回憶下去了。

開了不到兩百米，道路變得狹窄起來，只能容一輛汽車通過，兩道車轍也雜草叢生，像很久沒汽車進來過一樣。范曉軍立刻警惕起來，他把那支七點六二毫米衝鋒手槍緊緊握在手裏，隨時準備應變突發事件。他不知道對方屬於什麼武裝，但他知道在緬北，任何一股勢力都不能小覷，他們擁有山地迫擊炮、高射機槍、肩扛式火箭等，擁有前蘇聯AK-47和以色列「塔沃爾」自動步槍，其武器庫有能力在短時間內裝備三千至五千兵力。

車子歪歪斜斜磕磕碰碰前進著，終於在一間草屋前停了下來，草屋前面是一個小型平壩，大概有兩百多平方米，中間豎起一根十多米高的旗杆。草屋門窗大開，燈光從裏面透了出來，照得平壩亮堂堂的。剛才他們在路上看見的亮光看來就來自這裏。

范曉軍和學學下了車，來到草屋前，抬頭一看，見門楣上掛著一個木製招牌，上面用漢字赫然寫著：革命旅館。

進了草屋正堂，迎面的牆壁懸掛著一幅毛主席像，下面的竹椅子分坐著一男一女，兩人看上去年紀在四十至四十五歲，皮膚黝黑，身材乾瘦，都穿著綠色軍裝，戴著綠軍帽，腰上還紮了一根棕色的牛皮武裝帶。他們對范曉軍和學學的闖入似乎無動於衷，眼睛連眨都沒眨一下。一股涼氣從范曉軍腳底衝了上來，他感覺這兒不像旅館，倒像一座簡易的「文革」紀念館，坐那兒的兩個人也不像活人，而是兩尊紅衛兵蠟像。

學學試著問：「請問這裏可以住店吃飯嗎？」

「可以。」

聲音好像是從腹腔發出的，深遠而富有共鳴。

學學回頭示意范曉軍，意思是就在這兒住下吧！范曉軍心裏直打鼓，總感覺這裏的氣氛有點怪異。

椅子上的男人不是蠟像，他終於活動了。他站起身，向學學和范曉軍走來，然後一一跟他們握手，像首長接見前方回來的戰士。

男人用標準的漢語問：「同志，你們是哪兒的？」

學學說：「我們哪兒也不是，是雲南來這邊開採石場的，支持緬甸經濟建設，爭取再立新功。」

男人笑了，說：「我們來自五湖四海，爲了一個共同的目標走到一起來了。」

學學爲了打消對方的疑心，主動拿出證件，就是在車上給范曉軍的那些假證，遞給了那個男人。

說實話，范曉軍真有點擔心那些證件被這個男人識破，如果引起不必要的誤會麻煩就大了，畢竟人生地不熟，貿然闖入人家的地盤，什麼都沒弄清楚，吃虧的還不是他們自己？在遊漢麻那裏，范曉軍已經強烈感受到了這一點，只要進入茂密的森林，生死就由不得自己了。

范曉軍拿出皮包，準備把自己的真證件拿給那個男人檢查，誰知道此時男人問學學：「什麼東西？」

「證件，我們的證件。」

男人說：「我是瞎子，什麼也看不到。」

學學剛想拿給坐著的那個女人，男人又說：「她也是。」

怪不得剛才進來的時候，兩個人坐在那兒紋絲不動，原來是盲人。可是，深山野嶺的，這兩個盲人是什麼身分？這個草屋是幹什麼的？是他們的總部還是一個普通的旅館？這裏僅僅就他們兩個盲人嗎？還有其他人嗎？

范曉軍越來越感到蹊蹺。

他的感覺是對的，因爲起碼有十支步槍在暗處瞄準了他和學學，只要有一點風吹草動，雨點般的子彈就會傾洩在他們身上。

學學倒是一點不認生，他拉著盲男的手說：「同志啊，我們肚子早餓癟了，快點給我們弄點吃的好不好？」

「馬上！」

一個小時後，菜端上來了，范曉軍一看，全是奇形怪狀的野味。緬甸野生動物不受保護，所以野味可以隨便吃，蟒蛇、竹鼠、山麂、穿山甲、熊掌之類的，都可以盡情搬上餐桌。范曉軍還看見盤子裏有下酒用的炸蟋蟀和炸橡樹蟲，他不喜歡這些，這些野味光看看都讓他毛骨悚然，更別說把這些東西放在胃裏了。他對盲男說：「我說這位緬甸同志，能不能給我煮碗麵條？」

「可以啊！不過，美味不吃卻吃麵條，你艱苦樸素啊？」

「不是不是，那個最合口味。」

「好吧！要打滷麵還是炸醬麵？」

「還有炸醬麵？我就要這個，另外，有沒有大蒜和黃瓜？」

「放心，我這兒麻雀雖小，五臟俱全。」

范曉軍一聽來精神了，他最愛吃的就是炸醬麵。媽的，畜生才吃野味呢！果然，炸醬麵很快端了上來。學學此時就在扮演一個貪吃的「畜生」，他拿起筷子上下飛舞，一點不客氣，瞬間就把桌子上的菜肴一掃而空，根本不讓范曉軍插嘴。

吃飯的時候，范曉軍問盲男：「看你們這打扮，這兒還搞革命吶？」

「革命尚未成功，同志仍需努力！」

「覺悟挺高的。早晨起來背一段毛主席語錄不？」

「嘿嘿，以前背，現在沒了。」

「我這都是聽我父親說的，還說那時候還唱語錄歌呢！」

「是是，我們也唱，你想不想聽？」

「想，誰唱？你啊？」

盲男一拍手，對身邊的盲女說：「給遠方的客人露一嗓子！」

盲女淺淺一笑，咧開缺了一顆門牙的嘴，輕輕吟唱起來：

抬頭望見北斗星
心中想念毛澤東
想念毛澤東
迷路時想你有方向
黑夜裏想你心裏明
…………

靜靜的夜色下，她的歌聲猶如縹緲的炊煙嫋嫋升起，顯得空靈而遙遠，輕易就劃破了森林。范曉軍沒想到在異國他鄉能聽到這麼好聽的「文革」歌曲，也沒想到這個歲數偏大貌不驚人的盲女嗓子這麼優美。

對於上個世紀六十年代那段歷史，范曉軍並不是很清楚，那時他還沒有出生，不過他父親倒是經常在飯桌上提起，說他的同學都在一場武鬥中死去了，而他還活著。父親經常喝醉，喝醉後就會給他唱「語錄歌」，邊唱邊有力地揮舞手臂，好像努力把自己拽回到那個火紅的年代。父親也唱過盲女剛才唱的這首歌，但是他沒有這個女人唱得好，他的感情沒有盲女虔誠。

吃過飯，盲男安排兩個人休息。客房在草屋後面一座木頭樓房上，房間還比較乾淨，按照酒店房間那樣佈置，並排兩個單人床，中間一個床頭櫃，上面有一盞樣式過時的檯燈。范曉軍吃了兩碗炸醬麵，又聽了盲女無數首歌，此時實在有點睏了，洗臉洗腳上床後，卻又久久不能入睡。住在這麼一個荒村野店，心裏一點不嘀咕肯定是假的，進這條土路的時候還看見兩個荷槍實彈的青年，到了旅館卻只有兩個盲人，他們到底是什麼武裝部隊？真有點奇怪！

范曉軍想，也許我把問題搞複雜化了，這裏不是什麼緬北武裝一個小據點，沒準只是一家普普通通的百姓，爲了自衛，他們才這麼警惕，才在路口設置哨兵的。那個費力端著槍的少年說不定就是他們的孩子。唉，管他的，明天沒準就找到那塊黑石頭了，我一個人進山，跟學學、跟這兩個盲男盲女沒任何關係。

范曉軍甚至想，這個學學到底走對沒有？學學的方向感這麼差，范曉軍很懷疑學學走岔了路，以致於走到什麼盲人武裝分子的家來了。如果是這樣，麻煩就大了。這個學學，還是太年輕了，他不知道這次到緬甸對我有多重要，他以爲我來旅遊呢！

聯想到之前學學竟說這裏是撣邦，方向整個顛倒了，范曉軍心裏更加沒底。

此時，學學沒在房間睡覺，他還在草屋裏興高采烈地跟盲男盲女喝酒，他們放肆的大笑，不時傳進范曉軍的耳朵。不一會兒，學學還跟盲男用緬甸語划起拳來，划拳的聲音一會兒像蚊子，一會兒像炸彈炸響，在整個山林迴蕩。這傢伙緬語說得這麼好，說明他對這一帶很熟悉，辨別方向肯定沒問題，說「撣邦」大概是他的口誤。這個沒長大的孩子……

范曉軍想著想著就睡著了……

他夢見了瑪珊達，這個讓他牽腸掛肚的姑娘。夢裏的瑪珊達一點也不漂亮，她一直聳著肩膀哭著，嗚嗚咽咽，像個丟了玩具的小孩。范曉軍說：走，跟我到中國去！瑪珊達只顧哭，什麼也不說。范曉軍拉她，但是拉不到，近在咫尺也拉不到，她就像一個透明的空殼。范曉軍明明伸出手抱住了她，但是瑪珊達卻輕如鴻毛般在空中飄蕩。輪到范曉軍哭了，他真的哭了，仔細想想，他已經有二十年沒哭過了，此時他卻嚎啕大哭，他不知道爲什麼抱不住瑪珊達……後來的夢似乎變了，瑪珊達笑了，也變漂亮了。她還是那個樣子，一襲鮮豔的「特敏」，一件緊身短衫，身材苗條，婀娜多姿，臉上塗抹著一圈圈黃色的「特納卡」。她依偎在范曉軍的懷裏，說我考你一個問題，什麼動物方向感最差？范曉軍說我笨，實在猜不出，你說答案吧！瑪珊達不說，還讓范曉軍猜，范曉軍還是猜不出。瑪珊達用手指點了一下范曉軍的額頭，說好笨啊，是麋鹿。范曉軍大笑起來，哈哈哈，對，是麋鹿。學學就是一頭麋鹿，他的方向感太差了……

范曉軍從夢中笑醒了，睜眼一看，屋裏一片漆黑。四周靜極了，沒有蛙鳴，沒有蟋蟀，像死了一樣。學學也沒划拳了，大概他也睡了，怎麼沒聽見他進屋呢？沒準他進來的時候我正在做夢呢！對，是做夢，他想起夢裏的內容了。哈哈，沒想到答案是麋鹿。

他支起身子，衝學學那邊的床輕聲喊道：「麋鹿，你睡著了？」

沒人回答。

范曉軍仔細一看，床上沒人。

學學還沒睡。他在哪兒？還在喝酒？怎麼一點聲音都聽不到？划拳划累了嗎？那還不回來睡覺，休息不好明天又迷路……突然，像一道閃電啪的一聲擊中了他的腦袋，他似乎一下子明白了，學學根本沒有迷路，他說「可能是撣邦人民軍」而沒說「克欽邦」，這不是口誤，而是失口脫出，因爲在他的潛意識裏，他開車帶著范曉軍一直在撣邦轉悠，一寸也沒離開過。

他絕對把范曉軍騙了。

范曉軍被自己的推斷徹底驚醒了，他摸出放在枕頭底下的七點六二毫米衝鋒手槍，輕輕打開了保險。此時，門外傳來「嘎」的一聲響。范曉軍僵立在那裏，像個雕像。他側著耳朵，想分辨外面到底是什麼聲音。

又是「嘎」的一下。

他知道了。是門外的木樓梯響，有人悄悄摸上來了……

第二十章　孤注一擲

范曉軍右手拿槍，左手摸著把手，猛地拉開了房門，外面的情景大大出乎他的意料，整個院壩燈火輝煌，晃得他眼睛一時無法適應。下面站著黑壓壓的一群人，手裏拿著長短不一的武器，全部仰著腦袋默默地盯著他，沒有誰發出一點聲響。

這場面讓范曉軍震撼。

學學也在人群裏，他張開雙臂，笑吟吟地喊道：「歡迎來到撣邦！」

范曉軍愣住了。現在可以確定，不是學學沒有方向感，是他自己，從搭上學學的車開始，就是朝著反方向行進的，他還以爲馬上到史迪威公路了呢！

范曉軍問學學：「到底怎麼回事？」

旁邊一個肥胖的光頭伸出兩隻手，手掌向下壓了壓，說：「朋友，能不能先把槍放下，我憋著一個屁，一直不敢放，害怕引起槍戰。」

人群「轟」地發出一片嗡嗡的很壓抑的笑聲。

范曉軍一點不覺得好笑，劍拔弩張時刻，瞬間就會有人死亡，這本身就不好笑。他把衝鋒手槍的槍口垂了下來，槍口剛才還怒氣沖沖的，隨時準備射擊，現在卻像洩了精的生殖器，疲軟而醜陋。他知道，一把槍對付不了下面那麼多武器，他只能放棄對抗。

光頭的聲音特別洪亮，他氣宇軒昂，像作報告一樣地說：「范同志，聽我解釋，我們毫無敵意，我們是朋友，這完全是一場誤會，一場誤會。我們想得到你的幫助，不想平白無故和你發生小規模戰爭……就這麼簡單！」

「一場誤會？如果不誤會又是什麼？」

學學走出人群，順著樓梯來到范曉軍面前。他笑吟吟地說：「范哥，真的是誤會，不是你想像的那樣。」

「我應該想像成什麼樣？」范曉軍沒好氣地反問。

「哈哈，」學學滿不在乎，「是我們的領導有請！」

「領導？」范曉軍越聽越糊塗。

「去了你就知道了，你是貴賓，不是俘虜。」

「媽的學學，我不想跟你繞彎子，你叫這麼多人把我包圍了，我還貴賓？你直接說了吧！」

「還是讓副書記跟你解釋吧。」

副書記就是那個光頭。

他大約有五十歲的樣子，身體特別敦實。他慢吞吞地上了樓梯，來到范曉軍面前，很友好地伸出手握了握，說：「范同志，我們跟你很久了，打你入境以後我們就跟著你……」

「啊？跟我……」

「但是遺憾的是，我們的人在木姐把你跟丟了。有人報告說，你跟三個緬甸人搭乘一輛計程車去了南坎。」

「對，我是想去南坎，那三個緬甸人不是你們的人嗎？」

「不是，你也不認識？」

「不認識。」

「那就奇怪了，我們也不知道他們是哪條路上的，他們要帶你去哪裡？」

「不知道。」

「不去管他們，無關緊要，幸運的是，你現在在我們的第五聯絡站，這個比什麼都重要。」

「聯絡站？」

「是，昨天晚上站長不是還招待你吃了兩碗北京炸醬麵嗎？味道怎麼樣？正宗不正宗？」

范曉軍朝樓下一看，見盲男盲女翻著白眼也在人群裏站著，雖然他們看不到范曉軍，但他們知道他站在什麼位置，兩個人準確無誤地向范曉軍這個方向微笑著，感情真摯自然。

「你們到底是什麼人？找我幹什麼？」

光頭嘴角抿著，撓了撓自己的腦袋，說：「別問我們是什麼人，我們永遠不會告訴你的，再說，在緬甸森林，你知道的越少對你越有好處。這次趙同志表現不錯……」

「哪個趙同志？」范曉軍一時沒反應過來。

「就是我啊！」一旁的學學指著自己的鼻子，「我叫趙中學，你忘了？」

光頭繼續說：「趙同志是騰衝人，火車司機的兒子，不過他是汽車司機，以前長期在這一帶跑木材，對這裏的地形非常熟悉，怎麼樣？他像轉迷宮一樣帶你轉悠，迷路沒有？」

「是的，我以爲他迷路，結果是我。」

「不是吹牛，他要是在這一帶開車跟蹤你，誰也跑不了。」

「矇誰啊？要不是出車禍，他那卡車能跑過三菱？」

「車禍？你是說……」

「三個緬甸人全死了，計程車司機也是，就我一人活了下來。」

「哈哈……」光頭一拍手，「革命同志來相會，無緣對面不相逢！」

范曉軍實在受不了這個副書記的語言，好像他還停留在上個世紀六十年代。不過想想也是，昨晚來這個聯絡站的時候，草屋正中不是還掛著毛主席像嗎？還有，盲男盲女的打扮，以及盲女唱的歌曲……所以這一切，都彷彿把范曉軍一下子拉回到了那個即陌生又熟悉的歲月。

范曉軍說：「直說吧！你們費這麼大勁找我幹什麼？」

副書記收住笑容，眼睛裏射出懾人的凶光。他直盯著范曉軍說：「賭石。」

「賭石？」

「是的，幫我們鑒別一塊石頭，我們需要你的幫助，就這麼簡單！」

「幫你們？在哪兒？」

「跟我們走，兩個小時以後你會看到的。」

「我還是不明白，怎麼找我幫你們賭石？」

「你的大名在滇緬一帶如雷貫耳，誰不知道在落泉鎮開酒吧的你啊！後來你突然從落泉鎮消失，後聽說你加入了賭石界，成績斐然。我們知道，你入這一行時間並不長，但憑藉你對玉石的敏感與準確的判斷，幫助李在一再獲勝。所以，李在需要你，我們更需要你！」

范曉軍想不到緬甸這邊這麼瞭解他的底細。下面密密麻麻的武器告訴他，不去不行，只能跟他們走一趟，解救瑪珊達的計劃只好暫時擱淺。

天邊出現了魚肚白，范曉軍跟著那幫人上路了……

一條公路蜿蜒著，順著森林邊沿緩緩地插進了山裏，它就像一條悠閒自在的蛇，沒有人知道蛇頭蛇尾在什麼地方，也沒人告訴范曉軍，他唯一要做的就是儘快到達目的地，能幫上他們更好，不能幫也只好實言相告，賭石這玩意兒誰能有百分之百的把握？看來一個人的事跡被傳頌多了不是個好事，人的嘴是個超級變形器，一句話到第十個人的嘴裏就能面目全非，何況從中國傳到緬甸，這裏面說不定有多少虛假和誇張的部分，使得范曉軍一次次的勝利被一層層耀眼的光環籠罩，而他無數次的失敗自然黯然褪色，好像根本不存在一樣。

這不是真的，是神乎其神的傳言。可是這一切，怎麼對坐在旁邊這個光頭副書記說呢？既然他們費盡周折找到你，他們的希望與夢想就已經賭在你身上了，他們不會輕易言退，不會聽任何敷衍之詞，他們要玉石的真相。可是真相誰知道？范曉軍心裏最明白，他沒有把握，就連那塊三月生辰石也一樣如此。

想到那塊石頭，現在不知道結果怎麼樣了，也許李在早已大獲全勝，也許它仍在倉庫裏等待欣賞它的人來欣賞。石頭跟人一樣，需要伯樂賞識，沒有伯樂，你永遠無法露出你本來的面目。范曉軍知道，現在他等於被這夥人用武器挾持了，他必須像伯樂一樣——或者裝成伯樂——欣賞前方一塊不知名的石頭。推辭和逃跑都是不現實的，他必須幫助他們，只有這條路。

這條土公路上幾乎沒有其他車輛，只有他們：他和副書記坐一輛陳舊的馬自達，後面跟著學學的卡車，卡車上大約有十幾個端著步槍和機槍的小夥子。偶爾才看見一輛蒙著帆布的吉普車從對面疾駛而過，卡車上的人馬上做瞄準狀，如臨大敵。

車子在一大片森林空地上停了下來，范曉軍下車後一看，發現他站著的地方像一塊碩大的草甸，大概有一千多平方米的面積，四周被參天古樹包圍著，密不透風。不一會兒，一個老人坐在一輛殘疾人輪椅上，被一個健碩的保鏢模樣的小夥子從森林裏推了出來。他顯得老態龍鍾，瘦弱矮小，上半身一直在顫抖，兩條褲腿束在一起，耷拉在輪椅車上，像晾衣竿上的破毛衣。

老人來到范曉軍面前，上下審視著他，好像不相信站在他面前的這個瞇縫著眼睛剃著光頭的小夥子在賭石這個行業有這麼大本事。副書記彎下腰附在他耳邊悄悄說了一句什麼，老人仍然毫無表情，他盯了范曉軍足足有一分鐘，然後才向副書記點點頭，問：「就是他？」

副書記畢恭畢敬地說：「是的，照您的吩咐，我們終於把他找到了！」

副書記又轉身向范曉軍介紹：「這是我們的領導，我們尊敬的楊書記，當年他在緬甸森林打游擊，爲我們的組織取得勝利，立下了汗馬功勞。」

范曉軍問：「現在可以告訴我真相了嗎？」

副書記顯然對范曉軍沒有對老人的戰績表示稱讚而惱怒不已，他沒好氣地對范曉軍說：

「事情的發展是這樣的，前些日子，有一夥廣西人帶來一塊玉石毛料，說那塊石頭是他們從名坑打木砍挖掘出來的。我們書記很感興趣，他們喊價五百萬人民幣，並極力攛掇我們買下，我們猶豫不決，實在拿不準主意，所以楊書記想到了你，想請你來看看那塊石頭。如果值得賭，我們會毫不猶豫吃下，畢竟是打木砍出品的。如果你認爲徒有其表，敗絮其中，我們就選擇放棄。就這麼簡單。」

楊書記聽副書記敘述完畢，頻頻點頭，嘴裏像含著痰一樣說：「是的，就這麼簡單。」

范曉軍搖搖頭說：「可是對於我來說，這個任務並不簡單。」

「你是這方面的行家！」楊書記咳嗽著說。

「行家的名聲多數是吹出來的，水分很大，我不敢保證我能鑒別正確，只能試試。」

「咳，咳，試試就行！」楊書記的痰終於咳出來了，並在空中劃了一道弧線。

范曉軍準備搬出他的賭注。

他穩定了一下情緒，說：「我會運用我對玉石的判斷能力儘量得出正確的結果，我不想讓你花冤枉錢，也不想讓你錯過一次千載難逢的發財機會。」

「好！」楊書記一聽這話，精神頓時抖擻起來，「自古英雄出少年！」

范曉軍說：「先別出少年英雄，我還沒把話說完。」

「你繼續！」

「我這次來緬甸的目的不是尋找玉石，我有我的私事。」

「能說說你的私事是什麼嗎？看我們能不能幫你什麼忙？」楊書記說。

范曉軍還沒說話，一邊的副書記滿臉的不高興，他張牙舞爪地說：「哦，我聽出來了，同志，你不能這樣，你這是故意刁難，我們不允許你這樣信口開河！」

「讓他講！」楊書記斜了一眼副書記，後者只好站在一邊快快地閉上了嘴，但是他臉上已經明白無誤地寫著對范曉軍的不滿。

「是的，我是有條件，」范曉軍說，「做任何事都應該有條件，不能白做工。我可以幫你們賭石，但也不能耽誤我的私事。」

「說說你的條件是什麼？」楊書記歪著腦袋，似乎對下面的話題更感興趣，而不是石頭。

「我說買下，並且賭漲，你放我走。我說放棄，切開後證明我對了，你毫無收穫，你也要答應放我走。就是這個，一句話，別爲難我！」

「哈哈，總之，讓你走！我答應你！但是如果你讓我放棄而切開後是滿綠，怎麼辦？」楊書記咄咄逼人地問。

「搭上我的命！」

「哈哈哈，」楊書記仰天大笑，「我喜歡你的性格，賭石人的性格。不過，我不想要你的命，我要你的人。」

「要我？」

「對！不管出現什麼情況，只要你賭錯了，你今後就歸我。你要幫我賭石，就像你幫李在一樣。」

「一言爲定！」

范曉軍擲地有聲，顯示了他的決心。他相信自己有一雙上天賜給他的慧眼以及無與倫比的天賦，還有，這次來緬甸，他已經把生死置之度外，即使出現再壞的結果他也無所畏懼。此時他還不知道騰衝那塊石頭已經鬧得滿城風雨，更不知道那是一場人工造假的騙局，那場騙局足以讓李在和他在賭石界一敗塗地。

楊書記大概被范曉軍的豪言壯語所感動，他的雙臂開始劇烈顫抖，臉憋得通紅，好像馬上支撐不住了。副書記馬上過去扶住他，輕輕敲打起他的背，一口痰又劃了一道弧線，楊書記的身體又恢復了正常狀態。他揮了揮手，對范曉軍說：「上車！」

接下去的路變得異常泥濘，大概這裏剛下了一場大雨，在驕陽的烘烤下，空氣變得特別沈悶，車裏像蒸籠一樣。

車子上下左右顛簸搖擺著，范曉軍的腦子一刻也沒有閒著。此時，各種有關玉石皮殼的訊息像一團團飛揚的紙片，一起湧進他的腦海，翻騰跳躍：黃鹽沙皮、白鹽沙皮、黑烏沙皮、水西沙皮、楊梅沙皮、黃梨皮、筍衣皮、臘肉皮、老象皮、鐵銹皮、脫沙皮、田雞皮、黑臘皮、洋芋皮和鐵沙皮……對，黃梨皮是黃梨色，微透明。老象皮多爲玻璃種。得乃卡皮，種水較好，容易漲。還有黑臘皮，會出瓜綠和水綠。洋芋皮，不，不去管什麼洋芋，先理一理橙黃皮，它會出飄綠三彩。還有白鹽沙皮，一定要賭它出秧苗綠。黃鹽沙皮也是，秧苗綠或黃陽綠，可能有綠紫翡三彩，或飄綠三彩。黑烏沙皮黑得烏亮，會出帝王綠。不知道廣西人帶來的這塊石頭是什麼皮殼，不排除是中低檔的玩意兒，比如粗沙皮殼，玉質顆粒較粗，夾白綿，夾黑綿，只是偶爾有豆青綠，不可輕賭。還有灰黑烏沙皮和乾烏沙皮，一般種不夠老，水不足，偶爾有瓜綠。還有沙皮，雖然種老有水，但常有團塊白綿，這個不行。乾一點的黃沙皮，種不夠老，水短，但常常會有紫羅蘭色，可能會有豆青綠，即「春帶彩」，偶爾會有翡綠紫三彩或飄綠色的三彩，倒是可以下手一博。特別注意褐色皮，皮殼顏色變化從褐色到褐黑色，種不老水短，一般不會有翠，應該毫不猶豫放棄。剛才副書記介紹時說，那幾個廣西人說石頭是從打木砍挖掘出來的，范曉軍知道，打木砍的玉石也叫刀磨砍玉，皮殼多為褐灰色、黃紅色，可能水和底還行，但多白霧、黃霧，霧不薄，而且個頭較小，一般一至二公斤一個。如果是這種他們就敢喊五百萬，確實有點獅子大開口。不過，打木砍還出產像鮮血一樣的紅翡玉石，那個就比較名貴了。還有一種天空藍，也產於打木砍，但據說早就沒有蹤跡。

范曉軍心裏正七上八下胡思亂想著，楊書記突然說：「到了！該是你大顯身手的時候了！」

石頭放在一個籬笆圍起的大院子裏，楊書記、范曉軍一行人的車子開進去後，幾個人慢吞吞從旁邊一個草棚鑽了出來。他們個個顴骨高聳，眼大嘴大，身材矮小，皮膚黝黑。楊書記介紹說：「這幾個就是自稱來自廣西的人。」

范曉軍說：「我分辨不出他們是廣西還是越南人，都一樣。」

楊書記說：「是的，中國南部地區都是馬來人種，不像你們北方，是蒙古人種。所以從長相上是無法分辨的，加上他們都說一口流利的漢語，我只能認定他們來自廣西，也有可能來自越南。管他們哪裡人，我現在只認石頭，不認人。」

廣西人的頭目是個三十五歲左右的傢伙，看見范曉軍後，他鼻孔朝前使勁張開著，彷彿想大力嗅范曉軍身上的氣味。

他一看楊書記帶著一個陌生人，便笑呵呵地說：「楊書記，還沒下決心吶？」

楊書記說：「我請了一個賭石專家，讓他鑒別一下，是好玉，我買，不是，你走人！」

那個頭目一直盯著范曉軍，眼中寫滿了敵意。他張開大手，使勁拍了三下，假惺惺地說：「歡迎歡迎！打木砍的料，貨真價實，經得起考驗！賭石大師，請吧！」

廣西人的口吻有點不屑的意思，又有點挑釁，等於給范曉軍一個下馬威。誰都知道，僅從玉石毛料外表，誰也不能一眼看出其廬山真面目，即使到了科學昌明的今天，也沒有任何一種儀器能通過這層外殼，判斷出其內是堅硬的「寶玉」還是一錢不值的「豆腐渣」。只有買下來一刀剖開，如果色好水足，你就從此脫貧，幾代人的幸福全靠你了。剖開無色無水，一文不值，你就等著傾家蕩產吧！一輩子翻不了身。所以它的神秘與刺激就在這個「賭」字上，賭就是矇，而不是憑誰的眼睛好。廣西人估計見多識廣，賭石界太多人在眼睛上吃了虧，眼睛也許可以告訴你真相，但也可以無情地蒙蔽你的內心。

范曉軍在李在那裏學了不少這方面的知識，別人需要十年的積累，而他幾乎是一夜之間便掌握領會了。這不僅僅是聰明，而是天賦。如果當年梁實秋說「英語只夠我學一個月」不是吹牛的話，那范曉軍也可以這樣說：賭石只夠他學一晚上的。

范曉軍在那塊石頭前面蹲下來，周圍靜極了，楊書記和那幾個廣西人站得遠遠的，一聲不吭，生怕打擾他對石頭的判斷。

這塊石頭大約有五公斤重，褐灰色，但表面有大片大片的綠。范曉軍腦海裏頓時閃現出李在有一次跟他聊起打木砍的玉石時說過的一句話，那句話是秘訣：「打木砍的玉石，如果出現大片大片的綠，看都不要看。」

其實，所謂秘訣也有失靈的時候，更多的只是一種賭石經驗累積而已，但是范曉軍傾向於李在多年累積的這句秘訣，最起碼它可以告訴范曉軍，遇到打木砍的大片綠，寧可放棄，不可貿然行事。他用餘光掃了一下楊書記他們，可以看出，每個人的眼睛裏的內容是不同的，有人充滿渴望，有人充滿疑惑。范曉軍不能馬上說出他的判斷，時間太短了，顯得他有點業餘，而不像個行家高手，也不能使人一下子信服。他抱起那塊石頭，朝綠的地方吐了一點口水，用手指輕輕擦拭一下，然後抱起來，眼睛跟石頭、太陽成一條直線，假模假樣仔細觀察起來。

其實他腦子已經不去想這塊石頭到底值錢不值錢了，他在想怎麼讓楊書記心平氣和地接受這個現實。大片的綠讓廣西人喊出了五百萬，他有理由這麼喊，綠色已經透出，沒有什麼比這個更有說服力的了。大片的綠也讓楊書記心癢難撓，割捨不下，他被綠色徹底迷惑了。

楊書記有可能是那種賭石迷，他過去只接觸頂級翡翠，腦子裏裝的全是四大國寶、老坑玻璃種、滿綠的鐲子等等，或者在接觸翡翠之前，他只沈溺於古玩，比如古玉、軟玉、瓷器、牙角等等，他喜歡炫耀他擁有的價值連城的古玩，但對賭石基本沒什麼概念，就像北京的張語一樣。到了一定歲數，這種古玩愛好者往往突然一個急轉彎，瘋狂地迷上賭石。也許人到暮年，死亡距離他們越來越近的時候，他們總想回歸原本，而玉石毛料就是翡翠的原始狀態，他們可以在這種狀態下回歸成胚胎。死亡其實就是回歸，就是化作一縷青煙重新投生……

時間一分一秒地過去了，范曉軍還是不說話。現場的氣氛越來越壓抑，幾個廣西人不停地在旁邊走來走去，心情逐漸煩躁，而楊書記的手臂也開始劇烈顫抖起來，整個人幾乎搖搖欲墜。這是買賣雙方的正常心理反應，因爲石頭的價值現在全賭在范曉軍的嘴巴上，他說一就是一，他說二就是二，這簡直是在折磨人的神經，買家和賣家都被范曉軍的沈默煎熬著。此時的范曉軍像中國足球運動員躺在地上拖延時間一樣，能耗費一秒算一秒，他的大腦甚至從現場飛了出去，他想到瑪珊達，想到李在，想到他運回去的那塊三月生辰石……

二十分鐘，足夠了，該是揭開謎底的時候了。范曉軍緩緩站起身來，身子搖晃著，做出思考很久、大腦有點缺氧的樣子，彷彿剛從一種漂浮的狀態回到人間，這無形中更給他身上蒙上了一層神秘色彩。其實那是他蹲的時間長了，眼睛又被太陽照射的原因。

他對楊書記說：「放棄！」

現場「轟」的一聲，驚訝、失望、猜疑、不甘，各種情緒夾雜在一起，全部向范曉軍砸來。副書記首當其衝，他跳著腳對范曉軍咆哮著：「你到底懂不懂？那麼多綠你竟然選擇放棄？」

范曉軍很奇怪，副書記又不是賣玉的，皇帝不急太監急，難道是為將要失去的一塊好玉而心疼？那還請他來幹什麼，直接買下不就完了？

廣西人也不甘心等來的結果會是這個樣了，他們怨恨地盯著范曉軍，恨不得一口把這個狗日的所謂專家吞了。但是這種場面與結果他們顯然司空見慣，沒有一個人跳出來咆哮。頭目看著楊書記，問：「書記，你決定！」

楊書記也被范曉軍的結論弄得不知所措，他以為范曉軍百分之九十會讓他買下，但結果恰恰相反，范曉軍讓他放棄。放棄就等於把自己對這塊石頭的所有希冀化為烏有，一個人心中有了對一個事物的希冀，這種感覺是多麼美好啊！他真捨不得。

「確定！」

書記又開始劇烈咳嗽起來，咳得他一邊不住點頭一邊問范曉軍：「你……你確定嗎？」

「能……不能說……說理由？」

「沒理由。」

「完全……根據……咳，咳……感覺？」

「一半憑感覺，一半是我始終牢記這樣一句話。」

「什麼話？」

「打木砍的石頭，如果表面生有一大片綠，絕對全是膏藥皮！」

楊書記突然停止咳嗽，像在戰壕裏發出衝鋒命令一樣猛地一揮手，大聲喊道：「切開！」

廣西人不幹了，「書記，天下賭石沒這個道理，你可以討價還價，將五百萬縮水到一萬塊，賣與不賣在於我，買賣不成仁義在，但沒聽說還沒買就切開的，這不叫賭石。」

楊書記兩眼睜得很大，兩盞探照燈一樣，「這叫打開天窗說亮話！」

廣西人說：「挑西瓜也沒這麼挑的，何況是玉石。」

「我的地盤我做主！」楊書記毫不退讓。

副書記也覺得這樣不妥，他搖晃著肥胖的光頭，走到楊書記面前，張開雙臂聳著肩膀，說：「尊敬的書記，恐怕這樣不太好，傳出去對我們的整體形象……」話還未說完，只聽「砰」的一聲槍響，副書記的腦袋像爆開的西瓜一樣炸開了，身體像體操運動員那樣柔軟，一個後翻栽倒在地。

開槍的是楊書記的保鏢，那個一直扶著楊書記的小夥子，他端槍的手臂非常直，可以當尺子用，那是長期射擊訓練的結果。此時，他的手臂並沒放下，而是把槍口換了一個方向，對準那幾個廣西人。

事情發生得太突然了，幾個廣西人全嚇傻了，呆呆地立在那裏。范曉軍也被眼前的這一幕弄得目瞪口呆，但是他很快就反應過來，這是內訌，也許副書記先頭有什麼徵兆，今天徹底大暴露，順便被解決了而已。他本來也想勸勸楊書記，說賭石沒這麼玩的，現在看來，閉嘴是最好方式。

楊書記指著那幾個廣西人說：「誰都別想走，全給我在這兒看著，看你們帶來的這塊石頭是個什麼貨色。」

楊書記不是賭石，他完全破壞了賭石的規矩。賣家討的是賣個好價錢，自然有點誇大其詞，甚至能把天下的牛都吹上天，這並不爲過，很正常，尤其在賭石界，往往能把一塊普通的石頭喊成天價。你不信就是了，不可能怪罪賣家貪心，更不能說是欺騙。現在這種情景讓范曉軍很爲難，他當然希望自己賭對了，切開後一錢不值，但是看現在楊書記這種心理失衡的樣子，那幾個廣西人絕對沒好果子吃，說不定有性命之憂，這就大大失去了賭石的意義。如果賭錯，打開後滿綠，范曉軍不知道自己將要面臨什麼樣的後果，反正肯定不能走出楊書記的手掌心，按照約定，他將屬於楊書記，永遠也別想回國。那麼瑪珊達呢？她將永遠被遊漢庥囚禁，解救她可是他這次來緬甸的主要目的，而不是幫一個八杆子打不到邊的楊書記賭石。

切石的時候，范曉軍如坐針氈，他終於理解了那些賭石人面對切石時的心情，他們燒香拜佛，背轉身子不敢看切石一眼，他們渾身顫抖，作揖祈禱。范曉軍現在的心情跟他們無二，他反覆在心裏念著賭對了，賭對了……而另一個聲音則反覆嘮叨著錯了錯了錯了，我不能害那幾個廣西人。

令人窒息的二十分鐘過去了，石頭被對半切開，結果是，范曉軍對了，裏面一片白花花，沒有一點綠。

楊書記笑了，那幾個廣西人的臉綠了。

楊書記對范曉軍豎起大拇指，說：「不愧是賭石界的高手，實在佩服。你讓我省了整整五百萬，也讓我除掉一個心腹大患，哈哈——雖然我萬分捨不得，但我要兌現我的諾言，放你走！我還想加一句，隨時歡迎你再次來到我這兒做客。」

范曉軍鬆了一口氣，心想，我沒事跑你這兒幹什麼來啊？我吃飽了撐的，要不是你挾持我，我能認識你嗎？看到那幾個廣西人驚惶失措的樣子，范曉軍於心不忍，說：「楊書記，我還有一個要求。」

「你說！」楊書記和藹地望著他。

「別爲難他們！」

楊書記的臉一下子耷拉下來，「這不是你要操心的，我知道怎麼處理，今天晚上，我還要請他們吃飯呢！還是讓學學送你吧！他熟悉路。」

范曉軍說：「好，只是別讓他再帶著我在撣邦兜圈子，那樣，我一輩子也到不了史迪威公路。」

第二十一章　我是吳哥的人

下午，崇山峻嶺中，那輛綠色大卡車向克欽邦方向飛馳著。

范曉軍坐在學學旁邊，默默地抽著煙，一根接一根。他實在沒想通，在去解救瑪珊達的途中會遇到這麼檔子事，讓他心裏特別不舒服，尤其想起那個肥胖的副書記倒在地下時的情景，更讓他徹底沒了胃口。

中午，楊書記熱情洋溢地設宴招待了他，他一口菜也沒吃，只灌了一肚子啤酒。本來他想讓酒精壓住胃裏翻上來的陣陣噁心，後來喝著喝著，他突然發現啤酒泡沫跟副書記嘴裏吐出來的白沫相差無幾，他實在忍不住，跑到外面吐得一塌糊塗。

他和學學一路沈默著，車裏的氣氛有些壓抑。遠處傳來幾聲悶雷，一團一團的烏雲從天空壓了下來，好像就在他們的頭頂似的。氣壓一下子變得很低，范曉軍感覺呼吸不是很通暢，肺部費力地擴張緊縮，非常難受。他最討厭這種天氣，不如驕陽似火，熱是熱，但呼吸不困難。要不就是來一場瓢潑大雨，暢快淋漓。但是，在緬甸，像這種烏雲籠罩的情況很多，太陽沒太陽，暴雨又沒暴雨的，天空低得像一個鍋蓋，生生把你壓在了鍋底。

學學的車技的確很好，車速也很快，車子在崎嶇蜿蜒的山路上閃躲騰挪，卻讓你絲毫感覺不到危險。兩個小時以後，他們已經把那片烏雲甩開，整個大地一下顯得空曠起來，彷彿來到一個新的世界。

學學終於打破沈默，他盯著前方的路面，對范曉軍說：「范哥，別怪我！」

「把它忘了吧！」

「我身不由己。」

「我知道。」

「我們以後還是朋友。」

「只要你把我安全送到史迪威公路，然後找到那塊黑色石頭。」

學學嘴角咧了一下，好像想笑，但沒笑出來，「老頭子不會再賭石了。」

「楊書記？」

「嗯，他上過無數次的當，這次徹底死心了。」

「無數次？」

「是的。他早就懷疑副書記勾結外人一起欺騙他。」

「副書記跟那幾個廣西人是一夥的？」

「可能。」

「石頭在沒切開之前，誰知道裏面什麼樣？這談不上欺騙吧？」

「但是你是行家，你的話起了關鍵作用，老頭子很信你。」

「我哪句話起了關鍵作用？」

「你說打木砍的石頭，如果表面出現大片大片的綠，絕對是膏藥皮。而那幾個廣西人不可能不知道這個，而且他們每次拿來的也正是這種膏藥皮。加上副書記在旁邊極力攛掇，老頭子下狠心買過幾塊，前後差不多花了一千萬，次次讓他上當。這次這幾個廣西人又來了，開價開得更高，而副書記也表現得異乎尋常的熱切。老頭子心存僥倖，他想萬一這次出綠，出手就可以幾倍幾倍往上翻，過去所有的失敗都可以不計。於是他想到了你，想請你來鑒別鑒別。」

「所以，派你來找我？」

「對，我們之前已經得知你入境，我們不想錯過這個大好時機，誰知道有人比我們還快……」

「如果副書記跟幾個廣西人是一夥的，他完全可以阻止我，甚至殺掉我。」范曉軍此時想起來都有點不寒而慄。

「你以爲他不想嗎？但是他不敢，他只是想貪老頭子的錢而已，他還要在當地生活下去。他從骨子裏不相信你這個鑒玉行家能百分之百正確，他的錯誤判斷最終把他害了。」

「那也不至於用槍……」

「不單是賭石，其他還有原因，我不想多說，反正老頭子早想除掉他，這次是個機會。」

「而這個機會是我提供的？」

「是。」

「老頭子的腿是怎麼回事？」

「早年被地雷炸的。」

沈默了一會兒，范曉軍又問：「那幾個廣西人怎麼處理？」

「我不知道老頭子怎麼處理，但我想，他不會輕易放過他們的。可能是活埋……」

「活埋？」

「活埋是最仁慈的方式，老頭子大概不會這樣，他還想讓他的老虎高興高興呢！」

「什麼意思？」

「老頭子養了五頭緬甸虎，很漂亮，老頭子一向不虧待牠們，什麼好吃的都給牠們留著。」

范曉軍倒吸了一口冷氣，他的秘訣害了副書記，也害了那幾個廣西人。他摸索著煙盒，又點燃一根，貪婪地吸了一大口，煙霧從他嘴裏吐出來，瞬間就被車外的風吹散了，彷彿吹散了范曉軍心頭的不快。

不去想這些了，再也不想，這簡直是一場噩夢。他不想知道楊書記他們內部發生了什麼，也不想知道他們到底是什麼性質的武裝，跟他沒關係。他儘量回味那天晚上在「革命旅館」裏的情景，那個上了歲數的盲女淳樸虔誠的歌聲，歌聲縹緲而遙遠，它可以洗滌范曉軍看到的血腥……

車裏又陷入沈默。過了一會兒，學學突然問：「你很愛這個女人嗎？」

范曉軍側過腦袋，似乎感覺很突兀：「你真的確定我去找一個女人？」

「是。」

「你說得對！我愛她，所以我必須找到她。」

「我還沒有嘗過愛情，等我能爲一個女人捨生忘死的時候，就可以理解你了。」

范曉軍沒搭腔，他想，要你理解幹什麼？愛情這東西應該不讓人理解才是。再說，我的愛情觀沒那麼高尚，我所理解的愛情沒有別的，只有責任。一個人活在世上，必須爲責任負責。責任不是愛情強加給誰的，而是天生必須具備的。爲了責任，我應該準備隨時付出。愛情之所以偉大，就在於愛與被愛的人不要求回報，如果你斤斤計較，腦子裏一味計算著付出多少就該得到多少，那不是愛情，是商品，你已經把自己當商品賣了，這種人沒資格談論愛情。在他們身上，愛情變成了一個可以隨時遮羞的面具，而他們自己，則是一堆放在秤上的死肉。

死肉有愛嗎？它只有價錢！是的，現實社會中的愛情都已經被玷污得面目全非，更多的是死肉橫行，這些死肉不配談論愛情，他們只能變成庸俗的俘虜。而在我眼裏，責任是本能，失去這個本能就不要奢談其他，因爲你已經失去了資格。瑪珊達的魅力可以讓我深入森林不畏艱險去尋找她，她是美麗的，是無法用任何器具來衡量的，而她的美麗只在我心中，而不是外表的華麗。唉！這些道理根本沒必要跟眼前這個司機講，他還小，他現在只是別人的一個工具，等他把自己變成自己的工具時，就像他范曉軍現在主宰自己的思維與行動一樣，他才能明白一份真摯的感情的真正分量。

學學說：「范哥，有一點我不太明白，你要尋找的這個女人到底在什麼地方？你光知道一塊黑色的大石頭，然後呢？茫茫林海，你到哪裡找她？」

「她目前被一個男人囚禁在森林裏，我想先找那條上山的路。」

「你要去救她？」

「是。」

「囚禁她的男人是誰？」

「遊漢庥。」

汽車「吱」的一聲刹住了，學學吃驚地看著范曉軍，「是他？」

「你認識？」

「豈止認識。」

「怎麼？」

「老頭子結婚早，兒孫滿堂，遊漢庥是老頭子的孫女婿！」

「啊？」范曉軍也吃驚不小。

學學說：「哎呀！幸虧你吃飯的時候沒說給老頭子聽，他不是一直在問你找誰去嗎？現在看來，范哥的嘴巴真嚴，一點風都沒漏，不然……」

「怎麼？」

「老頭子要是知道你去找他孫女婿要一個女人，他怎麼可能讓你走？」

「難道我要找的女人是……」

「她多大歲數？」

「二十多點。」

「那不是。老頭子的孫女起碼三十歲了，是遊漢庥的大老婆，一身病懨懨的，萎縮得像老太婆一樣，從不拋頭露面。」

范曉軍心裏想，怪不得當時沒見過遊漢庥那裏有這麼一個女人。

學學接著說：「范哥，按我的意思，我又想開著車繞圈子了，我不想拉你找遊漢庥。這個人你可能不瞭解，陰險毒辣，詭計多端，你一個人單槍匹馬怎麼可能對付得了他？你這不是救人，是白白送死！」

范曉軍不會不知道這一點，他正把自己變成一塊肥肉，乖乖地送到遊漢庥嘴邊。但是，范曉軍不想退縮，他性格裏的倔強促使他永遠向前，沒有後退。爲了救出瑪珊達，他豁出去了。

他堅定地對學學說：「如果你把我當成朋友，繼續開！相反，你也可以把我交還給楊書記。」

學學爲難地說：「范哥，我真的不想讓你白白送命！」

「開！」范曉軍命令道。

學學踩下油門，不情願地把車子往前挪去，速度非常慢。

「學學，我知道你爲我好，但是你不知道，能一個人來緬甸，我就已經做好了最壞的打算，我必須找到這個女人，並把她帶回中國，我死而無憾，我不能讓她在那兒待著，她受的苦夠多的了，她應該像一個正常女人那樣，享受她應該得到的一切。」

車速快了起來，大概范曉軍這番話也感染了學學，他爲范曉軍的決心而感動，也許在他短短的人生道路上，第一次遇到像范曉軍這樣倔強偏執的男人，他的心靈受到了強烈的震撼。他應該幫這個男人，幫他完成這次用生命書寫的旅程。

兩個男人沒再說話，駕駛室裏又變得沈默起來，只有汽車馬達的聲音伴隨著他們……

第二天早上，那塊黑色的石頭終於出現在路邊。范曉軍跳下車，奔跑著來到石頭旁，他的眼睛頓時濕潤了，他彷彿看到瑪珊達站在石頭旁邊，滿眼絕望地望著他。他想，瑪珊達，別絕望，我來了！真的來了！這裏就是我們的起點。

看到黑石上面的緬文，他問學學：「你認識嗎？」

學學點點頭。

「什麼意思？」

「望夫石。」

「望夫石？」

「大概是當年修路人的妻子立的。」

「修路人的妻子？」

「史迪威公路這段歷史你知道嗎？」

「知道一些，但不全面。」

「那是一定的，因爲我是騰衝人，所以對這段歷史，比中國其他地方的年輕人知道的更詳細。」

「講來聽聽！」

「當年美國爲了給中國輸送抗日物資，準備修築一條從印度利多經緬北重鎭密支那、八莫到中國雲南的公路，公路全長大約七百七十三公里。公路途經地勢險惡的喜瑪那雅山脈南麓的高山峻嶺和急流險灘，這裏熱帶原始森林遮天蔽日，瘴氣瘧疾無處不在，一到雨季，洪水氾濫，一片澤國。而日軍則派出第十八師團三萬多精兵強將，在各個交通要道和地勢險峻地區構造了堅固工事，囤積大量的糧草彈藥，等待著試圖修路的盟軍。而美國的特種部隊長途奔襲突擊團『劫掠者』三千多人和英軍乘坐滑翔機在敵後活動的滲透部隊『親迪』則趕來護路助戰。在另一方面，除招募了三萬多中國、印度和緬甸的築路勞工和組建了中國駐印軍工程部隊外，美國還從本土調集了五萬多裝備精良的工程兵組成築路大軍。可想而知，當時的戰鬥有多麼慘烈。當然，整個修路過程以我方殲滅兩萬多名日軍而勝利告終。爲了表彰史迪威將軍在策劃指揮開闢利多公路的傑出貢獻，蔣介石在中印南線通車之日發表廣播演說宣布：『我們打破了敵人對中國的封鎖。請允許我以約瑟夫·史迪威將軍的名字爲這條公路命名，紀念他的傑出貢獻，紀念他指揮下的盟軍部隊和中國軍隊在緬甸戰役以及修築公路的過程中作出的卓越貢獻。』」

「所以，很多修路人一去就再也沒有回來？」

「對，再也沒有。於是，他們的妻子就在路邊立了很多這樣的石頭，上面刻著對丈夫的思念，她們盼著丈夫能早日回到身邊。但是，這樣的願望全都落空了，她們都成了寡婦。」

范曉軍聽了這段歷史後，心情很沈重，當年那些盼著丈夫早日歸來的女人們，她們絕望過嗎？一定是。那麼瑪珊達呢？她當時站在這塊石頭旁的時候是絕望嗎？她有沒有想過我會回來？

該跟學學分手了。

學學從車上搬下來一個沈甸甸的大背包，幫范曉軍揹在了背上。

「什麼東西？」范曉軍問。

學學說：「雖然後來才知道你是找遊漢庥，但先前我已經給你準備好了。這趟不易，拿著吧！都有用。吃的，水，藥品、指南針、火柴、軍鏟、望遠鏡等等。看你空著手，我就在想，這個人一點森林經驗都沒有，你以爲你可以喝山泉吃野果嗎？不行的，山泉和野果說不定都有毒，不能亂吃。另外，我也不想讓你再次暈頭轉向，連方向都摸不清。」

范曉軍鼻子酸酸的。的確，他沒有想到這些，他以爲找到這塊黑色石頭就離遊漢庥的老窩不遠了。想想那晚他帶著瑪珊達逃跑，倉皇中不知道跑了多少公里，三十公里？五十公里？不知道。但回想起來，一定不近。

范曉軍握了握學學的手，什麼感激的話都沒說，他知道他要活著回來，才是對學學最大的感激，否則現在的沈默就是他們的永訣。

學學最後囑咐道：「小心他的陷阱，他跟越南人學的，處處都是。我等著你的好消息！」

范曉軍向學學揮了揮手，然後毅然決然順著一條小路下了公路。他沒再回頭，他的眼睛只有前方，前方是淡藍色的山巒，以及連綿不斷的翠綠森林，瑪珊達在那裏等著他呢！

他默默地在心裏說：謝謝你！再見！

一個小時以後，范曉軍走出那片森林，面前出現一個空曠的河灘。河面寬闊，水流湍急，偶爾有幾隻彩色的水鳥飛過。河灘是白色的，很長，大約有五百多米，接下去又是茂密的森林。范曉軍想去河邊洗洗臉，突然發現前方沿著河邊走過來一群當地土著，男女老少都有，大約三十來個，頭上紮著各種顏色的樹枝，並且載歌載舞。有四個小夥子抬著一口黑色的棺材，另幾個人則用擔架抬著一個一絲不掛的獨腿男人。

范曉軍迅速躲進樹叢，從背包取出了望遠鏡。

不一會兒，四個小夥子把棺材抬到河邊，然後咿咿呀呀叫著，幾個人一起抬著那個獨腿男人往棺材裏塞。獨腿男人大聲慘叫著，並像漁網中的魚一樣奮力掙扎著，肚子一會兒挺起，一會兒凹下去。

他們要幹什麼？

范曉軍把望遠鏡頭移到黑色棺材上，發現棺材上有無數個小洞，他立即明白了，是餵屍水葬。這種水葬的形式是這樣的：將棺材鑿出許多小洞，然後沈入水中，目的是讓小魚入棺啃食屍身，以屍體養魚，小魚在棺材裏迅速長大，再也無法從小洞鑽出。等過了大約三個月，再撈起棺木打開，裏面全是又肥又大的河魚，據說煮出來的湯味道甜美。這種令人毛骨悚然的水葬實在考驗人的胃，范曉軍只是想一想就忍不住一陣噁心。他記得這種水葬形式是撣邦茵萊湖一個水上民族的古老習俗，現早已絕跡，沒想到在這裏還能看見。現在問題的關鍵是，那個獨腿男人並沒有死，這幫土著是想活生生把那個男人餵魚啊！太殘忍了！

范曉軍看不下去了，他必須救這個人。

他走出樹叢，舉著衝鋒手槍，慢慢移了過去。此時，那個獨腿男人已經被塞進了棺材，棺木裏發出沈悶的咚咚聲，以及更加淒慘的呼叫聲。獨腿男人還在做最後的掙扎與求饒，他想用變了調的嗓子軟化這些土著的心。土著們開始柔情似火地狂舞，幾個袒露乳房的女人前後扭動臀部，向異性發出求偶的訊息。顯然，這招很管用，男人們的荷爾蒙被猛烈刺激出來，亢奮的面孔開始發潮，他們爭先恐後跳上棺材，在上面跺著跳著，嘴裏發出「噢噢」的叫聲。有兩個身材粗壯的小夥子用身體壓住棺木，而另幾個人則拿出釘子錘子，開始「咚咚咚」地釘棺蓋。

此時，有個女人發現了慢慢走來的范曉軍，她發出一聲尖叫，所有的載歌載舞立即停止了。他們全都愣在那裏，疑惑地盯著這位不速之客。

范曉軍不知道用什麼語言跟他們交流，只能用槍口示意他們全部走開。

幾個女人驚叫著帶著小孩向遠處跑去，而留下來的男人則開始抽出腰間的細刀。

「砰——」

范曉軍朝天上開了一槍。

那些男人臉上本來還很剛毅，瞬間就變得面色如土，他們驚惶失措，岔開腿轉身就跑。一分鐘過後，河灘上只剩下范曉軍和一口黑色的棺材，以及棺材中發出的沈悶的呼救聲。

范曉軍從背包裏拿出學學給準備的軍鏟，開始撬那口黑色的棺材。現在范曉軍不得不佩服學學，他提供的東西太管用了。

釘棺材的釘子有點粗，范曉軍費了九牛二虎之力才把棺蓋撬開。那個獨腿男人哇啦哇啦叫著，一臉驚恐。他知道他得救了，不會再擔心自己成爲魚飼料了，他哆哆嗦嗦地抓住范曉軍的手，用緬語說個不停。

這個人太髒了，全身散發著一股令人無法忍受的臭氣。他的頭髮特別蓬亂，遮住了整個臉，一條腿從膝蓋以下完全斷掉，上面裹著不知名的草葉子，傷口處嚴重潰爛，草葉子上沾滿了發出惡臭的膿血。

范曉軍掩著鼻子，剛想把臉撇開，但是不行，他不得不把目光盯著那個男人的臉。他呆住了，因爲他認出了這個斷腿男人。

「哥覺溫！」范曉軍大叫道。

「范哥！」哥覺溫也同時認出了他。
「是啊是啊！原來你還活著？」
「你也活著？」
「我們都活著！」
兩個人抱在一起，哈哈笑著，隨後兩個人咧開嘴放聲哭了起來。哭夠了，范曉軍才把自己後來所經歷的事情簡略介紹了一番，哥覺溫說：「我以爲你掉進那個大陷阱再也不會出來了。當時坦克子彈多密集啊！樹都打倒了，何況人。我命大，只腿上挨了一顆，又正好掉進一個一米多寬的硝坑，硝坑口被樹葉覆蓋了，所以他們沒發現我。而其他人，我的同伴……我親眼看見哥索吞他們都被……」
哥覺溫的眼圈又紅了。
「你的腿……」
「子彈從小腿肚子穿過去，脛骨斷了，後來它就一直往上潰爛，我一看不行，就用刀把它割掉了，不然我整個人都會變成一灘爛泥，給森林當肥料。這個狗娘養的什麼麻，我真想親手殺了他！碎屍萬段！他應該躺在那個棺材裏餵魚，而不是我……」
哥覺溫的話讓范曉軍的心一陣緊縮，他問：「之後你一直在森林？」
「是啊，我想慢慢爬到公路，看能不能搭上個車……」
「這麼長時間你都吃什麼？」
「吃野果，吃樹葉，吃蝸牛，吃動物吃剩下的野豬野鹿，反正碰到什麼吃什麼。後來遇到這幫土著，我就等於上了天堂，一個星期以來，他們一直餵我甘薯，拼命往我肚子裏塞。我倒是吃飽了，誰知道他們是想把我養肥，然後餵魚。」

看樣子哥覺溫風餐露宿遭了不少罪，幸虧他遇到范曉軍，不然，他此時已經成了河魚的美食了。

范曉軍說：「這裏不是久留之地，我們趕快走，來！我揹你！」

范曉軍想再花一個小時的時間把哥覺溫揹回史迪威公路邊那塊黑色石頭旁，然後幫他搭上一輛車，儘快送到最近的醫院治療。他發現，哥覺溫的體質非常虛弱，他只是硬撐著一口氣而已，再不及時治療，他就徹底完了。

范曉軍把哥覺溫抱起來，準備側身放在自己背上，突然，「砰」的一聲清脆的槍響，范曉軍迅速臥倒在地，警惕地向四周張望。又是「砰」的一聲，子彈打在離范曉軍僅僅五米的地方。

范曉軍不知道子彈從哪個方向打來的，也不知道開槍的是什麼人，他不能再等了，「騰」地站了起來，揹著哥覺溫就跑。子彈「啾啾啾」地打在他的腳邊，他不能遲疑，不能躲避，更不能停下來，他快速穿過開闊的河灘，鑽進茂密的森林。

范曉軍氣喘吁吁地把哥覺溫放在一棵大樹下面，然後把衝鋒手槍握在手裏，準備隨時還擊。哥覺溫問：「是那些土著？」

「不！我猜是遊漢庥他們！」

「他們鼻子真尖啊！」

「森林裏的人嗅覺都靈敏。」

「范哥，你自己走吧！我不能成爲你的累贅。」

「你別管，我不能丟下你！」

「不然我們兩個都得死！」哥覺溫拼命大喊道，彷彿用盡了生命中最後一點力氣。

子彈像長了眼睛一樣，打在頭頂的樹幹上，掀下的樹皮掉了下來，劈哩啪啦砸在他們身上。范曉軍意識到他們被包圍了，沒準還是遊漢庥的人。絕望立即籠罩在范曉軍心頭，還沒開始戰鬥，就陷入對方的槍林彈雨之中，想還擊都找不到目標。

范曉軍抱住哥覺溫，用自己的身體掩護著他，哥覺溫帶著哭腔說：「范哥，真的不要管我，我已經是一個半死不活的人了，你不值得！」

「什麼值得不值得！你現在給我趴下！」范曉軍怒吼著。

「噠噠，噠噠——」幾個點射打在離他們不遠的一塊岩石上，子彈、石片嘯叫著，到處橫飛，發出刺耳的尖叫。范曉軍覺得耳邊「呼」的一聲，一顆流彈擊中他的右臂，他「哎呀」一聲，槍從手裏飛了出去，鮮血像泉湧一樣汩汩冒了出來。哥覺溫的情況更糟糕，一顆流彈打進了他的腰部，他的身體像一隻放在開水裏的河蝦，彎曲成不可想像的角度。他痛苦地呻吟著，鮮血從嘴角噴了出來，他的內臟完了。

范曉軍咬緊牙關，從背包裏找到學學給他準備好的雲南白藥，倒麵粉一樣灑在哥覺溫的傷口上。

「啊——」哥覺溫慘叫起來。

「哥覺溫，堅持住！」

「我堅持不住，疼啊！」哥覺溫咧著嘴，肆無忌憚大聲叫著。

此時槍聲突然停了，就像電影中的慢鏡頭一樣，聲音突然消失，周圍的樹木像兒童擺放的積木一樣鮮豔，范曉軍甚至可以看見被子彈驚起在空中慢慢劃過的小鳥。他的大腦一陣暈眩，這一刻他突然感覺到他已經輸了，在戰鬥還沒正式打響的時候，他就處於被挨打的地位，他的子彈只能嚇走一幫手無寸鐵的土著，跟遊漢庥這種叢林戰老手相比，他太自不量力了，他還不如一個剛入伍的小兵。他性格中的偏執阻礙了他的思維，他以爲可以憑著一股子膽氣就可以擺平遊漢麻。錯了！他不是遊漢麻的對手！再給他幾個膽子也不是。

「哥覺溫，你咬牙堅持一下，你不會死的，」范曉軍把哥覺溫的腦袋放在自己的臂彎裏，「我要帶你回去，回到你的家鄉耶巴米，或者跟我到雲南，我給你安義肢好嗎？你沒有殘廢，你仍然可以走路，像正常人那樣走路。對了，你知道義肢最好的品牌是什麼嗎？是臺灣的德林。我講給你聽，有一個叫陳坤林的人，一九六〇年的時候遭遇了一場車禍，喪失了寶貴的左腿，當時他只能穿戴笨重的木頭義肢，那種能摩擦破皮的殘肢，如錐刺心，所以他立下宏願：『研究義肢救助自己，更要救助像我一樣不幸的人！』就是他，創立了享譽全球的德林義肢。我就給你買那個好嗎？哥覺溫，聽我說，你別不理我，你去過中國嗎？沒去過吧？我帶你到北京登長城，不到長城非好漢。你是個好漢子，所以你必須去長城！哥覺溫，哥覺溫……」

哥覺溫眼窩裏浸滿了淚水，他喃喃地說：「范哥，你是個好人，聽我的，買一塊地，娶幾個緬甸姑娘，她們很溫柔……但恐怕我真的不行了，我要走了……」

「哥覺溫，不會的……」

哥覺溫猛地抓住范曉軍的胳膊，身子僵硬著使勁向上挺，彷彿要極力靠近范曉軍。他張大眼睛，斷斷續續說：「范哥，你……是……好人，我不……是……」

「你不是什麼？」

「我……不是……好人！」

范曉軍從哥覺溫的話裏聽出有點不對勁，他湊近哥覺溫的嘴巴，問：「你想告訴我什麼？」

「我……我……那個……石頭……是……假的！」

范曉軍心裏一驚，「哪個石頭？你怎麼知道是假的？」

「就是……我們……運……運的……那個……」

「啊？哥覺溫，告訴我怎麼回事？」

哥覺溫的呼吸變得異常困難，他的嘴裏不停地向外噴血，「我是……吳哥……吳……」

「吳哥？是賣給我石頭的吳貌貌嗎？」

哥覺溫搖搖頭，「老……老……」

「老吳？」

哥覺溫艱難地點點頭。

「哪個老吳？他怎麼了？」

哥覺溫用盡最後一點力氣，吐出最後兩個字：「……的人。」然後他的身體一下子軟了下去，像一灘泥一樣，在范曉軍懷裏融化了。他的眼睛始終睜著，嘴角還帶有一點淺淺的笑意，彷彿他最後把這個秘密告訴范曉軍能使他的靈魂昇華似的。

范曉軍的腦子濛濛的，好像後腦勺被誰狠狠敲了一下。「我是吳哥的人！」這是哥覺溫留在世上的最後一句話。吳哥？哪個吳哥？顯然不是賣石頭那個吳貌貌，哥覺溫已經搖頭否認。范曉軍眉頭緊鎖，極力想把他認識的所有姓吳的人排列出來，不行，幾乎沒有，他只想起一個沒分量的同學吳翰冬。那人白受高等教育了，純粹是個玉石騙子，整天拿一個「埃伯特娃」在賭石界吃「詐錢」，范曉軍一直沒好意思揭穿他。顯然，吳翰冬不可能是吳哥，就看李在認不認識一個姓吳的人了。如果哥覺溫說的是真的話，那麼他和李在就可能陷入了一個不知名的可怕的圈套。誰是設置這個圈套的人呢？是吳哥嗎？如果是，他為什麼要害李在呢？

范曉軍把哥覺溫的遺體放在地上，腦子裏亂成一團麻，他根本理不出個頭緒。自責迅速包圍了他，他怨恨自己爲什麼沒看出那塊石頭是假的，他幫李在賭石這麼長的時間，從來沒被一塊假石頭所欺騙，他甚至可以幫助楊書記辨別打木砍的石頭，卻偏偏在自己的石頭上翻船。他懷疑哥覺溫剛才純粹是臨死前的胡言亂語，他的內臟壞了，他的大腦已經不清醒，他自己都不知道他說了什麼。可是現在，他已經無法再去詢問哥覺溫了，他已經死了，他不可能收回他剛才說的話。只能相信他！

范曉軍怎麼也想不出那塊石頭到底是怎麼個假法，以致於那麼容易蒙住他的眼睛，他無法想像。現在他首先要做的是，儘快把這個消息通知李在，讓他趕快封存三月生辰石，千萬別賣出去，否則他在賭石界就沒法混了，那不是一個簡單的信譽問題，是人格。

現在怎麼辦？是想辦法突圍，火速回雲南，還是繼續跟遊漢庥周旋、解救瑪珊達？他面臨的是一個前所未有的艱難抉擇，如果回雲南，就意味著這次解救瑪珊達半途而廢；如果不回去，朋友那裏交代不過去，他不可能拋棄信義袖手旁觀，這不是他的個性。再說，那塊石頭不是李在一個人的，還有昝小盈，還有李在的朋友唐教父，包括范曉軍自己，都是那塊石頭的所有人，他們面臨的是在賭石界全軍覆沒，這對於他們——尤其是李在來說，是個比天塌下來還要嚴重的事情。

怎麼辦？怎麼辦？如果突圍能突出去嗎？萬一不成功，自己死了倒無所謂，只是沒有人能及時告訴李在，瑪珊達也沒有誰來解救她了。

范曉軍的心裏升起一陣悲涼，力量的單薄讓他第一次感到自己渺小，現在他懂了，當初李在爲什麼用一米多長的黑漆九節簫把他吹出落泉鎮，他想用淒涼無力的簫聲告訴范曉軍，在這個世界上，你一個人無法抗爭，只能順天應命。

范曉軍正在左右爲難，突然聽見不遠處的樹叢發出一陣嘩啦嘩啦的響動，他想撿起剛才被流彈打落的手槍，可是已經晚了，樹叢中走出來二十幾個端著各種槍枝的小夥子。

「哈哈，你好嗎？范曉軍！」

這個聲音太熟悉了，范曉軍找的就是他——遊漢庥。

遊漢庥還是那身打扮，好像他沒別的衣服，那頂戴了不知多少年的白色禮帽，加上白襯衣白褲子白皮鞋，周圍襯托著一群穿著髒不拉嘰「布梭」的緬甸人，凸顯出他與眾不同的地位。只不過他的白色衣飾被樹漿泥沙染得花花綠綠的，襯衣的領口也撕開了，帽檐幾乎變成黑的，並無力地耷拉下來吊在那裏，皺得像個陰囊。

遊漢庥走到范曉軍面前，愁眉苦臉地說：「我們等了你多少天你知道嗎？從你入境那天起，我們就在這裏等你，爲了你，我三個弟兄喪了命，我們付出了多麼慘重的代價啊！不過還好，終於把你等來了。我知道你放不下瑪珊達，我知道你一定會來。注意！不是我逼你來的，是你自投羅網。」

遊漢庥說得對，他不但自投羅網，而且還是飛蛾撲火。

遊漢庥突然問他：「石頭的事你知道了嗎？」

范曉軍猜想他指的可能是假石的事，連遊漢庥都知道了，自己竟然一直蒙在鼓裏，頓時，一種無以名狀的羞辱感深深地刺痛了他。不過，他不想把這種羞辱感表現在遊漢庥面前，他穩定情緒，想聽聽關於這塊石頭更多的訊息。

「什麼事？」范曉軍不動聲色地問。

「什麼事？你還不知道？」遊漢庥搖晃著身子，「你的消息也太不靈通了。告訴你，你運回去的那塊石頭是假的，有人設套讓李在鑽，他還真鑽進去了。在這裏，我還要告訴你一個驚人的消息，可能你更不知道了，一個北京的老頭把那塊石頭買了，一千三百萬啊！發財了吧？結果怎麼樣？哈哈，老頭馬上心臟病發作，死了！李在這次栽得深，他徹底完蛋了！哈哈哈……」

遊漢麻的每一句話都能讓范曉軍心驚肉跳。看來李在已經知道了假石，這更讓范曉軍羞愧難當，負疚不已。他已經沒臉再見李在了。

遊漢麻彷彿看出了范曉軍的心思，他說：「你不可能再見李在了，你必須躲著他，他現在瘋了一樣到處找你！」

「找我？」

遊漢麻突然收住笑容，惡狠狠地說：「出現這種情況，你應該第一個懷疑誰？換個傻子也知道應該懷疑你啊，我的范曉軍兄弟！」

「懷疑我？懷疑我做假？」

「廢話！你在緬甸找那塊石頭找了三個月，什麼假也做出來了！不懷疑你難道懷疑我？媽的，我把你石頭截下來不還就沒這個事了，偏偏那個李在自作聰明，拿我父親做人質，逼我還石頭。他的心太歹毒了！連小孩都能想得出來，誰出的這個餿主意誰是設套的，因爲我擋了人家的生意。操他奶奶的！我要是知道是誰，別說李在，我第一個就想殺他！」

遊漢麻的分析很重要，應該儘快告訴李在，但是自己的身分現在起了重大變化，他是第一號被懷疑對象，李在還會相信我嗎？范曉軍感到事情越來越嚴重，這塊假石不但毀掉了李在在賭石界的名聲，也同時讓他和李在連兄弟都沒法做了，這是比賭石還重要的事情，因爲在范曉軍心裏，人格的重量比天還大。

「怎麼樣？現在還想回雲南嗎？」遊漢麻揶揄道。

范曉軍說：「回，我必須回去，就算死在李在手下，我也要澄清我的清白。」

「好！我成全你。」

「成全我？」

「是的。我會成全你回雲南的，但是現在，你必須先回我那兒，我哥哥找你有事。再說，你看你胳膊，還在流血呢！必須讓瑪珊達給你治治，你說是吧？」

終於又一次聽到瑪珊達這個名字，但是這麼可愛的名字卻從遊漢麻嘴裏說出來，范曉軍感到渾身不自在。不過，目前的狀況是，他身不由己，遊漢麻卻收放自如，可以按自己的意志牽著范曉軍到處遊走。見機行事吧！看來只能暫時這樣。

一個粗壯的小夥子來到了范曉軍面前，他以為對方還像上次那樣給他眼睛蒙上一塊黑布，顯然，這次不是，小夥子從腰裏抽出一根黑黑的硬膠警棍，照著范曉軍的頭部就是一下。他眼前一黑，昏了過去……

第二十二章　沒有理由

昨晚李在又失眠了，到早上才迷迷糊糊睡去，張語的去世給他的打擊是無法用語言形容的，就像誰用一記重拳把他擊倒在地，渾身的骨頭都斷了，很難再爬起來。

那天晚上接到張鄢的電話後，他就立即趕往了醫院，他知道老人沒有多長時間了，他要跟老人做最後的告別。

病房裏一片肅穆，張語的兒子女兒以及孫女張鄢都在裏面，他們垂著頭，抹著眼淚，氣氛非常壓抑。老人安靜地閉著眼睛，他剛剛停止呼吸。李在來晚了，他沒有趕上跟老人說最後一句話。張鄢抽抽泣泣告訴李在，老人臨終前交代，買石頭的一千三百萬不用還他，他不要，那是他一生中花的最後一筆錢，也是最令他遺憾的錢，他認了。還給他，等於侮辱他。李在的心意他領了，他堅信李在的爲人，如果李在有心，就用那筆錢追查誰是假石的幕後策劃吧！就當是替老人報仇！

李在失聲痛哭起來，他感謝張語的信任，這種信任像一隻大手，有力地托著他搖搖欲墜的身子。他想，把那筆錢先存在那兒，找個好的時機再直接交還給張鄢……

上午十點，李在起了床，他正在浴室洗臉，門鈴突然響了。李在走過去拉開門一看，見一個陌生的年輕女孩站在門口，大約二十多歲，大大的杏仁眼睛，鼻子微微向上翹，嘴唇很漂亮，並用唇筆勾出嫵媚而性感的線條。

「你是？」李在猶猶豫豫地問。

女孩問：「你是不是李在？」

「我是李在。」

女孩「唉」的一聲鬆了一口氣，也不管李在允不允許，就直接衝進了房間。

李在覺得有點莫名其妙，跟在後面問她：「請問妳找誰？」

女孩往沙發上一坐，說：「找你啊！」

「妳是誰？」

「你先給客人倒點水行不行？你知道我找你找得多辛苦？你們這兒屬於高檔富人區吧？互相都不認識，打聽了好幾個人，特別冷漠……」

李在這幾天情緒正處於人生最低谷，哪有時間聽這個陌生女孩嘮叨淡漠的人際關係。過去經常有這樣的事發生，女孩子自告奮勇找上門來，打著探討賭石秘密的幌子，實際上幹著賣弄風情的勾當，他最煩這個。不過即使再煩，他也不可能寫在臉上，這點風度他還是有的。

他微笑著問那個女孩：「請問妳找我有什麼事？如果不是特別重要的事就改天再說，我倒是有特別重要的事急著去辦。」

女孩說：「想轟我走？你轟不走的，我要是說出我找你的原因，你立馬就能坐在我面前洗耳恭聽，我敢打這個賭。」

「到底什麼事？」李在耐著性子問。

「我問你，你前段時間是不是賣了一塊石頭，而且那塊石頭是假的？」

「是啊，妳怎麼知道？」李在心裏一驚。

「我怎麼知道？全雲南人民都知道。」

「妳想說什麼？」李在心底的火直向上冒，因為女孩正在毫不留情地揭他的傷疤。他心裏極力否認這個消息已經鬧得滿城風雨、家喻戶曉，他寧願相信只有少部分賭石人知道，這其實就可以要他命了。實際上，他知道這個消息不可能只是小範圍內的八卦，他知道它的感染力，足以遺臭萬年，只是他不願承認罷了。

「我想說什麼？你想不想聽聽老吳的故事？」

「老吳？」李在全身一震，「哪個老吳？」

「瑞麗玉城老大，緬甸老吳。你難道不認識？」

這正是李在最想知道的事情，果然，正如那個女孩所說，他恭恭敬敬地坐在了她的對面，表情特別虔誠。

女孩說：「我跟老吳有一些來往！……」

「一些來往？」

「別打斷我！前段時間，他總在我面前說，有一塊從緬甸運回來的石頭，還說賭石界要發生一件重大的事情，還說什麼君已入甕。我想肯定跟你這塊假石頭有關。」

李在的嗓子眼開始冒煙，「等等！妳說的是真的嗎？」

「難道有假？」

「爲什麼要告訴我？」李在警惕起來。

「爲什麼？因爲我現在極端厭惡他……」

「僅僅因爲這個？」

「不！」

「那是？」

「我告訴你我的名字，你就知道爲什麼了。」

「妳叫什麼？」

「火靈。」

「火靈？不認識。」

「你是不認識，可你認識我的父親。我剛從草頭灘探望我父親回來。」

「火八兩？妳是他的女兒？」

女孩的鼻翼皺了起來，「別叫我爸外號好不好？」

「我知道妳父親的大名，火炬，你們父女兩個的名字都不錯！好記！」

「現在不是討論名字的時候。昨天我去探監，跟他說起最近發生在雲南的重大事件，偶爾提到那塊轟動全省的假石頭，我說我聽別人說過，我父親一聽，說你是他的朋友，必須讓我把這個情況告訴你，告訴的越多越好，這就是我今天來你家的原因。去！給我倒點水！我渴了！」

原來是這樣！火靈帶來的消息讓李在非常震驚，看來這件事跟瑞麗玉城老吳有關，這是一個突破口，從這個突破口衝過去，也許就可以尋找到一些端倪了。

火靈咕咚咕咚喝完水後，對李在說：「我就不耽誤你了，你不是還有重要的事要辦嗎？那我先走了！」

李在從筆記本上撕下一張紙，寫上自己的手機號碼，遞給了火靈：「希望能經常聯繫，有什麼更重要的線索請及時聯繫我。另外，請轉告妳父親，假釋的事正在辦理。」

「假釋？你在幫我爸爸辦假釋？」

「是的，說不定很快你們就可以團圓了，即使今年不成還有明年呢！讓他別著急，我這個朋友沒忘了他。」

火靈頓時眉飛色舞，笑吟吟地對李在說：「太好了！我替我父親先感謝你！」

「先別客氣！我跟妳父親不是一天兩天的朋友，是多年的難友。」

「啊？你也坐過牢？跟我父親一起？」

「是啊！我們在一起待了很多年。」

「真看不出來。」

「看不出來什麼？」

「看不出來你坐過牢啊！坐過牢的人再掩飾都不行，關鍵他眼睛不行，污濁，不乾淨，我爸爸就是。而你的眼睛多亮啊！」

送走火靈後，李在泡了一杯茶，一邊啜著一邊想，妳一個小丫頭知道什麼？妳能看出我內心的污濁與清澈？誰的臉上寫著坐牢？除非古代的黥面之刑。是的，盜竊刺在耳朵後面，徙罪和流罪刺在面頰或額角，所刺的字必須排列成一個方塊，如果是杖罪，所刺的字則排列爲圓形。凡是重罪必須發配遠惡軍州的，都要黥面，這叫刺配她懂嗎？那麼我呢？如果刺配該配到哪兒？刺配到賭石界玩命？

李在的心情被自己的胡思亂想弄得非常糟糕，他迅速從火靈那裏調整回來，把整個注意力全部集中在老吳身上了。

其實李在的眼睛也不毒，他沒看出火靈跟一般的女孩有什麼不同，她大方、開朗、漂亮，沒有心計，她大大的杏仁眼睛雖然夾雜著陰鬱與惆悵，李在想，那大概是由於她父親坐牢給她造成的心理陰影。

他要是知道這個女孩在江湖上叫「活閃婆」，他就不這麼想了。

李在馬上打電話把唐教父叫了過來，范曉軍消失後，唐教父是他唯一的幫手。其實這個幫手形同虛設，他仍然整天沈溺於扮演義大利西西里島上的老大，目光游離，心不在焉。

唐教父很快就到了，他現在準備把他平時的做風全部美國化，模仿痕跡越來越重。他聽完李在的敘述後，聳了聳肩，嘴角向下一撇，說：「老吳？怎麼可能？」

「我也這麼想，我跟他從來沒有什麼過節。」李在爲了肯定自己的判斷，又重複了一次，「對，從來沒有！」

唐教父上半身向前傾斜，低聲問：「你想讓我幹點什麼？」說這話的時候，他的眉毛一高一低，相差差不多有二十毫米的距離，也不知道他是怎麼練的這種表情。

「想方設法接近他，順藤摸瓜。」

「我不行，他認識我，我沒辦法接近。但我還有朋友，他們可以去。」

「注意不要打草驚蛇！」

「我知道。」

唐教父走後，李在又給昝小盈打了個電話，把火靈講的內容復述了一遍。昝小盈那邊有個人在高聲講著話，激昂而高亢，大概正在開會。昝小盈低聲說：「我出去給你打過來！」

過了五分鐘，兩個人重新接通電話後，昝小盈問：「她只說了這麼多？」

「對。」

「你相信她的話嗎？」

「嗯！她是我獄中朋友的女兒，她沒有必要騙我！我現在最搞不懂的不是老吳，而是范曉軍，他說消失就消失，到哪兒去也沒打個招呼。現在正是用人的時候。」

「一個人有一個人的故事，你不可能全知道。」

「唐教父辦事我真有點不放心，我囑咐他千萬不要打草驚蛇，說不定他還沒動呢，蛇就跑了。」

「還是說說這個老吳吧！這是一個突破口，你跟他有什麼過節嗎？」

「沒有，也不可能有過節。我們是同行，因爲貨品不同，每塊石頭都不一樣，不存在惡性競爭，也沒有買賣關係，他沒有陷害我的理由。」

「如果受人指使呢？」

「只能這麼解釋。」

「在沒有搞清楚情況之前先穩著，不要輕舉妄動。我現在開會，有什麼情況我們再打電話。悄悄告訴你一聲：想你！」

「我也是。」

掛斷電話後，昝小盈那句「想你」一直在他耳邊貼著，久久沒有離去。從麗江回來後，昝小盈的熱度就呈飛速上升趨勢，在麗江的那個夜晚，她彷佛一下子被李在點燃了，她渾身冒著灼熱的火光，恨不得裹捲著李在衝進火爐，一起變成青煙。而李在的「我也是」，也基本表現了李在此時的心境，聽起來有點冷冰冰的。的確也是，石頭出事後他就沒有熱過，他就像掉入了一孔千年冰窟，整個人都凍僵了。偶爾接到昝小盈火辣辣的電話，他也心不在焉的，根本烤不熱。以前可不是這樣，他的心情他的身體好像隨時爲昝小盈準備著，只要腦子裏閃過她的身影，他就會「騰」地一下燃燒起來，按都按不下去。

男人就是這樣，他的身體比女人脆弱得多，稍微有一點風吹草動，他就會偃旗息鼓萎靡下去。不過，這次的假石事件給李在的打擊實在夠大的，整個賭石界都在看他的笑話，即使張語相信他也無濟於事，因爲他根本沒有機會向外界證明他的清白。他胸中一直憋著一股氣，這股氣讓他對昝小盈的思念大大打了折扣。他心裏知道，他是愛昝小盈的，麗江之行的每一幕都讓他刻骨銘心，他不知道他們會有什麼結果，也許愛情不要結果更好，過程比結果往往更能持久。

他是在畹町一個叫「綠蘋果」的酒吧釣上這個妞兒的。

畹町是傣語，意思是「太陽當頂的地方」。的確當頂，這裏是瑞麗的一個經濟開發區，卻明顯比瑞麗還熱，不過這兒的妞兒也熱。

她是那兒的歌手，中等卡拉ＯＫ水準，基本能跟上歌詞字幕。不過也別對她們太苛刻，在那兒唱歌的沒有一個當歌星的料，你給夠鈔票就可以把她帶走，隨便你折騰。

她叫柳冰，大概是個假名，他不管那麼多，他看上的不是她的名字。

柳冰大概只有十八歲，亮晶晶的眼眸，性感的嘴唇，乳房豐滿得讓人垂涎欲滴。他以爲她年齡小，是個雛兒，結果證明，他小瞧了這個三流歌手，她在床上幾分鐘就把他弄得服服貼貼的了。爲此他也付出了慘重的代價，胳膊上的臂鐲差點被這個妞兒給擼下來，另一個胳膊上的紋身也被這個妞兒掐得變了顏色。

他喜歡這樣。

這一夜夠讓他回味的，比跟火靈在一起還要火爆。火靈的脾氣太不好了，叫叔叔的時候恨不得把你甜死，冒火的時候又恨不得踢碎你的睾丸，他實在受夠了。柳冰可不像那樣，她溫柔可愛，身體柔軟得像一條絲帶，瘦瘦的腰肢卻勇猛有力，她不但聽話地叫他叔叔，還叫他背時烏龜。

「小背時烏龜，咯是想我啦？（**是不是想我了？**）小背時烏龜，咯是想我啦？」這是柳冰的叫床聲，叫得他背脊骨酥軟，太好聽了！

他捨不得柳冰，把她帶到了瑞麗姐告。他想繼續與柳冰調情。此時此刻，在瑞麗市一家酒店的貴賓房裏，他已經摟著柳冰睡著了。他太辛苦了，五十歲的男人還可以連續三次，這有些令人難以置信。遇到「二八佳人體似酥」，他不知道這意味著福氣還是索命，他只記得這麼一句話：不至滅亡，反得永生。

瑞麗是個不夜城，街道上燈火通明，車流的喧鬧聲徹夜不息，不時從窗外傳了進來。柳冰一直沒睡，她枕著這個老男人的胳膊，睜著大眼，在黑暗中聆聽著他發出的鼾聲。

凌晨兩點，她悄悄起了身。

她穿了一件薄薄的V領睡衣，領口開得很低，袒露出半邊渾圓的乳房。帶空調的房間空氣不好，剛才做愛的味道一直揮之不去，她來到窗前，打開了窗戶，頓時一陣涼意覆蓋了她豐滿的身體，凌晨的瑞麗竟然還有一點寒意，這是不多見的。估計又要下暴雨了。她從窗戶伸出腦袋望了望，果然，遠處的天際正在閃電，但沒有雷聲，顯然暴雨的距離還遠。

她閉上眼睛，深深吸了一口外面的空氣，舒服多了，比屋裏的味道好。過了一會兒，她來到冰箱前，打開門，拿出一罐「喜力」啤酒，「砰」地一聲拉開匙環，然後靠在窗前慢慢啜了起來。

床上的男人「嗯嗯」哼了兩下，嘴巴吧唧吧唧蠕動著，翻了個身，又沈沈地睡去了。

凌晨三點，柳冰悄悄穿上衣服，從桌子上拿起手機，走進了浴室。

「在十六樓三〇三一房間。」她壓低聲音對著手機說。

十分鐘過後，她聽到門口有動靜，便輕輕拉開了門。

一個黑影閃了進來，他悄悄伏在她耳邊問道：「睡了？」

柳冰點了點頭。

那人從西服口袋裏掏出一疊錢遞給了柳冰：「馬上離開瑞麗，越快越好。」

柳冰微微笑了笑，迅速在門口消失了。

屋內靜極了，只有空調發出的嗡嗡聲。

那人從腰裏抽出一把一尺長的尖刀，朝那張鬆軟碩大的雙人床走去。

床上的男人大概還在甜美的夢裏，他翹著屁股，左膝蓋提在胸前，恨不得抵住下巴，右胳膊揚過頭頂彷彿在召喚什麼。厚厚的鼻翼隨著鼾聲而忽閃著，嘴巴大張，嘴角還流著晶瑩的黏液。

他正在做夢：

在骯髒的沼澤地中間，有兩個渾身泥漿的男人，拼命把他的頭按入冰冷的泥淖。他無法呼吸，兩隻手在空中胡亂揮舞著。他惶惶不安，喘著粗氣，全身浸透了汗水，像一頭剛剛犁完地的肥牛。後來他發現夢裏多了點內容，一個年輕的女人跺著腳在旁邊大笑著，她的臉很模糊，像沒有塗抹乾淨的蠟筆畫，邊緣斑斑點點。她的頭髮在空中飄揚著，像幾條烏黑發亮的絲綢。忽然，絲綢開始延長，慢慢繞上他的脖子，他感到頸項涼絲絲的，像豁開一個通風的窗口。他覺得自己的呼吸開始變困難了，胸前像壓了一塊沈重的岩石。他的嘴巴一張一合的，彷彿一條剛被捕捉上岸的草魚，那樣無奈無助，鬱悶而失望。他偏著頭，終於看清了那個女人的臉龐，是火靈……

他被自己的夢嚇醒了，他睜開眼，發現枕頭邊上的柳冰不見了，代替她的是一張醜陋誇張的臉，這張臉正不懷好意地貼近他。他拚命地叫了一聲，但好像沒聽見自己的聲音，他的叫聲被那張醜陋的臉吸進去了。他感覺有一股黏稠的液體順著他的脖子向下淌著，有股灼熱的氣息，溫暖地熨在他的脖子上，麻酥酥的。這是一個野性的夜晚，充滿著創意，他的鼻孔灌滿了溫馨而芬芳的氣味，當然還夾雜其他一種氣味。他想了想，對！是血的味道。

好想繼續睡覺啊！今晚太累了！

他心裏想著，重新墜入迷離的夢鄉。這次他覺得自己的身體開始變薄，直到衍變成一片飛翔的羽毛，輕盈起舞，在空中飄著……

那個人把沾滿鮮血的尖刀在床單上擦拭著，然後把屍體拖進浴室。

浴室的空間有點小，一個供化妝用的平臺就占去很大一塊面積，連轉身都有點困難。粉紅的浴池還算合適，裝下兩個人都沒有問題。他打開浴池邊上的熱水開關，冒著蒸氣的熱水汩汩地流了出來，很快就灌滿了大半個水池。

浴池就是他的工作臺。

他卯足勁，把死沈沈的屍體拖進了浴池。

熱水可能放多了點，濺了他一腳的水。他顧不上這些，回身從攜帶的提包裏拿出一把晶亮的鋼鋸……

四十分鐘後，他開著一輛卡車來到瑞麗姐告大橋。這座雄偉壯觀的大橋最初建於一九九二年，是姐告經濟開發區和緬甸口岸木姐通往瑞麗市的重要陸路橋樑。橋身像一個拉滿弦的弓箭，由南至北橫臥在美麗的瑞麗江上。從遠處看去，姐告大橋橋燈閃爍，如一條渾身透明的火龍，把瑞麗市半邊天空都染紅了。

卡車最終停在橋上，他從駕駛室跳下來，旁若無人地把兩個黑色提包從駕駛室上直接拖出來，然後放在大橋的欄杆上。不遠的地方有一群男女正嬉笑地打鬧著，今晚他們喝了不少，有個人大聲唱著一首最新流行的歌曲，旁邊的人則大聲笑著，好像在諷刺那個人唱得不好。

這一點也不影響他完成下面的工作，他猛地把兩個提包掀向橋下波濤滾滾的江中。

橋面距離水面很高，他爬在欄杆上，張大眼睛朝漆黑的橋下望著，聽到水面上「咕咚」兩聲悶響後，便回身迅速鑽進卡車駕車離去了。他可能有點緊張，也可能想故意製造什麼效果，卡車的輪胎冒著白煙嘶叫著，劃破了本來還算安靜的夜空。

那夥喝醉的男女被這輛卡車的嘶叫聲嚇了一跳，幾個女孩還誇張地驚叫起來。有一個扮演保護神的小夥子跳出來，在卡車後面緊追幾步，噴著唾沫星子大聲咒罵著：「撞死你個狗娘養的……」

星期六，瑞麗靠近賀悶的一條小河發現一具死屍，目擊者叫許志誠，賀肥小學的一個二十八歲的語文老師。

早晨七點的時候，天早已經大亮，許志誠揹著垂釣用的工具沿小河走著。河面上方漂浮著一層薄薄的白霧，白霧一動不動，懸在半空，離河面一尺多高，像一條勒在女人脖子上的白紗，將岸邊的柳樹與河面隔離開來。南方的植物在哪個季節都不會敗謝，彎彎的柳枝帶著令人心醉的翠綠，垂下婀娜的身子在晨風中親吻著河水，使得平靜的河面泛起陣陣漣漪，一圈又一圈，擴開又消失。

許志誠沿著河邊走著，忽然看見遠遠地飄來一片潔白的鵝毛，河床本來不寬，所以鵝毛輕易就被倒垂的柳枝攔下，然後搖曳著身子撒著嬌，半天不肯離去。許志誠看見這個情景，心裏略有所動，他嘴角扯了一下，似乎想起了什麼。是的，那片鵝毛讓他想到一個女人，一個去年離開人世的女人，正因爲這個女人讓許志誠久久不能釋懷，所以每個星期六他都要來河邊靜靜坐一個上午，追憶一些讓他刻骨銘心的往事。

女人叫黃筱，一個身材纖瘦的大眼睛姑娘，死的時候才二十三歲，跟許志誠在一所小學教書。那場災難是無法避免的，一輛滿載著水泥的貨車突然側翻，將正在奔往學校的黃筱壓在了下面。生前她喜歡穿白色裙子，就像河裏這片鵝毛一樣潔白，那時許志誠經常把她約到河邊，然後突然襲擊，從後面攔腰抱住她，接著便得意地欣賞著她扭動身軀撒嬌，假意掙脫，淺聲驚叫……

鵝毛終於被柳枝放棄，許志誠跟著鵝毛繼續朝前走著，河堤兩岸不時散發出一股野菊花的淡香，使潮濕的河灘顯得有點懶散慵倦。有些野菊花已經敗謝，但野菊花的香味彷彿一直停滯在盛開的時候，久久不願離去。

這讓許志誠更加思緒萬千，無數個午後和傍晚，他就在這個河邊躺在黃茸茸的花叢中跟黃筱談情說愛。他採擷一捧一捧的野菊花，像創作一座藝術品一樣把野菊花插在她的頭上，一朵接一朵，直到黃筱的頭髮變成野性的金黃。或者他把野菊花用手絹包成小小一束，當作禮物鄭重其事送給黃筱。

花瓣總是濕漉漉的，弄濕了她的手，她高興極了，捧著野菊花向遠處跑去，青蛙被驚動了，紛紛逃進遠處的矮樹叢，惹得她發出陣陣驚呼……接下來，他就和黃筱踩著鬆軟的河沙，慢慢沿著河邊來回散步，頭和頭緊緊挨在一起，手臂交織纏繞，遠處望去像兩棵長在一起的小樹。此時，小鳥的鳴叫，夕陽映紅的河水，以及遠處小學隱約傳來學生們稚嫩的笑聲，都彷彿正在鼓勵著他們蘊藏很久的衝動。

鵝毛越飄越快，直到遠離許志誠的視線。許志誠佇立著，點了一支香煙抽了起來，隨著煙霧嫋嫋升起，他的眼睛開始濕潤。他想低聲呼喚一下黃筱，彷彿這樣可以讓時間倒流，讓他和黃筱的愛情重新再來一次。他咽了一口唾沫，潤了潤喉嚨，發現不行，有個白晃晃的東西阻止他回憶黃筱。

這是什麼東西？

那東西好像剛剛飄來的，到了許志誠站的地方就被一棵柳樹卡住了，隨著河水輕輕拍打岸邊，那東西也自然而然蠕動著。他走過去，扶著一根彎曲的樹幹朝前觀察，可惜他有點近視，還是什麼也看不清。

許志誠不甘心，小心翼翼又往前邁了一步，身子前傾，呈四十五度角，還是不行。他發現左前方有一塊巴掌大的褐紅色石頭，在清澈的河水中凸出來，正好可以踩在上面，他抓緊樹幹，探出腳尖試著碰那塊石頭，企圖再邁進一點。他想起來了，黃筱就喜歡踩著河裏的石頭戲水。

突然，他驚叫一聲，河床下的泥土太鬆軟了，石頭一下子陷落下去，他腳下一空，整個身子便懸在半空中了。這幅畫面讓他有點尷尬，他兩隻腳拼命地又蹬又踩，樹幹嘎吱嘎吱響著，厚底的雨鞋墜在他瘦骨嶙峋的小腿上，顯得格外沈重。他顧不上那個白晃晃的東西，只想收腹抓緊樹幹，可粗壯的樹幹根本沒有凸起的地方讓他的手指支撐整個身體。

他掉了下去，正落在那個白晃晃的東西跟前。

幸虧河水不深，只在許志誠的腰部，但濺起的河水還是把他全身澆透了。早晨的河水沒有晚上那麼暖和，許志誠不由自主打了一個冷戰，他用手抹抹臉，接著，他的心驀地被抽緊了，某種不祥的預感刺激著他的神經，剛才對那個白色物體的疑竇和不安一齊湧出來，凝聚成恐懼。

一股不易識別的氣味躥入他的鼻孔。

他又一次抹掉臉上的水珠，定睛一看，頓時從他的嗓子眼發出一聲尖細哀婉的嗚咽，類似枯樹上烏鴉的哀鳴。他的心臟開始在胸腔膨脹，碩大而滾燙，剛才不易識別的氣味充其量不過是混雜在空氣中一絲異樣的成分，現在變爲一股刺鼻的惡臭……

那是一具泡得腫脹的無頭浮屍。

死屍的脖子像被砍伐的木樁，發脹的屍身隨著水波不停搖擺著，像上了發條的玩具。脖子那裏掉出來一截白色的東西，是喉管，手指也被魚類啃咬過，已經殘缺不齊。

許志誠嗚咽了三聲，「滋」地像牙疼一樣吸了一下，隨後開始大口嘔吐……

第二十三章　從開始就錯了

李在又見到了那個夢：木柴劈劈啪啪燃燒著，散發出青煙，四周散落著熟透的果實，以及捆紮得整整齊齊的麥捆。帶有濃濃的腥味的微風吹過水面，湍急的江水把水草沖得平伏在岸邊，波光粼粼的河面上籠罩著薄薄的白霧……這是什麼地方？

他再也睡不著了，胳膊從昝小盈的脖子下面輕輕抽出來，起身點燃了一根香煙。剛才太瘋狂了，他從來沒這麼瘋狂過，也許想把心中的鬱悶傾瀉出來，他省略前戲，橫衝直撞地在昝小盈的雙腿間撞擊著，昝小盈的身子很快就劇烈顫抖起來，頻率快得足以把李在從身上顛下去……

最後關頭他本來想喊一聲什麼，那樣才痛快，但最終他什麼也沒喊，而是大口喘著粗氣，像一條疲倦的狗，彎曲著身子偎在昝小盈懷裏。耳邊響起一種從未聽過的耳鳴，還有昝小盈嚶嚶的哭聲。

夢中沒有出現那個老人，他卻總也忘不了那個場景：水從他花白的頭髮向下淌著，一些水草纏在他的頸項上，像一條綠色的圍巾……現在老人消失了，不知道以後會不會在他的夢裏再現，他是誰呢？

李在既憤怒又沮喪，最可恨的是，當得知老吳已經死於非命時，他連憤怒與沮喪的目標都不能確定了。老吳目前是唯一一個通往這個秘密的線頭，線頭斷了，線團便墜入一個他根本看不到的地方。可想而知，這個線團是非常巨大而繁雜的，它設置那麼多精密的環節，絲絲入扣，哪個環節都不能缺少，從最開始假石的製造，到埋在緬甸耶巴米，然後讓人不經意放出口風，再巧妙地幫助他從遊漢麻手裏奪回石頭，最後從成都請來假買家，穩紮穩打，步步相逼……遊漢麻劫石肯定是個意外，他本來不在這個看起來非常暢通的環節中。爲了從遊漢麻手裏奪回石頭，李在用遊漢麻的父親遊騰開做籌碼，逼迫遊漢麻放人放石，當時李在還覺得自己是多麼的英明。現在看來，這個巨大線團當時的想法是：遊漢麻，別搗亂！我在騙人呢！

羞辱感又一次包圍了李在，他全身開始發燙，無地自容。

老吳是在賀悶河邊找到的，之前唐教父就通知他說老吳失蹤了，他想到了殺人滅口，但沒想到事情來得這麼快，彷彿對方知道他把準星瞄準了老吳一樣。當唐教父打電話告訴他說賀悶河邊發現一具無頭屍體後，他第一個反應就是老吳被人幹掉了。他去了現場，特意觀察了一下那具屍體的左臂，那本來是老吳戴臂鐲的地方，現在只剩下一圈深深的凹痕。

李在一下子消瘦了，讓他蒙冤的假石，不知去向的范曉軍，張語的去世，以及老吳的突然被殺，所有這一切都變成一塊巨大的鐵塊，準確地砸在他的腦袋上。

他真的有點承受不住了。

稍微讓他有點安慰的是李昆妹、何允豪、盧白雄，劉富偉，他們紛紛打來電話，說儘管賭石界風言風語頗多，但他們堅信李在，不相信李在會用一塊假石頭牟取暴利，進而毀掉自己多年經營的名聲。就連李在曾經懷疑殺害勞申江的汪老二，也特意找到李在，說只要李在需要，他隨時可以招呼兄弟們幫忙。看來，這塊假石頭不光傷害了李在，也傷害了整個騰衝，這是對整個騰衝賭石界的挑戰。

李在知道，安慰固然可以讓他得到一點溫暖，但相信他、瞭解他的人畢竟是少數，全國那麼多賭石人，他們可並不這樣想，他們不會像騰衝人汪老二那樣，毫不猶豫站在李在的立場上來，他們就像聽到一個美麗的傳說一樣互相傳頌，津津樂道。這就像一個惡貫滿盈的竊賊，有一天，他終於想通了，脫胎換骨了，但是不行，他的所有正當財富都會塗上「賊色」，一如既往地讓人起疑。這是一個毀掉人格的陷阱，它讓李在永遠變成一個「竊賊」，即使你轉行都無濟於事，就像用毒蛙的毒汁塗抹的箭頭，一旦刺中你，你的神經系統馬上停止活動，任何辯白的機會都不會給你了。

昝小盈也一直沒睡，她從那個讓她遨遊的平臺上跌落下來後，就一直在黑暗中睜著眼睛。她看見李在點煙，看見他在一口接一口抽著，她的心隨著李在吐出的煙霧漸漸收緊了。

昝小盈再也睡不下去了，她欠起身子，把頭貼到李在的胸前。兩個人在黑暗中沈默了大概有半個小時，誰也沒有說話，彼此聽著對方的呼吸和心跳。兩個人都想要表達一件事，但都不知道怎麼開口，最後，昝小盈的心跳越來越急，她穩不住了，終於說出李在想說而沒好說的話。

她問：「想到是他了？」

李在點點頭：「想到了。」

昝小盈歎了口氣，「你應該想到，換了誰都應該想到。」

「是的。他不是瞎子，也不是聾子，我們的事他應該知道。」

「我們到麗江是最近的事，而石頭……」

「他知道的不是麗江，而是我們在中學時代的事。」

「中學時代？那也太遙遠了吧？他有那麼大的嫉妒心？我不相信。」

「我也不相信，但事實總是在你無法相信的情況下發生。下午李昆妹來過電話……」

「哪個李昆妹？」

「上海那個，上次賭石大會也來了的。」

「哦，想起了，那個又嗲又酸的上海女人，說她到麗江發生了一段刻骨銘心的愛情。」

「說到別人的愛情，女人總是酸溜溜的，儘管跟自己無關。」

昝小盈輕輕打了一下李在，「她打電話說了什麼？」

「她給我上了一課。」

「上課？上什麼課？」

「她說，知道人類仇恨的根源是什麼嗎？我說不知道。她說是嫉妒！強烈的嫉妒！妳還記得那次酒會吧？妳當時一跺腳氣咻咻走了以後，李昆妹對我說，昝小盈的心計很重，她的臉上寫滿欲望，不是性欲望，是對金錢。」

「她這麼說我？」

「她在電話裏承認當時她是胡說的，她根本不瞭解你。妳知道她爲什麼這麼說嗎？」

「爲什麼？」

「是嫉妒！」

「她愛你？」

「不，她說了不是因爲愛我，她只是對我有點好感而已。」

「那她嫉妒什麼？」

「一個人的嫉妒是莫名的，沒有道理的。嫉妒是什麼？是當一種有價值的關係被認爲受到威脅的時候所導致的複雜反應。」

「這是李昆妹說的？」

「是。」

「真是一堂不錯的心理學課！」昝小盈揶揄道。

「她問我，我和她之間有價值的關係是什麼？答案很簡單，是賭石，共同賭石，沒有情感因素，只不過，妳的出現有可能破壞我們固有的穩定的價值關係。她還給我講了一個故事……」

「什麼故事？」

「她在一本書上看到的，說有一個很富有的女人，不顧一切地想要擺脫她的丈夫，最後在物質上付出了極大的代價而如願以償，她不得不把豪宅留給她的丈夫，但她說，如果這意味著可以擺脫他的話，她很樂意這樣做。然而，有一天晚上，她駕車經過她原來的豪宅時，看到窗戶上有一個女人的影子，心裏忽然產生出一種強烈的嫉妒感。她感到那個女人對她的婚姻造成威脅了嗎？不是，因爲她原來的婚姻已經結束。對於她來說，婚姻作爲一種愛的關係、具有情感上的價值嗎？沒有，因爲她爲了擺脫他，做出了那麼大的努力，付出了那麼多的犧牲。然而，當她看到窗戶上那個女人的影子時，她卻感到了嫉妒。嫉妒是什麼？我前面說了，它是當有價值的關係被感知爲受到威脅時所產生的一種反應。這個女人是因爲她對自己和前夫的關係的感知受到了威脅，而產生了嫉妒反應。她看到他們兩個在她的豪宅裏面，而她卻在外面，這個女人並非對她實際上的婚姻、而是對她的婚姻感知構成了威脅。」

「說得不錯！」

「李昆妹說，你想想，我都會嫉妒昝小盈，基本上算是平白無故的嫉妒，那麼你呢？你給多少人的心理構成了威脅？你自己不知道而已。」

「說了這麼多，我越聽越糊塗，」昝小盈說，「這是她的故事吧？」

「誰的故事不重要，重要的是，人類的嫉妒是多麼的可怕，更可怕的是，被嫉妒人在明處，而他們藏在暗處。我懂得她說的這些，其實我也早就思考過這個問題，只不過李昆妹用理論把它闡述一遍罷了。」

「所以你認定是他？」

「可以這麼說。只有他，才符合用這個理論細細推敲。他老了，他已經喪失正面跟我爭鬥的能力，當他的力量變得微不足道時，他就會選擇另一種證明力量的方式，比如挖一個陷阱，眼睜睜看著我掉進去，他獲得的快感超過任何讓他快樂的管道。」

昝小盈心裏一緊，抱著李在說：「如果真是這樣，那太可怕了！他可以輕易殺死老吳，那麼他也可以殺死你和我。」

「不！妳錯了，他不會對我們採取這種極端的形式進行報復，那樣太小兒科了，殺死我們不能使他獲得快感，他要的是親眼看到我的失敗，我的驚惶失措，我的整個倒塌……」

李在和昝小盈所指的「他」，就是昝小盈的丈夫鄭堋天。

李在對昝小盈的丈夫不是太瞭解，只知道他的名字，以及前猛卯鎮國土資源管理所副所長這個職務，現在他是瑞麗市騰飛木業有限公司董事長，但是他連他長什麼樣子都不知道，因爲他對這個老頭沒興趣。可是現在，他不得不對這個老頭產生興趣了，而且興趣盎然。

「你打算怎麼辦？」昝小盈問。

「我不會暗中調查的，我又不是偵探，做那麼神秘幹什麼？我想，既然他是最大的嫌疑目標，那我就直接面對他，我不想躲躲閃閃！」

「那樣是不是太危險了？要知道，他如果能幹出這麼歹毒的壞事，身邊肯定有得力幹將，他不可能親自出馬，他走路都喘，別說讓他殺人了。」

「什麼大風大雨我沒見過？依他的年齡和性格，他只能玩玩心計，背後使絆子，當面他未必是我的對手。我不是羊，我不會伸出腦袋讓他砍，我也曾經是條狼啊！」李在恨恨地說。

「從今天起，我不回家了。」咎小盈抱緊李在，身子有點微微顫抖。

「決定跟我在一起？」

「嗯，我害怕他對我也下毒手。」

「應該不會。」

「爲什麼？」

「妳知道嫉妒的積極意義是什麼嗎？」

「不知道。」

「是保護愛情！」

「什麼亂七八糟的理論！」

「因此可以推斷，他愛妳，非常愛妳，所以他才能對任何接近妳的男人產生嫉妒，然後演化成仇恨。」

「種種跡象表明，這個糟老頭子已經神志不清了，萬一他把仇恨轉移到我身上我就完了。不行！我不想再看他一眼，我明天就給他打電話，正式提出離婚，看他怎麼說，反正我不想回家，我就想跟你在一起。」

「先不要操之過急！這樣只能激化他的情緒，我們應該先穩住他。」

「你真準備去見他？」

「是的。他很難找嗎？除非你不想告訴我他在哪裡。」

「我怕失去你！」

李在伸出手臂，用力攬著咎小盈，然後吻了一下她的頭髮。她的頭髮裏散發著一股類似於杏仁的味道，跟她身體上的味道混合在一起，特別好聞。他感覺自己前幾天那種冷冰冰的狀態彷彿一下子消失了，代替它的是更加猛烈的衝動。人家說，時間是醫治心靈創傷的良藥，不！女人才是！是心愛的女人！只有女人的陰柔與濕潤才能讓受傷的男人忘掉疼痛，她們不自覺分泌的原始雄性激素才是安撫男人的良藥。

李在彎下頭，開始細緻地吻昝小盈，一寸接一寸，他不想放過任何地方。他不知道昝小盈在腋窩、胸部、耳根、手腕等部位，塗抹了法國頂極香水，那種味道可以擊垮任何雄性動物，當然包括男人。

根據昝小盈的提示，當天傍晚，李在來到了騰衝北海濕地。

昝小盈說，老頭年輕時大概就喜歡藝術，只是後來做的工作跟藝術壓根兒不沾邊，所以他的藝術細胞一直處於睡眠狀態。最近，也許是時間充裕的緣故，他報名上了一個油畫學習班，重新點燃了藝術火焰。北海濕地這幢房子是幾年前買的，昝小盈只去過一次，她不喜歡那個地方。老頭在空暇時間經常去，那兒等於他一個私人畫室，每次去之前，他都會對昝小盈說，我去畫畫了！昝小盈說，這些日子他一直在那兒。

昝小盈不喜歡北海濕地，可能跟她個人原因有關，實際上，這裏恰似人間天堂。它位於騰衝以東約十二公里，由青海和北海兩個毗鄰的天然湖泊組成，風光秀麗，山水相依。放眼望去，漂浮於水面上厚達一米的草甸，就像一張張移動的地毯，地毯上是色彩斑斕的蝴蝶蘭、葦席草和莊碧花。

李在站在北海岸邊，實在無心欣賞翩翩起舞的白鷺，以及玲瓏敏捷的翠鳥，他的目的是山彎處的那幢房子。一個當地人划著草甸過來了，這種被稱爲「草皮船」的運輸工具，李在第一次嘗試，一腳踏上去，彷彿整個大地都在搖晃。「草皮船」一離開岸邊，便驚起了成群的麻鴨撲喇喇地飛了起來，李在不免有點膽戰心驚，實際上，他的擔心是多餘的。雖然草甸下的水深有十幾米，但這裏從來沒有發生「草皮船」顛覆的事故，比用獨木鑿成的豬槽船還穩。

划「草皮船」的漢子個子不高，性格開朗，臉和胸脯一個顏色，像紅彤彤的鋼板。「草皮船」一離岸，他就仰著脖子唱起了騰衝獨有的「秧門山歌」，歌聲高亢而悠長，驚得前面水面渾身漆黑、體態呆笨的水鳥鴉不時撲起一片水花，離岸的水葫蘆也聽到了歌聲，牠們歡快地踏著水面，像魚雷快艇一樣划出一道道白色的浪痕。

等這個唱歌的漢子唱過癮了，李在問：「大哥，你知道前面山彎後面有一片別墅嗎？」

「別墅？」漢子笑了，「這裏哪裡有什麼別墅？就是一個小村子。」

「小村子？」這跟昝小盈的描述有點差別，「不是說很多城裏人到這兒買了房子嗎？」

「買房子的倒是有，別墅沒有！」漢子邊划邊說，「蓋別墅是不可能的，政策也不允許，怕破壞環境。不過，城裏人喜歡到這兒避暑，所以他們就出錢買了村子裏的一些房子。你到底找誰啊？」

「一個姓鄭的。」

「姓鄭？」漢子問，「是不是老鄭啊？」

「大概是吧！還有其他姓鄭的嗎？」

「村裏有，但來買房子的只有他一個。你是他親戚？」

「不！我是他朋友！」李在撒了個謊。

「哈哈，他還有朋友？」

「你的意思是……」

「他搬來這麼久了，我從來沒看過他有什麼朋友，也沒看過他有什麼親戚，就他一個人，很古怪的一個老人。我們村裏人都猜他是一個孤寡呢！聽說，他過去在外面還當了一個什麼官，不是一般的老百姓，所以我們村裏人都對他敬而遠之，很少跟他來往。」

「他經常來這兒住嗎？」

「也不是，平時少，夏天一般來的比較多。他那個屋誰也沒進去過，他跟我們村裏的人也不怎麼說話，一來他就關在屋裏，或者坐在北海岸邊釣魚，一坐就是一天。」

「看來老人很孤獨啊！」

「看起來是這樣！你來了可以多陪陪他，住在濕地心情再不好，就太對不起這個人間美景了！你說我說的對吧？哈哈！」

說完，漢子又高聲唱起了山歌。

「草皮船」的速度很慢，時不時還原地打轉，很不好控制，加上人的重量，草甸子一會兒沈下去，一會兒浮起來，第一次乘坐這種「草皮船」的李在，確實有點提心吊膽。

四十多分鐘過後，他們終於抵達岸邊，漢子指著遠處一座白色的二層樓說：「那個就是老鄭的家，早上我還看見他釣魚呢！」

順著村落邊上的土路走過去，一條掩映在綠陰中的石徑出現在李在面前。拾階而上，天完全黑下來的時候，李在已經站在這幢二層樓前面了。

他穩定了一下自己的情緒，輕手輕腳走了進去。一踏進房門，一股異樣的味道立即鑽進他的鼻孔，他皺皺鼻翼，極力想把這種味道驅散。樓下這間房子不大，非常凌亂，除了一張折疊桌、一把椅子和鋪在地板上的油彩膏，就是幾張畫架，剛才吸進他鼻孔的味道，可能就是散落在地下的油膏發出的。屋裏只有頂上一盞吸頂燈，光線不足，他環顧四周，發現有一面牆掛滿各種各樣的油畫，另外的牆壁則貼著牆紙，印著各種顏色的不規則線條。這些畫中有幾幅鄉村野景的油畫，看上去就是濕地風景點，另外還有許多女人的裸體畫，乳房和肢體肆意誇大，很抽象。

他不太懂油畫，也不知道各種流派有什麼分別，他在某雜誌上看到過有人在蒙娜麗莎嘴唇上加一撇小鬍子，幾乎把傳統藝術諷刺到了極點，也徹底地否定了經典。其實，對傳統的背叛歷來是創造的先聲，李在記得還看過一篇介紹達達主義的文章，其重要代表人物馬歇爾・杜尙，在一九一三年美國紐約軍械庫畫展上的《走下樓梯的裸女》，與其說是成功於它的立體主義技巧，還不如說是它的題材和畫中的猥瑣含義，人的形象僅僅是依稀可見，轉瞬即逝，人已經沒有固定的形體可以把握，因爲人們看到的不像裸女而更像樓梯。對於這種對現代人的描繪挪揄到了極致，而愛情亦被激烈嘲弄的所謂藝術，李在向來不欣賞。

正當李在站在屋子中間不知所措的時候，屋裏「騰」的一下，牆壁上的燈全亮了，四周的油畫像突然上了顏色，顯得特別鮮豔。一個老人拄著拐棍，步履蹣跚地從側屋走了出來，這一定是昝小盈的丈夫鄭堋天了。

「來了？」老人問。顯然他對李在的到來早有準備。

李在點了點頭。

面對鄭堋天，他既感到陌生，又有一種說不清道不明的熟稔。他從沒見過他，這個花白頭髮的老頭對李在來說，完全是個陌生人，他微微佝僂著腰，喘著粗氣，像剛參加完一場拔河比賽。他那條皺巴巴的黑色棉綢褲子吊在腳脖子上，跟上身那件昂貴的淺藍色亞曼尼襯衫完全不搭調。

他的確老了，臉上佈滿了老人斑，手背上的青筋像彎曲的蚯蚓。這就是昝小盈嫁的男人？

李在一直拒絕自己承認這一點，但正是因爲這個關係，他才會在陌生中聞到一絲熟悉的氣味。這個氣味告訴他，他和眼前這個老朽的鄭堋天共同享用著一個女人。一種奇怪的感覺頓時在李在心裏油然而生，這種感覺像一桶黏糊糊的瀝青淋了下來，讓他幾乎窒息。他開始以爲是因爲看到鄭堋天後造成的不適，後來一想不是，只有兩個字可以代表這個不快的感覺：嫉妒！

他竟然也會突然嫉妒這個老人。他的腦海浮現出他在昝小盈身上的畫面，這畫面讓他如坐針氈，如蟻鑽心。陡然，在他心裏湧現出截然相反的兩種感覺：如果假石是鄭堋天幹的，他會毫不猶豫地殺了他；如果假石是鄭堋天幹的，他可以原諒他！

仇恨與寬容，讓李在無所適從。

「我想你會來的，果然來了！」鄭堋天向李在擺了一下腦袋，「進來吧！」

他竟然如此鎮定，並且神情自若地邀請他到側面那個屋子，這是李在來之前萬萬沒有想到的。

裏屋也是畫室，只不過多了一排沙發，和一張堆滿油彩膏的茶几。

兩個人坐在沙發上後，開始互相打量，像一對情敵那樣打量著，眼中沒有虎視眈眈，只有探索，好像想從對方的眼睛裏尋覓到昝小盈的影子。

沈默了大概二十分鐘，老人說：「我給你講個故事。」

李在揚起眉毛，「故事？」

「你必須聽！聽過這個故事，你再下斷語！無論你現在腦子裏怎麼想，對你對我來說，都爲時尚早。」

「好吧！」李在答應了。

老人點燃一根香煙，輕輕吸了一口，然後緩緩吐了出來。

「故事距離現在已經有四十多年了。那一年，我剛剛初中畢業，我和兩個非常要好的朋友都沒考上高中，整天在家無所事事。我的朋友一個姓楊，叫楊四，住在我家隔壁，比我大好幾個年級。另一個我臨時給他起個名字，叫向東，跟我同班。我們三個是從小在一起長大的，那時候我們無憂無慮，非常快樂，我們一起推鐵環，彈玻璃球，翻煙盒，還一起打架，三個人好得像一個人似的。

那時候，我們班上有一個叫小可的女孩，非常漂亮，眼睛清澈得像一窩清泉，這麼多年來，我再也沒見過那麼清澈的眼睛了。她整天跟在我們後面，我們到哪兒她就到哪兒，掏麻雀，游泳，爬山，甚至捅馬蜂窩，她都跟我們形影不離。她的成績比我們好，是我們四個當中唯一考上高中的人。小可上高中後的第二年，正值她放暑假，我們四個又相約一起出外郊遊，坐在山坡上聊天的時候，小可突然問我們，你們知道和氏璧的故事嗎？我們說沒聽過，於是小可就講了起來。

小可說，春秋時期，有一個叫卞和的玉匠，有一天，他在楚山看見有鳳凰棲落在山中的青石板上，依『鳳凰不落無寶之地』之說，他認定山上有寶，經仔細尋找，終於在山中發現一塊璞玉。卞和將璞玉獻給楚厲王，然而經玉工辨認，璞玉被判定爲一塊普通的石頭，厲王以爲卞和欺君，下令砍斷了卞和的左腳，逐出國都。厲王死後，武王即位，卞和又將璞玉獻上，玉工仍然認爲是石頭，可憐卞和又因欺君之罪被砍去右足。到了楚文王即位，卞和懷揣璞玉，在楚山腳下痛哭了三天三夜，以致滿眼溢血。文王很奇怪，派人問他：『天下被削足的人很多，爲什麼只有你如此悲傷？』卞和感歎說：『我並不是因爲被削足而傷心，而是因爲寶石被看作石頭，忠貞之士被當作欺君之臣，是非顛倒而痛心啊！』這次文王直接命人剖開璞玉，結果得到了一塊無瑕的美玉。爲獎勵卞和的忠誠，美玉被命名爲『和氏之璧』，這就是後世傳說的和氏璧。楚王得此美玉，十分愛惜，捨不得雕琢成器，就奉爲寶物珍藏起來。

又過了四百餘年，楚威王爲表彰有功忠臣，特將和氏璧賜予相國昭陽。昭陽率賓客遊赤山時，出玉璧供人觀賞，不料眾人散去後，和氏璧不翼而飛。五十餘年後，趙國人繆賢在集市上用五百金購得一塊玉。令人始料未及的是，經玉工鑒別，此玉就是失蹤多年的和氏璧。趙惠文王聽說和氏璧在趙國出現，遂據爲己有。秦昭王獲悉此事後，致信趙王說，願以秦國十五座城池換取玉璧。趙王懾於秦國威力，派藺相如奉璧出使秦國。機智過人的藺相如不辱使命，設計取回玉璧，送回趙國。西元前二二八年，秦滅趙，和氏璧最終還是落入秦國手中，秦始皇將和氏璧雕成傳國御璽，上刻丞相李斯手書的『受命於天，既壽永昌』八字小篆，不幸的是，和氏璧從此便從歷史記載中消失了，至今下落不明。

小可的故事勾起了我們三個人的好奇心。小可說，知道我爲什麼給你們講這個故事嗎？因爲我最大的夢想就是考上大學歷史系，然後找到這塊傳世珍寶和氏璧。我還有一個願望，那就是希望你們跟我一起尋找和氏璧，我一個人的力量是不夠的，不知道你們有沒有這個興趣。我們三個當然有這個興趣，於是，我們和小可共同勾起手指對天發誓，今生今世，我、楊四、向東和小可，一定要找到這塊國寶，然後把它獻給國家，不獲勝，毋寧死！

小可說，既然我們已經結成尋玉同盟，那麼，對於這塊和氏璧的各種流言蜚語，我們都應該嗤之以鼻，因爲多少朝代以來，不管是皇帝還是民間，尋找和氏璧的行動就一直沒有停止過。宋朝以後，多次傳出國璽復出的傳聞，但大多是民間僞造仿刻之作，官吏借此討好皇帝罷了。當然，千百年來，因爲一直找不到和氏璧，便有人開始懷疑它的真實性，別說老百姓了，就連清朝乾隆皇帝在《卞和獻玉說》中，也認爲這只是韓非子的寓言而已，根本不是真事。我想告訴三位的是，這的的確確是真的，誰不相信我的話，可以馬上退出。

我們全都相信小可，誰也不會懷疑眼睛這麼清澈的女孩，她不可能騙人。從那天開始，我們就一頭鑽進縣圖書館，忙了整整一個夏天。最後，我們仍然一無所獲。我們憑著年輕人的一股子熱情與好奇闖了進去，結果發現，尋找和氏璧就像大海撈針一樣。歷代專家學者都想搞清楚和氏璧的真面目，並作了艱辛的探索，但它具體什麼樣子，誰也沒見過。我們從史料中得知，和氏璧是一個平圓形中心有孔的玉器，具有『側而視之色碧，正而視之色白』，『色混青綠而玄，光彩射人』的特徵。它觸手生溫，不染塵埃，能在夜中發光，所以又稱夜光之璧。但這僅僅是資料，我們連它的邊兒都沒有探索到。

這個艱苦無望的過程大概持續了兩年，這期間，我和小可談起了戀愛，我們愛得很深，很濃，像大多數那個年代的年輕人一樣，一邊高喊『主義萬歲』，一邊卿卿我我、纏綿悱惻，革命愛情兩不誤。兩年後，我們告別枯燥的令人煩惱的和氏璧，開始向其他領域探索。其實還是離不開小可最初給我們劃定的路線，因爲和氏璧，楊四喜歡上了古玩，向東喜歡上了賭石，而我，則迷上了雕玉，就像我現在沈溺於油畫一樣，我對沾染一點藝術氣質的東西最感興趣。你對這方面肯定不陌生，你在騰衝翡翠城的『汲石齋』不就幹得挺好的嘛！」

鄭堋天講故事的時候，李在一直沒插嘴，他不想打斷他。

鄭堋天大概口乾了，他給自己倒了一杯茶，淺淺地喝了一口。

老人繼續講述他的故事。

「你也知道，那些巧奪天工的玉器不是雕刻出來的，而是利用硬度高於玉的金剛砂、石英、柘榴石等『解玉砂』，輔以水來研磨玉石，琢製成所設計的成品，他山之石，可以攻玉嘛！所以，用我們的行話來說，製玉不叫雕玉，而稱治玉，或是琢玉、碾玉。那個時候，不像你的『汲石齋』有那麼多相對先進的工具，鑽床、木製車床啊什麼的，我的治玉工具非常簡陋，線鋸、鋼和熟鐵製成的圓盤圓輪等等。你知道治玉的祖師爺是誰嗎？」

李在沒回答。

「據歷代藝人相傳，是著名的道教大師丘處機，北京傳統的玉石業行會都把他尊崇為鼻祖，每逢其生日皆行參拜。按史料記載，其實最有名的不是丘處機，而是明代萬曆年間的陸子剛，當時皇帝曾命他在一個拉弓用的玉扳指上琢出百駿圖，而陸子剛只用三匹駿馬便呈現出百駿之意，令人擊節讚賞，可見其不僅技藝高超，構思也極為巧妙……」

李在嗓子裏咳了一聲，說：「我知道。」意在提醒老人趕快進入正題。

鄭堋天笑了笑，滿臉皺紋綻開又收攏，他說：「人老了，不免有些囉嗦。只有慢慢囉嗦，我才能循著這個思路講下去，否則線就斷了，找不到頭兒。」

「好吧！我不打斷你了！」

「當時，我非常佩服那些能工巧匠，他們利用如此原始的工具，竟能琢磨出如此精美絕倫的玉器，簡直是人間奇蹟！我被這門手藝迷住了，很快，我就拜了騰衝一個老師父學藝，進步非常快，兩年過後，我已經是騰衝乃至雲南小有名氣的雕玉高手了。那時候，小可已經上了大學，雖然相隔很遠，但我們彼此的思念一點不減，每三天就必須寫一封情書。楊四呢，經常到北京杭州收集古玩，而向東則去了緬甸找他的玉石毛料。我們四個天各一方，但我相信，我們彼此的心是緊緊連在一起的。

「那時候講究『破四舊，立四新』，我不能雕現在常見的朝珠、翎管、帶鉤、扳指、鼻煙壺、文房四寶，更不能雕觀音、佛、鍾馗、達摩、濟公，還有生肖、瑞獸、福祿壽什麼的，連自然景物比如奇花異草、松林聽濤、戈壁落日、大漠駝影等等，都被視為有階級意識，我只能雕一樣：毛主席半身坐像。很快，我雕出來的毛主席像漸漸有了名氣。

我前面說過，明代的陸子剛只用三匹駿馬便呈現出百駿之意，其構思巧妙無人能比。而我，絕對不能用造型來構思，那不是馬，是偉大領袖，世界上只有一個，不可能有一百個。所以我只能利用顏色來調配，『濃、陽、俏、正、和』，『淡、陰、老、邪、花』這十字翡翠顏色口訣，被我淋漓盡致地表現了出來。我雕出來的毛主席像栩栩如生，那時候，私人物品不能進行金錢交易，我也不想用毛主席像賺錢，怎麼辦？我就雕出來一個送一個，雕出來一個送一個，騰衝全城的老百姓，包括當時的縣革委會主任家裏，都有我雕出來的毛主席像，甚至連昆明北京的人都來騰衝向我索要。我當時太年輕了，不知道什麼政治風險，要知道在那個年代，多少老畫家都不敢輕易畫毛主席像，害怕稍微畫不像，就會大難臨頭。現在想來，我那時的膽子太大了，不知天高地厚，果然，後來出事了。」

「因爲毛主席像？」李在問。

「對！因爲毛主席下巴上那顆黑痣。那是一顆全世界最著名的痣，就像後來戈巴契夫頭頂上的地圖一樣，稍微一錯位，全世界都看得很清楚。這一次，我犯了一個小錯誤，把毛主席本來長在下巴偏左的黑痣弄到了右邊。這本來沒有什麼，雕玉不成功的例子很多，不足爲奇。當時『文革』已經轟轟烈烈地展開了，向東、楊四都從外地趕了回來，小可的學校罷課鬧革命，我們四個很久沒在一起，應該歡歡樂樂玩幾天，可是不行，他們都急著參加造反派，加入毛澤東思想宣傳隊，印傳單，遊行，鬥地富反壞右，唱革命樣板戲，忙得不可開交。而我，仍沈溺於雕玉，繼續雕毛主席像，我認爲，這是對毛主席最大的熱愛，最大的支持，沒有必要非要參加什麼派別鬥爭。

有一次，他們拉我參加一個批鬥會，被批的對象是騰衝縣一個邊遠山區的農民，罪名是，他說毛主席的黑痣是捏上去的，不是真的。看到向東、小可他們群情激奮喊著口號，以及那個農民的腦袋被皮帶釦打出鮮血的時候，可把我嚇壞了！我心想，趕快回家把那個毛主席像處理了，萬一被誰發現，我不是反對毛主席的反革命嗎？

但是，想要處理一個毛主席像可不是那麼容易的事，那時毛主席是全國人民心中的紅太陽，我不能搗毀，不能埋掉，任憑什麼方式都是對毛主席最大的不敬。晚上，就在我抱著毛主席像不知道怎麼辦的時候，紅衛兵闖了進來，他們二話不說把我抓了起來，關在縣委招待所一間狹小的地下室裏。

那段日子，所有我能想到或者想不到的酷刑我都嘗遍了，那些只有在電影裏看到的嚴刑拷打的鏡頭就發生在我自己身上，我很驚訝他們竟然學得那麼快，可見人整人的時候，人的思維與想像能力是最有爆發力的時候，也是人類肆意暴露自己動物本性的時候。我的下巴被打掉了，腿被打斷了，胳膊也脫了臼，頭髮幾乎被扯光。這些我都咬牙承受了下來，最讓我不能承受的是，這件事只有我的好朋友向東、楊四以及我的戀人小可知道，是他們其中一個告的密，是他們為了『革命』背叛了我。

沒有什麼比被朋友背叛更讓我絕望的了，我想自殺，想一死百了，可那個地下室四壁全是海綿，褲帶、鞋帶、牙刷、筷子……全被他們搜去了，我連死的權力都喪失了……」

鄭堋天停頓下來，大口喘著氣，肺部似乎被這段黑暗的回憶擠扁了。屋子裏靜極了，惟有鄭堋天和李在的喘息，以及窗外的夜幕中偶爾傳來幾聲野鴨子的叫聲。

「後來，後來……」鄭堋天又把自己拽回到那個年代，「批鬥大會那天，人山人海，全騰衝縣的人都看熱鬧來了。我被五花大綁押了上去，胸前掛著一個白色的牌子，牌子上用墨汁寫著幾個粗大的黑字：現行反革命分子鄭堋天。我萬萬沒想到，萬萬沒想到……」老人捂住自己的胸口，「我最愛最愛的女孩，我的戀人小可，上臺發言揭發我的罪惡。那個眼睛清澈的女孩啊！我再也沒見過眼睛這麼清澈的女孩，只有她，我的小可！此時，她眼睛裏的清澈還在，只是清澈中夾雜著怒火。清澈代表水，我不怕，可那火，一下子把我燒死了。我根本聽不清她在講什麼，我只看見她的嘴巴在飛快地上下翻動，她的手臂在上下飛舞，她的臉憋得通紅，她的嘴唇全是汗珠……那一刻，整個世界彷彿都坍塌了，我雙腿一軟，倒了下去。這還沒完，我看見向東走了過來，他由於憤怒，整張臉都變形了，他對著我的襠部狠狠地踢了一腳，兩腳，三腳……整整三十腳，我大聲慘叫著，疼得昏了過去……」

老人一下子縮在沙發上，全身瑟瑟發抖，彷彿那個叫向東的人還在踢他。

沈默了大概十分鐘，鄭堋天的情緒恢復了正常。他接著說：「因爲楊四的舅舅當時在革委會當領導，在楊四的斡旋下，我被關押一年後放了出來，而說毛主席的黑痣是捏上去的那個農民，則被定爲現行反革命，判了二十年勞改。楊四告訴我，是向東告的密。後來，向東和小可結了婚，而我，則永遠失去了性功能。」

這個故事很沈重，李在吁了一口氣，問：「你給我講這個故事的意思是？」

「你應該能猜出來。」

「猜出什麼？」李在的心怦怦地跳著。

「故事裏的向東，就是你的父親李東方，而小可，就是你的母親許可。」

「啊?!」李在驚呆了，「所以，你才在賭石上報復我？」

「沒有誰能心平氣和！我時時刻刻都在琢磨怎麼報復你的父母，一個是害我成爲太監的男人，一個是負心的女人，他們在享受天倫之樂的時候，根本想不到我是怎麼度過那些暗無天日的日子的。楊四勸阻了我，他說他跟你父親有約定，當時革委會的意思是判我死刑，你父親說，如果楊四救我，就讓我永遠不要報復，因爲在我和小可戀愛的同時，你父親也瘋狂愛上了小可，他也是爲了愛情才出此下策的。

多麼冠冕堂皇的理由啊！你父親竟然給神聖的愛情賦予這麼殘酷的定義，他的愛情竟然要朋友的終身殘廢作代價！我聽從了楊四的勸阻，你父母背叛了我，並不代表我要背叛朋友，我不能讓朋友難堪，楊四爲了救我，竟然在他舅舅門前跪了一天一夜，我永遠感激他。但是，這是怎樣的拯救啊！它讓我生不如死，如一具行屍走肉。

我離開家鄉騰衝去了瑞麗，我想遠離這個讓我傷心的地方。不久後，我跟一個姑娘結了婚，那個姑娘就是當時看守我的紅衛兵，也許是憐憫我吧！她毫不猶豫嫁給了我。她不知道我已經不能人道，她還想用她的熱情醫治我的創傷呢！我愛她嗎？不愛！一點不愛！我想報復，報復天下所有的女人，我要把她想像成你母親的模樣來折磨她。幾年後，她上吊自殺了，那是因爲我撞見她用蔬菜手淫後的結果，她無地自容。

這個時候，楊四因爲殺人逃亡緬甸，後來我聽說他到那邊跟一幫成都知青建立了一個武裝游擊隊，他的雙腿被地雷炸斷了，只能坐在輪椅上。我們再也沒有來往，就像我們從來不相識一樣。這個世界真的很怪，它可以拉近人們的距離，也可以讓熟悉的人突然變得陌生，就像陰陽相隔。

楊四跑了以後，我的心徹底放開了，我甩掉背叛朋友這個心理包袱，準備實施一個絕密計劃報復你的父母。我那時已經在瑞麗紮下腳跟，不管是官場還是社會上都結交了一些朋友，他們可以幫我實施這個計劃。然而，你父母卻在我這個計劃實施之前出了車禍。

當我得到這個消息的時候，你知道我有多高興嗎？我開懷暢飲，我放聲高歌，我載歌載舞，那天晚上，我人生第一次醉得一塌糊塗，不省人事。但是第二天醒來，我卻感覺非常失落，我一點都高興不起來，因爲我失去了報復的目標，我無所適從。車禍是天災，那不是我幹的，我心頭的恨仍然還在，於是，我又把目標轉移到你身上。我想，即使報復不了李東方和許可，我也要報復他們的下一代……」

聽到這裏，李在不寒而慄，「爲什麼遲遲拖延到這個時候實施？」

「別打斷我！」鄭堋天說，「還早呢！正當我準備在你身上實施這個計劃的時候，你卻進了監獄，我又一次失去了目標，這讓我非常惱火，於是，我又開始調整方向……」

「昝小盈？」

「對！我要讓李東方和許可的後代對愛情絕望。」

李在聽到這裏，不知道自己對鄭堋天是怎樣的一種感覺，有同情，有愧疚，有痛恨，有噁心……

李在冷冷地說：「夠了沒有？」

「夠了！夠了！我報復夠了！沒有比佔有仇家的女人更令我快樂的，但我好像仍然沒有解恨啊！昝小盈自慰從來不避諱我，甚至當著我的面，她是在替你們家羞辱我……」鄭堋天的眼睛濕潤了，「真的夠了！」

「如果假石能替我父母向你道歉，我認了！如果還不行，你想個解決的辦法吧！」

鄭堋天抬起頭，喃喃地說：「孩子，你錯了！從開始你就錯了！假石不是我幹的。」

「不是你？」

「是的。自從毛主席像那件事後，我就遠離了玉石，從此再也沒碰它。我現在做木材生意，我覺得木頭是有生命的，而玉沒有，它在我的心目中，只能代表冷冰冰的死亡。即使想報復你，也不會選擇玉石，我極端鄙視它。讓你失望了吧？你白來一趟。告訴你孩子，我天生懦弱，我有報復的雄心，卻沒有報復的膽量，我只能向相對弱小的女人下手，我沒有那個能力牽動千軍萬馬做那個假石頭。如果是我幹的，我高興還來不及呢！我爲什麼要隱瞞？完全沒有必要！我知道你和咎小盈的事，包括你們到麗江，我都知道。現在，我把她還給你，就像和氏璧那樣，完璧歸趙。好了，你可以走了！」

說完，鄭堋天就像極度疲倦了似的，身子斜斜地在沙發上躺了下去，縮成一團，而且越縮越小……

第二十四章　我來救你了

范曉軍醒來的時候，天早已經黑了，他迷迷糊糊睜眼一看，發現自己躺在一張寬大的床上，屋裏除了遊漢庥，還有一個滿臉絡腮鬍子的男人，此人大概就是遊漢庥的哥哥遊漢碧，被瑪珊達描述爲更加兇狠毒辣的那個男人。兄弟倆坐在一張桌子前正在喝酒，高聲談笑著什麼。頭太疼了，像要裂開一樣，那個小夥子下手真狠，他差不多把他的腦蓋骨敲碎了。

他想起身，但腦袋沈得像個秤砣，他努力了幾次都不行。

范曉軍重新躺好，絕望與失落又一次襲來，他是遊漢庥兄弟面前的失敗者，他根本無法跟他們抗衡，現在想來，孤身一人來緬甸解救瑪珊達是個多麼愚蠢的事情，這根本就是一個不可能完成的任務。他把自己裝扮成特種部隊的戰士，他哪裡知道他根本不是遊漢庥兄弟的對手。在國內和平環境中長大的人，往往對真刀真槍的殺戮有一種變態的迷戀，他們以爲電影中的鏡頭就是現實，他們在虛擬世界裏端著M十六藏在牆角，然後射擊，臥倒，側翻，投擲手榴彈。他們駕駛飛機，駕駛坦克，飛艇，凡是能開動的東西都是他們衝鋒陷陣的武器，即使被子彈擊中，也是一種幸福的暈眩，而不是腦漿迸裂。

范曉軍嘗到了在緬甸森林中的滋味，也親眼看到了在國內根本看不到的血腥場面，他漸漸從空洞的浪漫中清醒過來了。

回想起來，當年他在落泉鎮的表現就是一場徹頭徹尾的鬧劇，他一點也不強大，他虛弱渺小像個螞蟻，所以他才會從城市逃離，逃到頭頂的空間相對廣闊的雲南。他彷彿在躲避什麼，當時不知道，現在他明白了，他在躲避一種看不見的強大外力。他的內心無法承受這種外力給他的壓力，進而糟蹋自己，這跟自殺者的心態是一樣的，只不過他沒有選擇自殺，而是裝成強大的樣子包裝自己。在他的心目中，落泉鎮是個在中國地圖上找都找不到的小地方，他潛意識裏認爲，它應該比他還渺小，所以當他感受到落泉鎮給他的壓力時，他就會毫不猶豫地選擇反抗。本來已經絕望的泯滅的心理優勢，此時卻變成一種利器，把他裝扮得盛氣凌人。

仔細想來，落泉鎮是大度的，人家並沒把他放在眼裏，之所以最後寬容地「躲避」他，是因爲人家不想跟他一般見識，如果真想消滅一個對社會有害的「瘋子」，范曉軍現在相信，人家根本不費吹灰之力。真要感謝李在，把他從落泉鎮那種不切實際的狀態中解救出來，從而避免了一場唐・吉訶德跟風車較勁的悲劇。

「嗯……」頭部的疼痛讓他禁不住呻吟了一聲。

遊漢麻兄弟倆見他醒了，站起身走過來。一臉絡腮鬍子的遊漢碧張開雙臂大聲叫道：「歡迎爲愛情捨生忘死的戰士！」

這是勝利者應有的狂妄，也是對范曉軍極大的諷刺。

遊漢麻拍了一下手，從門外進來兩個緬甸小夥子，把范曉軍抬到了酒桌旁。范曉軍支撐不住，一下子趴在了桌子上。他的頭太疼了，裏面的腦漿硬得像一個鐵塊，而且左衝右突，猛烈撞擊著脆薄的頭骨。

「上次我要是早回來一天，」遊漢碧喝了一口酒說，「就直接把你斃了。斃了你，你就運不回去那塊石頭。運不回去那塊石頭，你的朋友李在就不會上當。現在等於你用你的命換回去一塊假石頭。你說是不是這個道理？」

范曉軍艱難地抬起頭，說：「當然是這個道理，如果你弟弟不顧你父親的安危，他完全可以殺了我。」

「操你媽的！我還沒說呢你倒先說了。用我父親當人質，我最痛恨的就是這個，全是你朋友李在幹的好事。當時他在電話裏怎麼說的？你再給他復述一遍！」遊漢碧望著弟弟。

遊漢庥說：「他說『你父親關押在草頭灘煤礦，他表現很好，被減刑一年，還有兩年零二十三天就出獄了。我朋友跟他關在一起，朝夕相處，他們關係不錯。』」

「你聽聽，你聽聽，多好的臺詞啊！」遊漢碧把啃剩的一塊牛骨頭「啪」地摔在地下，「我操他李在的奶奶！就因爲他，我父親結果……結果……」說著說著，遊漢碧捂著臉哭了，「我父親坐了整整十二年的牢，還有兩年啊，還有兩年就出獄了。結果……結果……馬上就被李在派去的人害死了！」

范曉軍不想知道到底誰害死誰，監獄裏的事他不瞭解。他只知道他們的父親在監獄出事了，而且是大事，是必須斃掉腦袋的事，所以押在李在手裏的籌碼沒了，遊漢庥才會肆無忌憚地到騰衝搗亂，他們肯定與李在不共戴天。這是殺父之恨啊！

「你們不是已經報復了嗎？把好端端的一個賭石大會攪和得烏煙瘴氣。」

「誰攪和？」兄弟倆異口同聲問。

「你們！」

「我們？我們怎麼攪和？」兄弟倆瞪大眼睛。

「上海的那個勞申江不是你們幹的？」

「勞什麼申江？沒聽說過。」

「就是在賭石大會上賭出玉蟲的那個上海人，當天晚上被人殺了，你們難道不知道？」

「知道，怎麼了？」

「你們可真夠狠的，差不多把人家給解剖了。」

「什麼？你說我們把那個賭出玉蟲的人殺了？」兄弟倆同時跳了起來。

「難道不是嗎？」范曉軍想進一步激將他們，看看能不能從中找到一點蛛絲馬跡。

「媽的，我們要是能自由自在地進入雲南，我就可以直接把李在給解剖了，我沒事搗那個亂幹什麼？殺李在比什麼都過癮。」遊漢碧指著范曉軍的鼻子尖罵著，好像李在就坐在他面前一樣。

遊漢庥也是一臉怒相，「我們兄弟倆現在榮幸地登上了雲南公安廳的黑名單，一入境就等於送死，媽的！不像前幾年，我還可以到處旅遊呢！那時我多麼逍遙！現在我只能自己搖自己，整天在森林裏待著，我都快瘋了！你媽的！」

的確也是，他們說的有些道理。看來，他和李在最初的判斷完全是錯誤的，遊漢庥兄弟倆的性格不像是那種幹陰事的人，如果條件允許，比如他們可以大搖大擺進入雲南，他們會選擇轟轟烈烈，直接殺李在，而不是玩什麼先搶劫後殺人，給賭石大會搗亂。這麼說來，殺害勞申江的人肯定不是他們兄弟倆，而是另有其人。

遊漢庥暴跳如雷，大聲罵道：「李在現在簡直是狗急跳牆，被人設下圈套騙了，他誰都懷疑，連他父母恐怕都不會放過。媽的，懷疑我們到雲南殺人，他也不想想，我們要是能去雲南，我們有那麼仁慈嗎？」

「媽的，我們時時刻刻都想做掉他，他以為我們還跟他玩捉迷藏啊？」

「我們在雲南的朋友本來想幫忙的，但他們的力量顯然不夠，他們也幫不了我們……」

「操！那幾個飯桶只知道通風報信，還能指望他們『做』了李在？」

兄弟倆你一句我一句地發洩著憤怒，暫時把范曉軍忘在一邊。等他們發洩夠了，這才想起范曉軍還在他們手裏，他們策劃的事情還沒跟他交代。

遊漢碧說：「范曉軍，我問你，你來緬甸的目的是什麼？是不是找瑪珊達？」

「是。」

「你是不是非常喜歡她？」

「不然我也不會來。」

「那好，我給你一個機會，讓你永遠跟瑪珊達幸福地生活在一起，誰也打擾不了你們。」

范曉軍心裏一熱，但他馬上意識到，遊漢碧不可能變得如此仁慈。果然，他下面的話讓范曉軍剛剛熱乎起來的身體，立即墜入了冰冷的深淵。

遊漢碧說：「我們送你和瑪珊達到邊境，然後你給李在打一個電話，就說你在邊境等他，讓他來這邊找你，有什麼誤會在邊境談，你說你不敢回去。我想他不可能不來，對你，他現在巴不得食肉寢皮。」

「拿我當誘餌，引李在出來？」

「對！你聽懂了，就像他拿我父親當人質一樣。」

「然後呢？」

「然後就是我們的事了。你可以立即帶瑪珊達從邊境回中國，至於你們今後怎麼生活，在哪裡生活，那是你們兩個的事，我發誓永遠不會過問，也過問不了。我遊漢碧說話算話，如果欺騙你，天打五雷轟，出門立即被老虎吃了！」

范曉軍冷笑了一下，說：「你們不是拿我當誘餌，而是拿我的愛情當籌碼！」

「呵呵，操！還愛情，還是先顧及你和瑪珊達的生命吧！命都快沒了還愛情，呸！」

范曉軍義正辭嚴地說：「告訴你，我永遠不可能背叛朋友。」

「會不會背叛你所說的愛情？你是不是準備跟瑪珊達同歸於盡，難道這就是你給她的愛情？告訴你，你現在已經不是李在的朋友，知道嗎？你是他不共戴天的敵人，你欺騙了他，你做假欺騙了他！」

「這不是真的，我沒有，那不是我幹的。」

「你有時間解釋嗎？就算解釋他相信嗎？相信一個人需要時間，需要消化，你怎麼給他時間？他現在正心急火燎地到處找你呢！找你幹什麼？你以爲找你是給你吹九節簫嗎？他恨不得把你碎屍萬段。」

媽的，他們連這段歷史都知道。

「我不相信李在會這樣！」范曉軍斬釘截鐵地回答道。

遊漢碧又把一截啃乾淨的牛骨頭摔在地下，惡狠狠地說：「好吧，你這個撞到南牆不拐彎的瘋子。我給你一夜時間考慮，考慮好了明天早上告訴我，是死是活，是帶瑪珊達走還是跟她一起下地獄，你自己決定，我懶得跟你囉嗦！操你媽的！狗雜種！」

說完，遊漢碧一拍手，幾個緬甸小夥子衝了進來，他們早就不耐煩了，個個臉上帶著慍色，橫七豎八架起范曉軍就走，很快，他們就被茫茫夜幕吞噬了。

范曉軍知道他的苦難又一次降臨了，他們肯定要把他弄進上次那個網兜，然後吊在大坑中間，供盤踞在坑底的蟒蛇欣賞。不知爲什麼，范曉軍這次竟然一點也沒恐懼，他甚至覺得那些白色的緬甸蟒蛇太漂亮了，是人世間最美麗的觀賞動物。他可以吊在網兜裏向牠們獻媚，要是有支九節簫就好了，他可以吹奏優雅的樂曲，讓牠們和著音樂，點頭彎腰，左盤右旋，翩翩起舞……

范曉軍還記得當時他驚恐喊「救命」時的情景，那種場面一點也不優美，沒有音樂，沒有翩翩起舞，只有萬劫不復的恐懼。是瑪珊達把他從坑裏拉上來的，她現在在哪裡？她知道我來了嗎？分別這麼長時間，一直沒有瑪珊達的消息，也無法探聽到有關她的一切，一絲一毫都沒有，就像她是一粒不起眼的塵埃，從分別的那天起就被風吹走了。

出乎范曉軍意料的是，他們沒把他放進網兜，而是關進了一間空蕩蕩的黑屋。屋子只有兩三坪大小，地上鋪著乾草，在緬甸森林，這相當於一床非常舒坦的席夢思。不知道遊漢庥兄弟倆葫蘆裏到底賣的什麼藥？

那幾個緬甸人把門鎖上就離開了，周圍立即陷入平靜。范曉軍的胳膊已經纏了厚厚的繃帶，但仍然疼痛難忍，根本無法扭動。他不知道誰給他胳膊上的藥，會不會又是瑪珊達？他還記得上次大腿上的子彈就是瑪珊達取的，這次一定也是。這麼說，瑪珊達已經見到他了，她知道他來了，並且給他敷上藥紮上了繃帶。

這讓范曉軍異常興奮，但是這種興奮沒過多久，饑餓便襲擊了他，他算了算，從早上跟學學分手開始，他就一直沒有吃過任何東西，後來救了哥覺溫後也忘了吃東西，再說當時的情況也不允許。此時，他的胃裏像鑽進了無數個小蟲子，牠們簇擁在一起，奮力撕咬著他的胃壁，他的胃幾乎痙攣，它開始下垂，彷彿要從肚子裏衝出來。范曉軍捂著腹部躺了下去，他筋疲力竭，實在沒力氣跟饑餓抗爭了。

實際上，范曉軍的計算有誤，他一共昏迷了二十九個小時，跟學學分手是昨天的事。

就在范曉軍被饑餓糾纏的時候，突然屋裏傳來一陣聲響。他心裏一驚，猛地坐了起來。聲音是從屋角傳來的，屋裏太黑，范曉軍什麼也看不見。他判斷不出聲音是什麼東西發出的，最壞的結果是，那裏盤踞著一堆緬甸蟒蛇，像上次把他吊在坑裏一樣。

他不敢再躺下去，靜靜等著那個聲音再次出現。然而十分鐘過去，牆角再沒有聲音傳出。也許是自己神經過敏，說不定是隻耗子，或者其他什麼小爬蟲，如果是蟒蛇，他應該能聞到一股腥臭的味道，上次就是，那種味道讓范曉軍一輩子都不會忘記。

范曉軍又躺了下去，可是那個聲音又出現了，這次比剛才聲音還大，時間還久，一直不停，並且伴有其他聲響。范曉軍的頭髮都豎起來了。他側著耳朵，仔細分辨著，他終於聽出來了，是人的聲音。

「誰？」范曉軍問。

黑暗中，那人無力地哼了一聲。

「誰？」范曉軍又問了一聲，那人還是沒有回答，只聽見嗓子裏含含糊糊地咕嚕著什麼。

原來這個小黑屋裏還關著另外一個人。

范曉軍慢慢爬了過去，向牆角摸索著，黑暗中，他終於摸到了那個人的衣服，再往上摸，是頭髮，一個女人的頭髮。

范曉軍大吃一驚，連珠炮似地問：「是瑪珊達嗎？是不是？是不是？」

確實是個女人，她哼哼唧唧地說：「我……是瑪……珊達，你是……誰？」

「我是范曉軍啊！」范曉軍的眼淚奪眶而出。

「范……」瑪珊達的聲音似乎比剛才有力。

「我是范曉軍，我來救妳來了！」

「救我？」瑪珊達似乎不相信范曉軍的話，「真……的是你……嗎？」

范曉軍拉起瑪珊達的手，放在自己的臉上，說：「真的是我！真的是我！」

「真的……是……范哥……我相信……了，可惜……」

「可惜什麼？」范曉軍抱住了瑪珊達。
「可惜，我……已經不是……你認識的……瑪珊達了！」
「為什麼？」
「他們能……放過我嗎？自從你走後，他們……就一直把我……關在這兒……」
這種情況范曉軍已經想到過，他知道那兩個狗日的兄弟不會輕易放過瑪珊達的。
「現在好了，明天我就帶妳到中國！」
「中國？不……對不起，范哥，你白……來了！」
「到底怎麼了，瑪珊達？」
「我已經……是個廢人！」
「廢人？」
「他們不但……折磨我，還，還……」
「還什麼？」
瑪珊達不說了，嚶嚶地哭了起來，肩膀簌簌顫抖著。
范曉軍心裏像被刀割了一樣難受，他把瑪珊達的頭攬在自己胸前，撫摸著她的頭髮，安慰她說：「一切都過去了，瑪珊達，我們明天就可以走！真的！明天！」
「他們太狠了！他們割去了我……我的……乳房……」
范曉軍腦子暈眩了一下，「什麼？割去妳的乳房？」
「是，他們還……還給我注射……海洛因，讓我上癮……」
「啊?!」
瑪珊達說：「他們不會……不會……把我完整……交給……你的……」

范曉軍一把將瑪珊達抱在懷裏，淚水再也止不住了，嘩嘩地流了出來。他沒想到遊漢麻兄弟這麼殘忍，這麼狠毒。瑪珊達遭受了多大的罪啊！

這一夜，范曉軍沒有睡覺，他一直抱住瑪珊達，撫慰她，說著一些不著邊際的話，以分散她的痛苦。他也無法睡覺，他在想，是出賣朋友還是爲了愛情，他必須做出最後抉擇，遊漢麻兄弟沒時間讓他細細斟酌……

昝小盈對李在說過，一個人有一個人的故事，你不可能全知道。是的，昝小盈的事李在不可能知道，她也不想讓他知道。

從一開始，她就不相信假石頭這事是鄭堋天幹的，不是她不相信那個老頭沒這個能耐，而是她心裏知道是誰幹的。在她看來，那個男人是最大的嫌疑對象。

這個事她想自己解決。

李在去北海濕地的當天下午，她把那個男人約了出來。她想當面問問他，不管結果是什麼，她都想一次地把這個事了結了。

男人看見昝小盈從茶樓樓梯走了上來，他的嘴角撇了撇，說：「好久不見了，幾次給妳打電話妳都按掉，不方便接電話嗎？」

昝小盈走進房間，在男人面前坐了下來，她盯了男人大約好幾分鐘，然後不動聲色地問：「是你幹的？」

男人沒說話，只聳了聳肩。

「放過我好嗎？」昝小盈軟了下來，眼睛裏浸滿了淚水，「這麼多年，你夠了沒有？」

男人一邊抽煙，一邊望著窗外，他不想多解釋，在他的心中，昝小盈一直是他的女人。他吸飽了一口香煙，緩緩吐了出來，他說：「妳知道嗎？妳和他到麗江讓我妒火中燒，有幾次我都想把這件事端出來了，想想還是忍了。怎麼，現在想起把我約出來了？」

「放過我好嗎？」昝小盈再一次問。

男人搖搖頭。

六年前在草頭灘勞改煤礦招待所，他也是這麼搖頭的，而且一搖就是這麼多年。那個時候，她剛剛和鄭堋天結婚，可以想像，她的婚姻並沒有如她預想的那樣幸福，除了鄭堋天猛卯鎮國土資源管理所副所長這個職位外，其他方面她不想索求什麼。其實這也正是她想要的，她沒有指望鄭堋天能在情感上給她什麼意外之喜，她可以忍受無性婚姻，只要有花不完的金錢就行。那時，昝小盈實際得嚇人。但是她年輕的肉體不可能沒有欲望，那種想要爆炸又找不到引信的滋味，讓她死去活來，實在忍不住的時候，她只能用手指解決。開始幾次她還躲著鄭堋天，後來就放開了，她可以肆無忌憚地在他面前表演。看著鄭堋天赤裸著身子，萎縮的器官，以及他漲紅的眼睛時，她的心理和生理往往能得到極大的滿足。

後來她覺得這樣不好玩了，她的表演越來越缺乏激情，她渴望真正的男人，最好是強姦，她夢想著有朝一日，一個高大勇猛的粗壯男人出現在她面前，毫無道理地佔有她，她希望被野蠻的力量擊垮，而不是僅僅靠自己的手指。

這個男人終於出現了。他剛從監獄裏出來，說李在託他來看望她。昝小盈信了，幾天過後，她跟著這個男人去了草頭灘。男人說，不是直系親屬，監獄是不准探監的，他有辦法讓她見到李在。昝小盈哪裡知道監獄裏的規矩，她不知道那地方比監獄鬆得多。到達草頭灘的時候已是傍晚，去李在所在的隊裏還有很長一段路，他們只好在招待所住一晚。

就是那一晚，男人把昝小盈強姦了。昝小盈沒想到李在的朋友竟然這麼卑鄙，她抓他，踹他，任何掙扎與反抗都無濟於事，男人在狠狠抽了她幾個耳光之後，從容地進入了她的身體。那種尖利、腫脹、暴風一樣的感覺頓時襲擊了她，令她吃驚的是，她最後竟然到了高潮。

她不知道怎樣解釋自己的感覺，她恨他，也恨自己，她不知道高潮時的犀利叫聲是怎麼發出來的，那不是自己，根本不是，是身體深處被長久壓抑的吶喊罷了，跟情感一點關係都沒有。她沒有心情也沒有臉面再去探望李在，隨那個男人回到了瑞麗。以後，這個男人隔三差五就要到昝小盈面前表演一次，一次比一次狠，變著花樣幹她。她一次次沈溺於這種不乾不淨的關係，又一次次被恥辱的淚水淹沒。

李在出獄後，昝小盈一直躲著李在，好像隨時李在都能窺見到她和這個男人的關係一樣，她怕李在知道，怕他瞧不起她。然而，她和李在的情感不是想割斷就能割斷的，她思念他，做夢都想跟他在一起。她主動找到李在，想跟他一起賭石，而李在還誤以爲她是個金錢之奴，其實，她的心思哪裡放在賭石上啊！她是想透過這種方式，重新接近李在，重新燃起已經泯滅的愛情。可是，這個男人一直跟隨著她，她到哪兒他就在哪兒出現，就像一個魔鬼一樣。

她想甩掉他，但是他每次都以他們這層關係相要挾。他向她恬不知恥地索要金錢，貪得無厭地索要身體，甚至脅迫她幹喪盡天良的事。和李在去了麗江之後，她就一直琢磨一件事，找個合適的方式甩掉這個男人，讓他永遠不要在她的生活裏出現。假石這件事，她第一個想到的就是他，只有他才可能如此嫉妒李在。這是一次機會，她想讓自己堅強一次，決不能再拖了。

昝小盈問：「有個問題我一直不明白，我很想知道答案，你能不能實話實說告訴我？」

男人問：「什麼問題？」

「李在對你這麼好，在你混得跟乞丐一樣的時候他收留你，爲什麼你還要恨他？爲什麼要嫉妒他？你一半是綿羊，一半是魔鬼，你有資格這樣做嗎？」

男人的眼裏有了一些凶光：「說出來我會無地自容，還是不說吧！」

「你還有廉恥心嗎？」昝小盈咄咄逼人。

「妳知道個什麼！」男人憤憤不平地說，「有些人天生就是一副被妒相，李在就是這種『樹大招風』型的人。開始的嫉妒也許是無惡意的，但是如果尋找到機會，這種無意識的善意很快就會轉變成報復行動，比如當我遇到妳的時候。妳知道不知道？在獄裏，每當晚上熄燈後，就是每個獄友回憶美好往事的時候。當然，回憶最多的就是自己過去所經歷過的女人，它包含了世界上所有形形色色的情感與淫邪的故事，有些人女人一大把，有些人只有一個，李在就是這樣，他反反覆覆只講妳，只要輪到他回憶，妳的名字就會在黑暗的獄中升起，然後成爲當晚大多數獄友的意淫對象。

妳知道李在在獄裏是什麼樣子嗎？他可以不剃光頭，他可以不穿囚服，他可以到幹部食堂吃飯，他可以出差當採購。在他刑期的最後一年，他的權力達到頂峰，他可以左右指導員的思維，跟他要好的犯人可以輕而易舉被評爲『立功』。妳知道不知道，立功越多，離減刑越近。這是什麼意思？是可以少在裏面受罪的概念，是爭取早日自由的概念，可想而知，有多少犯人對他頂禮膜拜。

他還可以任意毆打每一個不聽他話的犯人，他負責的那個『積委會』就是個刑房，每一個被找去談話的犯人出來後，身上沒一塊好肉，妳知道他給那個『積極改造委員會』辦公室起了個什麼名字嗎？精武館。每一個剛剛到來的新犯都要到裏面『褪光』。在一般犯人眼裏，他就是一個披著羊皮的惡魔，牢頭獄霸什麼年代都有，能做到李在這樣囂張跋扈的絕無僅有。」

昝小盈冷冷地聽著，她一點不震驚，還是那句話：一個人有一個人的故事，你不可能全知道。

男人的眼睛凸了出來：「有一次在建築工地躲雨，閒著沒事，也許是我肚子裏實在沒其他故事了，我就把很多年前拐賣一個女孩的事當成豔遇講了出來。那個叫瑪珊達的緬甸小姑娘太漂亮了，我們好不容易把她從緬甸弄出來，媽的，不能便宜那個等媳婦的河南農民，路上我把她幹了，那是我幹過的第一個處女，我一輩子都不會忘了那個滋味。晚上回到隊裏，李在對我說，有人太想減刑了，他們已經向中隊指導員揭發檢舉了我隱瞞多年的罪行。

我一下子就傻了，我想完了，想狡賴都不行，我講的太詳細了，時間地點人物事件，四大要素一個不漏。給當地公安局發個函，一調查就出來了，不加我個無期，也起碼十年。接下來的幾天，我一直在惶恐不安中度過，只要有警車駛進中隊，我就會嚇得屁滾尿流，隨時準備被手銬銬走。我後悔死了，對這個案子我應該有所防備，當年在看守所，我在電警棍的電擊下都能守口如瓶，卻在監獄當成炫耀的體驗，輕而易舉吐露了出來。在獄裏，我的身邊到處都是這種得了『減刑妄想症』的臭蟲，一不小心，你就被別人『點了水』。

過了幾天，一切仍然風平浪靜，難道他們已經展開調查？或者他們正在抓捕我那個漏網的朋友？又過了些日子，不！過了一年，我徹底放心了，中隊指導員根本沒把我的事當成事，他就當我放了個屁。後來有人告訴我，是李在幫我按下去的，他對指導員說了什麼，誰都不知道，總之，這件事從一開始就沒人追究。

妳知道當時我聽到這個消息是什麼感覺嗎？是嫉妒！是高興之餘充滿感激的嫉妒。李在的境界，是我一輩子也達不到的，他爲什麼可以輕描淡寫地抹平這件事？而我，只能像困在籠子裏的耗子一樣惶惶不可終日，爲這事，我整整瘦了二十斤肉。人的差距真的很巨大，就像我的外號，也是李在給我起的，我當時多麼高興啊！其實對於李在來說，它只是一個毫無疑義的符號，在現實生活中，我仍然是個失敗者，我的作用對於他，就如同一隻默默無聞的蟲子。

嫉妒是什麼？嫉妒是對別人幸運的一種煩惱。是的，這種煩惱多少年來一直折磨著我懦弱的神經，我快要瘋了。我恨他，恨這個世界，恨我周圍的一切，因爲嫉妒本身就是一種憎恨心理。李在千不該萬不該託我打聽妳的消息，現在看來，他唯一的弱點就是對妳的思念，當我第一眼看到妳時，除了被妳的美麗震驚，剩下的我知道該怎麼做了。當我沒有能力對抗強大的目標時，只能轉向相對弱小的女人。在女人面前我很自信，我一點不懷疑我的口才。

妳總結一下沒有？這麼多年來，我身上的特質完全符合一個善妒者的軌跡：明顯的對抗性、明確的指向性、不斷發展的發洩性、不易察覺的僞裝性。」

昝小盈馬上要爲這個男人的沾沾自喜嘔吐了，「所以你設置了這個騙局，用假石獲得心理上的勝利？」

男人咬緊牙關，凸出的眼睛冒出火來。他恨恨地說：

「奶奶的！我用了將近一年的時間，做各種各樣的準備，包括到一所大學，逼古生物研究中心主任寫出製作假石的化學配方。我秘密選擇了一塊石頭，然後開始實施這個偉大工程。腐蝕，雷射，培育，埋石，每個環節我都精益求精。我一直幻想著這個讓我瘋狂的場面，李在千方百計搞回來的玉石毛料，在光天化日之下變成一錢不值的假石，哈哈！這將讓我得到一次前所未有的精神振奮！可是，奶奶的！說好了在黑泥塘接范曉軍，我製作的假石已經運到那裏嚴陣以待，後來突然變成范曉軍從盈江昔馬古道進來，這給了我一個措手不及，我本來計劃好在黑泥塘把范曉軍幹掉，然後把石頭換過來，現在一切都泡湯了，如果不是緬甸那個多管閒事的游漢麻，我差點就成功了！更讓我沒有想到的是，這塊石頭竟然也是假的，這說明，有人比我更先一步，比我計劃得更加完美，而且他成功了，我又一次成了失敗者，我連害個人都這麼失敗，我還能幹什麼？」

男人說著，把手裏的茶杯「啪」地摔在地下，清脆的響聲引起周圍很多茶客向這邊張望。

男人俯下身子，臉上掛著莫名其妙的微笑，他說：「再給我一次機會，我一定會成功的，不然，就把我們的關係明明白白告訴李在，也好讓他有個選擇，長期把他蒙在鼓裏，我於心不忍啊！但我知道，妳不喜歡這樣，對嗎？你們在麗江玩得還高興吧？爬雪山了嗎？去雲杉坪了嗎？」

昝小盈不想再聽下去，她心裏只有一個強烈的念頭：不能再讓這個男人活在世上！

「我不想把這件事鬧大，最好搞成一次意外，或者乾脆一刀把他宰了。那樣痛快！但肯定會導致警方介入，別怕，妳到外面躲一段時間……」

昝小盈盯著眼前這個不起眼的女孩，顯然她對這個看上去太過普通的女孩不太放心。

「或者是車禍，慘烈的車禍，軋得他血肉橫飛……」

女孩不耐煩起來，她挪了挪屁股，瞟了昝小盈一下。她有點不高興，好像自己是一個無名鼠輩。多年前，她第一個雇主也這樣懷疑過她的能力，結果證明她幹得非常漂亮，即使給警方留下一點蛛絲馬跡，也仍然擋不住她至今逍遙法外，繼續吃這行飯，這說明她不是一般普通的殺手，她有她的獨到之處。

「我不是業餘的。」女孩心裏暗暗嘀咕著，「讓他喝個酩酊大醉，然後在樓梯上摔他媽一跤，脖子摔斷……」

湖北襄樊市那個電器女老闆就是這麼死的。

「……或者給他注射一針大劑量的海洛因……」

雲南省昆明市那個椿遺產繼承案的原告，就領教過這種滋味。

「……或者，讓他睡在床上，點根香煙……」

重慶萬州市黑道上的李老么，在市中心酒店就這樣長眠不醒了。

「旅遊地點是個好地方……」

北京那個叫吳翰冬的流氓，就是這樣長期在洱海旅遊去了。

但是，女孩什麼也沒說。不知道怎麼回事，她實在有點害怕坐在對面的這個女人，她眼睛裏的光不像是人射出來的，特別駭人。

「行。」女孩對昝小盈點了點頭，她知道她該怎麼做，「我可以。」

女孩是昆明一個朋友介紹的，朋友說，這個小女孩善於喬裝打扮，其心狠手辣殺人不眨眼的手段令人膽寒。她除了具有這個特徵外，昂貴的價格也能證明她的身價。

「五十。」女孩說。

昝小盈答應了。只要神不知鬼不覺幹掉這塊絆腳石，別說五十萬，再多的錢昝小盈也會答應。她的牙咬得咯咯直響，女孩驚異地盯著昝小盈，不知道她還有什麼交代的。

「這是二十萬，事成之後我再給妳三十萬。」

昝小盈從沙發角落的一個黑色皮包裏拿出厚厚的幾疊錢，用一個食指慢慢推到女孩面前。

女孩的眼睛一閃，興奮了一下，但只有短短的幾秒鐘。她抬起頭，壓低聲音說：「我不要訂金，江湖上知道我的規矩，我要是拿了妳的訂金，江湖上會笑話我，我比較注重自己的名譽。」

昝小盈笑了，「我很想遵守妳的規矩，但是我也有我的規矩，不出錢，什麼事也幹不了，我心裏不踏實。」

女孩點點頭，沒再說什麼。她從隨身攜帶的一個黑色皮包裏拿出一條黑色塑膠袋，一把將面前的錢掃了進去。然後迅速轉動袋口，簡單地拴了個結。

「大概什麼時候行動？」昝小盈問。

「今天，或明天。」

昝小盈拿出一個信封，遞給了女孩。

女孩從信封裏抽出一張五寸彩色照片，照片上是一個蓄著平頭的年輕人。他的眉毛和鬍鬚都很濃重，眼睛向外凸著，閃著貪婪粗鄙的目光。他的鼻子很有特點，碩大而肥厚，鼻尖上還有非常明顯的凹坑。女孩發現照片上這個人很熟，一時不知道在什麼地方見過，尤其看到他牙齒上鑲有一條金屬線，更是覺得這個人特別面熟。

「他……」女孩嘟囔著。

「有什麼問題嗎？」昝小盈問。

女孩搖搖頭，「不，不。沒什麼。」

女孩把照片翻過來，見背面寫著三個字：唐浩明。

第二十五章　童弟哥的報復

見了昝小盈之後，唐教父就預感到，她可能不會再那麼軟弱地讓他玩了，逼急了，她可能把他捅出去，拚個魚死網破。如果情況真像他預料的這樣，那現在他的處境就非常危險了，但是他不怕。

他完全有理由誰也不怕，他有五個貼心死黨，腰裏掖著各式武器，但他不想這樣張揚，因爲他曾經張揚過，現在他認爲那種毫無意義的張揚，完全是自己給自己壯膽，再說，那種淺薄的故事早已經成爲歷史了。

那時候的唐教父可不像現在這樣收斂，雖然唐教父這個名字還沒形成——那是以後在獄裏才有的事——但他同樣有一個響噹噹的名字：T哥。說實話，這種帶英文字母的稱呼，是從香港黑幫電影裏學來的，實際上，騰衝縣沒幾個人這麼叫他。儘管如此，騰衝的老百姓對當時T哥製造的動靜仍有記憶。

場面是這樣的：本來平靜的街道，突然人聲鼎沸，路上行人紛紛閃在一旁，給人的感覺是一頭驚驢闖過來了。等人們驚魂已定，才發現是一群西裝革履的人簇擁著一個頭髮光滑油亮的大哥趾高氣揚地走了過來。他們橫眉豎眼，嘴裏叼著牙籤，好像每個人的腦袋上都纏著一條寫著「我是老大」的白毛巾，其實，他們的派頭一點也不威武，往往會引起行人的嘲笑，並且每次都引得一群流清鼻涕的小孩長距離尾隨。

李在那時候耳聞過T哥的種種事跡，當時只當成是騰衝一大特色笑話，他根本沒把獄中的唐教父跟當時那個可笑的T哥聯繫在一起。更讓李在不知道的是，十多年前唐教父也賭石，如果論資排輩，唐教父絕對是前輩。

跟唐教父一起賭石的，是他的拜把子兄弟童昌耀，內部人員稱呼爲T二哥。兩個人十歲的時候就已經確立了「同甘共苦」的兄弟關係，長大後兩人一起打架，一起喝酒，一起衝女人吹口哨，最後一起爲非作歹。後來兩人因爲偷盜，童昌耀一人頂了罪，被判刑四年，唐教父還曾經有過主動坦白交代陪哥們兒坐牢的念頭，在他的心目中，「共苦」比「同甘」還重要。但最終他把這個愚蠢的想法拋棄了，不是他幡然醒悟，而是因爲一個叫丁慧的姑娘。

那時候，唐教父的心靈正因爲童昌耀的被捕而滴著血，丁慧的出現及時讓他的傷口彌合了。丁慧非常漂亮，大大的眼睛，柳葉似的眉毛，瀑布一樣的黑髮，身材苗條而性感，尤其兩隻纖細的手腕，靈巧而令人心醉。她的家境很不錯，父親在一家國營工廠當生產科科長，母親在百貨公司當會計，按說她的人生軌跡再怎麼彎曲也不可能跟唐教父接軌。但是，人生軌跡有很多岔道，誰也不能未卜先知。人考落榜後，她灰心喪氣，一下子墮落了。她開始喝酒抽煙甚至打架鬥毆，並拉幫結夥，向舊的惡勢力勇敢挑戰，一時間，「丁夜叉」這個外號迅速傳開，人人皆知。唐教父就是這個時候認識丁慧的，見到她的第一眼起，他就暗下決心，一定把丁慧拿下。

丁慧雖然潑辣，一副沒把男人看在眼裏的勁頭，這讓她在情感方面很吃虧，沒有一個男人敢向她表白，她在男人眼裏，就是一頭降服不了的倔驢，誰也不敢招惹她。此時，唐教父主動大膽地給她寫了一封情意綿綿的情書，開始她還矜持了一會兒，等唐教父第二封情書到來時，她壘砌二十年的堤壩一下子崩潰了。

他們的熱戀讓很多人嫉妒，尤其對坐牢的童昌耀來說，來自他們的任何消息都對他是一種無形的刺激，而此時，陷入熱戀之中的唐教父，早就把還在獄中煎熬的童昌耀忘得一乾二淨。他們只顧著享受眼前的幸福生活了，哪還顧得上獄中童昌耀孤身一人仰望夜空的目光。他們不知道，那目光的內容已經不僅是嫉妒，而是融進了其他東西。

他們的感情生活非常甜蜜，每當夜幕降臨，唐教父都會用自行車馱著丁慧回到他們租住的小屋，一起看電視轉播體育比賽，一起做對方喜歡的飯菜，一起學唱香港最新流行歌曲，然後做愛，一起睡去……

曾經的「丁夜叉」，被唐教父改造成了對男人服服貼貼的小家碧玉。

他們準備找個節日結婚，比如元旦、勞動節、國慶日什麼的，好有個紀念意義。但是沒想到就在這個時候，童昌耀逃獄了，他實在受不了一個關了十八年的老犯對他的性騷擾，趁外出勞動的時候逃了出來。他逃出來後第一件事，就去找唐教父。

童昌耀直盯著唐教父的眼睛，問：「快兩年了，爲什麼不來看我？」

「童弟，我……」唐教父欲言又止，他心裏有點慚愧，身子頓時矮了半截。

「你知道監獄裏最需要的是什麼嗎？」

「我……」

「是錢！有錢能使鬼推磨！有了錢，就沒人敢欺負我；有了錢，我就可以拉幫結夥；有了錢，我就可以打點管事的，別讓他們派髒活、累活給我；有了錢，我就可以不吃監獄食堂裏豬狗都不聞一下的臭肉；有了錢，我就可以懲治那些不要臉的老玻璃……」

「可是我……」

「我是爲我一個人坐牢嗎？我是替兩個人坐牢！」童昌耀對著唐教父咆哮著，一點沒覺得他應該叫唐教父大哥。坐過牢的人馬上可以轉變身分，童昌耀覺得自己才是T哥，而唐教父連

T二哥都不是，他只配叫臭蟲。

「臭蟲！你今後只能叫臭蟲！江湖上的人全都在恥笑你，整天泡在女人那玩意兒裏面，連兄弟都不認了！」

這番話說得唐教父的臉「騰」地紅了。

「好吧！我今後就是臭蟲，你說怎麼辦吧！童弟……哥！」他突然覺得叫「童弟」不太尊重人家，靈活機動地補上了一個「哥」，這讓童昌耀非常開心。

他拍著唐教父的肩膀說：「這名子好！江湖上還沒有人這麼叫過，很新穎啊！」

唐教父有點不好意思，「我剛才叫錯了！」

「沒錯！就這麼叫！不准改口，就叫童弟哥，我喜歡！再叫一遍！」

「童弟哥！」唐教父非常難爲情地叫了一聲。

「這就對了！臭蟲！」童昌耀向地下連連吐了幾口唾沫，好像要把兩年的牢獄之災吐乾淨。

晚上給童昌耀接風的時候，童昌耀才第一次看見傳說中的美女丁慧，他目不轉睛地盯著這個女孩，對唐教父說：「我現在終於理解你了！換了我也會在美人窩裏享受。」

唐教父沒敢搭腔，在坐牢這個問題上，童昌耀對他有義，他後悔當初真應該跟童昌耀一起坐牢，省得心裏揹這麼大一個包袱。

童昌耀那晚喝了不少，臨散席的時候，他對唐教父說：「知道你爲什麼不來監獄看我嗎？是沒錢！」

「對！」

「那你還等什麼？找錢啊！」

「怎麼找？」

「你以為每天穿一身二十塊錢的西服就能當大哥？我都為我們的過去感到害臊，還有臉在街上到處耀武揚威，其實兜裏就十塊錢逛蕩，操！」

「是啊是啊！童弟哥說到點子上了！」他現在已經把這個稱呼叫得很順口了。

「沒錢幹卵硬！我們現在的首要任務就是大肆攬錢！你不想把和丁慧的婚禮搞成『扛起一個鋪蓋捲鬧革命』吧！」

「不想！太丟人了！童弟哥，你說怎麼辦吧！你在裏面一定學了不少知識，你現在就是我們致富道路上的領頭羊！」此時的唐教父已經對童昌耀言聽計從。

「先跟我去一趟緬甸！看看形勢再說！」

正是這次緬甸之行，唐教父和童昌耀拐賣了瑪珊達，並在童昌耀的極力慫恿下，唐教父強姦了那個可憐的女孩。那個女孩還是一個貨真價實的處女，比丁慧那層不知道怎麼破的膜更讓唐教父感到興奮。這種好事他當時以為童昌耀是故意讓著他的，他不知道童昌耀在有意培養他的「犯罪認知感」，這是他的計劃之一。

也正是這次緬甸之行，唐教父和童昌耀開始了賭石生涯。

開始兩個人依靠小聰明賺了一點小錢，漸漸地他們不滿足起來，童昌耀覺得致富進度太慢，說這次搞個大的，他說他知道有個地方有搞頭。唐教父二話沒說，告別了丁慧，毫不猶豫跟著童昌耀上路了。

他們偷越邊境趕到緬甸帕敢，然後坐船逆流而上，一個小時後，到達了龍肯寨，又換乘另外一條木船，再往北駛，約兩個小時後又到了一個叫香亞寨的地方。沿途的風景倒是挺秀麗的，有山有水，有原始森林，還可以看到河岸上偶爾出現的野象和猴群，儼如一個天然動物園。這條小河叫霧露河，河水清澈，一群一群的魚圍繞著木船四周游弋。從香亞寨又向北朝著大山走，翻過山，再走三個多小時，才到達山腳下一個新開闢的玉石場口。據當地人介紹，幾個月前，有人來這裏開荒種田，挖地的時候，石頭被一個一個丟棄在一邊，它們相互碰撞，把一個很大的石頭碰出一個口，挖地的人並沒看見。下了幾天的大雨後，這些人又來挖地，結果發現石頭的開口部分很透，就叫人來鑒定，結果發現這不是一塊普通的石頭，而是玉。於是他們就把它挖了出來，花了幾天的時間，用大象拖到龍肯寨，最後賣了一百八十多萬元。

這故事大大鼓舞了童昌耀和唐教父，他們在山腳下用兩萬元買了一塊十公斤重的黃白砂皮毛料，又折騰了好幾天運回到騰衝，結果一擺出來，當即有個來自寧波的江先生對這塊石頭發生了濃厚的興趣。

賭石的第一步是「相石」。江先生連續三天來到翡翠市場，蹲在這塊玉石毛料前觀測，看的出來他之前已經做了大量調查研究工作。他自已坦白，他也是個生手，第一次參與賭石，爲了讓自己下定決心掏錢買下這塊玉石，他幾乎三天三夜沒有吃好睡好。他一會兒借助手電筒的光亮，從不同角度觀察這塊賭石的皮殼特徵與內部特徵的聯繫，一會兒往上吐口水，然後用袖口擦乾，判斷其內部的透明度和色度。最後，經過無數次的砍價，他出價十萬，買下了這塊石頭。

旗開得勝！他們轉手就賺了八萬，這讓童昌耀和唐教父喜出望外。晚上他們開懷暢飲，回憶著路途上各種新奇見聞，惹得丁慧哈哈大笑。不過，下半夜剩下的節目就沒童昌耀什麼事了，唐教父和丁慧一直纏綿到天亮，他們太興奮了，完全忘了隔壁還住著一個單身男子童昌耀。他們更不知道童昌耀貼著牆壁聽了一晚上，直到拂曉才昏沈沈地睡去。

第二天傳來的消息讓他們的興奮大打折扣。賭石賭的是顏色和種水。顏色正，種水好，往往使賭石身價上升幾倍、甚至幾十倍。據行內人士介紹，那塊寧波人買去的毛石，外皮結晶細小、結構緊密、質地細膩、硬度高、透明度好，至少是翡翠的中上品，是多年未遇的好毛料。果然，從開石架上傳來消息，「解石」解到一半的時候，電切割刀解不動了，專家們紛紛說，這是好兆頭，毛石越硬，說明它質地越好。結果那塊毛石解成兩半後，用水一沖，一大片翠綠把人們的眼睛都晃綠了。有人當場估價，這塊石頭起碼價值一百萬！

這消息讓童昌耀和唐教父心理極爲不平衡，他們千辛萬苦從緬甸大山裏運回來的毛料，竟然讓別人賺了大錢，而自己卻只有可憐的區區八萬元，爲了這八萬元「勝利」，他們昨晚還恬不知恥地狂歡，這是多大的人生差距啊！

童昌耀把唐教父找到一邊，低聲說：「有件事不知你敢不敢做？」

「什麼事？」

「這件事能讓你迅速致富，你和丁慧的房子、車子都不成問題了。」

「只要爲了丁慧，你說吧！什麼事？」

「搶！」

「搶誰？」

「從寧波人手裏搶回玉石！」

唐教父猶豫了。

童昌耀說：「怕什麼？你已經犯過罪了，這次只不過是一次延續，犯一次也是犯，犯兩次也是犯，要犯就犯大的，一輩子當個蟊賊，一輩子沒出息！」

這句話讓唐教父惡膽頓生，當即答應了童昌耀的建議。他不知道這是童昌耀培養他「犯罪認知感」的第二步，他想一步步把唐教父推向深淵。

那天天氣非常陰冷，童昌耀駕著那輛搶來的夏利車，已經在這條鄉村公路上轉了好幾圈了，同時在車上的還有唐教父，他們得到情報，寧波人在朋友家喝酒，順便炫耀那塊石頭，今晚他們想在半路截住他。

童昌耀一手扶著方向盤，一隻手抽著煙，眼神有點憂鬱地望著窗外。他從拂掃他頭髮的陣陣疾風中，嗅出一股燃燒木柴而散發出來的濃郁的松香味，這股味道讓他想起難忘的勞改生涯。那時也是這種味道每天伴隨著他，在每個纏綿的霪雨中，在柴火上烤著從林子裏捕捉的野雞、麂子，紅紅的火焰映著每張饞涎欲滴的臉。他現在仍然記得，每當雨點落在吱吱燃燒的松木上時，散發出來的香味特別芬芳。

他用力吸了一下鼻子，彷彿在尋找記憶中的味道。

狹窄的鄉間公路在山林中蜿蜒穿行，兩旁的草木把路面映襯得有點刺目，翻過一個山坳，景色豁然開朗，山那邊是一望無垠的丘陵。童昌耀想，假如輪下的道路變得筆直坦蕩，無需一個轉彎那該多好，他可以忘掉他是一個逃亡的犯人，他可以閉上眼睛，忘卻人生的所有挫折與煩惱。寒風的氣息，耳邊呼嘯而過的風，可以一勞永逸地揮除他腦海裏的浮塵，洗淨他眼中佈滿的憂愁。

「童弟哥，我們什麼時候行動？」唐教父問。

「看到寧波人的時候。」童昌耀生硬地回答道，頭都沒回。

「童弟……哥！」唐教父的聲音有點怯生生的。

「什麼事？」

「我們……我不會有什麼事吧？」

童昌耀側過頭，盯著唐教父，他發現唐教父的臉色有點蒼白，一縷頭髮晃晃悠悠耷拉下來，像一根鼻涕。眼睛裏已經不是膽怯，而是驚恐。

「你見著鬼了？」

「不是，我只是……」

「你怎麼這麼沒用？我帶你出來就是讓你感受感受氣氛，」童昌耀冒火了，「不然我讓你坐在車裏幹什麼？難道爲了讓你跟著我兜風？你要有我一半膽量就行了，不用我帶，你就可以在社會上殺出名氣來。像你現在這個熊樣，看著就夠了！」

唐教父喪著臉不吭聲了。

那天的行動算是一次完美的謀殺了。童昌耀踩足油門撞上對方的車子以後，那個寧波人就再也沒有掙扎。童昌耀用一隻胳膊夾著寧波人的腦袋，另一隻手遞給唐教父一個榔頭，命令他說：「給我往死裏砸！」

唐教父握著榔頭撤後一步，然後衝上去戰戰兢兢地砸了一下，溫熱的鮮血立即湧了出來，噴了他一身。童昌耀埋怨他砸得不狠，奪過榔頭又狠狠地來了一下。他把榔頭又遞給唐教父，然後說：「是你砸的第一下，不錯！你再來一下，這次最好能砸出他的腦漿！」

唐教父嚇得渾身直哆嗦，他拿著榔頭象徵性地往寧波人的後背砸了兩下，表示自己不是孬種，但尿濕的褲子暴露了他的膽怯。他一個勁地催促道：「行了，行了，別打了，千萬不能出什麼人命。咱們快點撤吧，越快越好。」

看來已經出人命了，那個寧波人一動不動，童昌耀一摸，連氣都沒了。童昌耀怎麼也沒想到整出這麼大的動靜，他神情有點慌亂，把寧波人拖到河邊，搜去他身上所有證件，然後一腳把他踢進了河裏。兩個人抱著「失而復得」的玉石，沒命地向黑夜跑去……

爲了躲避風頭，他們決定暫時逃亡。離別的時候，唐教父想把積攢在心中的恐懼一起發洩在丁慧身上，想讓她嗚咽的呻吟緩解他的不安，他想搖撼她柔軟的腰肢，把她的身體轟擊成失憶的碎片。那樣，他就不會牽腸掛肚了。可是時間不允許他這樣，他依依不捨地抱著丁慧，說：

「等著我！我會馬上回來的！相信我，我會讓妳幸福！」

丁慧哭得一塌糊塗……

他們連夜坐汽車離開了騰衝，他們的目標是新疆，童昌耀在獄中認識的一個朋友家裏。一個星期後，失魂落魄的他們又一次被狠狠打擊了一下，童昌耀的朋友還在獄中，不可能接待他們，但不管童昌耀怎麼解釋他跟那個朋友的關係，他家人還是像趕蒼蠅一樣把他們趕了出來。

去大城市是不明智的，於是走投無路的他們溜到一個叫麥蓋提的小城，悄悄找到一個建築工地安頓了下來，暫時能夠果腹，也有了一個遮風擋雨的地方。那種日子只能用昏天黑地來形容，每天累死累活，彷彿墮入煉獄，飽受牛鬼蛇神的煎熬。現在想來，他們在騰衝街上耀武揚威的時候還是非常體面的，當時不知道珍惜，等失去了才知道那才是天堂。

新疆的夜晚非常晴朗，滿天星斗鑲嵌在綢緞般的夜空，一望無垠的塔什拉瑪干沙漠，滔滔的葉爾羌河水，這實在是個養心的好地方。可對於童昌耀和唐教父來說，這些美麗的景色跟他們毫無瓜葛，甚至在肆意嘲弄他們的惶恐。他們經常穿過矮叢，爬上一個小高坡，在一片橡樹和白樺的環抱之中，孤獨地捲著莫赫煙，向遙遠的家鄉述說著寂寞。

唐教父比童昌耀更痛苦，他心中還牽掛著一個女人，他拼命撕扯著自己的頭髮，眼裏飽含著眼淚，在這個世界上，沒有比丁慧更讓他牽腸掛肚的事了。

一個月過去後，好像一切都很平靜。

「童弟哥，乾脆我打個電話問問丁慧，風聲平息沒有，那個寧波人死了沒有？」有一天唐教父終於忍不住了，相思的煎熬已經讓他的神經接近崩潰。

「千萬別打，她家的電話肯定都被警方監控了，那樣馬上就會暴露我們的行蹤。」

「可是……萬一那個人沒死，我們的罪是不是可以減輕？」

「還能不死？我當時在他的鼻孔試了一下，一點氣都沒了。」

「可是，就算他死了，難道我們就這樣一輩子逃亡？躲得了初一躲不過十五啊！」

「車到山前必有路，船到橋頭自然直。我們過些日子到喀什找個好工作，別在這個工地擔這個破磚了，偌大一個中國哪兒不能生活？」

「可是……」

「別可是可是了，你還是惦記丁慧吧？先穩一段時間再說，聽我的沒錯。等我們找到落腳的好地方，你就把丁慧秘密接來。」

唐教父沒再堅持，自從童昌耀逃獄後，什麼事情都是他說了算，他心計要多一點，所以考慮問題比唐教父縝密。其實童昌耀有個秘密一直沒有透露給唐教父，他知道那個寧波人沒死，他是在一張舊報紙上看到的，是工地上裹莫赫煙的報紙。他當時也有點吃驚，沒想到新疆的報紙也轉載這個案子，看來他們惹的禍不小。

現在想來，那個寧波人的命真夠大的，居然沒死，但童昌耀知道，沒死不代表他們平安無事，他學過《刑法》，搶劫殺人的性質已經決定他們的罪孽。那可不是用改過自新可以解決的，一旦被捕，下半生就得交給監獄，當然更可能的情況是：腦袋搬家。

童昌耀反正不想再回到騰衝，他本來就在逃獄，到哪裡都無所謂，只要別回監獄裏就行。當然，他心中有股暗流也在阻止他回去，他知道那股暗流意味著什麼，晚上他獨自躺在床上想女人的時候，這股暗流就明確無誤地告訴他了。

他不想讓唐教父再和他的女朋友丁慧見面。

他明白這股暗流是由於唐教父對他坐牢後的「不作爲」而產生的，他有時候也覺得沒必要這樣，不要自己把自己往卑鄙上靠，好幾次他都想對唐教父說——就像上次一樣——我一個人頂了，反正我是一個逃犯，我沒有牽掛，沒有家，沒有愛，我可以悠閒地在外面晃蕩，直到有一天回監獄，或者下地獄。你跟丁慧過日子去吧！可是每次話到嘴邊，卻莫名其妙變成了寧波人絕對死了，我們兩個可能被判處死刑。

唐教父顯然被這個答案嚇壞了，他臉色蒼白地頹然倒在床上，暫時打消了回騰衝的念頭，他再也沒提過家鄉，沒提過丁慧，只是增加了歎息次數，童昌耀知道他仍在思念著他那個漂亮的女朋友。

望著唐教父獨自一人坐在沙漠上的身影，童昌耀準備實施「犯罪認知感」教育第三步：讓唐教父嘗嘗監獄的滋味。

那天，他們要是不去喀什也不會出什麼事，當然，他們要是沒看到那個烏茲別克商人的皮夾也不會頭腦發熱，當這些條件都湊齊的時候，他們不可避免要幹點什麼驚天動地的大事。

童昌耀對唐教父循循善誘，說：「這麼躲下去哪裡是盡頭啊！」

「那我們回去自首？」唐教父眼睛放出光芒。

「自首個屁！你不要腦袋了？」

「可是，可是，我……」

「可是什麼？吞吞吐吐的。」

「我……我只打了一下。」

童昌耀像不認識唐教父一樣，扭著脖子看著他，「你的意思是說，人是我打死的，你沒事?!」

「事實也的確如此！」

「放你媽的狗屁！你懂不懂法律？懂不懂《刑事訴訟法》？」

「那是什麼東西？」

「什麼東西？是怎麼量刑的法律依據！誰是主犯誰是從犯，上面寫的一清二楚。」

「我不是主犯！」

「那不是你自己說不是主犯就不是主犯了，每個面臨判刑的人沒有說自己是主犯的，只有我一個人傻。」

唐教父知道他說的是上次攬罪的事，臉上頓時不自然起來，這是他的罩門。

童昌耀繼續說：「是你打的第一下，知道嗎？第一下非常重要，法官就是根據這個來判決誰是主犯，誰是從犯的。」

他開始騙唐教父。

「真的?!」唐教父張大嘴巴。

「我騙你幹什麼？我爲什麼要你打第一下？知道什麼意思嗎？」

「不知道！」

「上次我攬罪坐牢，這次你當一回主犯，這下我們倆就徹底扯平了，誰也不欠誰！」

唐教父的嘴巴張得更大，「這就是兄弟情誼、江湖義氣？」

「你以爲現在還是古代？你看小說看傻了吧！」

唐教父不是看小說看傻了，他那時要是像以後那樣喜歡看小說就對了，他是聽傻了。

他驚惶失措地問童昌耀：「按照我們這個案子，我是死刑，你是什麼？」

「殺人償命，天經地義。你死刑，我也好不了哪兒去！起碼也是死刑緩期。」

唐教父嚇壞了，一個人跑到沙漠上哭了大半夜。

下半夜的時候，童昌耀來到唐教父身邊，攬著他的肩膀說：「還是我來吧！」

「來什麼？」

「我一個人頂了！」

「你頂？」

「對！一不做二不休，一個人能頂的罪何必讓兩個人承擔。死刑緩期加上逃獄，也夠得上槍斃了！」

唐教父不知道怎樣表達自己的感激之情，他抱住童昌耀的胳膊說：「童弟哥，你打算怎麼辦？」

「逃出國境線！」

「永不回來？」

「是！但現在必須再幹一票才行，我們的存糧已經不多，別說逃出國境線，連吃飯都成問題了。」

「童弟哥，我聽你的。」

「去喀什一趟，找機會行事！幹完後你回騰衝，跟丁慧好好過日子，我們做了這麼多年兄弟，天下沒有不散的筵席，該分手了！好好混吧我的朋友！花落飄零水自流，天涯何處是歸鴻？」

後面這句也不知道童昌耀從哪兒摘來的，說得唐教父頓時淚眼婆娑。

有時候童昌耀也問過自己，到底唐教父是不是他的朋友？如果是朋友，他竟然可以這麼卑鄙地算計他；如果不是朋友，他們又臭味相投，拐賣、賭石、搶劫非要捆綁在一起。現在看來只有一種答案，唐教父是介於朋友和非朋友之間的怪物，所以可以籠絡他，讓他上天堂；也可以出賣他，讓他入地獄。唯一有點讓童昌耀不安的是，唐教父對他沒有一點戒心，他把童昌耀當成最鐵的哥們兒來對待。以前童昌耀也聽到一些背叛朋友的故事，那是最讓人不齒的行為，那樣的人需要用亂石砸成肉醬，但是現在，他卻津津有味地扮演起這個醜陋的角色，他驚異地發現自己的人格已經非常扭曲，連他自己也無法辨認。監獄是個大熔爐，它可以輕易改變一個人的世界觀。

風沙很大，喀什的天空被蔽日的黃沙覆蓋了。

那是個星期日，街上就像狂歡慶典一樣，五湖四海的商旅，南來北往的遊客都彙聚在一起，人聲鼎沸，熱鬧非凡。在這裏，人們的好奇、奸詐、貪婪都可以淋漓盡致表現出來，他們漫步紛亂嘈雜的街頭，瀏覽一些西域的古玩、小擺設之類的東西，氣氛熱烈友善，實際隱藏著陰險與罪惡。你可以在這裏看到各種不同的貨幣，美元、盧布、印度盧比、土耳其鎊，甚至伊朗的里亞爾，可以替代這些貨幣的是走私的出土文物、毒品，甚至槍枝。

那個肥胖的商人已經被他們跟蹤兩天了，之所以知道他是從烏茲別克的塔什干來做生意的，是因為童昌耀買通了一個賓館女服務員，她把服務台的登記表拿給了童昌耀，雖然那個人的簽字像吃奶的小孩亂塗的，但已經足夠證明。這個在登記表上鬼畫符的塔什干商人沒有一個固定的活動地點，一會兒是商場，一會兒在廣場跟人閒聊，但他隨身攜帶的提包早在前幾天就被他倆盯上了，童昌耀親眼看見裏面全是美元。他們為這個提包熱血沸騰，垂涎欲滴，躍躍欲試，有點急不可耐，但是總沒有一個下手的最佳時機。他們潛伏在周圍，伺機等待著，非常有耐心地等待著，像一對狩獵的鐵夾子，隨時可以鬆開緊繃的彈簧。

肥胖的塔什干商人穿著一件皺巴巴的淺褐色西服，白色的褲子鼓鼓囊囊的，像剛卸了貨的髒口袋。他的相貌保持了中亞人的特色：高鼻梁，大眼睛，皮膚黝黑，滿臉絡腮鬍，似乎上面還沾著一點鬍渣子，濃密的胸毛從領口肆意鑽了出來。他悠閒地在街上走著，不停地吸兩口雪茄，從飄過來的煙味判斷，還是上等貨，這更證明了他的富商身分。大概是風沙太大了，商人從西服口袋拿出一副墨鏡，端端正正地架在鼻梁上，然後找到路邊一個剃頭攤子，對著鏡子自我欣賞了一番，這才滿意地繼續朝前走。

他倆拖後十幾米緊緊跟著，生怕放在嘴裏的肥肉突然掉在地下，他們甚至互相能聽到對方吞咽口水的咕嚕聲，這種貪婪是人類與生俱來的，不需要培養，沒有誰看到那麼多美金不動心，膽略決定人的一生，只有鋌而走險才可能衝過那道屏障，否則你永遠跟貧窮相依為命。抱著這種人生哲學，童昌耀和唐教父執著地朝那個肥胖商人走了過去。

這是個城鄉交界的地方，行人比較少，正是動手的好時機。唐教父比童昌耀強壯，與那個塔什干的肥胖商人有得一拼，所以他適合打頭陣。當然，這樣安排有利於童昌耀及時逃離現場，他可以把唐教父一個人晾在光天化日之下。

童昌耀對唐教父使了個眼色，後者一個健步衝過去，從腰間抽出準備了幾天都沒有派上用場的彎刀，準確地架在商人的脖子上，然後推著商人來到一個偏僻的小巷。商人的身體太肥胖了，所以沈重的雙腿挪動時竟然掀起一串塵煙，他的眼睛顯得更大了，而且充滿迷惑。童昌耀離得遠遠的，觀察四周的動靜，由於唐教父的動作非常俐落，竟然沒有引起一個人的注意，看來不會出什麼意外就可以輕鬆得手。

商人緊緊靠在牆上，雙手舉過頭，嘴裏突然咕嚕咕嚕說了一大串外語，正在這個節骨眼兒上，童昌耀還沒來得及綻開笑靨，意外發生了。

只聽見唐教父大喊一聲：「童弟哥，不好了，這傢伙有槍！」緊接著，就看見那個肥胖商人三拳兩腳就把唐教父打翻在地。唐教父不知道哪裡來的膽量，他跳起來一個直拳砸向那人的面門，沒想到打了個空，自己的小腹又挨了重重一拳。他反身一把將那個胖子抱住，無奈胖子的腰圍太粗了，儘管他已經使足了勁，但還是沒能將雙手合攏。此時，商人的拳頭又一次揮了過來，正打在唐教父的腮幫子上，火辣辣的刺痛，大概是下巴斷了。

他沒有料到胖子一點也不笨，他像一頭憤怒的公牛，滑溜溜地從唐教父懷裏掙脫出去，緊接著又是兩個勾拳，唐教父覺得開始騰雲駕霧，然後重重摔在地下，再也不能動彈。

唐教父從來沒挨過這麼重的拳，即使以前在騰衝打架，也沒人的拳頭有這種分量，這個可能是重量級的，自己只能是輕量級。他的嘴巴貼在地下，喘出的粗氣把灰塵吹了起來，弄得眉毛嘴唇鼻孔全是黃色的灰，一股鹹鹹的血從嘴角淌了出來，滴到塵土裏很快就被吸收了。

唐教父感到自己的腦子昏沈沈的，後腦勺好像還墊了一塊軟綿綿的東西。原來挨了重拳是這種感覺，只想喝水，或者說，想睡覺。朦朦朧朧，隱隱約約，唐教父聽見那個肥胖商人用標準的漢語對著手機說：「你們快過來，出事了。我開始以爲是接頭的，我說暗語他們根本沒反應，操，原來是兩個小流氓，這個案子可能被他們攪和了。」

這人不是什麼塔什干商人，他是公安局的臥底，半年前他取得對方信任後，打算把罪犯從吐爾尕特山口引到喀什，然後一網打盡，今天就是準備勾出誘餌引老虎出洞的，哪想到半路出來個搶劫犯。

後面這些情節童昌耀都沒看到，在唐教父被第一拳打翻的時候，他就一溜煙兒跑了。他的計劃成功了，他現在唯一要做的是，潛回騰衝，把丁慧騙出來，然後比翼雙飛……

第二十六章　減刑

唐教父因犯有搶劫（未遂）罪，被判刑四年，然後押解回原籍服刑。從昆明火車站出站後，他和幾個雲南籍的犯人一起被趕上一輛綠色的大卡車。

他和一個剛滿十八歲的年輕犯人緊緊挨在一起，相對無言，不是唐教父不想說，他曾想試著說幾個笑話，把令人窒息的氣氛攪和一下，又不是上刑場挨槍子兒，不就是幾年刑期嗎？沒必要一臉肅穆。但是他剛綻開笑容說話，押車的武警就用雪亮的刺刀指了他一下，示意他最好在路上閉上他的鳥嘴。

他沮喪極了，幾個小時的路程要裝成一言不發的悶蛋，唐教父的情緒開始低落，臉如同被灰塵蒙上了，分不清五官的位置。

要把我們拉到什麼鬼地方去？管他呢，勞改場所又不是什麼好地方，跟這個社會各個角落一樣，不是大堂就是地獄，隨遇而安吧！問押車的武警是永遠沒有答案的，他們不會告訴你，只有到監獄後見機行事，當然最好別把他和那個小夥子分開，彼此好有個照應。

從新疆上火車的時候他們就在一起，唐教父對他頗有好感，一是因爲他怯生生的眼神，二是因爲他老家在騰衝芒棒鄉，他們是家鄉人。小夥子姓武，叫武兆來，因跟著甘肅省一個五十多歲的老頭在新疆各地盜竊汽車輪胎，被判刑十年，比唐教父刑期整整多六年。三是因爲他們的案情都是一人落網，另一人在逃。是的，在看守所的日日夜夜裏，唐教父無時無刻不爲童昌耀擔心，他身上的錢已經所剩無幾，如果外逃，他能成功嗎？如果不成功，他會不會已經被捕？他是否關押在另一個看守所，又或者被送回了原監獄服刑？唐教父在看守所等待過檢時，就聽說了很多有關監獄裏的種種傳聞，有些二度入獄的說起此事便不寒而慄，都說裏面的幹警還算人道，甚至還流傳幾則頗有人情味的故事，主要是牢頭獄霸太黑了。

其實唐教父倒不擔心這個，他最最擔心的是回到昆明時，站在站臺上的是騰衝警方。如果是那樣，就不是一個搶劫罪的問題了，還得加上殺人。在火車上這一星期，他像個受傷的野兔子一樣龜縮在座位上，瑟瑟發抖，他還想活，他不想被槍斃，他還有丁慧，他還等著跟她一起過好日子呢！

幸運的是，站臺上沒有騰衝警方的人，這輛卡車也不是朝騰衝方向走，這讓他大大鬆了一口氣。古代人真是說得好，福禍相依，判刑四年反而變成了好事，最危險的地方就是最安全的地方，在這種意義上來看，進監獄彷彿是進了一層厚厚的隔離牆，把他從殺寧波人的案件中剝離，相當於他被警方保護起來了。他要是有辦法，一定要通知童昌耀，鼓勵他回監獄自首，加一年刑也認了。唐教父想到這裏，寬慰地笑了，他不知道騰衝警方壓根兒沒把他列爲嫌疑對象，他們正在全力追捕童昌耀。

黃昏時分，卡車終於累了，最後哼哼唧唧停靠在一個空蕩蕩的籃球場中央。唐教父第一個從車上跳了下去，當他的腳接觸地面的時候，他的心一下子踏實了，他知道新生活的帷幕已經拉開。突然，他的眼睛被一道白光刺了一下，他瞇縫著眼睛尋找過去，原來是武警的刺刀在落日餘暉下的反光。剛才還有點興奮的心情一下子蔫了下去，他知道他不是來旅遊的，他是被專政機關看押的罪犯。

一個白髮蒼蒼的老幹警走了過來，他環顧一下眼前這些青光腦袋，然後開始訓話：

「第一，作爲一個被判處徒刑的罪犯，今天你們就要踏上漫長的牢獄生活了，這是一個痛苦而艱巨的過程，因爲在這裏，你們要努力徹底根除你們的犯罪惡習，深挖犯罪根源，認罪伏法，爭取早日脫胎換骨，重獲新生。第二，政府不阻撓你們在坐監期間向上級申訴，如果你們的案情確有重大出入，可以將申訴資料遞交給我們，請放心，我們會如實把資料遞交給有關部門。這是法律賦予你們的權利。」

聽到這裏，竟有人鼓起掌來。唐教父對此有點不屑，他知道法院不會冤枉一個好人，也不會放過一個壞人，哪有那麼多冤情值得申訴？

「當然，」老幹警接著說，「也不能無理取鬧，明明有罪偏說無罪，避重就輕，胡攪蠻纏，這就是抗拒改造。」

這次沒人鼓掌。

老幹警拿出點名冊，用口水蘸了一下，然後慢條斯理地戴上老花眼鏡，在念名字之前，他又悄悄從鏡框上方盯了這些人一下。

「唐浩明。」這是念的第一個名字。

「到。」他有氣無力地答道。

「站這邊來，你分在基建隊。」

「武兆來。」第二個是那個小夥子。

「到。」

「你分在五中隊。」

「報告政府！」唐教父舉起手。

「什麼事？」老幹警摘下老花鏡。

「我能不能和武兆來分在一起？」

老幹警笑了，他輕輕搖搖頭。

「我跟他是家鄉人，他年齡小，我們彼此好有個照顧。」

老幹警收起笑容，嚴肅地說：「家鄉人就應該在一起？這是哪裡的規矩？家鄉人最容易拉幫結夥。不過沒關係，基建隊裏有你的家鄉人，你到那裏話家常去吧！」

唐教父永遠也忘不了分別時武兆來的眼神，不是悲傷，而是絕望。他真擔心武兆來，他年齡小不說，脾氣還有點暴躁，現在來到低頭認罪的地方，如果他不擺正自己的位置，很可能要出事。

卡車開走的時候，唐教父沒有用眼神送別武兆來，他把臉撇在一邊去了。聽人說，五中隊離這裏還有很長一段路程，唐教父馬上有一種想流淚的感覺，這一別，不知道哪年他們才能相見了。

唐教父沒有多久就適應了監獄生活，這裏沒有他想像的那麼黑暗。與世隔絕的環境，往往使人雜念全無，他唯一盼望的就是這四年早點過去，然後跟丁慧重逢。讓他稍稍有點不安的是，丁慧把那塊石頭藏好沒有，她會不會癡心不改等著他回來。跟在新疆一樣，他不敢給丁慧寫信，生怕引來騰衝警方的注意，這種愚蠢的行爲等於告訴警方：快來看啊！我在這兒呢！當然，他也不可能收到丁慧的來信，她壓根兒不知道他關在這裏，一個距離她如此近的地方。

唐教父在隊裏遊刃有餘，還有一個重要的原因，那就是李在在這個隊裏「扛大刀」，正因爲如此，作爲李在的家鄉人，他錯過了去「精武館」鍛煉筋骨這一重要環節。在李在的庇護下，他完全可以做點自己喜歡的東西，比如沈溺於馬里奧·普佐的《教父》就是這個時候開始的。他儘量把自己打扮成文質彬彬的讀書人，跟以前在騰衝縣城耀武揚威的形象有了天壤之別。這時候，李在恰如其分地給他起了這個外號，他順著竿子往上爬，形象與言行越來越西化。他拋棄了濃重的騰衝口音，把口頭禪變得像後來的電視主持人一樣，開口一個「嗯哼」，閉口一個「哦耶」，連帶聳肩、挑眉、二郎腿，全面模仿美利堅合眾國公民。

日子這麼悄無聲息地過著也就算了，偏偏後來唐教父認識了一個算命大師，這個大師徹底把唐教父引到了另一條人生之路上。

算命大師大概五十多歲，因詐騙獲刑十二年，是唐教父服了快三年刑的時候進來的。犯人們紛紛說他算得準，尤其他可以根據你的案情指導你寫申訴狀，還真有兩個成功減刑的。這哪裡是算命，這是免費法律顧問。

唐教父本來不信，但經不住旁邊人攛掇，於是在一個春雨綿綿的下午，唐教父畢恭畢敬地請教了這個大師。大師說了什麼，沒有幾個人知道，但唐教父知道就行，他頓時感到整個天都塌了下來，跟著就大病了一場，差點一命嗚呼。

痊癒後，他整個人都變了，他面色鐵青，接近鍋底，緊緊咬著嘴唇，直到流血。他成天捏著拳頭，再也不覺得勞改生活平如湖水了，他開始琢磨怎麼早點出去殺了童昌耀，或亡命逃獄，或爭取減刑，任何手段他都認。「義氣」兩個字在他的心日已經變成兩隻可怕的臭蟲，他再也不相信世界上還有朋友，他想報復世界上所有一切。也正是這個時候，他對李在的態度發生了巨大的變化，在他的心目中，凡是對他有恩、對他關懷的人都是假的，都不值得感激，他們都可以跟童昌耀劃為一類，全是披著「義氣」這層皮，實際是一條吃人的狼。他也可以變成這樣！

機會很快出現了。

一天下午，天氣很悶，太陽掛在空中像個被惹怒的火球，暴雨剛剛停止，但路邊粗大的楊樹仍不時抖落下大滴的雨點，雨點落進他的衣領，涼颼颼的，極不舒服。這可是草頭灘不多見的瓢潑大雨，他們幾十個修公路的犯人渾身都被淋濕了，連專門派來看守外務勞動的武警也跟著被大雨澆個通透，他們警惕的眼睛向四周掃視著，生怕犯人鑽了空子。大雨只下了幾十分鐘，倏地停了，太陽又懶懶地跑了出來，地面上頓時向上蒸發著熱氣，烘得人們昏昏欲睡。

此時的唐教父已經變成一隻瞇著眼睛睡覺的狼，他扮演成一個循規蹈矩的模範犯人，隨時準備見縫插針。他按時集合吃飯、學習法律知識、觀看電視新聞，然後在晚點名早早睡去。第二天清晨，又是點名吃飯，唱一首討伐抗拒改造的歌，然後出工。根據他近期的優良表現，又經過李在推薦，中隊幹部特意把訓練方隊的任務交給了他，因為每年一度的運動會馬上要召開了，訓練一支比較正規的方隊在入場式時使用，特別給中隊長臉。

唐教父少年時在部隊大院長大，所以他的一招一式特別規範，加上他嚴格訓練，一個從未受過軍事訓練的犯人方隊在兩個月後迅速成型。不久，這個方隊在犯人運動會引起巨大的轟動，甚至連武警總隊的領導都嘖嘖稱奇。從那兒開始，唐教父名聲大噪，不但取得中隊幹部的信任，連場部領導也對他頗有好感，於是他就有了其他犯人羨慕的小特權，從此他不用在工地幹活，不用日曬雨淋，他的工作是給每個出工的犯人記錄工分，或者檢查監舍衛生，看毛巾牙刷是不是擺成一條直線，甚至有時幫助懶惰一點的幹部點名。

由於臨近春節，場部命令各個中隊加強犯人的思想教育，讓他們認清方向，別因為「每逢佳節倍思親」而產生逃跑思想，甚至付諸於行動，那將是死路一條，自取滅亡。每年這個時候，逃跑率是最高的，中隊幹警們自然提高一百倍警惕，因為每逃跑一個犯人，他們當月獎金甚至全年獎金就會全部泡湯，同時也影響有些人在工作上積極要求進步的步伐。所以中隊領導除了要求武警部隊協助以外，還精心挑選了一批改造好、認罪好、刑期短的犯人共同協助，有時在天氣情況不好的情況下，比如風大雨大的時候，看守的人數甚至超過幹活的犯人，讓有想法的犯人插翅難飛。

其實對於逃跑這件事，幹警們有點過於敏感，如果說擔心犯人脫逃會給社會造成多大危害，還不如說擔心他們口袋裏的鈔票，因爲他們知道，沒有人能夠成功脫逃，運氣好的被抓回來加兩年刑，運氣不好的就死在外面了。死亡的原因一般是因爲饑餓，或被大型動物吞掉，死亡地點往往離他出發的地點不遠，那是因爲有的逃犯想爬回來撿一條命，有的則是因爲迷路，一直在原地打轉。

唐教父今天的任務，就是協助幹警和武警看守修公路的犯人。

公路上鋪滿了沙子，犯人們只需將沙子剷除就算完成任務，本來可以收個早工，不料一場瓢潑大雨耽誤了工程進度，剛剛剷除乾淨的路面又被雨水攪拌的砂漿覆蓋了，無奈，只能重新來一遍。

唐教父的肚子有點疼，可能是昨晚吃的肉不乾淨，他捂著肚子朝森林走去，想找個能遮掩的地方大便。他剛解開皮帶，突然聽到從身後發出一陣「嘶嘶」的聲音，他頭皮一緊，兩腿發麻。他知道這一帶有響尾蛇活動，這種號稱「刺客」的毒蛇，可以瞬間沈沒在沙土裏不留一點痕跡，然後伺機弄暈獵物，飽餐一頓。

唐教父怕蛇，有一回，一個同監的犯人抓著一根鞋帶粗細的小蛇輕輕在他面前晃了一下，想跟他開個玩笑，沒想到他立刻暈倒，口吐白沫，全身抽搐。

身後又「嘶嘶」響了兩聲，唐教父差點提著褲子飛奔，但他又害怕別人笑話，只能故作鎮定慢慢向別處走去。

「唐哥……」

有人小聲叫他，他停下腳步，仔細分辨這個聲音是從哪兒發出來的。公路上的人離他起碼有八十多米，聲音並不是遠處傳來的，難道是幻覺？

「唐哥！」又是一聲，是從「嘶嘶」的地方發出來的。

唐教父躡手躡腳走了過去，發現一棵古樹下面躺著一個人，被樹葉蒙蓋著，斑斑點點的，像一條巨型毛毛蟲。他的皮膚又乾又瘦，加上襤褸的衣裳，活脫脫一具木乃伊。從他的髮型和衣服的款式顏色，唐教父知道這是一個犯人，但他的臉太黑了，只有眼球邊緣和牙齒才泛著點白光，無法認出他是誰。

「我……我……餓……」那人艱難地蠕動著嘴唇。

唐教父馬上意識到這是一個逃犯，他轉身想去報警，但那個人突然拉住他的大腿。

「唐哥，是我。」

唐教父蹲下去，捧著那個人的臉仔細辨認了一下，頓時大吃一驚，是武兆來，三年前跟他一起從新疆押送回來的那個十八歲小夥子。

「你怎麼在這個地方？」唐教父問。

「我走了三天三夜，太餓了，你給我找點吃的。」

唐教父的眼睛開始濕潤，三年不見，武兆來竟然變成這副模樣。

「好兄弟，你怎麼這麼傻呢？沒有誰能跑掉，你坐了快一半了，還有七年，再忍一忍就熬過去了。」

「你能不能給我找點吃的？」武兆來此時被極度的饑餓包圍了，哪有心思聽唐教父講大道理。

「你等一會兒，收工後我從監舍裏給你帶點吃的來，你現在不要亂動，附近全是武警。」

聽到這句話，武兆來舔了舔龜裂的嘴唇，眼睛裏露出既驚喜又恐懼的光芒。驚喜的是他終於有吃的了，恐懼的是他仍然沒有逃脫武警的包圍圈。

唐教父問：「你跑什麼跑？你父母不來看你嗎？你還是太小了，什麼事都要講究忍啊！」

武兆來突然哭了起來：「唐哥，我對不起他們，他們被我氣得先後得病死了……現在家裏只剩下一個弟弟……」

「誰？」

「小聲點！」唐教父扶著武兆來的肩膀，「可那也不能逃跑啊！」

武兆來拉開自己的衣服，露出身上深一道淺一道的傷疤：「我忍受不了他們的折磨。」

「牢頭獄霸。他們變著法折磨我……」

唐教父想起他剛到中隊的時候，也在廁所裏險些遭受這種毒打，幸好李在給擋了過去，現在他已經從那種深淵中解脫出來，誰也不敢欺負他這個中隊紅人。

「你沒試著報告政府幹部？」

「你不知道那些人有多紅，他們想要整你，可以變著法子編很多奇奇怪怪的罪名。」

唐教父相信武兆來說的是真話。

「難道逃跑能解決問題？」

「我要去報仇。」

「找誰報仇？」

「找那個教我偷輪胎的老頭，是他害得我落到今天這種地步，他倒好，買了個別墅，還娶了一個新婆娘，這都是後來進來的犯人告訴我的。」

看來武兆來跟他唐教父同病相憐啊！

正在這時，遠處一個幹警高聲叫了起來：「喂！唐浩明，幹什麼？拉這麼半天？」

「馬上好！馬上好。」唐教父提高嗓門呼應著，低聲叮囑了幾句，便一溜小跑回到了公路邊。

回到監舍後，唐教父心裏一直沈甸甸的，他先到小賣部買了幾瓶肉罐頭，幾截蒜腸，還特意到幹警廚房找炊事員買了一瓶紅酒，這可是寶貝中的寶貝，一般犯人是享受不到的。他從廚房後門踅了出去，準備陪武兆來大吃一頓，在經過幹警會議室時，他聽到指導員正在高聲說著什麼，於是他貼著牆，仔細聽了起來。

「這個逃犯是五中隊的，三天前就跑了出來，直到現在也沒有一點蹤影。他是攀爬圍牆出去的，然後潛入管教的臥室，竊走手槍。昨天在山口關卡發現守卡人的屍體，頭部被子彈打得稀爛，看來逃犯窮兇極惡，已經瘋狗跳牆，如果讓他流竄出去，必定給社會給人民帶來極大的危害。這是一起最嚴重的槍枝失竊事件……」

唐教父沒有聽完，一股熱血湧上他的腦門，他知道機會終於出現了。他把手裏的食物丟進房後的草叢，一步跳到會議室門口，大聲喊道：「報告指導員，我要檢舉揭發！」

二十分鐘後，武兆來就被黑壓壓的武警包圍了，他沒來得及吞彈自殺，就被幾個身高體壯的格鬥高手按在了地下……

槍斃武兆來是一個月以後的事情。爲了提高罪犯的法治意識，嚴禁發生再次逃跑案件，場部獄政科決定在全煤礦召開一場聲勢浩大的公判大會，各個中隊派代表參加。唐教父一直低著頭，他不敢看臺上五花大綁的武兆來，他害怕看他的眼睛。當武兆來被押赴刑場執行槍決時，正好在唐教父坐的地方經過，他的頭垂得更低了……

武兆來也一直在尋找唐教父，當他被武警拖上刑車的時候，終於看到了他，武兆來拼命大喊了一聲：「替我照顧我弟弟……」

很顯然，他並不知道唐教父揭發了他。

槍聲從不遠的地方傳來，不響也不脆，像唐教父身後的人放了一個屁。

過了一個月，由於唐教父有重大立功表現，被當地法院裁決減刑一年，提前釋放。

他終於回到了騰衝，這個給他夢想與愛情的地方，他從沒感覺到騰衝的空氣這麼新鮮，有一股甜甜的味道讓他暈眩，他不禁大聲呼吸著，滿腦子都是丁慧……

兩個月後，有人報告了童昌耀和丁慧在青海的藏匿地點。

半個月後，他殺了童昌耀，焚燒了屍體，然後把丁慧帶回了騰衝。

第二天，他們登記結婚……

女孩叫火靈，她憑著敏銳的嗅覺，很快就查清楚了唐教父的生活規律。

唐教父起床很早，先去茶樓喝一個小時早茶，然後驅車到騰衝東郊外一個養魚場釣魚。下午去游泳池游四十五分鐘的泳，然後在北郊賭幾個小時的翻牌機，然後到三溫暖美容院蒸一個小時的桑拿，或者躺在按摩室蒸半個小時的臉。他很注意自己形象，不想讓歲月的痕跡過早爬上他的額頭，儘管他的長相實在不能讓人恭維。

這段時間是最好下手的，因爲此時，唐教父的警惕心會隨著身體的放鬆而放鬆，一般情況下，他都把自己一個人關在蒸汽室裏，在白濛濛的蒸氣中騰雲駕霧，即使蒸臉的時候他也要單間，就按摩小姐一個人在場，他不喜歡別人在這個時候打攪他。

火靈決定把刺殺唐教父的行動定在這個時間。

武器早已經準備好了，是一把帶有鋸齒的瑞士軍刀，她打算製造一個純粹偶然的刑事案件現場——一個亡命歹徒闖入美容院，搶劫殺人後逃之夭夭。

她想讓警方以及全騰衝縣老百姓順著她的思路走入誤區。

下午的時候開始起風，氣溫卻一點沒降低，騰衝縣翡翠東路仍然像個蒸籠。「逸康」三溫暖美容院距離中醫院不遠，在一幢灰色的大廈二樓，離熱海路口比較近，順著熱海路再往下，就是旅遊客運站了，那是從昆明到騰衝的咽喉要塞。火靈已經觀察好撤退路線，她可以從容地駕車從騰保路走，也可以從翡翠西路經松園路向火山、雲峰山方向撤退。

手機響了。

「在二〇一八號房間。」一個溫柔的女人聲音傳了過來。

打電話的是「逸康」桑拿美容院的服務小姐，今年剛滿十八歲，唐教父這兩天跟她打得火熱。他連續兩天在桑拿美容院點她的檯，憑著他販賣人口時練就的伶牙俐齒和花錢如流水的氣質，很快就把這個滿臉稚氣的姑娘弄得暈頭轉向。不過，火靈的威力好像更大一些，她只要一分鐘就把這個姑娘搞定了，她只給她看了一下瑞士軍刀，她便渾身哆嗦地答應提供唐教父今晚的具體方位。

火靈小心謹慎地向「逸康」桑拿美容院走去，進了大門後，她發現平時站在門口點頭哈腰的服務生並沒在崗位上，這樣更好，少一個目擊者就少一份危險。她踩著樓梯上的地毯，躡手躡腳地向二樓走去，老遠就聽到二樓服務台有男女打情罵俏的嬉笑聲，大概是門口那個滿臉青春痘的小夥子製造出來的動靜。

「逸康」三溫暖美容院的生意不是很好，走廊裏顯得空蕩蕩的。火靈側身貼著牆壁探頭一看，果然服務台那裏有一個穿紅色制服的青年正跟一個塗脂抹粉的女人調侃著什麼，惹得那個女人「咯咯咯」地尖笑。這樣更好，沒有人注意樓梯口有人出入，正好配合她的行動。

火靈一貓腰，「哧溜」一下躥到了走廊上。她儘量貼著牆壁，這樣正好可以擋住服務台那邊的視線。

她深吸了一口氣，開始向二〇一八號房間挪去。

……二〇〇一號，二〇〇三號……二〇一六號，二〇一七號……

她很快到達了工作現場。

這是一個專供蒸臉的房間，裏面肯定有小姐服務。火靈打算用最快的動作衝進去，最好連那個做臉的小姐一起宰了，省得今後麻煩。雖然那個小姐完全是無辜的，但無數的經驗告訴她，仁慈是殺手最大的忌諱，她知道該怎麼做。

她站在二〇一八號房間門口，抽出瑞士軍刀，輕輕扭動了房門把手。

向右，一點，又一點，門已經裂開一條窄縫……

她的眼睛開始充血，頭髮像觸電似地倒豎起來，她的每根細胞都已經進入殺人的境界。

她猛地推開門，衝了進去。

但是……

房間裏空無一人。

與此同時，一支冷冰冰的槍管抵住了她的後腦勺……

火靈大吃一驚，知道自己中了埋伏，她想轉身看看身後是誰，但是那支冰冷的槍管不允許她有絲毫的閃失，否則她的腦袋便會被轟掉半邊。

「往前走，慢慢地，別胡思亂想……」那個人輕柔地命令道。

火靈向前一步一步地挪著。她想：這次栽了。

「好，站在那兒，把手上的傢伙慢慢放在地上。記住，千萬別耍花招，妳知道子彈是不長眼睛的。」這次的口氣明顯嚴厲了一些。

火靈只能無條件從命，她是收人錢財為人消災的殺手，不是前方的鬥士，她沒必要拿自己的性命開玩笑。她把手上那把瑞士軍刀輕輕放在地上，下意識地閉上眼睛，好像準備迎接身後隨時射出的子彈。

「好，現在轉過身來，慢點！」對方顯然鬆了一口氣。

火靈攤開雙手，示意對方自己已手無寸鐵，然後慢慢轉過身來。

屋內的燈光很昏暗，但火靈還是馬上認出了面前這個人，正是照片上的唐浩明，她本來刺殺的目標，儘管照片上的樣子和眼前這個男人的髮型有些出入。

「誰派妳來的？」唐教父問。

火靈沒吭聲，她不可能出賣雇主，她在盤算怎麼應付眼前這個場面。

「誰派妳來的？」唐教父再一次問道。

火靈說：「別問了，我不會說的。」

「是不是李在派妳來的？」

她搖了搖頭。

「昝小盈？」

她又一次搖搖頭，她不知道她的雇主叫什麼。

唐教父冷笑了兩聲，說：「他們給妳多少酬金？我可以出兩倍甚至三倍的價錢反做了他們。」

作為雲南赫赫有名的職業女殺手，火靈有她的職業準則，她只忠實第一個雇主，不允許被刺目標反聘她。

「早幾天我也許會答應。」火靈不卑不亢地答道。

這個答案顯然不能讓唐教父滿意。

記憶幫了火靈一個大忙，他牙齒上那條金屬線提醒她，她確實見過這個男人。幾秒鐘後，她突然想起來了。

她問：「你是不是在草頭灘待過？」

唐教父一愣，說：「是啊！怎麼了？」

「我爸爸是火炬。我在那兒見過你。」

「啊？火八兩？我的朋友啊！你是她……」

「女兒。」

「哦哦！」唐教父恍然大悟，「想起來了！很多年前的事了，那時候妳還小。現在妳都長這麼大了？」

「是啊！很多年了。」

火靈的記憶不錯，中學畢業前，她到草頭灘探望她父親時見過他，父親說，這個人是他在獄中的好朋友。當時他在山上摘了很多野草莓，用一個花手帕包著，全部送給了她。他當時說：「快吃吧！全都是給妳摘的。」說完這句話他就笑了，牙齒上閃爍著一條發光的金屬線。

女孩那時還小，印象不是太深，但她沒忘了他牙齒上的金屬線。只不過之前，她壓根兒沒把給她摘草莓的男人跟被殺目標聯想在一起。

「還記得野草莓嗎？」

「記得，記得！」火靈笑了，笑得很爛漫。

「野菊花呢？我還給妳摘野菊花，還幫妳戴在妳頭上。」

「也記得！」

「還有刺梨！還……」唐教父不得不停下來，他發現女孩手裏多了一把刀子。不是她放在地下的那把瑞士軍刀，他看見是從女孩袖口裏滑出來的。這把刀子不長，也不寬，刀柄很短，雙刃，刀面類似外科醫生用的柳葉刀。

火靈握著纖細的刀柄，停在那裏，她也不得不停下來，因爲她發現自己的胸前已經插進去一把尖刀。

唐教父一邊加力一邊說：「沒我動作快吧？妳剛才說的那些我怎麼會不記得？刺梨很酸呢！我是泡在糖水裏醃後給妳喝的，味道是不是不錯？它含有多種維生素、氨基酸、無機鹽與微量元素，其中維生素C特別豐富，被稱爲『維C之王』。對了！它還防癌，對鉛中毒、心血管疾病、腸胃炎、缺鐵性貧血都有良好的療效……」

火靈一句話也說不出來，眼睜睜看著那把鋒利的尖刀很順利地插了進去。她聽到了自己胸膛裂開的聲音，從角質層開始，刀尖很順利地進入豐富的結締組織，血管汗腺被剝開了，還包含感受器和皮脂腺，最後到達內層。

刀尖是貼著胸膛插進來的，冰涼得像一道甜品。

這種插入方式唐教父當然熟悉，當時他在騰衝文星樓酒店插入勞申江的胸膛時，也用的是這種手法。

疼了！那是唐教父把刀面換了角度的緣故，火靈感覺從未有過的疼痛從心底泛上來，逐漸包圍了她的全身。一股鮮血慢慢湧了出來，順著小腹一直向下蔓延，她喉嚨深處不由自主地發出一聲細長的嘶叫，腳尖痙攣著抖動幾下，然後……便軟在地下靜止不動了。

房間裏靜寂極了，沒有任何不和諧的聲響來阻止這個女殺手最後的死亡……

第二十七章　殺人的藉口

晚上，按照計劃，唐教父要到鳳園餐廳吃飯，因爲今天是個特別的日子——丁慧二十六歲生日。

「如果發生什麼，最好不要在今天晚上。」唐教父想。

出門之前他派了幾個兄弟到那兒踩點，在確知安全指數很高以後，他才一頭鑽進那輛剛買了不久的黑色奧迪車。

他不得不這麼小心，女殺手的出現是一個信號，李在或者昝小盈已經開始動手。不過，這樣也好，早暴露總比不暴露好，這是他的一塊心病，壓得他喘不過氣來。他不後悔自己做過的事，做過就做過，就像童昌耀對他一樣，沒有什麼凶爲所以。童昌耀可以對他這樣，他也可以這樣對待別人，他的世界已經沒有忠誠、感激、信義，剩下的都是顛覆。只有顛覆一切，搞亂一切，才能使他獲得快感。

他知道跟昝小盈這層關係遲早要被李在知道，當時作這個孽的時候沒想那麼多，只有一種占李在便宜後的快樂，現在他必須爲此付出代價。李在一旦知道這件事將會怎樣？他一定被屈辱和背叛所激怒，任何男人都不會忍下這口氣的，可以想像，那將是一場你死我活的廝殺，與其在李在翼下乞食，聽他發號施令，不如轟轟烈烈幹他一下。他真的受夠了！

他已經爲此做好準備。

唐教父手挽著丁慧的胳膊快步走進鳳園餐廳十二號包間，結婚以後，他每年的這一天都在鳳園餐廳給丁慧慶祝生日。他從來不邀請外人參加他們的生日宴會，他不喜歡那種吵吵鬧鬧的氣氛，在這個值得紀念的日子，夫妻獨處是別有一番風情的。他們可以在靜謐的氣氛中默默相視，可以在搖曳的燭光中情意綿綿地舉起酒杯，讓那暗紅色的瓊漿玉液順著溫暖的嘴唇緩緩流進喉嚨……

此時此刻是非常浪漫的。

現在的唐教父已經修煉得讓初次見到他的人頓生好感，你絕對不相信他是這麼一個人格扭曲的人。最近他改變形象，蓄起頭髮，修剪了過於濃重的眉毛，下巴刮得泛青，雖然眼睛依舊向外凸著，但他很注意收斂藏在裏面的貪婪，讓它們儘量看上去像兩道求知的光芒。唯一不能掩飾的是他碩大而肥厚的鼻子，鼻尖上的凹坑，以及牙齒上那條金屬線。不過他的手卻出乎意料地修飾得非常乾淨，你甚至會錯以爲他是受過良好高等教育的人，加上他刻意模仿歐美人的手勢，給人的感覺他不是作家馬里奧・普佐，就是《教父》裏的桑兒・考利昂。當然，如果此時你沒有被他的目光所迷惑，你會發現其中暗暗蘊藏的一絲不易察覺的凶光，那是他剛剛殺了一個女人的緣故。

唐教父深深吸了一口氣，解開襯衣領口，儘量讓自己煩悶的心情舒緩平穩一些。他悄悄把卡在腰間的手槍拔出來，放在身旁另一張椅子上。當然，所有這一切是不會讓丁慧看見的。今晚，他不想讓任何事打擾他和丁慧的晚宴，即使劍拔弩張，他也要把氣氛變得柔和起來，雖然心裏不可避免有了一份不祥的擔憂。他不想讓丁慧知道，他就想讓她蒙在鼓裏，他一直把自己當成一個奪回愛人的情種。他成功了，六年來，丁慧一直在幸福的海洋暢游，她慶幸自己這輩子沒有愛錯人，儘管她有一段被另一個男人劫持的經歷，但那不算什麼，只要唐教父不嫌棄，唐教父一直愛她，那件事連插曲都不是。

她知道唐教父出去嫖，她從不過問，只是提醒他注意衛生。不是她對唐教父有什麼歉疚而縱容他，而是她深深知道，天下男人都是偷腥的貓，對男人這方面的偏好，管不如疏。男人們打心眼裏瞧不起那些賣淫女人，他每偷一次，就深深懷念「大本營」一次，識相的他會回來的，只有那些沒見過世面的土包子才會爲這樣的女人抒發真感情。

餐廳外。

「八斤半」清了清喉嚨，對身邊的朱小剛說：「你乾脆站到大門外面去，有什麼可疑的情況馬上叫我。」

「那T哥這裏呢？」

「我一個人就行，關鍵是不能讓形跡可疑的人進這個餐廳，知道不？」

朱小剛似懂非懂地點著頭出去了。

八斤半是東北人，三年前因在長春犯了命案流竄到雲南，他先在中緬邊境賭場當馬仔，賭場被中國政府掃蕩以後，無處可去，便跟著一個在賭場認識的朋友來到騰衝。等他把帶來的金錢揮霍完之後，就死心塌地投奔了唐教父。開始，八斤半以爲他隱居在騰衝是神不知鬼不覺的事，東北警方壓根兒也不會追到雲南來，但是他忽略了犯案後最忌諱的一件事情——揮金如土。這個從東北來的「大戶」自然引起很多人的注意，他花錢的方式暴露了自己。

唐教父也在暗中觀察他，不是因爲八斤半能給他帶來什麼危險，而是觀察他有沒有什麼利用價值。

八斤半沒有等多久，他的價值很快就被唐教父發現了。

那天傍晚，八斤半在街邊一個餌絲攤子被騰衝一幫地痞圍在了中間，他們想讓八斤半吐點錢出來花花。八斤半一句廢話都沒有，從腰裏抽出一把閃亮的菜刀便跟那幫地痞幹了起來。十幾個地痞揮舞著長短刀圍著八斤半一陣亂砍，鮮血噗噗嘯叫著從八斤半的頭部胸部向外狂噴，他臉上沒有一點懼色，仍舊睜著血紅的眼睛高揚著手中的菜刀。

八斤半身上的襯衣已經被鮮血染紅了，那幫地痞害怕了，一個個向後退著。有一個動作稍微慢了一點，被八斤半一刀砍翻在地。當周圍的人以爲戰鬥馬上要結束的時候，八斤半卻騎在那人身上開始新一輪的「宰割」。他一刀又一刀地向下砍著，直到右臂麻木，失去知覺。那幫地痞從來沒見過這麼不怕死的人，呆呆地站在那裏，眼睜睜地看著自己的兄弟被八斤半砍成血肉模糊的紅醬。

唐教父發現八斤半正是自己需要的亡命徒，他把八斤半轉移到外地一家醫院，繞開警方的追查，並且不惜血本挽救八斤半的性命。八斤半命大，終於沒死，之後他便投奔在唐教父門下，成了他的貼身保鏢。

當八斤半脫離危險重新回到騰衝的時候，沒有幾個人能認出他到底是誰。他的鼻子歪斜著吊在兔唇一樣的厚嘴唇上方，一個眼睛被剜了出去，眼皮耷拉下來，把整個臉部都撕扯成扭曲的圖形。三十多處刀傷令人恐怖地佈滿他的全身，尤其在喝完酒以後，那些刀疤就會泛出鮮血一樣的顏色，讓人毛骨悚然。

此時，他站在十二號包間門口，警惕地盯著餐廳的入口處以及走廊上過往的食客。緊靠包間門口是一扇落地窗戶，透過碩大的玻璃，他可以很輕易地觀察到大街上的動靜。

任何蛛絲馬跡都逃不過他那隻兇殘的獨眼，況且他的腰間還斜插著一把手槍。在他的腦子裏，沒有死亡這個詞，他可以毫不吝嗇地爲唐教父貢獻出自己的生命。

他只有一個信念：爲了救命恩人的安全，他可以用自己殘缺的身體擋住對方滾燙的子彈。

一個身材瘦長的服務生端著盤子走了過來，他戴了一頂紅色的圓帽，身穿同樣顏色的制服，手上戴著潔白的手套。八斤半看見盤子上面是一瓶昂貴的法國名酒，是唐教父最喜歡的牌子。服務生朝八斤半微微一笑，矜持地點點頭。

「是T哥點的酒。」

八斤半不想笑，他害怕他的笑容嚇著眼前這個稚嫩的服務生。

服務生進了包間，不一會兒就退了出來。

「你……」

「T哥說他自己斟酒。」

「哦！」八斤半點了點頭，畢竟是丁姐的生日，應該是他們夫妻二人的世界。

八斤半暗暗擠了一點笑容，在這方面，八斤半有點佩服唐教父，不管在外面怎樣花天酒地、驕奢淫逸、吃喝嫖賭，最後他最惦記著的仍然是他老婆。

八斤半摸出「萬寶路」香煙，一翻口袋，打火機不見了，一定是剛才丟在車上了。

「喂！」他衝那個服務生的背影喊道，他想向服務生借火。

服務生沒有回頭。

「喂喂！」八斤半又喊了兩聲。

服務生開始加快步伐，最後竟然東跳西閃地朝門口跑去。

「不好！」八斤半腦子裏「嗡」的一聲，轉身衝進包間……

但是八斤半還是晚了一步，他還沒來得及說話，就見丁慧「噗」的一聲，一口鮮血噴出足有幾尺遠，把端著酒杯的唐教父嚇了一跳，急忙一把扶住丁慧。

「老婆妳怎麼了？妳……」

鮮血不停地從丁慧的口鼻耳朵裏淌出來。

「快打電話！」唐教父瘋狂地大喊著。

八斤半摸出手機，一邊撥打一二〇，一邊朝樓下跑去。

門口的朱小剛還在談笑風生地跟幾個弟兄聊天，看到八斤半鐵黑著臉從樓上衝下來，知道出事了。

「怎麼了？八哥！」

「剛才有一個穿紅衣服的服務生出來吧？」

朱小剛點了點頭。

「朝哪個方向走了？」

朱小剛難堪地站在那兒沒說話。

「廢物！全部是廢物！」八斤半大聲咒罵著，又轉身朝樓上跑去……

幾分鐘前，十二號包間裏還洋溢著愛情。

唐教父把燈關了，點起了蠟燭。燭光搖曳著，映紅了丁慧的臉龐。

唐教父笑瞇瞇地給丁慧斟滿酒，舉起杯，說：「丁慧，這是我們結婚以來第六次給妳過生日。來，祝妳生日快樂！」

「謝謝！」丁慧嬌滴滴地歪頭笑著，伸過臉來讓唐教父吻了一下。

唐教父深情地望著丁慧：「老婆，還記得這個餐廳嗎？在外面大廳吃飯時，我第一次見到妳。」

「怎麼不記得？我們幾個姐妹給我過生日，那是我第一次到這種高檔的餐廳吃飯。」

「也是我第一次，幾個哥們兒請我吃飯。」

「真快啊，一晃幾年就過去了。」

唐教父沈吟了幾秒鐘，說：「丁慧，自從妳嫁給我以後吃了不少的苦，我很少陪妳上街，經常扔妳一個人在家，妳可能都忘了妳還有一個老公了吧？」

「怎麼會呢？」丁慧搖著頭，「你還不是一直爲這個家在打拼。老公，今天我又買了一件套裝，很好看。」

「妳漂亮我才高興啊！」

唐教父從口袋裏拿出一張紙和一些證書，輕輕地推在丁慧面前。

「是什麼？」

「妳自己看。」

丁慧仔細一看，是「名苑花園」的一幢小別墅的房屋權狀，上面寫著她的名字。

「老公，這是怎麼回事？」丁慧不解地抬起頭。

「給妳買的，生日禮物。」唐教父雙手一攤笑著說。

「真的?!」丁慧差點跳了起來，「謝謝老公！」

但是丁慧的興奮只持續了幾秒鐘，她倏地收住笑容，疑惑地問：「可是……可是我們是夫妻啊！」

「是啊，夫妻只是一張紙，今天是，明天可以不是。」

空氣頓時凝固。

丁慧的眼裏湧出了淚水：「爲……爲什麼？你……你不要我了？」

唐教父向前伏著身，眼睛緊緊盯著丁慧慘兮兮的淚臉，一字一句地說：「無論出了什麼事，妳記住，我最愛的是妳，我可以爲妳死，爲妳付出一切，這是我跟妳結婚的時候說的，還記得嗎？」

丁慧連忙點點頭，「可是，到底怎麼了……」

唐教父一下子用食指擋住丁慧的嘴唇：「別問，什麼也別問，就像妳平常一樣。」

丁慧哭了。

唐教父輕輕撫摸著丁慧的長髮，「來！乾杯！」

「天然茶樓」簇擁在一片翠綠的竹林當中，一道彎彎曲曲的溪水繞樓而過。這裏環境優雅，景色迷人，確實是個休憩品茗的好場所。

昝小盈坐在茶樓的角落裏，獨自一人慢慢啜著茶，她在等待那個女殺手的消息。早該動手了，可這女孩像從地球上消失了似的，杳無音信。

不會出什麼意外吧？

晚上九點的時候，昝小盈駕車匆匆回了家。

手機響了，是李在。

「我現在已經從北海濕地出來了，妳在哪裡？」

「在家。」昝小盈感覺自己的聲音有些顫抖。

「在騰衝我們的家嗎？」

「是啊！」

「妳怎麼了？」李在問。

「沒什麼。」

「我聽見妳聲音不對啊！發生了什麼事嗎？」

「沒有。」

「哦！」李在的口氣明顯有點不放心。

「你到鄭珊天那裏怎麼樣？」

「這個……回來再說！」

「好吧！」

昝小盈匆忙掛了電話，她害怕占線，擔心女殺手打不進她的電話，但是奇怪了！直到現在，還是一點動靜都沒有。朋友們說這個女孩很好用，從沒失過手。難道女孩到現在還沒動手？或者反被唐教父幹掉了？越是沒失過手越不是好事，失手可以總結經驗，沒失過手，說不定今晚就第一次失手。誰都有第一次，就像她第一次被唐教父侮辱一樣，之前她想都沒想到被一個男人強姦，她一直以爲那是報紙社會新聞裏的故事，跟自己無關。

昝小盈意識到可能要出事，她來到廚房，拿了一把菜刀，這是她唯一自衛的武器，必要的時候可以應付各種突如其來的意外。

昝小盈知道唐教父是條老奸巨猾的狐狸，他可以根據靈敏的嗅覺聞到獵手的足跡，他應該有所準備。但是那個女孩也不是吃素的啊，她是職業殺手，這個名頭應該保證她比唐教父技高一籌。

她關掉屋內所有的燈，獨自一人坐在客廳裏發呆。

一隻蝙蝠突然飛到窗戶前「吱吱」地叫個不停，嚇了昝小盈一跳。她懊惱地抓著自己的頭髮，儘量使自己鎮定。

我不可能束手就擒，大不了同歸於盡！昝小盈想。

過了一會兒，她聽到廚房裏有點異樣的聲音，她坐著沒動，豎著耳朵重新聽了一遍。沒錯！是有一個不正常的聲音，是小偷還是唐教父派來的殺手？她的頭髮立即豎了起來，全身的細胞都凝固了。

她握著菜刀躡手躡腳地走了過去。

廚房的門是敞開著的，畬小盈屏住呼吸，貼著牆壁向廚房探頭望去。一縷銀色的月光剛好從廚房的換氣扇照射進來，廚房裏安靜極了，什麼也沒有。

大概是自己的幻覺。一般的幻覺都是由於緊張、疲勞造成的，也可能是對過去某一事件的回憶。她認爲是最後一種，跟唐教父那件事對她的一生是個轉捩點，這個轉捩點是個趕也趕不走的噩夢。

她回到客廳，走到窗戶前，想探頭朝外面望望，但是……

身後有什麼聲響。

她猛地一轉身，已經晚了。她聽到一聲清脆的槍響，類似一個威力不大的鞭炮，她發現自己的雙腿已經支撐不了自己的身體，「撲通」一下跪在了地下。

又是一聲脆響，這次的聲音比較大，甚至有點震耳。

鮮血汩汩地從胸前肚子上湧了出來，她下意識地捂著，抬頭看了看站在眼前那個黑影，她認出來了，是唐教父的朋友八斤半。她想對他說點什麼，可是試了幾次，根本無法辦到，因爲胸口的劇痛嚴重限制了她。

她知道她完了。

但是她不能閉眼，否則她可能永遠離開這個世界，她堅持著朝沙發爬去。

一下、兩下，短短的幾米距離彷彿有上千米那麼遠，有幾秒鐘，她感覺自己不可能再前進了，她想喘口氣休息一下。但是她只要一停下來，就好像看到一朵紅色的雲彩向她慢慢飄過來，這是個不祥的徵兆，她在書裏看過，是死亡。不行，必須繼續向沙發前進，這樣有可能留下一條性命，求生的本能驅使她必須咬咬牙堅持下去。

一米、兩米……

終於到了。她抓起電話機，用沾滿黏稠血跡的手指拼命按撥號鍵。但是不行，她眼前一黑，徹底失去了知覺……

接到唐教父電話的時候，李在開著車正在從濕地回來的路上。

「你在哪裡？」唐教父問，口氣有點異樣，是李在從未在唐教父身上感覺到的，一種勢如破竹的力量。

「我剛從濕地回來，路上呢！」李在答道。

「哦！知道那件事了？」

「什麼事？」李在感到莫名其妙。

對方沈默著。

「到底什麼事？」李在有點冒火。

「是……」

「是不是假石的事？」李在突然感覺唐教父可能探聽到了一些消息。

「是……」

「有最新線索了？」

「是……」唐教父依舊支支吾吾。

「你知道是誰了？」

「知道了。」唐教父忽然肯定地說。

「誰？」

「我在翡翠台酒店旁邊的雙鳳橋下等你，到時候我再詳細告訴你真相。」說完，唐教父就掛了電話。

李在本來想把電話再打回去，一想，可能電話裏不便說一些事情。還有，今天唐教父的語氣怪怪的，是不是知道真相後特別緊張造成的？這個人一貫如此，從在監獄認識他的那天起，李在就看穿了他，成不了大氣，總是畏畏縮縮的，抬不起頭，好像隨時看地下有沒有錢一樣。

翡翠台酒店坐落在騰衝北邊騰越河邊，是一幢優雅別致的兩層樓別墅式建築。解放前，騰衝一個聲名顯赫的賭石家發現這裏水波漣漪，風景秀麗，便造下這幢別墅，供周末消遣之用。經過物轉星移的變遷，這幢私宅已成爲騰衝一個休閒景點，而且一直沿用它最開始的名字——翡翠台，這大概是那個賭石家爲了紀念他到緬甸賭石而起的名字。

很快，李在就來到了翡翠台酒店外面。他把車子停在酒店門口，然後一個人朝雙鳳橋走去。此時，一陣夜風徐徐拂過，別墅兩旁的小樹簌簌作響，樹葉隨風擺動，張牙舞爪，婀娜多情。放眼望去，整個騰衝燈火輝煌，猶如一座海市蜃樓，不禁使人心曠神怡。二環路從別墅面前經過，在街燈的照耀下，宛如綢緞般平滑的河面，一刻不停地穿梭著各種車輛，車輪沙沙摩擦著路面，永無休止，像洶湧澎湃的潮水。

有一個問題李在一直納悶，唐教父到雙鳳橋下等我幹什麼？他爲什麼選擇這個地點？李在知道雙鳳橋下有幾處乘涼喝茶的攤子，他和唐教父以前來過幾次，但也沒必要來這個地方啊！李在突然想起很多年很多年前流行於騰衝的一句口頭禪：要打架，騰越壩！那時候，騰越河邊修得沒有現在這麼漂亮，河邊長滿青草，或者一片一片的鵝卵石，河水乾涸的時候就是個平坦的壩子。那個年代，一旦發生群架什麼的，都會選擇在這裏決鬥。李在想到這裏笑了，唐教父不會選擇這裏跟我決鬥吧！

李在突然停住腳步，這個猜測讓他吃了一驚，他意識到一定有什麼特別的事兒發生。

李在小心翼翼從橋邊的階梯走了下去，河灘上黑糊糊的，一個人影都沒有。他剛想轉身，忽然河灘上射來兩束燈光，一共閃了三下，隨後就滅了。是汽車前燈。大概是唐教父新買的那輛奧迪。

搞什麼名堂？李在心裏嘀咕著，朝河灘走去。

四周靜極了，只有李在踩在碎石上發出的嘩啦嘩啦聲。在距離奧迪車三十米的時候，車燈再次打開，兩束刺眼的燈光晃得李在根本睜不開眼。

「把燈關了！」李在用手擋住自己的臉，大聲命令道。

對方沒人回答，大燈繼續亮著。

「是唐教父嗎？」李在沒再往前走。

「是。」

確定是唐教父的聲音後，李在問：「你什麼意思？找這個地方……」他剛想往前走，忽然又站住了，他從遮擋眼睛的手縫中看見，不止唐教父一個人站在那兒。

李在心裏一驚，他不知道唐教父要幹什麼，但可以肯定的是，今晚的唐教父跟以往大不相同。

唐教父厲聲說：「李在，你最好站在那裏別動！否則就別怪我不客氣了！」

這句話把李在惹火了，他也大聲喝問：「你今天晚上怎麼了你？你他媽到底要幹什麼？」

「幹什麼？你真能裝啊！」

「我能裝？我裝什麼？」

「你和昝小盈那個娘們兒投毒想毒死我，結果毒死了我老婆，現在你卻若無其事在這裏裝蒜，你演得可真像啊！我算是服了你了！」說罷，唐教父竟然蹲下去，大聲哭了起來，「你知道我多愛她嗎？我可以死，但她不能死，現在，我要讓你償命！」

李在腦子一下子蒙了，「唐教父！你是不是弄錯了？我爲什麼對你下毒？你他媽給一個證據！」

「爲什麼？你一直懷疑是我弄的那塊假石頭，所以你狗日的……」

「我懷疑你？誰告訴你我懷疑過你了？我他媽從頭到尾都沒往你身上想，你有那本事嗎？」李在咆哮著。

唐教父站了起來，「我是沒本事，」他咬牙切齒，「我現在告訴你，假石頭是我弄的，你這下滿意了吧？我還告訴你，我不但做了這塊假石頭，我還聯合范曉軍一起做的，目的就是做死你！你相不相信？」

李在腦子一陣暈眩，他的眼淚一下子湧上眼眶：「爲什麼？唐教父！爲什麼？」

「爲什麼？」唐教父揮舞著雙臂，「就因爲你一直壓在我頭上，你像使喚一條狗一樣使喚我，從監獄開始，你就對我指手劃腳……」

李在氣壞了，「不是監獄裏我幫你，你早加了刑，現在還在裏面吃『皇糧』呢！不是看我們一起在牢裏待過，我才不會收留你，養你這麼一條背叛哥們兒的瘋狗！」

「我背叛你？」唐教父大笑著，「你終於嘗到被別人背叛的滋味了？可是你知道嗎？我早他媽嘗夠了！」

「你嘗夠了就必須讓別人也嘗嘗？你他媽什麼邏輯啊？你徹徹底底瘋了！滾！我從來不認

識你這條癩皮狗！」

「滾？往哪裡滾？你現在就想跟咎小盈那個娘們兒逍遙去？哈哈哈……」唐教父突然爆笑起來。

李在心裏一緊，「你把她怎麼了？」

「怎麼了？我以牙還牙，天經地義！」

「你……」

「你跟她的屍體逍遙去吧！我的朋友！也許她還有話跟你說……」

李在身上什麼傢伙也沒帶，他彎腰撿起一塊拳頭大的鵝卵石，狠命向唐教父砸了過去，「砰」的一聲，正砸在一盞車燈上。與此同時，唐教父身邊的八斤半舉起了手槍，他準備向李在射擊。正在這千鈞一髮之刻，突然「啪啪啪啪」，整個河灘像強烈的閃電一樣，李在看見面前的唐教父和八斤半像恐怖片裏的妖魅，身形忽粗忽細，飄忽不定，隨後就什麼也看不見了。

有人大喊一聲：「警察！」

李在一下子趴在地下，他反應過來，剛才的閃電是警車車頂上的爆閃氙氣燈，它可以讓人瞬間失明。

八斤半是被通緝的殺人犯，他知道自己的末日到了，他不可能甘心這樣束手就擒，他向李在這個方向開了一槍。同時，警方的狙擊手也不示弱，正擊中他的手腕，他「哎呀」一聲在地下打起滾來。

槍聲響的時候，唐教父以爲自己完了，他下意識地縮了一下脖子，發現自己什麼事也沒有。他眼前白濛濛一片，什麼也看不見，只感覺有人痛苦地在他旁邊翻滾。他意識到，他中了埋伏，一股熱血猛地衝上他的腦門，他衝著李在這邊大聲罵道：

「李在，我操你媽！你就知道報警嗎？你他媽沒有膽量跟我單挑，媽的，你從獄中就開始靠攏政府，你這個孬種！我他媽跟你拚了！」

唐教父想，他不能就這麼死，他要拉李在墊背。他一貓腰，就地向前一個翻滾，迅速從腰裏抽出手槍，對著李在「砰砰砰」連開了三槍。

其實他什麼目標都看不見，他的子彈全射進在地下打滾的八斤半的腦袋裏，噴射出來的腦漿和鮮血濺得他滿身都是。他顧不了這麼多，摸索著猛地拉開車門，魚躍而入，車輪尖叫著呈S型向河灘下方衝了過去，現場頓時瀰漫起車輪的焦糊味和子彈的硝煙味，從二環路圍攏過來看熱鬧的市民驚叫著四處奔逃。

一看有人駕車要逃，警察和特警隊員風馳電掣般衝向隱藏在別墅後面的警車，頓時，翡翠台酒店附近警笛大作，一場在騰衝前所未有的追捕開始了。

李在趴在地下，他腦子完全被眼前的一切弄矇了，他不知道誰報的警，反正他沒有。不是他不想牽扯警方，而是他根本沒意識到唐教父變得這麼瘋狂，也壓根兒不會想到假石是唐教父和范曉軍幹的，更不知道昝小盈已遭遇不測。一切的一切，都出乎他的意料，他失去了判斷能力。

他不知道的還有，警方早就對唐教父進行了嚴密監視，他是那次文星樓酒店搶劫殺害勞申江案件的重大嫌疑對象。還有，當晚「逸康」三溫暖美容院一個女人被殺，美容院一個十八歲的服務小姐舉報了唐教父。從現場調查來看，和上次發生在文星樓酒店的殺人方式一樣，都是剝離式插入，連切入的刀口都是一個角度。

同時被警方盯上的還有八斤半，他們已經接到長春警方的回函，這個長相醜陋的八斤半很可能就是轟動長春的「八〇八」滅門大案的首要嫌犯。當然，警方還無法鎖定在文星樓酒店案件中一直沒有進入房門的那個女人，警方懷疑她當晚是受唐教父脅迫充當誘餌的，只有抓住唐教父，整個案件才會真相大白。

唐教父很久沒有享受這種飛翔一般的駕駛快樂了，他洋洋得意，隨意轉動著方向盤，瘋狂地在河灘飛駛著。他的眼睛還沒完全適應過來，眼前的一切看上去仍然像相片的底片一樣，河灘是白色的，而河水卻是黑的。

「哐啷」一聲，車後中了一彈，玻璃已經碎了。

「啾……」這顆子彈打在汽車的頂棚上。

唐教父聽著這些美妙的子彈擦身而過，覺得非常享受，他索性打開汽車上的CD，一首強勁的DISCO舞曲頓時塞滿他的耳膜。

「啊！李在你這個雜種！你學會了報警，你已經脫胎換骨，你靠攏政府！我操你媽的！」唐教父大叫著，狠命踩著油門。

他把車子開上了二環路，先撞倒一對正在散步的情侶，然後又掛倒一個老人，接著又把街邊一個小吃攤撞得人仰馬翻，桌椅板凳橫飛，夾雜著女人的尖叫。

「哈哈哈哈……」唐教父大笑起來，臉部的肌肉扭曲著，它已經嚴重變形，嘴裏那根金屬線顯得格外明亮，「報復的快樂！我是義氣的叛徒！我操你李在！我還操童昌耀！我還要操整個世界！」

這時，他的眼睛已經恢復正常。他突然發現，不能往騰衝城裏開，那樣只能自投羅網。他把方向盤向左一打，拐進一條狹窄的小路，唐教父記得這條小路通往騰越河，他只能重新回到河邊。

他聽到「砰」的一聲，一顆子彈射進他的後背，他的身體猛地彈了起來，腦袋狠狠地撞在駕駛室頂篷，他不得不停下車，從車裏走了出來。幾秒鐘之後，他栽倒在地，遠方傳來密集的警笛聲，聲音越來越近。他覺得腰眼有點癢，可能是那裏中彈了。這個狗日的李在，竟然叫警察收拾我！你沒看我怎麼收拾昝小盈呢！我真想讓你參觀參觀！可惜，你永遠不會看到了！再見了！這個背叛我的世界！我活一天都覺得噁心，我不想再看見任何人！全是臭蟲！臭蟲！臭蟲！

他知道最多還有兩分鐘，他的生命就要走到盡頭。媽的，不如自己解決。他舉起手槍，慢慢對準自己的太陽穴。

在他生命最後時刻，鳳園餐廳那一幕又浮現在他眼前：

「老公，我們要個寶寶吧！」丁慧當時說。

「什麼時候？」

「今天晚上。」丁慧調皮地扭了一下他的鼻尖。

他沒有說話，他在偷偷看自己的手錶。

「答應我嘛，老公。」丁慧撒著嬌。

他攬過丁慧的肩膀，深情地吻了她一下。

丁慧抿嘴笑了。

此時，包間的門輕輕響了兩下，他全身的神經都繃緊了，兩眼緊緊盯著房門。

真準時，那個剛剛雇來的殺手托著那瓶毒酒走了進來。

在這一剎那，他才真正意識到，自己早就不愛眼前這個女人了，他早就把她當成一堆齷齪的垃圾，她那被童昌耀弄髒的身體簡直臭不可聞。多少個夜晚啊！他被童昌耀和丁慧的姦情徹底震怒了，在他還在牢裏痛不欲牛的時候，他們卻在青海騰雲駕霧。他拼命撕扯著自己的頭髮，彷彿要撕去這種羞辱，他把這個恨整整埋藏了六年，現在終於可以讓它出籠了。

再見！丁慧！爲妳愚蠢的行爲付出代價吧！明天，全騰衝就會轟動，誰都知道是李在先對他唐教父不義的，任何反擊都會符合「道」上的規矩。謝謝妳丁慧，妳用妳的生命給了我一個殺人的藉口，我第一次能這麼冠冕堂皇地直起腰來。

「謝謝老公。」丁慧當時甜甜地說。

他渾身一震，連忙端起酒杯。

丁慧跟他碰杯後，毫不猶豫地一飲而盡。

在那紅色的液體流入丁慧的喉嚨時，他突然感到有點後悔、甚至恐怖。他真想搶過那杯毒酒，將它狠狠摔在地下，就像擊碎過去所有的恥辱。

但一切都晚了……

都過去了！我那充滿屈辱的生命！唐教父掙扎著跪了起來，猛地一扣扳機，便一頭栽在河灘的鵝卵石上……

第二十八章　朋友再見

天剛麻麻亮，門就被推開了，幾個緬甸人衝進來，硬把范曉軍和瑪珊達分開，然後粗暴地把他架了出去。

遊漢麻兄弟說讓他第二天做出決定，卻遲遲沒有見他，他們把他和瑪珊達丟在這個黑漆漆的小屋已經一個星期了。他們似乎把這兩個戀人忘了，其實范曉軍不知道，幾天前，身在撣邦的楊書記匆匆趕來了，他想從孫女婿手裏救出范曉軍，他是聽學學的彙報後這麼決定的，他不想失去這個賭石人才。

兄弟倆一直不鬆口，他們說，殺父之仇不可不報，必須幹掉李在，誰勸也不行。老頭氣昏了，大發脾氣，朝自己的孫女婿大動肝火，結果招來遊漢碧的兩顆子彈，一顆射進了楊書記的腦袋裏，一顆賞給了楊書記的保鏢。

這天早上，兄弟倆沒睡懶覺，早早地等著范曉軍。

被押進屋裏後，范曉軍走到遊漢碧和遊漢麻面前，二話沒說，突然朝他們兩人臉上一人啐了一口唾沫，邊啐邊罵：「你們還有沒有人性？你們這樣對待一個女人很有成就感嗎？」

遊漢碧沒有冒火，他抹掉臉上的唾沫，陰陽怪氣地問范曉軍：「一個星期了，你們相處得還不錯吧？我現在問你，還喜歡瑪珊達嗎？還會帶她去中國嗎？我友善地提醒你一下，你可是爲了愛情來到緬甸的，但她現在已經是一個沒有乳房、一個時刻離不開海洛因的吸毒女，你還會愛她嗎？別跟我說不會，那是跟你說的愛情相背離的哦，愛情應該是心靈的交流，不在乎對方身體殘缺，是不是這樣？不知道我理解對了沒有。」

范曉軍的眼睛像要噴出火來，要不是他的胳膊中彈抬不起來，他早就衝上去跟他們拼個你死我活了。他死死盯著遊漢碧，說：「我現在告訴你，我仍然喜歡她，愛她，我要把她帶到中國，我要給她找最好的整形醫師，我要把她的毒癮戒掉，我還要挑一個吉利的日子跟她結婚。怎麼樣？你們是不是覺得很意外啊？」

遊漢碧說：「我爲你感動啊，我的朋友！不過，我相信你說的話，沒有這個決心，你也不會冒這麼大危險來緬甸找她！這麼說，你答應了我的條件？」

「我答應你！」

「好！君子一言，駟馬難追！看來愛情的力量太偉大了，它可以超越世界上任何一切事物，我們要好好向人家學習啊！」

遊漢麻連忙附和著他哥哥，陰陽怪氣地說：「對，我們距離人家的差距還是蠻大的。」兄弟倆說完便仰天哈哈大笑起來……

臨上車前，范曉軍才把瑪珊達從小黑屋裏扶出來。一個星期以來，他第一次看清瑪珊達目前的樣子。她整個人已經變形，變得連范曉軍都快不認識她了。以前苗條性感的「特敏」，現在變成空蕩蕩的彩布，圍裹在她的身上顯得特別彆扭，尤其讓范曉軍沒想到的是，她的臉部也遭到了不同程度的摧殘，滿臉都是比拇指還大的黑坑，皮肉已經嚴重壞死，凸凹不平，慘不忍睹。范曉軍心疼到了極點，他伸出手臂緊緊抱住瑪珊達的肩頭，盡力向自己的身體拉近，他想給她力量，讓她勇敢面對這兩個惡魔。但是不行，看見站在卡車邊上的遊氏兄弟，她的身體便不由自主顫抖起來，腿部也頓時沈重了，她不敢再前進一步。

「瑪珊達，別害怕，他們再也不會對妳怎麼了，我們到中國去！」范曉軍安慰她說。

瑪珊達的嘴唇哆嗦著，她抬頭看了一眼范曉軍，怯生生地問：「范哥，你真的帶我去中國嗎？」

「真的！」

「他們答應你帶我走？」瑪珊達不敢相信這個事實。

「是的，他們答應了。」

「爲什麼他們也去？」

「他們不去，他們只是跟我們一個車，到了邊境他們都回來，他們有其他事。瑪珊達，聽我的，千萬別再怕他們，到了中國，我保證妳一輩子也看不見這兩個狗雜種。」

瑪珊達還是將信將疑：「范哥，這一切都是真的嗎？是真的嗎？」

「是真的，瑪珊達，我說的全是真的，我要給妳找最好的整形醫師，我要把妳的毒癮戒掉，我還要挑一個吉利的日子跟妳結婚。好嗎？」

范曉軍把對遊漢碧說的話，在瑪珊達面前重複了一遍，他覺得更應該讓瑪珊達知道他的決心，一種無比的神聖感覺從他心底油然而生。

瑪珊達的眼睛頓時明亮起來，但隨後立即黯淡了下去，「范哥，我不配你，你只要把我從這兒帶走就行了，別的我不敢奢求，也不應該奢求。」

「快別說這麼多了，我們趕快上車吧！」

卡車開始在一條出山的土公路上行駛，太陽早就出來了，空氣乾燥無比，汽車尾部揚起很長一串塵土。遊漢碧兄弟倆坐在前面的駕駛室裏，車上留著八名帶著傢伙的緬甸人，他們負責看守范曉軍和瑪珊達，八對眼睛一直警惕地盯著他們。

遊漢麻提供給他們的食物看起來還不錯，用一個圓形樹葉包著，打開一看，是味道鮮美的緬甸咖哩。范曉軍本來不吃辛辣食品，但饑腸轆轆，哪裡還講究這麼多。緬甸咖哩的辣味似乎沒有那麼重，主要是薑、芫荽、大蒜、洋蔥，還有羅望果、檸檬和蝦仁醬，咖哩中間還有一小塊豬肉。另外，還配一種調味小菜，范曉軍以前吃過，緬甸人叫它Ngapi。這個菜看起來像一盤乾辣椒，其實一嚼，根本不辣，有一種很鮮很衝的味道。

Ngapi是由搗碎的蝦仁加上辣椒粉、紅蔥頭、魚露、蝦醬等佐料，不停翻炒至完全乾燥而成，是特別開胃的下飯菜。除了咖哩和Ngapi，還有一個很大的水囊，裏面裝滿清冽的山泉。對於范曉軍和瑪珊達來說，這無疑相當於一頓盛大的美餐。他拿起勺子，撮起一小口咖哩飯，輕輕餵進瑪珊達的嘴裏。

瑪珊達也餓壞了，加上車子有點顛簸，勺子和嘴巴很難對上。她伸著脖子，乾裂的嘴唇使勁張開著，帶動她臉上黑色的烙傷一起蠕動。那些結了疤的傷痕像一把把刀子，割裂了范曉軍的心，他的眼睛又一次濕潤了。

前面要經過緬甸幾個邊防檢查站，遊漢碧從駕駛室伸出半個身子對范曉軍說：「裝成啞巴！出一點聲你就完了！」

到了檢查站，遊漢碧兄弟倆跟回了老家似的，跟檢查站的官員聊天抽煙，嘻嘻哈哈，好像車上根本不存在范曉軍和瑪珊達。他拿捏住范曉軍，知道他不敢輕易呼救，他是一名偷越國境的中國人，一旦被查出，他將被投入監獄，瑪珊達便會重新落在遊漢碧兄弟倆手裏。他願意嗎？不願意！一萬個不願意！他要是有一點猶豫，他就不會來緬甸了，所以他只能選擇沈默。

車子繼續在山路顛簸，一會兒瓢潑大雨，一會兒驕陽似火，一會兒鑽進森林，一會兒跌入山谷。天氣惡劣倒不怕，最可怕的是瑪珊達毒癮犯了的時候，她緊緊抓住范曉軍的手，渾身顫抖，淚水口水一起往外流。她痛苦地對范曉軍喊道：「范哥，你乾脆打死我吧！我真的不想活了！」

范曉軍的手臂胸膛都被瑪珊達抓破了。

遊漢碧看到這種情景，很「仁慈」地丟給瑪珊達一包藥，讓她暫時平息一下。范曉軍看到遊漢碧的嘴角笑著，眼睛裏全是邪惡，他真不明白，這個世界上怎麼會生出這麼一個惡毒的玩意兒。

兩天後的一天早上，他們下了車，準備徒步向邊境進發。這裏沒路，全是佈滿荊棘的密林。范曉軍騰出受傷的胳膊，另一隻胳膊使勁架著瑪珊達，她太虛弱了，幾乎整個身體都吊在范曉軍身上，沒走上五十米，范曉軍已經大汗淋漓，氣喘吁吁。

瑪珊達問：「范哥，還有多遠，我實在堅持不住了！」

「快了，再咬牙堅持一會兒，我們都到中國了。」

車上那幾個緬甸人有一個人端著一支M21狙擊步槍，范曉軍認識這種武器，他在一本描述越戰的歷史書籍裏見過。整個越戰期間，美軍共裝備了一千八百支配有ART瞄準鏡的M21。在一份美國越戰殺傷報告中記載，一九六九年一月七日至七月廿四日半年內，一個狙擊班共射殺北越軍一千二百四十五名，耗彈一千七百零六發，平均一點三七發子彈射殺一個目標。

范曉軍知道，這種戴ART瞄準鏡的步槍不是對付他和瑪珊達的，那是給李在準備的，只要李在在對面現身，狙擊手很快就會鎖定目標，一槍斃命。

三個小時後，他們終於到達中緬邊境南奔江畔一片密密叢林。看的出來，南奔江兩岸剛剛發生大面積泥石流，洪水也沒有完全退卻，本來江漫竹林、林夾江水的秀麗奇觀，此時已被兇猛的洪水破壞得支離破碎。

范曉軍扶著瑪珊達來到一棵大樹下，他全身都被汗水浸濕了，他必須休息一會兒。遊漢碧他們也累得夠嗆，一個個靠在樹上喘粗氣。

十分鐘過後，范曉軍走過去低聲對遊漢碧說：「是這樣的，你們先把瑪珊達送過去，然後給她一支手機，她走後五個小時，必須是五個小時，她打電話給我報告平安，我就會按照你們的指令行事，否則我們原路轉回，如果你覺得這樣不合適，那麼要殺要砍要埋隨便你！」

遊漢碧沒想到范曉軍來這一招，他愣了足足有三分鐘，突然一把揪住范曉軍的領子，怒問：「你奶奶的，是不是不相信我？」

「是的，不相信！」

「我說話算話，從不食言。」

「我也是。」

「那你爲什麼不早說，屎都到屁股門了你才找紙？」

「早說你會到邊境來嗎？」

「媽的！你他媽真不愧是個讀書的，鬼點子蠻多，我現在一槍斃了你，你相信不？」

「還是不相信，因爲斃了我，你什麼也撈不到，又不是我拿你父親當人質的，是李在，你應該把狙擊步槍瞄準對岸，而不是我。」

場面一下子僵持住了。

瑪珊達緊張地對范曉軍說：「范哥，我不走，我跟你在一起！」

遊漢痳像撈到一根稻草一樣說：「看嘛看嘛，人家姑娘都不想跟你分開，你讓她一個人過去在森林裏餵老虎啊？」

范曉軍急忙拉住瑪珊達，說：「瑪珊達，現在妳必須聽我的，我還有一件事情需要處理，暫時不能跟妳一起走。我答應妳，我會過去找妳的，他們已經說了，說話算話，他們不會把我怎麼樣。」

瑪珊達哭了，她說：「范哥，我真的不走，是死是活我都跟你在一起！」

遊漢麻在一邊酸不溜秋地說：「嘖嘖，多麼偉大的愛情！生死不離。」

「如果妳不走，那麼我來緬甸找妳就徹底失去了意義。瑪珊達，妳再這樣我會生氣的。」

瑪珊達止住了哭泣，說：「好，范哥，我答應你，只要你不生氣。」

遊漢碧一看這種情況，一時沒了主意，他和遊漢麻交頭接耳開始磋商。范曉軍回到瑪珊達身邊，把身上的背包掛在瑪珊達的脖子上。背包是上車前遊漢碧交還給他的，裏面除了沒有那把七點六二毫米衝鋒手槍，其他的全在，尤其人民幣，大約五千元左右，那是范曉軍反覆爭取才還給他的。遊漢碧本來想把背包裏的幾萬塊錢全吞了，但范曉軍說，他和瑪珊達到達中國後，需要路費和生活費，不可能身無分文，遊漢碧最後還是不情願地歸還了一部分。

幾分鐘後，遊漢碧把范曉軍叫到身邊，低聲問：「你真的會把李在引來嗎？」

「會。」

「你真的恨他？」

「是，不是我造的假，他卻懷疑朋友，我當然恨。」

「你要是騙我怎麼辦？」

「你手裏有槍！」

「好！」

遊漢碧對身邊一個緬甸小夥子用緬語交代了幾句，小夥子立刻轉身走了。半個小時後，一隻細長的小船從河邊的草叢裏划了出來，上面站著那個小夥子和一個上了歲數的艄公。

遊漢碧走過來遞給范曉軍一支手機，說：「動作快點！少他媽再囉嗦！快點送她上船！跟她說，按第一個已撥出號碼撥出來就行。」

范曉軍半信半疑，「那個艄公不是你們的人？」

「你奶奶的，那是我在附近現找的，本來說好送你們倆過去，現在只能讓他跑兩趟。我的人？你以為全緬甸的人我都認識啊？」

范曉軍說：「我現在只能信你！反正接不到瑪珊達的電話，我就不打電話，就在這兒乾等，等一年我都陪你，我有的是時間。」

瑪珊達問：「范哥，打什麼電話？」

「這個妳就別問了，總之是為我倆好的電話，到時候，我們就可以在中國團聚了。」

「好，范哥，我等你！」

瑪珊達上船前緊緊抱住范曉軍纏綣難分，肩膀簌簌抖著，她哭了。范曉軍捧起瑪珊達佈滿傷疤的臉，莊重地在上面印上一個吻，一句話也沒說，他毅然決然地推開了瑪珊達。

小船似乎經不起洪水的沖擊，剛一離岸，就迅速地朝下游飄去了。瑪珊達的身影一下子變得遙遠而渺小，她的手臂沒有揮動，而是像旗杆一樣舉著，一直舉著，直到那條小船變成一個黑點……

接下來的時間顯得特別漫長，范曉軍和遊漢碧兄弟倆，再加上八個緬甸人，全部坐在密林裏抽煙，一根接一根。遊漢碧不滿地對范曉軍說：「五個小時太長了，過去不遠她就可以搭車到芒允，朋友，你可不可以把時間縮短一點？」

范曉軍面無表情地說：「我不想商量這個。」

遊漢碧有點光火：「媽的，你知道這是什麼地方？這不是森林公園，是中緬邊界三十五至三十六號界樁之間，敏感地區，對面盈江禁毒大隊經常在這一帶密林設伏。」

「與我無關！」范曉軍說。

「人家也有瞄準鏡，別給我一槍，操你奶奶的！」

遊漢庥也在一邊鼓噪：「絕對不是久留之地，太他媽危險了！」

「與我無關！」范曉軍仍然面無表情地說，「別打擾我，我想睡一會兒，五個小時以後接到電話再叫我！」說完就躺在草叢裏，蜷著身子閉上了眼睛。

兄弟倆罵罵咧咧的，拿范曉軍一點辦法都沒有。

范曉軍躺在那裏真的睡著了，他感到從未有過的疲倦，他需要休息一會兒。他在夢裏夢見了瑪珊達。夢裏的瑪珊達叫宋嬋，是一個自稱從成都來雲南旅遊的大學生。他們在一個月亮高懸的夜晚碰見了，然後一起來到一個小酒吧。酒吧裏只有他們兩個人，坐在同一張桌子上，桌上的蠟燭映著瑪珊達的臉，像熟透的果子。後來他們爭吵起來，直到銀色的月亮從窗外射進來，把他的整個夢境弄得像下了一場大雪。這畫面看上去多美啊……忽然，白色的蟒蛇來了，他驚叫著，極力躲避著，但是他躲不開，他被人放在一個吊在空中的網兜裏。瑪珊達來了，她微笑著對他說，伸出手，我拉你上來。夢裏的雨真大，她渾身上下都濕透了，閃電把她塗染得像一個藍色精靈，全身一明一暗地閃爍。緊緊的「特敏」長裙包裹著渾圓的臀部，鮮豔的短衫被泥漿覆蓋著，豐滿的乳房倔強地懸掛在胸前。過了一會兒，她的乳房不見了，她變成了一個殘缺的天使！「特敏」再也不凸凹有致，它癟了下去，他想去拉拉瑪珊達的手，然後安慰她，可是她滑脫了，她說她到櫻花谷去了，那裏有瀑布似的溫泉。夢的最後，是瑪珊達變成一個夢遊病患者，她被一根無形的繩子拉著，一步一步向深淵走去。他大叫著瑪珊達的名字，而瑪珊達回過頭笑了，她說有你在，我不會掉進深淵的。後來瑪珊達還給他唱歌，是鄧麗君的歌，她唱得真好，模仿得惟妙惟肖……

「嘎啦啦——」一聲雷響，把范曉軍從夢中驚醒。他睜眼一看，烏雲遮日，狂風大作，天空暗得像晚上一樣。看來，一場暴風雨馬上來臨了。

遊漢碧臉色很難看，他氣急敗壞地在范曉軍面前跳著，說：「等不及了！等不及了！快點打電話過去，看她到哪兒了！這個地方不能久留啊！」

范曉軍躺在那裏動都沒動，「我說過的，五個小時。」

暴雨很快來了，電閃雷鳴中，天空像裂開一個大口子，成噸成噸的雨水傾瀉而下，砸得整個密林都在搖晃。山洪爆發了，雨水夾雜著泥漿呼嘯著湧來，衝得他們東倒西歪。

遊漢碧大聲喊道：「快點打電話！」

他的話瞬間就被狂風吹得無影無蹤，范曉軍根本聽不見，只看見遊漢碧的嘴巴一張一合的，像個憤怒的蛤蟆。

又過了一會兒，雨小了，五個小時的時間也到了。范曉軍想，該結束了！

遊漢麻的手機響了，是瑪珊達。

范曉軍接過手機，不知怎麼回事，他的手都在顫抖。

瑪珊達的語速很急：「范哥，我現在站在一個村寨旁邊，這裏很安全，有一個卡車司機說可以帶我去芒允。剛才這裏好大的雨，你那裏也是吧？你什麼時候辦完事？我在村寨裏等你，我不要先去芒允，我一定等著你來！范哥，范哥，你怎麼不說話？我……」

范曉軍眼角有些濕潤，他背過身，輕輕地對瑪珊達說：「瑪珊達，阿尼古切戴（我愛妳）！」隨後他就把電話摁掉了，他不能再跟瑪珊達說下去，他害怕他的心理會因爲瑪珊達的聲音而崩潰，他不堅強，他也一點不強大，他外強中乾，他的心其實非常脆弱，他有一身的缺點，但是他不想在遊漢碧他們面前暴露這些。

遊漢碧見范曉軍掛掉電話，忙說：「這下你放心了吧？快點給李在打電話，就說你不敢回去，說你對不起朋友，說你在中緬邊界三十五至三十六號界樁之間，在中國這一側，說你想逃亡緬甸。讓他一個人來這裏找你，別通知警方，別帶其他人，說你想跟他來個徹底了斷。讓他從『馬嘉里事件紀念碑』那裏繞過來！」

范曉軍心裏想，我知道怎麼說，用不著你教我。他開始撥打李在的手機。「嘟——嘟——」通了，電話那頭按了接聽鍵。

范曉軍沒等李在說話，便直截了當地說：「我，范曉軍。我下面的話，你一字一句都要聽清楚，別問，只聽我講。」范曉軍深深吸了一口氣，「第一，請原諒我沒有把那塊石頭看出來；第二，造假跟一個叫老吳的有關；第三，替我好好照顧瑪珊達，她會來找你的；第四，我，范曉軍，永遠是你的朋友！我永遠懷念那支黑漆九節簫，看來已經沒有機會再聽你吹了。請允許我跟你說一聲，朋友，再見！」

說完，范曉軍猛地一甩，把電話扔進了江裏，然後轉過身來，面對目瞪口呆的遊漢碧，攤開雙手笑著說：「哈哈，開槍吧！」

「砰！」遊漢碧開槍了，他知道他上當了，他太小看范曉軍了，他以為范曉軍眼裏只有愛情，他以為他被愛情蒙住雙眼，他以為他會背叛朋友。錯了！一切都錯了。

他的槍法很準，正打中范曉軍的腦袋。范曉軍猛地向後仰了一下，一道血光從頭頂噴出，他搖晃了兩下，最後倒了下去。他的小腿被壓在了身下，另一隻腿使勁向前伸展著，彷彿拼命飛奔一樣。來緬甸之前他就想過，帶瑪珊達逃出遊漢庥的魔掌，然後一起向中國飛奔。但很遺憾，這個目標他只實現了一半……

更讓他遺憾的是，他不知道李在壓根兒聽不到他說的那些話，他因昨晚唐教父的事，暫時關押在公安局的羈押室，今天白天一直在接受警方調查。他的手機暫時由警方保管，接聽電話的是公安局一個普通幹警。

一個月後，昝小盈痊癒出院了，子彈從距離她心臟零點五釐米的地方穿了過去，她撿回了一條命。從醫院回來的那天晚上，李在和昝小盈交頸而眠，他們心事重重，睜著眼睛盯著漆黑的天花板，懷揣著各自的秘密。

昝小盈想，搬掉唐教父這塊絆腳石，她可以安心跟李在在一起了。至於鄭堋天，愛幹什麼幹什麼去，她已經受夠了。再說，他的壽命已經進入倒數計時，今後的日子是她跟李在過，而不是爲那個老頭守寡，更不是在陰險的唐教父要挾下過著令人屈辱的生活。至於那塊假石，根本不關她的事，追查不出來就追查不出來，騙局只能有一次，不會發生第二回。她想努力勸說李在，遠離該死的賭石，吃一塹長一智，不要再爲一塊假石頭牽腸掛肚了。爲揭開真相而活，不值得！況且，人生有多少秘密啊！要揭開它不定有多難呢！唐教父已是過去時，他像一隻被踩死的令人噁心的毛毛蟲，從此在這個世界消失了，悄無聲息。但是她知道，無論任何時候，任何場合，也無論妳如何得意忘形還是絕望消沈，都不要在男人面前揭發另一個男人的罪行，除了增加這個男人對妳的厭惡外，妳什麼也得不到，說不定還能把他們變成同盟。她會一輩子守口如瓶，這是她的秘密。

昝小盈不知道什麼時候睡著的，她在夢裏看見了李在。

這是一個傾斜的河岸，周圍怪石矗立，青苔密布，兩個人面對面坐著，臉上帶著似笑非笑的表情，她那雙灼熱的眼睛死死盯著李在，深邃的眸子隱藏在濃密的睫毛後面，頭髮烏油油的，反射著太陽的光芒。「滿足。」昝小盈覺得只有這兩個字可以描述她的心境。她感到有點昏沈沈的，可能是喝了一點葡萄酒的緣故，她的身子輕輕被托起了，如羽毛般的飄舞，耳邊蕩漾著醉人的音樂，使周圍的環境不免浪漫起來。

昝小盈抓住李在的手，另一隻手放在她身邊的石頭上，兩個人的呼吸漸漸急促起來，一股暖流向他們襲來，他們身上一陣陣燥熱。李在線條分明的唇廓溫柔地舒展開來，透出無限的溫情，昝小盈感到他的嘴唇有一種難以抗拒的魅力，她趕忙把目光移開，看著不遠的沙丘，山丘上聳立著一塊華麗的墓碑。河上傳來汽輪尖利的笛聲，一聲、兩聲……

昝小盈在夢裏遨遊的時候，李在起身來到了窗前，他撥開窗簾，發現外面的月亮非常圓，銀灰色的月光灑滿大地，像下了一場百年不遇的小雪，薄薄的一層，冰涼地掛在臉上。瑞麗有雪嗎？沒有！只有麗江有。這種感覺真讓人舒服，彷彿雪片可以冰釋心中所有的鬱悶，所有的煩惱，大大舒緩了緇緊的神經。

是的，一個月以來，他的神經一直爲范曉軍和唐教父緇著。

那天下午，調查完畢，他從公安局出來時，那個幹警一字不差地轉達了中午一個電話的內容。最後幹警說，那個叫范曉軍的男人在電話裏，幾乎是喊著說的「朋友，再見！」，聽到這裏，李在已經淚流滿面，他知道那是范曉軍在最後關頭向他表白著什麼。范曉軍的情報來遲了，已經毫無作用，他也不知道瑪珊達是誰，但這些絲毫不影響第一句「自責」和最後一句「道別」的分量。現在該自責的是李在自己，悔恨像蟲子一樣咬噬著他，使他一刻都不得安寧。他責怪自己被唐教父誘導，竟然懷疑到范曉軍身上。之前他說過，他永遠不會懷疑朋友，但那時唐教父瘋狂的表現讓他動搖了，而且是前所未有的動搖。

是的，范曉軍在緬甸三個月，范曉軍在勞申江出事後就蹤影全無，一切跡象表明范曉軍就是最大的疑點，要不然他怎麼解釋這一切呢？現在看來，他錯怪了朋友，尤其在那個叫瑪珊達的姑娘打來電話哭喊著告訴他一切真相以後，他更不能原諒自己。

下午，他心急如焚等著那個叫瑪珊達的女人出現，他不知道瑪珊達是打電話還是到家裏找他，范曉軍在電話裏也沒說清楚，所以他哪兒都沒敢去，就坐在家裏傻等。

四個小時後，李在的手機響了。是一個陌生號碼。

「請問是瑪珊達嗎？」李在迫不及待地問。

「是。」一個女人的聲音，聲音虛弱，好像在哭泣，「范曉軍給你打電話了嗎？」

「沒有，他只是說妳來找我，他剛才用的電話一直不通，你們在哪兒？」

「我沒跟他在一起，他說好辦完事就過來找我，我等了這麼久，一直沒見到他。他……他……肯定出事了……」

李在急了，「妳在什麼位置？」

「在邊境一個江邊，我也不知道這是什麼地方，聽這裏的村民說，這裏距離芒允比較近。」

是盈江縣，挨著騰衝。

李在焦急地問：「范曉軍和妳到那兒幹什麼？」

「我……我……范哥來緬甸救我，被游漢麻抓到了。」

李在的頭髮都豎起來了，鬧了半天，范曉軍到緬甸救這個女人去了，這麼大的事他也不說一聲。他把手機使勁貼著耳朵，生怕對方的訊號突然消失：「當時范曉軍怎麼跟妳說的？你們什麼時候分的手？」

「范哥說，游漢麻答應讓我們兩個回中國，但要求范哥必須幫他們打個電話，范哥害怕游漢麻他們不守信用，就讓游漢麻先放我過來。范哥讓我過江後五個小時再給他打電話報平安，然後他才能幫遊漢庥他們……可是……我報了平安後……他的電話就再也打不通了……他肯定出事了……」說著，瑪珊達哭得更厲害了。

李在說：「妳別著急，妳人生地不熟的，待在原地別動，我馬上開車過來接妳，到時候我就打妳現在這個電話。」

「不！不！我不要你接，我要找范哥……」

「瑪珊達，待在原地，別到處亂走，讓遊漢庥再抓去誰也救不了妳。」

「不！我要回江邊找范哥，他肯定被遊漢庥……哇……」瑪珊達索性大哭起來，隨後她就掛斷電話，李在再打她死活不接。

李在氣得在屋裏團團轉，什麼脾氣啊！都特別有主意，怎麼勸都不聽。他不知道范曉軍要幫遊漢庥打什麼電話，大概就是打給自己的那個電話，那麼，電話內容肯定不是遊漢庥讓范曉軍講的，他不會讓范曉軍告訴我石頭是老吳做的假，不會讓范曉軍告訴我要照顧好瑪珊達……那都是范曉軍說給他李在的知心話。遊漢庥要求范曉軍打的電話肯定跟這個內容不相干。

李在勸自己冷靜下來，頭腦發熱思考問題容易偏離方向。他應該坐下來，仔細琢磨一下范曉軍的電話內容，從第一句開始：「請原諒我沒有把那塊石頭看出來。」這是范曉軍的自責語，他應該知道我不會怪罪他，賭石就是這樣，充滿風險，充滿各種變數，沒有誰是常勝將軍。自己從前栽的跟頭還少嗎？現在的問題不是誰的眼睛一時失誤，而是這塊三月生辰石根本就是一個假貨，而且是人工造假，是有人精心設計的陷阱。只不過造假的人技高一籌，把范曉軍和他的眼睛都蒙蔽住了，這比純粹賭跌還令人氣憤，這完全是在侮辱一個賭石人的智商。

范曉軍的第二句話是：「造假跟一個叫老吳的有關。」聽的出來，范曉軍已經從某種管道得知了一些消息，有人告訴了他幕後參與人的名字。不過，這個結論李在現在已經明白，不是老吳害他，他只是一個表面的傀儡，背後有人操控他。第三句話：「替我好好照顧瑪珊達，她會來找你的。」李在聽出來一點交代後事的感覺，那麼，他肯定已經意識到了自己所處的危險，並且無力抗爭。

最後一句話最重要：「我，范曉軍，永遠是你的朋友……請允許我跟你說一聲，朋友，再見！」范曉軍要強調的是什麼？這句話反著理解就是，有人在他面前說我們不是朋友，只有這樣，他才會說出這樣的話，否則他沒必要向我表白。尤其結尾，「朋友再見！」難道這是范曉軍向我說的最後一句話？他難道已經……

李在被自己逐字逐句的分析驚出了一身冷汗。是的，只有答應做出對遊漢庥有利的事，他才會答應放了他和這個女人，遊漢庥不會不白無故發什麼善心的，況且他跟范曉軍就在江邊，他們在等什麼呢？突然，李在的大腦像一道閃電閃過，難道是等我？對，我才是遊漢庥最恨的人，因為是我拿他們的父親做籌碼交換的范曉軍，是我跟他說我的朋友跟他父親關在一起，他們相處不錯，現在他的父親面臨死刑，他一定把這一切怨恨全部發洩到我頭上來。

李在心裏一亮：用我交換范曉軍和瑪珊達的幸福，范曉軍答應了他，所以瑪珊達才會過江，接下去范曉軍給我打電話，而他要說的內容並不是遊漢庥所需要的。李在越分析越明瞭，正如剛才瑪珊達說的，范曉軍很可能已經出事了，說不定已經被遊漢庥那個狗雜種……遊漢庥做的出來。

李在實在不敢再想下去。他準備馬上駕車到盈江，趕快找到那個瑪珊達，還有，看看范曉軍是否已經脫險，還是遭遇了不測。

不容遲疑，馬上走。

他發瘋似地駕車向瑪珊達提供的地點駛去，然而，在盈江縣那個小村寨旁，他什麼也沒找到。村民們告訴他有一個滿臉黑疤的姑娘一直在這一帶徘徊，然後就朝江邊方向走了。他沿著江邊大聲呼喊著范曉軍和瑪珊達的名字，回答他的只有滔滔江水，以及岸邊一隻緬甸女用拖鞋。緬甸人認爲鞋是最骯髒、齷齪的東西，那個叫瑪珊達的緬甸姑娘把骯髒留在了江邊，也把一個謎團留給了李在。

唐教父的喪心病狂是對李在的第二重打擊，李在傷心欲絕，茫然失措，暈頭轉向，他懷疑他的整個人生之路一直在錯誤的軌道上運行。當他懷疑范曉軍的時候，范曉軍卻對朋友忠貞不貳；他從沒懷疑唐教父，唐教父卻對他舉起了槍。

亂了！全亂套了！他的價值觀念從來沒受過這麼猛烈的衝擊。但是假石真是唐教父幹的嗎？李在實在不相信唐教父的鬼話，那是他在情緒失控下說出來的，猶如他當初在看守所時一樣，當神經一旦繃緊到一定程度，一個人很可能就會胡說八道，把不是自己的罪責攬在自己身上，以證明自己的強大。李在不想回憶，他就幹過這個傻事，而且一直無法清洗乾淨。

李在的腦袋像被炸開後，又胡亂縫合幾針一樣，裏面已經不是腦漿，而是一鍋亂七八糟的粥。他想起了因果報應，也許是父母，也許是他自己，明的或者暗的，知道的與不知道的，做錯了就得還回去，這是規律，誰也逃不掉。這種規律必須經過水與火的洗禮才能夠大徹大悟，李在還沒達到這個境界，他只覺得累，覺得處處都有他的敵人。但是他知道，他永遠都不會把父母在「文革」中作的孽告訴昝小盈，那是他們家的恥辱，它應該永遠埋在父母的墳墓裏。他更不能告訴她鄭堋天跟她結婚的真實目的，她要是知道她的婚姻是別人報復的工具，她會徹底崩潰的。

想得有點睏了，他想好好睡一覺，也許明天就好了。他忽然想起他經常做的那個夢：木柴劈劈啪啪燃燒著，散發出青煙，四周散落著熟透的果實，以及捆紮得整整齊齊的麥捆。帶有濃濃的腥味的微風吹過水面，湍急的江水把水草沖得平伏在岸邊，波光粼粼的河面上籠罩著薄薄的白霧。一個老人出現了，水從他花白的頭髮向下淌著，一些水草纏在他的頸項上，像一條綠色的圍巾……

真是的，夢見幾次了，這個老人是誰呢？是自己的父親嗎？如果是，他想告訴我什麼呢？如果不是父親，那會不會真是當年法庭上那個老法官？那個紅紅胖胖、臉上佈滿皺紋、像儲藏過久的蘋果一樣的老頭？也許是的，因爲每一個曾經坐過牢的人都會夢見自己的法官，那是一塊沈重的石頭，可以壓你一輩子，讓你永遠直不起腰。草頭灘的犯人們知道這個，所以他們的判決書在法官落款那兒都是空白，那是他們用刀子把法官名字摳下來的緣故。

摳出來幹什麼呢？下蠱。這種古老巫術在草頭灘頗爲流行，犯人們閒暇之餘就幹這個。下蠱的方式，據說是將毒蛇、蜈蚣、蜥蜴、蚯蚓、蛤蟆等多種毒蟲一起，放在一個甕缸中密封起來，讓牠們自相殘殺，吃來吃去，一年後，甕缸中最後只剩下一隻，形狀像蠶，皮膚金黃，這便是金蠶。然後他們把寫著法官名字的紙條黏貼到金蠶身上，這就算給這塊沈重的石頭下了蠱，可以驅逐一輩子的夢魘。李在不相信這個，他從沒這樣做過，是不是正因爲如此，所以他才會經常夢到這個老頭？不得而知。

凌晨的時候，李在睡了，睡得很香，但有夢，夢裏是那支一米多長的黑漆九節簫，他很久沒碰它了，也從來沒給昝小盈吹過……

兩個月後，鄭堋天死於肺癌。李在給他送的終，算是替父母還了這筆孽債。

一年後，李在和昝小盈的女兒出生了，取名爲李昝。他們把張語的一千三百萬元還給了張鄔，並在北京郊區買了一幢別墅。

結婚前，他們去了一趟上海，李在想看望看望勞申江，算是對過去生活的一種告別。開始咎小盈不想去，在李在的勸說下還是去了。李在之前對植物人沒有過多的瞭解，後來翻閱有關資料，才知道如下定義：

植物人是與植物生存狀態相似的特殊的人體狀態。除保留一些本能性的神經反射和進行物質及能量的代謝能力外，認知能力（**包括對自己存在的認知力**）已完全喪失，無任何主動活動。又稱植質狀態、不可逆昏迷。植物人的腦幹仍具有功能，向其體內輸送營養時，還能消化與吸收，並可利用這些能量維持身體的代謝，包括呼吸、心跳、血壓等。對外界刺激也能產生一些本能的反射，如咳嗽、噴嚏、打哈欠等。但機體已沒有意識、知覺、思維等人類特有的高級神經活動。腦電圖呈雜散的波形。

勞申江就處於以上這種狀態，一點沒有醒來的跡象。一旦植物人狀態持續超過數月，很少見有好轉，無人能完全恢復。處於持久植物人狀態中的成年人，大約有百分之五十的機會能在頭部受傷後開始的六個月內重新恢復一定程度的意識，對環境有所反應，通常會發生永久性的腦功能障礙。過了半年以後，愈來愈少的病人能對周圍環境有任何系統性的感知。在醫院中發生心臟停搏後出現植物人狀態的病例中，只有百分之十至百分之十五能恢復意識，在醫院外發生心臟停搏者能恢復意識的不超過百分之五。站在一旁的咎小盈想，但願這個比例更低一些，最好永遠不要醒來，不然，他會回憶起文星樓酒店那晚令人恐怖的一幕，那是她在唐教父的脅迫下幹的，是她的人生一大污點，她不想讓別人知道。永遠不！

三年後的春天，火八兩獲得假釋。李在陪火八兩到墓地看望了他的女兒。火靈的後事也是李在一手操辦的，只是他一直不明白，火靈爲什麼被唐教父所殺。現在火八兩跟李在一起從事黃蠟石生意，從騰衝附近的龍陵往北京倒。爲了害怕重蹈假石覆轍，李在還特意去圖書館查了相關資料：

黃蠟石屬矽化安山岩或砂岩，主要成分爲石英，油狀蠟質的表層爲低溫熔物，韌性強，摩氏硬度爲六點五至七點五，因石表層及內部有蠟狀質感色感而得名。據說黃蠟石最早發現於古代柬埔寨，當時柬埔寨叫「真蠟國」，該國向明朝皇帝上貢過一塊極品黃蠟石，所以，黃蠟石就以真蠟國的國名爲石名了。它的形成過程大致如下：石英岩礦物因爲受地質變動影響，與酸性土壤混合，加上酸性土壤附近有地熱或火山等自然條件，長期受酸性土壤和地熱火山溫度的雙重催化，終於形成黃蠟石，其中一部分黃蠟石靜眠山中，一部分則由河流搬運到江河中。一句話：黃蠟石是花崗岩的低溫熱液成因的石英脈。

我國的傳統賞石觀是：皺、瘦、漏、醜、秀、奇。對石之美的評價標準是：濕、潤、密、透、凝、膩。黃蠟石多少都具有這些特點。所以，有的地方把黃蠟石稱爲「石中之後」。上個世紀，雲南龍陵及其周圍縣市的人就知道龍陵有一種叫黃蠟石的石頭，硬度很高，大部分爲黃色和白色。最初是和其他硬度較高的石頭一起作爲農村宅基地的下腳料和村里道路的鋪路石，一分錢不值。現在已經像炒普洱茶一樣炒了起來，價格成倍增長，並形成了一定的規模。

昝小盈早就辭去了猛卯鎮政府辦公室副主任這個職務，專心在北京相夫教子。他們的女兒很乖，很漂亮，眼睛像她媽媽，一雙神采飛揚的丹鳳眼。小傢伙也很聰明，喜歡唱歌跳舞，模仿力極強。看來，她長大後可以實現她媽媽的夢想，當一個演員，或者歌星。

而瑪珊達，一直不知去向。

時間過得真快，轉眼又是一年。

這天下午，刮了一陣大風，天空驟然矮了不少，顏色也變得黃澄澄的。北京的天氣就是這樣，風大，乾燥，不過李在早已經習慣了。他剛從潘家園古玩市場「張氏玉緣堂」回來，一個小時前，他跟張鄢簽訂了一個長達五年的黃蠟石合作專案，心裏特別興奮。

他拿出鑰匙，打開家門，躡手躡腳走了進去，發現女兒李昝和老婆都不在。今天是星期五，大概跳芭蕾舞去了，那是昝小盈少女時代的愛好，現在轉移到女兒身上。

女兒的房間總是亂糟糟的：一個火車頭模型，一個能搖晃的玻璃娃娃，以及一堆凌亂的積木，還有一束玫瑰，插在一個廢棄的罐頭瓶裏，花骨朵在長長的無刺的花梗頂端垂下頭來。李昝平時就睡在這個亂糟糟的屋裏。

他喜歡女兒睡覺的姿勢，小小的鼻子發出輕微的嗚叫，被子早已不知道什麼時候蹬開了，兩條光光的小腿露在外面。他看見女兒的寫字檯上鋪著一張大畫紙，上面畫著《神奇寶貝》裏面的人物。那是女兒最喜歡的，每天必畫一張，每次女兒都歪著頭告訴李在，一個叫皮卡丘，一個叫迷唇姐。

想到這裏，李在滿足地笑了。

一個小時後，昝小盈和女兒回來了。昝小盈一進門就去了洗手間，而女兒則在她自己的房間裏找到了李在。她尖聲喊道：「爸爸，你的招式是電光石火，我的招式是惡魔之吻，你中了我的招，就要隨我跳舞。」

李在張嘴笑著，他蹲在地下，張開雙臂，準備擁抱衝過來的女兒。但是他的笑容立即僵住了，他發覺不對，女兒手上多了一件東西，是一個粗大的臂鐲。

他的喉嚨猛地縮緊了，他問女兒：「這個東西從哪裡來的？」

女兒歪著頭說：「跳舞的時候，一個叔叔進來送給我的。」

「什麼樣子的叔叔？」

「高高的，瘦瘦的，眼睛大大的……爸爸，你認識他嗎？」

李在茫然失措，他的脖子漲成像醬肉一樣的紅色，太陽穴上的青筋不停地跳著。接著，他的臉變得像紙一樣煞白……

後記

爲寫這本書，今年四月我去了一趟雲南。在此書付梓之際，我得感謝一些人。

首先是雲南騰衝翡翠珠寶城的沈可樹先生。那天適逢騰衝「街子天」，我有生以來第一次進入翡翠毛料市場，幾分鐘後，我就被這個人吸引住了。這個膚黑齒白的小夥子當時正往一塊玉石毛料上吐口水，用手擦拭後便貼著眼睛向內觀測。我問他爲什麼往石頭上吐口水？他回答了，回答得特別詳細，然後熱情洋溢邀請我到他的店鋪喝茶。那天不但喝了茶，我們還喝了酒，然後成爲無話不談的朋友。接下來的幾天，他不厭其煩地向我講述和展示了什麼是冰種，什麼是玻璃種，什麼是糯米種……對了，他還帶我吃傣族的「樹毛衣」，臨別時，還送給我一個他雕刻的翡翠貔貅吊飾，並祝我一路平安。我最初對騰衝的好感就集中在他身上。

當然，騰衝的好人不止他一個。

臨去雲南前，我在天涯社區認識了一個在昆明工作的騰衝女子淺若，愛好攝影與寫作的淺若熱情又大方，我的行程以及後來在創作此書時遇到的所有關於路程、地名的問題，她都給予了無私的幫助。可以這麼說，她是我的雲南路線圖，隨時發手機短訊便可以「按圖索驥」。我相信，去過騰衝的人都能體會到，每一個騰衝人都會用他們獨有的熱情感染著你，他們的熱情好客可以打動你心中那塊堅硬的石頭。我想，沈可樹和淺若就是他們中最具代表性的人物。

我還要說的是緬甸的朱麗娟小姐，在緬甸的整整一天，她給我詳細講述了所有我想要知道的緬甸民俗，這些都在小說裏有所體現。還有「受盡磨難」的法國夫婦Paul和Pier，他們除了向我展示法國人的浪漫與友善，還讓我體會到了生命的另一層意義。之所以讓他們用真名在小說裏出現，是爲了永久的紀念。在我與他們揮手告別後，也就是二〇〇七年四月十三日（這真是西方人心中最不吉利的日子），他們在四川石棉發生了嚴重的車禍，Paul受了重傷，而紅頭髮的Pier女士則與世長辭。

最後，我要說說來自緬甸的一個名叫英子的姑娘。我是在瑞麗一家四川遂寧飯館認識她的，當時我正在大啖麻辣魚，而她則在鄰桌安靜地喝木瓜燉雞湯。兩種顏色的飲食，紅的和白的，注定有故事。她的故事在小說裏有很多影子，但不全面，我只擷取了一小部分，我想以後有時間，一定把她在中國的遭遇詳細寫出來。她教給我很多緬甸語，我需要什麼方面的辭彙，就打電話問她，或者發簡訊，書中所有的緬甸話都來自於她。她目前在中國某個小城市謀生，但願她幸福平安。

以上所有人都是我要感謝的，沒有他們，也就沒有本書的「雲南特色」。限於篇幅，有些人我無法一一列出，也無法詳細講述他們的故事，比如開酒吧的那個永遠翹著大拇指的北京人，他對櫻花谷的描述讓我至今嚮往。

祝福在此文中提到的和未提到但伴隨此書成長的所有好人！

臧小凡

二〇〇七年八月

國家圖書館出版品預行編目資料

血賭石／臧小凡著.— 初版 —
臺北市：風雲時代，2011.06
面；　公分
ISBN 978-986-146-783-2 (平裝)
857.7　　100008212

血賭石

作　　者：臧小凡
出 版 者：風雲時代出版股份有限公司
出 版 所：風雲時代出版股份有限公司
地　　址：105台北市民生東路五段178號7樓之3
風雲書網：http://www.eastbooks.com.tw
官方部落格：http://eastbooks.pixnet.net/blog
信　　箱：h7560949@ms15.hinet.net
服務專線：(02)27560949
郵撥帳號：12043291
執行主編：朱墨菲
美術編輯：風雲編輯小組

法律顧問：永然法律事務所　李永然律師
北辰著作權事務所　蕭雄淋律師
版權授權：北京共和聯動圖書有限公司
初版日期：2011年7月

ISBN：978-986-146-783-2

總 經 銷：成信文化事業股份有限公司
地　　址：台北縣新店市中正路四維巷二弄2號4樓
電　　話：(02)2219-2080

行政院新聞局局版台業字第3595號
營利事業統一編號22759935

定 價：340元